刘致福 著

云端的光亮

山东文艺出版社

图书在版编目（CIP）数据

云端的光亮 / 刘致福著. -- 济南 ：山东文艺出版
社, 2025. 6. -- ISBN 978-7-5329-7272-2

Ⅰ. I267

中国国家版本馆 CIP 数据核字第 2024ZR5234 号

云端的光亮

YUNDUAN DE GUANGLIANG

刘致福　著

主管单位　山东出版传媒股份有限公司
出版发行　山东文艺出版社
社　　址　山东省济南市英雄山路 189 号
邮　　编　250002
网　　址　www.sdwypress.com

读者服务　0531-82098776（总编室）
　　　　　0531-82098775（市场营销部）
电子邮箱　sdwy@sdpress.com.cn

印　　刷　山东临沂新华印刷物流集团有限责任公司
开　　本　880 毫米 × 1230 毫米　1 / 32
印　　张　15.25
字　　数　287 千
版　　次　2025 年 6 月第 1 版
印　　次　2025 年 6 月第 1 次印刷
书　　号　ISBN 978-7-5329-7272-2
定　　价　59.00 元

序

王兆胜

　　我研究散文多年，读过的作品无数，但真正被感动往往是很难的。这是我第一次读刘致福散文，不知为什么很快被感动了。是因为相近的人生阅历，抑或是有着相同的审美趣味？似乎是，又不全是，但有一点可以肯定，那就是刘致福散文中有一种真正的散文品质。

一

　　散文到底写什么？这是一个难题，人们众说纷纭，莫衷一是。不少散文作者追求宏大叙事，紧跟时代，以时代的鼓与呼取胜，这当然很好，如梁启超的《少年中国说》与李大钊的《青春》；也有人将触角深入历史，写出所谓的大历史文化散文，就像余秋雨所做的努力一样；还有人撷取生活的片段甚至细枝末节，即在写宇宙之大时执着于呈现"苍蝇之微"，周作人与林语堂较有代表性。刘致福显然属于后者，他的散文多是从日常生活出发所进行的"小叙事"。

关于写人。在刘致福笔下，较少写到历史人物、陌生人，写得较多的是亲人、老师、同学、朋友。因为熟悉，所以比较了解，且多有心会，更充满自己独到的发现、认知和感悟。父母是子女的第一任老师，所以言传身教至为重要，其一言一行都被子女看在眼里、记在心上。关于父亲，作者写他的高大、正直、勤劳、能干、善良，他虽是一村之长，但没有半点架子，还能以民胞物与和高山铁骨的精神成为乡村社会的强力支撑。关于母亲，作者在她娇小的身躯中看到了柔情蜜意，特别是爱的力量，除了爱子女，她还关爱邻里及一草一木。关于奶奶，作者写她的坚守执着，仿佛她与那块"上马石"凝聚在一起，成为爱的神话。关于小姨，作者写她的善意，在迎来送往中注入了亲情的韵致。还有国哥，作者塑造了一个新的人物形象，他虽是聋哑人，却对爱与美十分专注，一生坚守，他在清苦与寂寞的人生中画出一道优雅的彩虹。关于老师，作者写刘老师，那个像大地一样纯朴的人，他将心思都奉献给学生，并以智慧点亮学生的心灯。即使到生命的最后时刻，刘老师心里还在关爱别人，作者写道："身上插满各种管子的刘老师，挣扎着坐起来，隔着玻璃哑着嗓子向学生交代的，除了好好工作，后边又加上一句：要注意身体啊。临分别，他有气无力地挥动手臂，明亮、澄澈的眼睛透出的仍是温暖、慈爱的笑意，却让我感到一种心痛不忍的酸楚。"这是一抹剪影，在夕阳的余晖中闪烁。刘致福也写到陌生人，像表哥的小婶、干爹，特别是母亲在医院门口卖蛹时遇到的那个美丽女兵，这些人着墨不多但都活灵活现，有生命的质感，是美的象征。刘致福笔下虽然都是普通人，但他们真实、有力、生动、美好，读后令人心动。

关于写物。几乎每一位作家都会写到物，但能写得专致、用心、有情，特别是赋予其主体性的往往很难得。换言之，物在不少散文中是陪衬或附加物，很难获得灵性、魅力、主体性。刘致福散文写物具有独特性。首先，刘致福全面写身边之物，花、树、草、房屋、村庄、鸟巢、上马石、井台、戏台等都成为作者着力描写的对象，也可以说，这些"老物件"一直伴随我们这些农民之子成长，它们是我们身心的一部分，或者说就是我们呼吸的气孔，乃至于生命的呼吸本身，让人倍感亲切。其次，这些物件包含着村庄的集体记忆，也联结着我们这些大地之子的童年、青春、梦想。当乡村社会如草木般被连根拔起，像云霞般被风吹散，曾与我们共存的物件也就有了象征意义，也成了挥之不去的"乡愁"。再次，作者通过物的书写进行的是文化寻根。历史变幻，时代变迁，人心易忘，曾经的村庄历史很快就会变为过往，刘致福散文将以散文方式守住这些文化之根，从中可见每个家庭、村庄的风云际会。"吾乡吾土"一辑中,《村庄的背影》《老屋的气息》《井台》《戏台》《碾屋记》等作品也就有了非凡的意义。作者写道:"碾屋子是村子历史变迁的活化石,碾盘、碾砣以至墙体上每一块石头都见证了村子的岁月沧桑,都存贮了村里人一代一代的故事与信息。"这样的理性清醒意识是对村庄物件的赋能,也是一种文化的挽留、珍存和咏叹。

关于写事。家庭、村庄是小得不能再小的"点",然而,自古以来它们就是社会细胞,是生命之根。刘致福散文紧紧抓住"家"与"村"的根脉,通过发生的各种事情努力寻找具有灵魂的所在。在此,有乡村历史的连缀,有风土人情的世态,也有民间文化的智慧,还有一些难以解释甚至释怀的神秘,所有这一切都构成了乡村事件的总纲与枢纽。如《村庄的背影》由"单鲍产"这个村庄名字开始,展现了村庄先祖建村扩土的丰功伟绩,也写被容纳的刘姓人后来居上,还有家族、村庄历史被中断后的迷茫,特别是鲍姓后人自外省回来搬迁祖辈骨殖的悲壮,以及作者目睹村庄被夷为平地时的失魂落魄,文章通过事件的串联产生极大的冲击力,也对城镇化进程及其偏向化的理解提出自己的思考。

当前,一直有一种错误倾向,即简单地否定传统散文的写作方式,好像传统题材早已落伍,只有写宏大的时代与历史叙事才是好散文。其实,宏大叙事不好写,大历史文化散文也极易陷入虚妄,因为作家对它不熟悉,也难有真切的体会与理解,往往导致散文的假、大、空。刘致福散文的选题看似狭小，但因源于生活，紧贴生活日常小事，与自己息息相关，又能抵达内心，所以能触易感、情理相融。因此，"小叙事"散文有不可低估的价值，这是那些"大叙事"散文难以代替的。

二

散文往往靠知识、理性、思想、智慧启人，但也离不开情感，否则，就会形成知识硬块，产生裸露，甚至形成"肠梗阻"。情感，特别是真情和深情是散文的灵魂，是让散文能动人心魂和具有长久生命力的关键。当然，委婉与内在的艺术表达也是情感散文不可或缺的。刘致福散文也不乏知识、思想，但深情与内在表达更为突出。

一是博爱与仁慈。刘致福散文写亲情的地方甚多，以情深意长为主，读之常能让人落泪。问题的关键在于，作者并不是虚情假意，也非滥情，更没有直接喊出来，而是重视白描与细节。如《父亲的脚步》写父亲辛劳一生，从未歇息过，临终吸住"我"目光的是那双脚。作品写道："父亲离世前两个月一直昏迷，躺在床上不能下地。偶尔有意识，脚趾会动一动。看到父亲没有穿鞋的脚，我的眼睛湿润了，他脚底生了厚厚的一层硬茧，大脚趾已经有些变形，指甲也都硬化变厚变灰。这两只脚板该是承受了多少磨砺、多少重压，现在可以歇一歇了，劳碌奔波一生的父亲也该歇一歇了。"观察仔细、体贴入微、抒情节制、深入灵魂，让人禁不住落泪。《母亲回乡》写母亲在"我"家住了四个月，一直为"我们"做饭，但总是急着回乡。第二天，母亲要回去了，"我"突然想起母亲牙齿不好，路上为她买了能咬动的皮冻和熟烂的猪蹄。在此，作者有这样一笔："回家时母亲已包好饺子在等我，见了我买的熟食，嘴里埋怨我又花钱，买那么多东西，眼睛里却有泪光在闪。"此情此景，特别是母亲的"泪光在闪"，是母子情深的内在表达，这是世上最珍贵的母子情。另外，刘致福散文常怀感恩之心，《村庄的背影》有感于鲍姓的开村之功，所以说，"尽管没有见过这位异姓先祖，也不知道当年开村的具体情由，但是发自内心的感念一直在人们的记忆中传承延续。以至外出经年，见到鲍姓人便会生出一种天然的亲近与温暖"。除了写人情，刘致福散文还写万物之情。作家笔下常有对一草一木的敬畏与悲悯，这是一般散文难做到的。如对村庄那棵被称为"老仙儿"的老树的敬畏；又如"风吹着树枝呜呜乱响，像有人在哀哭"；另如"日短月长，生铁的芯柱竟然被木做的碾架子磨成了小蛮腰"；再如看到精美的鸟巢，"我""本想带回留作纪念，想到小鸟回来无家可归的绝望与悲伤，便小心地将它推回原位"。还有，《葫芦花开》中的国哥为保护蛾子不受孩子们伤害，竟用鸡蛋去商店换糖果，从孩子手上换来并放生，这是天地仁慈的显现。《那些云野的精灵》一辑凡15篇，以人及物，动情地书写人与那些小动物之间的情感与深爱，其情也纯，其爱也真，令人感动。总之，读刘致福散文常被这样的真情、至情、深情融化，不知不觉间受到感染。

二是文体的内敛情愫。散文文体的破体与解放一直是大势所趋，也是当前面临的文体失范问题。当散文越来越放逸，特别是失了规范，有的甚至连最基本的散文结构都不讲了，散文的碎片化、非艺术性就在所难免。因此，真正的散文创作方向既需要结构的"放"，还需要内敛化的"收"，特别是离不开经典化的创新，这当然是颇有难度也是当前最急迫的。整体而言，刘致福散文结构属于传统一脉，是含蓄内敛的，但也有在放逸与内敛中达到均衡和张力效果的。《出岛记》《国哥的爱情》《桃花开》等均为此类作品。如《桃花开》写的是"我"小时候与邻居六妹争一棵小桃树的故事，文章委婉曲折，又充满惊奇神秘，其情也真、爱也深、境也广、意也远，像镌刻般留在读者的记忆中。故事是这样的："我"和六妹两人在山坡上发现一棵小桃树，挖回家后相争不让，"我"不顾六妹意愿将它栽在自家门前，没想到六妹夜里将它移到她家门口。于是，"我"又移回来，更加严密细致看管。几天过去了，桃树安好，六妹却突然染病不起，很快便不治而亡。这让"我"后悔不已，重新将小桃树移回六妹家门口。作品写道："栽好，培土，又回家舀了一大瓢水倒进去。我不知道六妹能不能看到，我向六妹家望了望，屋里死一般沉静。我不相信六妹不在家里，我在心里和她说，六妹，我把桃树还给你了。"数十年后，当"我"从城里再回到老家，村庄及其所有房舍都被搬走，唯独那棵桃树长大了，还开出了一片盛大灿然的桃花，作者在文末说："记忆中的小桃树与眼前已显苍老的桃树悄然重合，在满树的桃花间，六妹的模样由清晰逐渐模糊。我知道，六妹已然化作了桃花，在记忆的春天里绽放、飘落。"这是一篇精致的经典化散文，不只是结构、细节、形象、心理，还有显性结构下的潜性结构，以及其中包含的难以诉说的意蕴与神秘。其实，刘致福散文中情感表达是热烈的，但又是内蕴的，这才是其真正感人之处。另外，刘致福散文中多数人物都没有用具体名字，像父亲、母亲、老师、同学等多是统称，刘老师也只有姓无名，笔下的男女多是一般称呼，这与散文流行的实录明显不同，反映了作者内涵式的写作，也增强了张力效果。以"刘老师"为例，我很想知道他的名字，但作者没给答案，让人感到若有所失，因为天底下的"刘老师"太多了。然而，《苦楝树》里的刘老师却形象清新，确是平凡中显出伟大，他全部奉献和燃烧自己，临终却嘱咐不要把他的死告诉任何人，埋在自家麦田就行了。一个"无名"的刘老师或许更符合他的精神品质，真的有了名字反倒显得多余。

古人云："情之一字，所以维持世界。"看来，散文之情至为重要，这是永恒的价值观和生命线。近些年，由于过于重视知识、思想、理念，"情"慢慢不为人所看重，甚至受到严厉批判。这是一种错误倾向。我认为，散文有情则活，无情则死。有真情、深情，又能自然表达出来，达到感人目的，这很不容易又诚为可贵，非一般散文能及。不少大文化散文之所以越写越差，就在于此：被知识泛滥撑破了肚皮，有情是滥情伤情，无情是虚假空泛。因此，我充分肯定刘致福散文情感的内在表达及其魅力。

三

散文可记叙、抒情、议论。但无论如何，散文要有文学性，要优雅，在"真"与"善"的同时，要"美"。这既包括语言，更包括情境、心灵、精神、品质，是属于"心灵的花开"。然而，现在不少散文变得草率、将就，甚至充满毒素，真能澡雪精神非常难得。刘致福散文有发自内心的净洁，像云开雾散般洗涤着人的灵魂。

刘致福散文是用心写成，他有一双慧眼，于是，美好的世界、人生图景得以显像。因为心静，散文清丽；因为心安，散文沉实；因为心亮，散文灿然，所以，刘致福散文处处有美好的生命花开。小姨家表哥的干爹，初见时沉默不语、满脸皱纹，甚至有些冷淡；然而离开时，他竟从衣兜里掏出几角钱给表哥，第二天又让表哥的干妈给"我"这个小客人送来一副弹弓，于是一个"讷于言，敏于行"的"善解人意"的内向男人形象站立起来。还有表哥小叔的妻子，她善良、纯洁、美好，尤其是美妙的歌声深深感染了"我"，给"我"留下永不磨灭的印象。还有教音乐的唐老师，她"风华绝代"，如"下凡的仙女"，是从白果树下走向学校的一道风景。刘致福还写到戏台，他说："演过戏的戏台，便有了一种艺术的灵光。大人、小孩从大队院前走过，总要扭头瞅一眼戏台，浪漫的光亮便在心头闪掠而过，平淡的日子便有了亮色、有了念想。"在此，一个平淡的戏台被赋予灵光，也成为美的化身。

刘致福以心为文，其散文中所有人、物、事也因此获得了美好的超越性。因为心灵的参与，于是沉重变得轻灵，世俗变成美好，黑暗有了光明，诗意自然生成，使刘致福散文充满一种潇洒风度。对于刘老师，作者反复用"澄澈、慈爱的眼神"和"温暖、慈爱的笑意"赞美他，烘托出一个平凡而伟大的灵魂。母亲的花、葫芦花等也都是"美"的标识，它们代表的是纯洁、柔美、优雅、温情，也是生命的昂扬奔放。还有《跟母亲去赶集》中的那个年轻女兵，在下雨天，为了让"我"和母亲能早点回家，她买下母亲全部的松蛹，还嘱咐母亲早点回家。于是，作品写道："那个女兵的模样一直都很清晰，圆圆的绿军帽，白皙的脸蛋上一对浅浅的酒窝，还有那顶粉红的花雨伞，如一朵盛开在雨雾中的鲜花，每每想起，心中便生出一种难以忘怀的融融暖意。"这是形象的定格，将美好的镜像留在作家幼小的心灵，成为他后来为人处世的范本，也是作家不断跨越自我的标杆。

刘致福在写作中修身养性，不断地提升自我品质和精神高度。刘致福散文没有八股气，也无世俗气，全然是一派书卷气，有自由自在的潇洒气度，可见其内外双修和对自我精神的锤炼。换言之，刘致福有一颗天地自然之心，也有关心平凡人生特别是底层人生的情怀，所以才能紧贴地气，充满生命的精气神。在《云端的光亮》中，作者写到自我的提升以及对精神的追求，他说："一部小说打开了我的灵窍，让我看到青蓝的山外一种具有神性的迷人光亮，如一只灵手抓住我的灵魂，让我飞升至小村的上空，坐拥云上，俯视一切，我的眼睛具有了透视的神力，能够看透村里的一切，家庭、邻里、牲畜，我都可以看到他们的内心，能够读懂他们的眼神。这种神性的光亮让我内心无比充实而又信心十足，让我浑身充满了由内而外的气力。连同自己的现在与将来都变得通透，幼小的村童眼神不再空洞、近视，能够看到山外的世界，感知和幻想未来的精彩。"这是一种精神富有，也是作者后来不论走到哪里、身在何处，也不管从事何种职业，都坚持读书、写作，对文学与文化充满爱意，有自己的精神生活的重要原因。其实，从散文可见，刘致福在心灵、精神、生命等各个层面不断放飞自我并进行内在提升的旅程，而这也是他在世俗人生中接受淬火的过程。在《穿越世俗的走廊》一文中有这样几句话："美与穷富无关，美是无处不在的，关键是你要有心，你要有这个思维，你要训练这么一种习惯。一天中你完全可以抽出点时间看看眼前的风景，看看树木、花草，哪怕只一眼，你也会有新的发现，你就会对生活有一种新的认识和感受，这并不需要花钱费时，不过是举手之劳。"这是刘致福散文的底气，也是他的散文有温润色泽的内在原因。

"心灵之美"是散文也是文学的光华。基于此，作家就能站上云端体会天光的博大美好。这也是刘致福将散文集命名为"云端的光亮"的一个缘由吧。

如果谈我对刘致福散文的期冀，那就是题材与文体还可以更广阔些，对"人之道"与"天地之道"的探求可以更深入些，在散文经典化之路上还可以走得更远些。

2024 年 4 月 5 日于北京沐石斋

目 录

一

吾乡吾土

村庄的背影

单鲍产这三个毫不相干的汉字组合在一起，成为一个地理识别符号纯属偶然。

遥想几百年前先祖开村，这里还是一片杳无人烟的荒野。北面是莽苍苍的山林，南边是一条水波轻漾的大沙河，中间是一片平坦的坡地，确实是难得的风水宝地。

有小溪自北山流向南河，成为一脉天然的分界线。单姓居溪东偏北，鲍姓住溪西偏南。经过世代开垦、拓展，规模不断扩大，人丁日益兴旺，逐渐形成两个自然村落，分别取名单家产、鲍家产。后有刘、丛、张、陈等杂姓迁入，村庄规模不断扩大，两村边界日益模糊，至民国后期已基本融为一村，取名单鲍产。

产（方言中读 shǎn）字作为村名后缀，大概是村、庄、屯的意思，但在字典、辞海中，此字既无此音亦无此解，遍访各地村名、查阅各类典籍均无此例，村庄的历史因此平添了几分神秘。后来刘、丛两姓家族繁衍日隆，而单、鲍两姓逐渐式微，虽然村名还叫单鲍产，但实际上单、鲍两族已是势单力薄。单家还好，尚有十几户，鲍家至我记事起已经不存一户，只听大人说起鲍家后人现已定居内蒙古。

记得那年村里整修大寨田，村西茔地刘、单、丛三姓村里有后人的祖坟均已被迁走推平，只余下鲍氏祖坟孤零零地躺在那里，村里不知通过什么途径通知了远在千里之外的鲍氏后人。一个冬天的下午，鲍姓后人从内蒙古赶回来。

冻雪开始融化，路上、地里都很泥泞。鲍家后人是一个高大的汉子，身穿蓝色呢子大衣，脚上穿着锃亮的黑皮鞋，沾满了泥巴。鲍家汉子直接进到地里，墓地已经挖开。有人在墓坑中忙活。墓坑中零散的棺木碎板和已经不成形状的骨殖，也都沾满了稀泥。鲍家汉子倒很冷静，戴着白色的细线手套，将从墓坑里提上来的骨殖一块一块地堆到一边的玉米秸秆和棺材板上，提起旁边的柴油桶，咕咚咕咚倒上去，然后慢慢跪下，磕了三个头，起身点火将玉米秸秆点燃，火腾地升起来，噼噼啪啪地响。鲍家后人蹲下来，拿一根棍子拨拉火中的骨殖耐心地焚烧。有一种煳焦的气味熏得围观的人们远远地避开，只余下鲍家后人独自蹲在火堆前忙活。

傍晚时分火堆慢慢熄灭，鲍家后人从背包中取出一个铁盒子，将骨灰一块一块装进去，封好，又从墓地挖出的土堆中捧了两捧土装进一个袋子里，连同盛骨灰的盒子一起装进旅行包中。他站起身，摘掉沾满泥巴的手套，和村干部握手道别。村干部邀他进村，他摆手拒绝了，背起旅行包，向远处的村庄看了一眼，毅然走出那块埋葬他祖先的土地，头也不回地消失在暮色中。

那时我还是少不更事的少年，长大后我不止一次地想起这一幕。我不知道那一刻这位鲍姓汉子，身背祖先的骨殖，脚踩祖先开拓、耕种过的故土，与那个因他祖先姓氏而命名的古老村庄告别时，他的心里奔涌着怎样复杂的情感。这就是故土，已经无亲无戚的故土，他面对的只有别离，他此行的使命就是结束与这片故土唯一的联系，这种一去不返的别离，让人想起便感到无比的沉重与痛楚。

作为留在这个村子的异姓后人，一代一代都会不断地感念那位鲍姓先人，选择了这块风水宝地，开拓耕耘了这里的山水林田，村里乡亲得以世世代代地繁衍生息。尽管没有见过这位异姓先祖，也不知道当年开村的具体情由，但是发自内心的感念一直在人们的记忆中传承延续。以至外出经年，见到鲍姓人便会生出一种天然的亲近与温暖。

相对单、鲍两姓，我的刘氏先祖肯定是后来者。先祖在鲍家产落户，一定得到了鲍氏的接纳与支持。但是刘氏家族后来者居上，人丁繁衍很快，传说来时是三兄弟，不断扩展，竟很快"分蘗"出几十户。而鲍姓族势日益衰减，人丁渐次零落，最后不知什么原因出走东北，鲍家产村再无鲍氏后人，而刘氏成为最大的族系。其间逐渐有丛氏、王氏、张氏、陈氏迁来，但都没有刘氏势大族旺。至我记事起，刘氏一直是村中第一大姓。村中唯一的地主出自刘氏。村中唯一可算作古建筑的刘氏家庙，体现也见证了刘氏家族的繁荣兴盛。

家庙位于村子的西南隅。西南隅应该是刘氏先祖入村定居的发祥之地。定居西南隅是先祖明智的选择。西南隅邻近南河，地势相对低凹，水多地薄，不易引起鲍氏先人的警觉与排斥。看得出先祖低调处事、韬光养晦的智慧，这也是先祖由远而近、逐步向里发展的策略。西南隅住家全是刘氏一族。房子自西南向东北，由碎石到顶逐渐转为砖混，以至到斗石奠基青砖到顶，房顶则是由全草苫而半草半瓦，以至全为细瓦，清晰地反映出刘氏先祖稳扎稳打、由穷而富、逐步向村子中央发展的过程。

而刘氏家庙就在几排砖瓦房的正东方，旁边是一条弯曲流转的小河。家庙实际就是祠堂。大概有六间房的空间，比旁边的住房要高出数尺，前檐带有出厦，门前是三级青石台阶，门外是一个篮球场大的空地，族里的重大活动都在这里举行，据说当年斗地主的场子也设在这里。家庙的建筑十分考究，外墙窗台以下是一色的青色斗石，窗台以上则是大号青砖到顶。房顶是青色细瓦。屋内横梁全为一搂粗的圆木，中间三根是更粗一圈的圆木立柱。

单从建筑体量、规模和用料即可看出刘氏家族当年的实力。

小时候常听老人们讲，家庙内一进门是一个大八仙桌，桌上靠墙摆了一个半米多高的神龛，供奉着先祖牌位和家谱。神龛上方墙上悬挂一幅不知画于何年的刘氏老祖画像，不知经过多少年代的烟熏风蚀，裱纸已经泛黄，画面上的老祖方面长髯，一袭长袍。面容已经看不清晰，但仍让人感受到一种威严与肃穆。这是家庙的核心与灵魂。农耕时代，家庙是家族精神依归的圣地。奶奶经常讲起，刘氏家庙一年四季香火不断，逢年过节神龛前会摆上猪头、鸡鸭和八大碗，各家送来的大饽饽堆积如山，刘氏一族家家户户都要扶老携幼，来这里进香叩头，祭拜先祖。人来人往，香烟缭绕，比大集还热闹。

平时白日家庙就是学馆，族里雇人在这里教授孩子识字读经。晚上则是族里议事的地方，谁家子女不孝或犯了族规，要在家庙过堂接受处罚，家里家外的纠纷也要到这里由族长评断。

过堂时庙里庙外灯火通明，族长净手上香请出族谱，叩首禀报先祖犯事人的姓名与门派支系以及所犯何事，然后侧立于神龛一侧。犯事人跪在八仙桌前，听候族长审案问责。族人不论长幼均肃立门外场院，既是观望也是接受教育。平日里不论多么张狂、蛮野的莽汉，到了家庙都会敛声静气，听凭发落。

掌管家庙的族长，自然是家族中辈分最大又德高望重的长者。最后一位族长是与我家刚出五服的京爷，他的一儿一女后来分别成为本乡学校的老师和校长。

从我记事起，庙里的神龛、画像、香炉、八仙桌等都已经被当作"封资修"清理了，偌大的空间显得空空荡荡，后来家庙改为仓库，成为生产队存放贵重粮食和油料的地方。每年春天，各家各户剥好的花生种都要送到这里排队过秤入库。后来这里还曾改作粉坊和油坊。这两项营生都招来孩子们围观、玩耍。碰到粉坊师傅高兴，他还会盛一勺粉豆给孩子们打牙祭。油坊炒出花生饼料，更是诱人，胆大的孩子会趁大人不注意，偷抓一把花生，或偷掰一块还热乎的花生饼，油坊师傅睁只眼闭只眼，有时装模作样地吼一声，却并不真管，孩子们便得意地跑出门外，有滋有味地品咂。

后来我外出读书，村子却经历了前所未有的改变。村庄统一规划，南边的旧房子全部拆掉向村北山坡上迁移、集中。西南隅那些刘氏世代聚居上百年甚至几百年的老房子，包括家庙陆续被推倒拆除。这些房子特别是家庙论年代应该是文物，但是那时的族人没有这种意识，也没有人去认定，更没有人出来维护。那一砖一瓦都带有刘姓家族世代繁衍发展的痕迹与信息。房子在，家族的历史、脉系等信息尚有依托，房子拆了，一切信息也随之土崩瓦解。我曾经不止一次来到家庙旧址遍地寻觅，想找到一点可资纪念的旧物，但总是空手而归，哪怕一点砖瓦的碎片也没有找到。潮流之下，族人只顾得上谋求眼前的衣食温饱，而无心去计较思虑更谈不上保护自己的脉源根系。整个村子一点历史的痕迹也看不到，统一盖成了红砖红瓦的方块简易房，倒是整齐划一，但是历史与传统的承载已无影无踪，乡愁已经无迹可寻。

包括我在内的刘氏后人对于自己先祖以及家族的历史认知近乎空白。先祖是谁，什么时间、从哪里、为什么来到这里，刘氏在这个小村繁衍生息几十代，目前已有几百口人，却没有一个人说得明白。我小时曾听奶奶说过，老祖从南海上过来，哪个南海？南海哪个地方？有几种说法，但都模棱两可。还有一种说法，产里人家都是来自远疆戍边的异族屯民。县志并没有记载，家庙祠堂里供奉的族谱不知所终。那场史无前例、荡涤一切的浪潮连这样一个小山村也没有放过，浪潮过后，一切痕迹荡然无存。

族人中曾有传说，家庙拆除时有人从房梁上拆到了家谱，但是家谱在谁手里众说纷纭。有人说在一位族叔那里。这位族叔粗通文墨，曾经做过生产队会计。但据这位族叔说他这里没有，是在一位族兄手里。二哥和其他族人曾问过这位族兄，他矢口否认，不知是真的没有，还是秘而不宣。后来族叔去世了，这位族兄也成了植物人，他的子女翻遍了家里所有的犄角旮旯也没有找到半块纸片。再后来这位族兄也仙逝而去，关于家族源头的所有信息全部断裂。这一族人的来龙去脉再无半点消息。我们到底从哪里来，这一恒久之问彻底无解。我感到自己走进了看不见尽头的黑洞。

县志上记载，本县刘姓来自三个方向，目前集中居住的地方都没有记载单鲍产刘氏这一支。20世纪80年代，村南曾经立过一块石质的村志，背面记载单鲍产建村时间为清朝嘉庆年间。这块村志现在也已无处可寻。谁立的？依据何在？都已无解。我曾经拜托做文史研究的朋友，查访了现存所有相关文史资料，都没有有关单鲍产刘氏的任何信息。确实，在历史的长河中，一个小小的家族是激不起浪花的，倘若自己没有刻画标记，那么很快便会被潮流所湮没。

去年八月，老家再次传来消息，村里要整体拆迁，整个村子全部搬到十几里外的社区。我匆忙回村，想最后看一眼这个我出生、生活几十年，祖祖辈辈繁衍生息几百年的小村。我进村时村子已经面目全非。数台大功率挖掘机正隆隆叫着像外星人一样，挥舞着铲斗向破烂的赭红色砖瓦民房的房顶砸去。我家也不例外，走到门口，门窗早已被人拆走，家具也已搬空，屋里一片狼藉。我和父母兄姐在这里生活了几十年，这里承载了我们多少美好、温暖的记忆。我和哥哥姐姐都是在这里成婚然后独立门户，开枝散叶。当然也有痛苦和悲伤，在这里我们先后送走了奶奶、父亲和母亲。这是我最后一次站在这里，往事历历在目，这个曾经维系了我无数牵挂的家，这个我魂牵梦萦的地方，过去的一切再也不会有了，眼前的一切也即将消失。我知道，只要我一离开，那轰轰怪叫的机器就会将这里砸得粉碎。

我和陪我回来的二哥在门口最后一次留影。眼泪模糊了我的双眼。离开村子时,我扭头回望,心里一阵悲怆。不久这里将会被夷为平地。以"单鲍产"三字标识的地名将会从地图上消失,存在了几百年的村子顷刻间归于虚无。没有现实的存在,也没有文字的痕迹。不知道从哪里来,世人也不会知道曾有人世世代代在这里生活了几百年。

汽车驶出村子时太阳已经西斜,在村西路口我停下车,这里应该是当年先祖进山开村的入口,也是世世代代无数村里人走出去的出口。今天我从这里走出去,就再也无法回来。我摇下车窗向南凝望,眼前是一片静谧的田野,田里的庄稼无比茁壮。我知道,在那下面先祖的骨殖已经和泥土融为一体,化为滋养庄稼的强劲地力。我的思绪又回到几十年前那个冬天的冻雪融化的下午,我已记不清鲍氏先祖坟墓的位置,但是鲍氏后人那高大的身影,特别是身背先祖骨殖义无反顾消失于夜幕的背影异常清晰。我想这次轮到我了,只是我没有鲍氏后人的幸运,我身后没有乡亲挽留的凝视,也不再有赓续几百年的烟火缠绵,我连先祖的骨殖也无法找到——先祖的坟墓几十年前已经被推土机无差别推平。回头再看一眼即将消失的故乡故土,先祖以及几百年来世世代代族人生活、奋斗的痕迹都埋没在这里,不久的将来这里就会长出成片的工厂、学校和现代化的楼宇。我能带走的只有属于我自己的不完整的记忆。村庄、故土从今而后，只能是我永远也追赶不上的背影。在人类历史的大河中，一个地理符号存在了几百年已属不易，一个家族、一个村庄的勃兴与消弭，是偶然，也是必然，是终结，也是开始。

我重新启动汽车，夕阳如火，满天红霞，不管怎样我都要继续前行。我感到身后似乎有无数双眼睛，盯得我浑身燥热。一种从未有过的底气与热力在我的体内奔涌、弥漫。我与汽车一起迎着晚霞融入茫茫夜色。

老屋的气息

　　老屋在村子的中央。门前是一条贯通东西的老街，向西一里余可接省道，向东可入连绵大山。老街是不规则的石板、碎石铺砌路面，西高东低，平缓宽阔，可行马车、汽车。村街两边房屋连接紧密，南为前街房屋只开一扇小窗的后墙，北为后街院墙门楼或过道。邻家屋檐相接，院墙毗连。屋墙、院墙多为碎石插砌，不少门旁墙中镶有青石雕镌的拴马石。我家老屋布局与邻家不同。院落更深，门楼与大街之间隔着一块空地。空地右侧是草垛、羊舍，左侧是一片稀落的树林。邻街有一块大青石，石面平整细滑，原本为上马的脚踏石。那里是祖母的专属宝座。祖母已年届八秩，每日大半时光坐在那里看街景，看人们忙来忙往，与西院的文婆、东院的曾婆谈天说地。直到太阳西沉，直到上山的父母和上学的我们一一归巢，祖母才放开盘腿，扶石起身回家。

跨进院子，是碎石铺砌的甬路，从门楼直通正屋门口。甬道右边是厕所和猪圈，左边是空地和一棵大槐树，我们夏天就在树下空地吃饭或纳凉。西屋墙外又是一间厕所，一院两厕这是全村唯一的。一直搞不明白为什么一个小院竟有两间厕所，男女分用？我曾经问过母亲，母亲说这房子一二百年了，买来就这样。有专家认为，胶东民居具有典型的古代兵营规制特点。联想老村街巷的布局，可攻可守，可进可退，确实是典型的兵营城垒设计。如此看来，我家老屋该是指挥官的官邸也未可知，左右两厕或是官兵分隔使用之故。

小院墙外有一棵葡萄树，根部粗近手臂。藤蔓爬过院墙，盖满了小院上空。春末夏初，葡萄开花，一串一串的小黄花，引得蜜蜂嗡嗡飞舞。葡萄成熟时节，紫色的葡萄如一串串玛瑙吊在半空，格外诱人。葡萄是上佳品种，极甜，产量又高。每到成熟季节，父亲和母亲都要踏着凳子，拿剪刀剪上半天，一篮一篮的葡萄自家吃不完，母亲总要打发我们左邻右舍地分送。

满院的葡萄，为小院搭起天然的凉棚，夏天午后铺上凉席，头顶是片片绿叶和成串的绿的、紫的葡萄，凉爽而又惬意。我童年时不敢一个人躺在葡萄架下，总是担心葡萄架上会突然掉下虫子或蛇。屋后有一棵一人粗的老枣树，老家称饽饽枣。树冠巨大，如一张巨伞，铺展在老屋的上方。每到初秋，树上的枣子熟了，满院都是白里透着赭红的大枣，枣很大，圆鼓鼓的，真像小饽饽一般。枣肉甘甜脆爽，是幼时难得的美食。

院子西侧那棵老槐树，靠近南墙与西墙的墙角，树身足有水桶粗，听母亲说是搬来时祖母与父亲栽植的。那年祖母病重，医生诊断后只是摇头。村里老人说赶快打副寿材冲一冲。一时找不到更好的木料，父亲找来木匠，把大树伐了，为祖母打了一口棺木。棺木打好，祖母的病竟真的好了。祖母康复后，走出屋门，看到大树崭新的茬口，默默地抹泪。第二年，这棵大树的根部又长出一棵新芽，长势很快很猛，一年工夫就长到手腕粗，蹿过房顶。几年后搬家时，已经长成一棵碗口粗的大树。

老屋共有四间。正间东西两盘锅灶，锅灶向里直至北窗是磨道。一盘石磨，全家的粮食都在这里磨成面粉。小时最不愿干的活计就是推磨，一圈一圈地转，单调乏味，转得人头晕目眩，但不推就没有吃的。记忆中，我经常在母亲嗡嗡的推磨声中入睡。干一天活的母亲，洗刷完锅灶碗筷，打发孩子们睡下，自己再拾起磨棍推磨，为第二天早饭准备玉米面粉。

东屋为主卧兼客厅，靠南窗是盘土炕，炕前为方桌和立柜，中间一条长凳，来了客人坐在方桌前的长凳上。西屋两间，一为祖母和两个哥哥的卧室，一为储藏间，粮食、杂物都在西屋。小时候感觉西屋就是一个宝库，里边藏满了好东西。花生、苹果、逢年过节的肉食和饽饽，以及亲戚来往的点心、罐头都在这里。孩子们总会瞅大人不在时溜进去大快朵颐。

小院不论是屋墙还是院墙，没有一砖一瓦，外墙全是巴掌大的手抓石插砌而成，里墙则是土坯和夯土，既坚固耐用又冬暖夏凉。不论外墙还是内壁夯土，历经一二百年风冲雨蚀竟无半点松动。工艺虽不复杂，但技术含量极高，令人不能不感叹先祖们的聪明智慧。从门楼到老屋，屋顶全是用草苫盖成。窗是木制窗棂，上下两扇，夏天可以开启，用木棍支起来，凉风就会呼呼地吹进屋里。窗棂用白色粉连纸，每年开春糊贴一次，既亮堂又能遮挡风尘雨雪。

老屋和小院，是父母结婚不久，用一囤麦子换来的。这一囤麦子，在那个年代，是年轻的父母和年迈的祖母不知吃了多少苦才攒下的。我和哥哥姐姐都在这个小院出生、长大。说起老家、童年，自然想到的就是老屋和小院。院里屋内，一土一石、一草一木都刻满了岁月与生命的印记。我们一家三代七口，最健全、最完整地在这里度过了一生中最温暖、最美好的岁月。这个院落对于我、对于我们全家每一个人都极其重要。那时候，只知道这里是休养生息的暖巢，不曾想过这个院落的前世今生。不知道老屋和小院竟有一二百年历史，不知道一二百年前是谁建了老屋和小院，不知道在老屋住过的一代一代的先祖都是何许人。

孩子们逐渐长大，老屋越来越拥挤，父母筹划盖新房，问祖母意见，祖母说盖。盖好搬家时，祖母却不搬。无论怎么说，祖母就是不动，她要自己住在老屋。每天照例在门口大青石上盘腿而坐，无论谁做工作都不为所动。父母无奈，每天过来送饭，晚上轮流陪她住在老屋。僵持了半个多月，不知父亲如何说通了祖母，总算将老人家用小车推到了新家。那块大青石也搬到了新家的门口。直到离世，祖母仍旧每天在大青石上盘腿打坐，眼神迷茫地望向东南方，那里有她再也回不去了的老屋，以及远逝的充满酸甜苦辣的岁月记忆。

多年以后，我再回村的时候，旧村已经改造拆迁，老街、老屋都已夷为平地，了无痕迹。但我内心萌生出一种强烈的不能抑止的对老屋的思念之情。算下来我在那里只生活了十一年，却有一种深入骨髓的牵扯与挂念。而且随着年龄不断增大，这种情感越来越强烈。儿时的很多细节，也由原本的模糊日益变得鲜活清晰。

老屋的位置已经记不清了，只是根据村路与仅存的一两幢老村旧房，对大体方位有一个判断。但是越往里走，似乎越是清晰。旧时的街巷格局，慢慢地在眼前浮现。突然之间，我看到一片葱郁的槐树，有几棵已经长到碗口粗。我的内心豁然开朗，老屋、小院一下子清晰如昨地立在我的眼前。我想起祖母和老槐树。那几棵碗口粗的壮实的槐树，应该是我家老屋那棵令祖母落泪的老槐树的第三代、第四代了。

我抚摸着槐树粗糙的树身，感到一种从未有过的亲切与温暖。我的眼泪哗哗地流淌，内心体会到一种电流接通的感动。老屋不在，祖母和父母都已远逝，兄弟姐妹各奔东西。但是槐树还在，承接着老屋的气息，一代一代，繁衍成林。我似乎触到了老屋的灵魂与血脉，脚下土层的下面，槐树的根脉还在伸展。我知道，明年，眼前这片不大的林子，还会长出一片蓬勃的新芽。

柳树之悯

　　村里很多人已经忘记了村口曾经有一棵大柳树。我和姐姐争执了半天，她才记起好像是有一棵老柳树，在村口小桥的外侧，鸭子湾的南沿儿。树有一搂多粗，是常见的旱柳，树身皴黑斑驳，内侧已经半空了，可以容下一个小孩。树有四五米高，两根大腿粗的枝杈撑起巨大的树冠，一根伸向桥面，一根伸向鸭子湾。伸向桥面的那枝长得旺盛，柳枝稠密，把整个桥面罩住，像一个大凉棚。伸向鸭子湾的那枝有些半枯了，枝叶稀疏。

　　谁也不知树的年龄。奶奶说她嫁到村里时那棵树就那么粗。那时候奶奶正年轻，奶奶的弟弟和侄子都是地下党员，后山的八路军经常在我家开会。奶奶便坐在门口的上马石上眼盯着大柳树望风。大柳树是全村最高的地方，上面住了一窝喜鹊。喜鹊一嘎嘎叫着飞起来，奶奶便赶忙起身回屋报信儿，舅爷爷便带着八路军从后窗跳出去往后山跑。

　　奶奶对柳树敬之若仙。小时候我和姐姐头疼脑热，奶奶便蹋着小脚去老树下作两个揖，从树缝里挖出几块树油回来，用开水煮了让我们喝下，很快便好了。奶奶称呼老树为"老仙儿"，经常嘱咐我们要敬着"老仙儿"，说村里没有"老仙儿"不知道的事，白天它站在那儿，村里村外都看得一清二楚，晚上村里人都睡了，它还睁着眼睛替我们守着呢。老树的年龄应该和村子一样长久，爷爷以及爷爷的爷爷都没有熬过它。村里世世代代红白喜事、大事小情，老树都见证过。老树立在村口，挨过日本鬼子的火烧，吃过国民党还乡团的枪子儿，看过欢庆解放的秧歌，目送多少村人离村远行，又迎来多少游子归乡回家。老树是一个不露声色的老者，默默地守护着村子，陪伴着一茬又一茬的村里人不断地成长，那一圈圈年轮该收藏了多少故事。老树真如奶奶所言，是"老仙儿"，是村子的祖宗、村子的灵魂。

　　夏天的时候，老树会铺下一地荫凉。下地的人们回来先在树下歇会儿抽袋烟再回家。上工时大人们会聚在树下，一边就着湾边的水磨镰，一边抽烟拉呱，等人聚齐了队长分排完活计，他们便各自奔赴各自的地块干活。有调皮的孩子趁大人不注意爬到树上，扒了裤子冲树下撒尿。树下的大人初以为是下雨，摸一把是热乎的，仰头看天，这才发现站在树上的孩子正笑着嚷着"下雨喽下雨喽"。大人嘴里骂着兔崽子，弯腰脱了鞋伴装要上树揍他，调皮孩子却笑着猴子似的爬到了树顶。

晚饭以后树下最为热闹，孩子们老早就扛着凉席板凳过来占地方，纳凉听书是传统的保留节目。开场前孩子们或举着扫把扑蜻蜓，或玩捉小鸡游戏。小桥上蜻蜓特别多，有一种绿色的马蜻蜓，全身葱绿，个体是红蜻蜓的两倍，样子酷似军用直升机，却不知为什么会被称作马蜻蜓。马蜻蜓很少，又很难捕捉，孩子们碰到一次会兴奋地嗷嗷叫，谁若是捕捉到，身价立马飙升，孩子们会一窝蜂地拥过去，争相目睹和把玩。捕到的孩子双手捧着，趾高气扬，俨然是打了胜仗的大英雄。

天黑下来，人也聚齐了，坐在桥中央的宏山大爷会清清嗓子开讲。宏山大爷曾经是志愿军汽车连连长，因为中了毒气弹得了肺病，自己要求复员回村。我们多么希望他讲讲朝鲜战场的故事，他却很少讲，只讲水浒、讲岳飞。因为肺病咳得很重，烟瘾又很大，每讲几句都要咳咳地吐几口痰，却照旧讲得眉飞色舞，大人、孩子都听得着迷入神。没过几年宏山大爷因肺病去世，他的弟弟宏进大爷接着在桥头讲书，却怎么也比不过宏山大爷，听书的人也越来越少。天逐渐转凉，老树下开始变得清冷寂寥。

冬天下了雪，老柳树黑黑的枝丫上顶着一层雪被，地上厚厚的雪把小桥、鸭子湾，还有通往村外的小路都覆盖了，连同村外的田地连成一片白色的原野，黑黢黢的树干与枝杈立于其间，构成一幅动人的剪影。树顶的喜鹊窝也被雪盖住了，太阳升到树顶，偶有喜鹊扑棱棱飞起外出觅食，震落枝杈上的积雪，落下一片雪雾。

外出的人踏雪归村，茫茫雪野，村子也是一片雪白，只有村口老柳树的轮廓清晰地伸展虬枝，如一位老者立在那里相迎相接。我上大学的第一个寒假，因为雪大路滑，汽车到达县城车站已是晚上八点多，接站的二哥听车站说没车了早已经回家。那时通信还不发达，村里不通电话，我一个人背着行李往回走。雪下得很大，公路上的雪白天刚清扫过，仍然没过脚脖子，十几里路走了大半夜。通往村里的小路没人清扫，路已经看不出来，只能凭着记忆和路两旁的树行找到路基。一脚下去，雪已经没过膝盖。我几乎是匍匐着向前走。村子西侧路北是一片茔地，白天一个人从这里走也很紧张，黑夜里只看到一棵棵黑乎乎的柏树，像一个个人立在那里。风吹着树枝呜呜乱响，像有人在哀哭。平日我是不信鬼神的，但此刻头皮仍旧麻麻的，不时地发凉发炸，不敢抬头，闭着眼睛跌跌撞撞地往村子的方向赶，不知不觉间迷失了方向，一脚踩空跌落到路边沟里。我挣扎着好不容易爬上地堰，却找不到去村里的路了，急得想哭却不敢哭出声来。东一头西一头地跌撞，泪眼迷离中突然看到村口老柳树魁梧高大的身影，我心头一热，像看到了久违的亲人，一下哭出声来。我知道已经快到村口了，浑身也充满了力量，扑腾着身子连滚带爬地向老柳树的方向扑过去。

这之后我对老柳树便有了一种特别的亲近与敬畏，老柳树已经不仅仅是一棵老树，而是我从内心里敬重的"老仙儿"、老祖。不论走到哪里，只要想起故乡必先想到老柳树。几次梦中遇到难事，总是老柳树化作慈祥的老爷爷对我伸手相助。但是没过几年，村庄规划，村路取直，填了鸭子湾，拆了村西小石桥，老柳树也被砍了。听到这一消息，我心里咯噔一声，像有什么断裂了。没有老柳树的护佑，我不知道村子会成为什么样子。树砍了，那些古老的故事没有了承载和依托，随风而逝不知归处，几百年的老村似乎没有了灵魂，散乱无序。

我无法想象老树轰然倒地那一刻的悲怆。我试图找到老柳树的躯干，哪怕几根枝杈也好，但四处打探均无果而终。找不到老柳树，我感到一种空虚与茫然。村子已经不是原来的村子，儿时的记忆似乎已经被抹平了，找不到回归乡里的感觉，我似乎来到一个陌生的地方，找不到方位坐标，几次大白天开车回村都走错了方向。

没有了老柳树的接引与支撑，我的归乡之路便陷入迷惘，我不知道该向谁发问，"老仙儿"安在，乡关何处？

井 台

村里有两口井。

先祖在此建村，据说是看好了这里的水脉。水脉两注，南北各一，凿挖成井，人们循井而居，日久自然形成南、北两村，后合为一村，仍以井为界称作北街、南街。北街井在姜家墙外，井台很小，位于姜家院墙与南边单家房檐之间。井水黑亮，深达数丈。南街井位于村东平场，大队院南侧的一片开阔地上。地势本来就高，加上挖井时井土的翻填，形成一个篮球场大小的高台。井口用四块大条石砌成一个方形的井口。井口周围布满井绳磨出的沟痕，让人体会到时间的力量与历史的沧桑。井水清得发黑，趴到井口可从如镜的水面看到自己清晰的面容。水面到井口有两米多的距离，趴在井口冲里边吼一声，水便晕出无数的波纹，渐次向外扩延，面容便碎乱变形，井下的世界便显得玄虚神秘。

井口向外方圆十几米，杂石铺砌又用水泥勾缝，平展而开阔。周围是半米多高的一圈石砌矮墙，把井口紧紧围起来，东西各留一个出口，由条石砌成三四级的台阶，形成一个状似碉堡的完整平台，又像一个高出地面的舞台。每天早晚，家家户户都有人来井台挑水，把家里一天所需的清水灌满水缸。孩子们写完作业总喜欢在井台玩耍，勤快的姑娘、媳妇们相约着在这里打水洗衣。井台，是家家户户离不了的生计之源，也是村里活跃的娱乐场、重要的社交场。

挑水是一项技术活，常有人将水桶坠落井底。技术要领在于水桶接触到水面摆桶汲水的节奏把握。技术不熟，节奏把握不好，担杖和水桶一摆，后力跟不上，担杖钩便会与水桶脱落，水桶顷刻便会注满井水，咕咚一声沉到井底。挑水人懊恼地骂一句，执着空空的担杖去街上喊捞井人帮忙。捞井人都是心灵手巧又热心的壮汉，早有现成的长若几丈的杆子，下端绑了八爪钩，上端系了长绳，慢慢顺下去，沿井底一沉一提，总要大半钟头才能将水桶从井底捞起。井沿儿这时便会围拢一圈人，或趴或站，眼睛随井杆移动，及至捞上水桶便一齐欢呼，唏嘘不已，仿佛刚看过一场悬疑大戏。

每到秋后，村里总要雇人淘井。搬来抽水机将水抽干，然后有壮劳力腰间系了缆绳，猛吸几口白酒，下到十几丈深的井底，将墨黑的淤泥一筐一筐地刮上来。淘井常有意外之喜，总能捡到像章、水笔之类的小物件，有时还会淘到手表。最后由淘井人捧上来的是浑身晶亮、活蹦乱跳的小鱼，引得看热闹的孩子们大呼小叫。大人们常说水清无鱼，谁也猜不到这井里竟会有鱼。听老人们说这老井井底有泉眼，可以直通南海，这小鱼是不是龙王的虾兵蟹将？每一年淘井都有成群的孩子围着要看个究竟。但井太深，向下看只看到淘井人光着的膀子，别的什么也看不清。等到淘井人上来，胆大的孩子便问他有没有找到直通南海的龙眼，淘井的汉子总是眼一瞪吼一声"滚边儿去"，孩子们便愈加感到井底的神秘难测。

冬天的时候，井口周围结满了冰。水桶汲满水提上井口晃出的水一会儿便结一层冰，一层一层叠加隆起有半尺多厚，井口周围冻起一圈白花花、滑溜溜的冰坎，这时提水既要有技术、力气，还要有胆量，胆小的还没到井口就感到眼晕，总感觉一不小心就会滑溜到井里。井台上也布满了薄冰，都是洒出来的井水，清澈透明，薄薄的一层，像玻璃，能看清冰下石头的纹理。这地面却极滑，不要说担起两桶水，就是空身踩上去也是极危险的，必须猫步轻移。总有好心人在井台冰面上撒上煤灰或砂粒，即便这样，也还是有人不断地跌倒，两桶水倾洒出来，棉袄棉裤便浸得透湿。多数家里都是壮年男人来挑，倘若家无男丁或男人年老体衰，挑水便是一件让女人犯愁的难事。这时候亲戚或邻里相帮，全家人都会打心眼里感激。有年轻力壮但家境一般的小伙，靠给缺劳力的姑娘家挑水，打动了芳心，最后把如花的姑娘挑回了家。

井台上也会上演令人心酸的悲情剧。早饭时会听大人议论，南街某某家媳妇昨夜跳井了。大家都跟着唏嘘叹惜。多数时候跳井的人会被人及时救起，也有真的沉下去，打捞上来已经不治的。第二天便有人张罗抽水淘井。南街人几天里要到北街挑水，小孩子几天不敢靠近井台。再过几天，人们又都各自忙碌，井台上的景况又恢复如旧，似乎那天夜里的一切都没发生。

春暖花开后，井台上冰化了，便又重新热闹起来。孩子们一整天都在井台上捉迷藏、玩过家家，天不黑不回家。姑娘们买了新头花、穿了新衣服，一定要手拉手到井台上转一转。媳妇们呼朋引伴、三五成群地到井台上洗菜浆衣。没成家的小伙得空便会急火火地抄起担杖、水桶去井台挑水。太阳落山以后，井台上好戏才真正开场。收工的男劳力们回家放下锄头都要出来挑水，平时还算平静的井台开始变得熙熙攘攘，挑水的人们你来我往，络绎不绝。也有收工刚回来的年岁大些的媳妇，打点好了晚饭，让孩子烧着灶火，自己担着菜篮，抱着白天没空洗的衣被来井台洗涮，有泼辣的这时会放纵地和挑水的男人们说笑嬉闹。心思重的男人故意落在后边，等人都走了才磨蹭着帮尚有几分姿色的媳妇打水挑担地献殷勤。将晚的井台，如天边氤氲的彩云，暧昧而又温情。

每一担水挑出井台，都盛满了一家老小的渴望与希冀。走下台阶，肩上的担子一摇一颤，清清的井水晃溢出水桶，花花搭搭地洒落到白净净的泥土路上。一串串、一行行的水花润湿了一条条的街巷，又分叉到各家的庭院，像一幅幅生命的血脉图谱，让人感受到湿润鲜活的生机，感受到干爽的土地与水的亲近。让人怀疑，倘若有种子播撒下去，明晨这一条条街巷都能长出庄稼，长出生命。

村子就在这种滋润中成长、延续。

戏 台

戏台在我记事前便有了。它的面积和半个篮球场相当，就坐落在大队院的西侧，台口向东，南北是两排石墙黑瓦的平房，背后是插砌的石墙。墙与戏台间有十多米的距离，演戏时上边搭上篷布就是演员换装候场的后台。戏台四周是南山青白的花岗岩条石垒砌，中间是黄黏土夯实，上边撒上细细的砂子，平坦而又结实。四角各有一根七八米高的戏杆，演戏时四角系上绳子，幕布挂上去，围裹出一个方正闭合的舞台。看电影时银幕便挂在前边两根戏杆上。右侧戏杆顶部常年架着一只铝制的高音喇叭，平时各种通知从这里广播，开会或演戏时便哇啦哇啦响，隔着几里路都能听到。那是一种响彻乡村上空的唯一具有现代气息的声音。小时候经常盯着大喇叭中间的芯棒发呆，怎么也想不明白声音是怎么从那里传出来，又何以传播那么悠远的。

戏台大部分时间没有戏演，更多是用来放电影。隔几个月公社放映队来放一场电影。消息总是提前一两天便传到，孩子、大人都有些沉不住气，四处打探。及至看到大队拖拉机把电影队从公社或邻村拉过来，便会兴奋得奔走相告。至于演什么电影，似乎都不重要。银幕还没挂上，台下空场上已经摆满了占场子的椅子、条凳、马扎、小板凳和蒲团，有的干脆就是各种形状的砖头、石块。孩子们则在台上台下地打闹，俨然过节一般，饭也顾不上吃，只盼着天快黑下来，尽快享受那道精神大餐。太阳落山的时候，放映员吃过派饭户家精心烹制的晚餐，身上还带着饭菜的香味，在一大帮半大孩子的前呼后拥下来到大队院，开始挂银幕、扯电线、摆机器。孩子们好奇地围上去，总有机灵的主动跑前跑后地当助手，惹来同伴们羡慕的目光。

电影就是那几部片子，从《地道战》《地雷战》到《青松岭》，大家多数都已看过几遍，但依然看得津津有味。片中人物仿佛已经成了自己的亲戚或朋友，多日不见便感到格外亲近。有的干脆把片子里哪一个角儿当成了自己或自己的亲人，与片子里的情景同悲同喜。电影开演的时候，整个村子一片漆黑，远看只有大队院银幕映出的光，格外扎眼。平时锅碗瓢盆的交响曲以及鸡叫狗吠、老婆吵孩子闹的喧嚣都没有了，只听到电机的嘭嘭欢叫、嗞嗞走片的声音和影片中枪炮的轰鸣、演员低沉的说话声。那是多么令人心醉的声音。外村蹭电影的，只要进了村子，循着声音和光亮便会轻松找到。电影还没开演，大队院已经挤得满满当当。院落中间是电影放映机位，以放映机为界，往前都是本村家有小孩提前占好位置的，坐在各种座椅、板凳上的都是年长的老人或妇女，越往前越低，前边几排都是小孩，有的干脆坐在砖头、石块或地上。放映机后边都是"站票"，村里收工晚的青壮年或外村来蹭电影的年轻人，踮着脚或站在砖头、石块上，从人头和肩膀的缝隙里向前看。银幕后边戏台上也坐满了看"反片儿"的，多是外村赶来蹭片儿的孩子，他们都是仰着头看银幕，银幕上的字笔画也是反的，尽管看得脖颈发酸，照样如痴如醉。

戏台有时也是会场。社员大会都在大队院举行。大队支书、大队长和治保主任坐在戏台上，村民们各带板凳在台下坐着，二三百人也是黑压压一片。印象最深的是批斗会。村里没有地主，富农便是唯一的批斗对象。富农是个罗锅，见人便点头哈腰，人称笑面虎，倒真像电影和书报里的地主。他的老娘七十多岁，平日总是一身皂衣，裹着小脚，头发梳理得纹丝不乱，头后挽一个髻，大家私下里都喊她地主婆。两个人都由戴了红袖章的民兵押着，头戴报纸糊的尖尖的高筒帽，弯腰站在台上。戏台两侧挂着两盏汽灯，白白的光引来无数飞虫翻飞乱舞。不断有人上台发言声讨，台下有人领着呼喊口号，要他们低头认罪。儿子罗锅大概是认罪态度好，被民兵押到台口一侧，老太太却一句话也不说，任台上的治保主任怎样追问，台下的群众如何呐喊吆喝，她只是站着，一声不吭。几个臂戴红袖章的半大小子上去，扯起地主婆的头发，让她仰脸面向台下观众，白刷刷的汽灯灯光映着地主婆扭曲了的刻满褶皱的脸。老太太双目紧闭，嘴也抿得很紧。不耐烦的民兵一把将她从戏台中央推到一侧，早有民兵接住，又一把猛推回来，老太太小脚颠倒着被推来搡去，整齐的头发纷乱地披散下来，依然一声不发。直到老太太瘫倒在台上，批斗会才在一片口号声中结束。第二天一早，后街上传来几声凄厉低哑的哭声，大人们都在议论，昨晚地主婆回家上吊了。

一年中戏台大部分时间是空闲的，但村里人心里始终记挂着那上边演绎的一幕幕或喜或悲的大戏。

到了年底，戏台便开始忙碌起来。各村都有自己的戏班子，小到活报剧，大到整台吕剧甚至歌剧都能排演。冬闲时节，戏头儿便召集戏班子成员，白天黑夜地排练。大队院南侧大房子里成了排练场，寂静的冬夜里，不时传出的丝竹之声和咿咿呀呀的唱腔，为平静的山村生活平添了一抹艺术的亮色。戏班里自然有男有女，都是有艺术细胞的俊男靓女，又受着艺术的熏染，自然少不了男欢女爱的各种传言。未婚的还好，常有结过婚的文艺男与某某女演员如何如何的传闻，家家炕头上便多了一些不断添油加醋的言情故事。那是村里人津津乐道的长篇电视连续剧。高潮是听了传闻的男一号的媳妇大闹演出组。但不管怎样，戏还是要排下去的。进了腊月门，排演已近尾声，风和日丽的午后，戏班子便会在戏台彩排，虽并不熟练，但还是引来一批又一批热心的观众。过了初五，村里大戏便开演了。村里人奔走相告，不少都把外村的亲戚接过来，吃饭、喝酒、看戏。年这时才真正有滋有味。天还没黑，村里的响器班早早地在戏台一侧支起了锣鼓响器，一遍又一遍地把开场锣鼓咚镪咚镪咚咚镪地敲得山响，隔着山邻村也能听到，勾得人心里怦怦乱跳。酒也便喝得急了，人们匆忙吃几口饭，便大呼小叫地往大队院赶。大小街巷，一家老少，欢声笑语，呼朋引伴，这是一年里头最让人兴奋、最让人动情的夜晚。

演过这一场，整个正月戏台上便会好戏不断。初六开始，各村互相送戏。互相送戏的自然是关系好的村子，多年形成一种友好甚至姻亲关系。戏都是拿得出手的大戏，吕剧《三定桩》、京剧《芦荡火种》，最大也最让人难忘的是邻村高格庄送来的歌剧《洪湖赤卫队》。那优美的唱段、漂亮的扮相，让一村老小民众如痴如醉，恍入戏境。不少人台下跟着哼唱。这些与土坷垃打交道的农村青年，竟有如此的勇气、胆气，也有如此的功力，把一台专业要求极高的大戏演绎得有模有样。送戏的过程，密切了感情，也常常成就了姻缘。常有多情的小伙，看好了演戏的姑娘，追着戏班一村一村地去看，最终打动芳心，喜结良缘。戏里的成功也常有戏外的收获。姑家表哥在戏里扮演一位赤卫队员，腰扎武装带，身背驳壳枪，英武潇洒，挥手叭叭两枪，敌人应声倒地，表哥连打两个滚翻，马步站稳，挥手亮相，幕合，台下一片欢呼。有人窃窃私语，打听他是谁家小子，第二天便有人上门找父母帮忙提亲。

演过戏的戏台，便有了一种艺术的灵光。大人、小孩从大队院前走过，总要扭头瞅一眼戏台，浪漫的光亮便在心头闪掠而过，平淡的日子便有了亮色、有了念想。无戏的日子，小孩子们会在台上模仿戏里的情节，尽情投入地演绎。小小的戏台，将大人、孩子心灵的空间放大、提升。儿时经常做梦，梦见自己身手矫捷地在戏台上腾挪跳跃，离家后耳畔常响起戏台上咚咚锵咚咚锵的开场锣鼓和悠扬动听的唱段。几十年过去，村里戏台已经拆除，但那些或喜或悲的故事仍如梦境不时在脑海浮现。

戏台，时代悲喜的乡土演绎。戏台，乡村世俗生活的诗意向往，已成过往的精神期待。

碾屋记

碾屋位于村子东南隅,村里人称碾屋子。屋后是一片杂树林,东边是一个水塘,村里人称为鸭子湾,向南不远就是南河沿儿。

房子是正方形的,开口朝南,没有门,屋顶是草苫的四面坡。谁也说不清碾屋子建于何年何月,村里年岁最长的曾爷说自他爷爷记事时碾屋子就在那里,应该有村子就有这碾屋子。村里家家户户住房都是砖石砌墙,再不济下面也有几块条石打底。唯有这碾屋子从上到下全是用河里捡来的拳头大小的碎石头盖成的。墙体倒是很宽很厚,足有两尺多,所以虽然历经几百年的风雨,但仍旧十分稳固结实。碾屋子是村子历史变迁的活化石,碾盘、碾砣以至墙体上每一块石头都见证了村子的岁月沧桑,都存贮了村里人一代一代的故事与信息。

碾子位于碾房的正中。碾盘架在四块大青石上,碾砣被四根方方正正的老榆木做成的碾架子和杵在碾盘中心的碾芯子牢牢固定在碾盘上。碾芯子是生铁铸成，足有成人胳膊粗，既有固定碾砣之用，也是碾砣转动的轴心。日短月长，生铁的芯柱竟然被木做的碾架子磨成了小蛮腰。碾盘和碾砣每年都要请人用錾子凿出一道一道的沟槽，但用不了一年就又被磨得平滑如初。历经岁月的磨砺和多少代人汗水的浸润，老榆木已经变得油黄发亮。碾架子外侧有一个胳膊粗的斜孔，碾棍从那里仲进去，手扶碾棍就可以推动碾砣，旋转碾轧碾盘上的粮食。

在碾屋进进出出忙活的，都是妇女和孩子。男劳力都在山上，天不黑不能收工。妇女早回来做饭，回家先打发孩子抱着碾棍跑去碾屋子占碾子。家家户户都要碾米碾面，谁先插上了碾棍，谁就占了碾子，就可以先用。没占上的，就把盛着稻谷或玉米、瓜干的水桶或纸缸子依次放在碾屋门口排队等候。占了碾子的孩子得意地跑回家，嘴里呼喊着"占上了，占上了"，女主人担起早就备好的粮食急火火地往碾房赶。

推碾子是很累很苦的力气活，碾砣很沉，碾盘铺上粮食增加了摩擦力，推起来更加吃力，一个人要使出浑身的力气才能推动。一般推碾子的都是两个人，碾棍前边套上一根襻绳，多半是孩子在前边拉套，这样后边推碾的大人会感觉轻省些。推碾时要一手扶住碾棍并用腹部顶着碾棍往前推，另一只手拿着笤帚不停地扫拢着碾盘上的粮食。碾砣不断地将稻谷碾平，必须紧跟着再把碾平的稻谷、粮食扫拢起来，循环往复，才能碾细碾匀。孩子多的家庭这时候显出了优势，三五个孩子，占碾的、推碾拉绳的一大群，主妇只拿着笤帚在后面扫扫就行了，让孩子少的主妇徒生羡慕。年纪大、身边又没有儿女的无法用碾子，地瓜片只能煮着吃，到了年节只能求人帮忙将稻谷碾碎去壳，不然就吃不上白花花、香喷喷的米饭。

母亲每次到碾屋，都要问一下隔壁曾婆有没有要碾的东西。曾婆唯一的女儿远嫁外村几十里，平时老两口无人照顾，很多事都靠我父母帮忙料理。尤其到了年关，母亲总要打发哥姐去曾婆家，帮老人把过年要吃的稻谷挑到碾房加工。曾婆总要一跛一跛地跟在后头，一方面是客气，一方面也是不放心。曾婆过日子极细，这一年分得的一点稻谷，更是格外经心。母亲也不阻拦，到了碾房先把曾婆的稻谷倒上去，碾碎簸净，一粒不差地将白花花的大米粒倒进桶里，再让哥姐帮老人挑回家。老人自是十分感动，一个劲地夸赞"这可怎么好，这可怎么好"，到家后曾婆总要到里屋，掏摸出几粒花生塞给送米的哥姐，算是奖励。

碾屋是村里重要的社交场。每到傍晚屋里屋外格外喧闹，妇女、孩子络绎不绝，碾子在吱吱扭扭地转动，推碾的和站着等碾的妇女有一搭没一搭地扯闲篇儿，孩子们则在屋外追赶打闹，有的在打纸宝或打陀螺。这时的碾屋子，祥和愉悦，让人心里充满了融融的暖意。偶尔也会有勤快的男人来帮妻儿推碾子，这时女人的脸上洋溢着幸福与得意，手里的笤帚扫拢得也格外有劲、利落。倘若哪位小伙相中了谁家姑娘，收工回来必会直奔碾屋，殷勤地抱着碾棍撒欢地推转。

碾屋里也有争吵打闹的时候。东家长西家短地闲聊，不经意间得罪了另一方，有时传了第三方的坏话，平和的氛围便会戛然而止，或当场抢白，或为前几天的口舌专门跑来找碴儿。有时则因为占碾子抢时间互怼争执。但吵吵闹闹不耽误干活，碾子始终在转动，碾盘上的粮食也是源源不断地在人推石碾之下变成白米细面。离开碾屋，那些争吵也就甩到了脑后。

村里人对碾屋都有一种言说不尽的敬畏。过年时有人会送来春联，也有人偷偷在碾盘上燃些香火。初一早晨会有一拨拨的村人在门前和碾道燃放鞭炮。几百年的老屋，牵连着村里家家户户的先祖与神明。

到了夜里，村子安静下来，偏居一隅的碾屋显得有些孤单而又神秘。没有门，里边漆黑一片，像一张黑洞洞的大口。一个人从门口过，既好奇又不敢往里看，有时会突然蹿出一只类似猫狗的动物，惊得人心里噗噗跳个不停。早饭时或夏夜里乘凉，经常听大人们说夜里碾屋里有类似女孩的哭叫。几百年下来，难说会有什么神灵。也有人说碾屋后边的杂树林里有骚皮子（狐狸）和黄狼子（黄鼠狼），母亲说那可都是会作妖的怪物。父母再三叮嘱夜里不要去碾屋子。这反倒激发了孩子们的好奇心，既感到紧张又充满了探究的欲望。

到了夜里，几个小伙伴带了棍棒悄悄地靠近碾屋子，分成两组从两边向碾屋包抄。临近门口，听见里边有窸窸窣窣的声音，领头的小伙伴噢的一声大喊，几个人一齐喊叫着往碾屋冲，里边腾地蹿出两个人影，一眨眼便跑到后边的林子里去了。几个人都傻了，半天没有反应过来，还是领头的反应快，率先追到林子里，惊得几只大鸟呀呀叫着飞起来，远处水塘里的鸭子也嘎嘎叫成一片。几个人低头猫腰找寻半天，除了几根鸟的羽毛，什么也没有发现。

回家说给大人听，大人虎着脸教训，说那是老皮子精，冲犯了可不得了！吓得我们几天都提心吊胆，见了碾屋便躲得远远的。

碾屋好像什么也没有发生，仍旧平静而又喧闹。几个孩子的深夜探险，并没有引起人们的关注。吱吱呀呀的碾米声，像一支沉静、悠长的古调，一如既往地弹拨、演奏。

麦收记

麦收是村里人一年中最兴奋、最隆重的大事。从去年秋天麦子抽出针芽开始，经历一个冬春的风霜雨雪，终于盼来这一天。大人们兴奋是因为终于又有一季好收成，孩子们高兴则是因为又可以吃到雪白喷香的大馒头了。艳阳高照，知了在树梢上欢叫，村子周围的山坡、泊里都是一片金黄，空气里弥漫着浓郁的麦草的干香。大人们都在忙着为麦收做准备。气氛像要打一场大战，有些兴奋又有些紧张。村里大街小巷的黑板报开始换上了《三夏战报》的报头，动员广大社员全身心投入三夏会战，抢收小麦。大队的两台打麦机半个月前就从大队院拖到了麦场上，机工开始对机器进行检修上油。小学校也放麦假了，老师大多是民办的，都要回村参加抢收。孩子们大多要到地里捡拾麦穗，年龄大些的也帮着大人们打下手。身为支书的父亲这时心总是悬在半空，每晚都盯着广播听天气预报，早上起来先看天会不会有雨。早饭也顾不上吃就到各个山头跑，看哪一片地已经熟到火候。麦子收割时节的把握很重要，没熟透割早了影响产量，熟过割晚了麦粒都爆落到地上。父亲总是把握得很准，各个生产队都已习惯听父亲的指令，随时准备开镰收割。

母亲老早就把过年攒下的麦子从粮缸里挖出来晾晒，去碾屋磨成面粉。收麦的几天，要做最好的吃食，蒸馒头、蒸包子、捞米饭、擀面条。女人们过了年就算计着，把麦子留出来。总有不会过的，这时候麦子早已经吃完，只能到别人家借。东邻大妈家年年都要找母亲借麦子，时间长了似乎已成习惯，母亲总是给她预留出来。

开镰是很隆重的。以生产队为单位，集中在一片熟透的地块。天很热，大家却都穿了很厚很破旧的衣服，领口都扣得很紧，有的还很严实地围扎了一条毛巾。麦芒扎到身上红痒难受，宁肯热点也要包扎严实。父亲所在的二队，队长华叔总是谦让着让父亲第一个开镰。男女几十号劳动力，听父亲喊一声"开镰"，大家嗷嗷几声一齐躬身挥镰，刷刷地开始收割。父亲总是割得很快，一会儿便把别人落出很远，逐渐大田里收割的阵势呈现扇形状态。收割小麦都处于半蹲状态，左手一抡抓住一丛麦棵，右手挥镰后拉，一把麦子就被齐齐地割下来。顺手放到左大腿与身子之间夹紧，到了无法再夹了，抽出一束麦秸捆扎成捆，身后一会儿便会躺倒一片麦子，有如大战之后的战利品。

割麦是一年中最累最苦的活，老家有句俗语：宁扛一天石不割一捆麦。太阳狠毒地在半空炙烤，麦地里热气向上蒸腾，人还没动，汗水已经将衣服湿透。再加上麦芒刺扎，再厚的衣服也能扎进去，身上火辣辣地痒疼难耐。割麦时身体半蹲，强度很大，再好的身板也会感到腰酸腿麻，一般割几捆就要立身歇一会儿，期待着有一股凉风吹过来。偶尔也会有惊喜发生，突然有鸟儿扑棱棱飞起来，大家一齐嗷嗷欢叫，站起来向鸟儿飞起的地方凝望，有人会托出一个鸟巢，里面有几只花斑的鸟蛋。有时也有更大的惊喜，麦田里会嘎嘎飞出野鸡，留下一窝青绿的野鸡蛋。大家放下活计一齐跑过去。野鸡窝像个小箩筐，全用草根草叶围成，比鸡蛋略小的野鸡蛋一层一层整齐地摆在里面。大家唏嘘不已，有惊奇，有羡慕，也有些许的嫉妒。捡到的人则一脸喜气，端着鸡蛋半天不知所措。意外的收获与惊喜，冲淡了大家的疲累燥热，也成为麦收期间家家户户议论的热点话题。

到了晌午，通往麦田的山路上会出现一拨拨送饭的妇女和儿童。送到地头，队长会吼一声"开饭了"，大家放下活计，哎哟一声伸展一下腰身，走到地头树荫下开始吃饭。吃饭是分散的，各家一摊，每家的饭菜都摆在地上，自然有一种比拼。各家主妇都是拼了最大所能，把最好的吃食搬出来。主食多是大白馒头或白米饭，也有蒸包子，菜也尽可能地有蛋有肉。母亲这时总是蒸父亲爱吃又下饭的虾酱鸡蛋糕、流油的绿皮鸭蛋，再做一道蒜薹炒肉或洋葱炒肉，有时还会蒸几条春天腌制的小青鱼。父亲和所有壮劳力们大快朵颐，一上午耗尽的能量重又添注到每个人的身上。吃过饭后，父亲又咕咚咕咚连喝两碗母亲调制的解渴酸汤，一身的乏累一扫而光。

割过的麦捆由拖拉机随后拉到麦场，晚上就要抢脱出来。跟车收拾麦捆的多是半大小子或年龄稍大的妇女。装车也不是好活，累倒不怕，主要是麦芒总会透过衣服扎得浑身刺痒。我曾自告奋勇要求跟车装车，只干过半上午，实在无法忍受，趁着到地头喝水的机会，和另一位小朋友悄悄转过麦田，从小路逃离了。

麦捆拉到大场上，先垛起来，到晚上脱粒时再用铡刀靠近穗根拦腰铡断，完成麦穗与麦秸的分离。麦穗运到脱粒机上，由一个戴了口罩、风镜，浑身包扎得密不透风的年轻劳力站在高凳上，一把一把絮进脱粒机的膛口，麦粒从一侧的出口吐出，由两个也是全副武装的壮劳力，撑着麻袋口接住。而被碾轧分离出来的麦秧则从下边的传送带吐出来。经机器碾轧的麦秧绵绵软软，是絮草褥子极好的材料。

晚上的打麦场上格外热闹。割了一天麦子的男劳力又转战过来，抢脱麦粒。场院地势高，不时有微风吹过来，比白天凉爽许多。天空很蓝，有无数星星闪烁。打麦场上埋了几根大木杆，一百瓦的电灯泡挂在上边，麦场被照得如白昼一般通亮。电灯周围有无数飞虫在翻飞起舞，不时会有葫芦蛾子飞扑过来。柴油机和脱粒机在轰鸣欢叫，大人们都在忙着铡麦捆、脱粒、扬场、堆垛麦秸麦秧。孩子们则过节般地在雪白平滑的场地上欢闹，一会儿围着灯杆捉蛾子，一会儿围着麦秸麦秧垛玩过家家、捉迷藏，有的在还没垛好的麦秧垛里挖洞，钻进去半天出不来。有时玩累了会在软软的麦秧垛上，闻着麦草的香气，数着星星睡去。偶尔会有精力充沛的小伙和情窦初开的姑娘躲到麦秸垛后搂抱亲昵，被人发现惊叫着跑开。有时也有惊险发生，某某衣服被脱粒机皮带卷住，差点连胳膊带人拉进去，幸亏机工眼快及时合闸。某家孩子在麦秧垛里睡着了，被整理麦秧垛的大人又到了大腿，万幸没有又到头脸或者肚皮，也是有惊无险。

麦粒脱出后装进麻袋，运到场院的西北角。父亲和另一位扬场的老把式华叔在这里完成最后一道工序。父亲手执宽大的木锨将带着麦糠的麦粒迎风高高扬起，麦糠随风飘到一边，干净的麦粒雨点般落在父亲跟前，父亲眼都不眨，继续挥锨再扬。麦粒落下时，华叔则挥动大扫帚掠扫一遍，麦糠被扫得一干二净。两个人一扬一扫地重复动作，看似简单，实则技术含量很高。尤其扬麦的人，要有力气，一大木锨麦粒足有一二十斤，要扬到几米的高度，关键还要根据风向，把握木锨上扬侧翻的角度，麦粒散开，风正好吹过来，将麦糠吹离，麦粒干净利落地落下。扬场都是几十年的老把式，年轻人尽管力气充足，但角度和风向把握不准。

经父亲和华叔扬过的麦堆如一座小山不断地长高长大。这是全队一年的收获，全队各家一年的细粮和工分收入，一村老小的期盼和希望都在这麦堆里。

傍天亮的时候，最后一捆麦子脱完了，机器呜的一声停下来。大家扔下手里的工具就势在机器旁、麦场上、麦秧堆里躺卧下去，闭眼在麦香中眯睡过去。这是大战之间难得的小憩，天一亮又要拿起镰刀奔赴西山，那里的麦子也熟了。

赶 汤

家乡方言中，"汤"字的古意至今传承保留完好。热水称汤，温泉称汤。这在隔海相望的东邻日本有着相同的情形。那年去日本路经箱根，看到半山腰露天温泉云山雾罩的景象，和儿时的老家何其相似。同是北纬37度的两个城市——文登和箱根有很多相近的特征，最突出的就是温泉，都号称"温泉之乡"。箱根有著名的七大名汤，我的老家方圆几十公里温泉也有六七处，七里汤、大英汤、呼雷汤、汤村汤、汤泊汤、洪水岚汤，等等。行走在山岭村泊之间，只要看到前方白汽缭绕，云雾蒸腾，走至跟前必是温泉无疑。内地的很多温泉动辄要钻探几百米、上千米，而在我的家乡，温泉都是地表泉，真如泉水一样，从地表岩层间汩汩喷涌而出。这些温泉都有几百甚至上千年历史，形成一种独特的汤俗文化，与乡间百姓生活相合相融。

老家就在温泉边上，距离汤泊汤泉不足一公里。说自己洗着温泉长大，在外乡人和如今的年轻人看来是何等的奢侈，但儿时在老家，赶汤也就是泡温泉，确实是乡人平常生活的一部分。现在城里人泡一次温泉动辄几百元，那时赶汤都是免费的，周边八九个村子，每村年底出十几元钱，供养着一个管理汤泉、洗刷汤池的汤工，村民何时洗泡都是免费的。小孩子们放了学，挖着羊草、拖着耙犁，到了汤前篮子、草筐正好装满，赶个汤干干净净回家吃饭。大人们干完一天活，好动的绕个弯儿，到汤池里泡一泡，舒筋解乏，回家一身轻松。

汤泊汤泉在文登几大名汤中，论规模不算最大，只有一处泉眼，但单眼出水喷涌量应是最多，景象也是最为壮观。汤眼位于汤池的北面，山脚下河边上。洁白的水雾漫延升腾，离着很远便听见咕噜咕噜的喷涌声。走到跟前，是一间房大小的蓝瓦瓦的水湾，水湾中央冒着白汽的泉水哗啦哗啦地向上喷涌，让人怀疑是什么动力使得这么多的热水如此热烈地不停喷涌。小时候常会不由自主地担心，哪里来的这么多热水，汤眼会不会戛然停喷。老家与汤之间有沙河相连，顺着小河向上走就到了汤前，算是赶汤的水路。小时候每逢周末，常约几个小伙伴，沿着小河向上，一路捉鱼摸虾，运气好时还可以从河中央沙洲草丛里捡拾到鸭蛋，用柳条将小鱼小虾穿成一串，用尼龙网兜兜住鸭蛋放进汤眼，十几分钟后提上来便是可口的美餐。汤眼喷出的泉水七十多度，由于达不到沸点，煮熟的鸭蛋蛋黄是硬的，而蛋清却稀如酸奶，用石头将蛋壳凿一个小孔，用麦秸管将蛋清吸到嘴里，然后再剥壳吃里边的蛋黄，也是别有风味。

汤眼与汤池之间相距三四百米，汤池选在相对低洼的一片旷野中间，后边是山岭，前边是沙河。先是开挖一条九曲十八弯的水渠将汤水漫流引进汤池，经过长距离的转折流淌，进入汤池的汤水温度已经降低不少；又从沙河北岸开挖一条水渠，将河内的凉水引进汤池，与汤水勾兑融合，水温正好达到人体舒适的温度。汤泊建汤据说已有千年历史，先人这种聪明智慧令人感佩惊叹！围裹汤池的是一座开放式的古庙类建筑，一围砖墙，半边屋顶，青陶细瓦，圆木梁柱，屋顶只盖住两个汤池中里边的一个。外边的汤池大，能盛下五六十人，里边是小池，也就容纳二三十人。外边是常温池，里边小池没有加注凉水，水温高。年轻人一般在外池，里边小池都是老年人。两个汤池间并无阻隔，里边洗热了可以到外边大池。外边大池虽在墙内，但是露天，冬天下雪时，一众浴客身体隐在水中，头顶雪花，构成一幅顶雪沐浴的动人风景。

汤池是半开放的，有墙无门，但是有赖纯朴的民风，赶汤洗浴绝对安全，有汤以来，从未听说任何有伤风化的丑闻。男女以时间分隔，每周头四天男汤，后两天女汤，星期天休汤一天，汤工洗刷汤池，打扫卫生。这规定有点歧视女性的意味，但也是世代多年约定俗成的。每逢女汤，汤池总是爆满，大姑娘、小媳妇从四面八方的乡间小径汇聚到汤前，喊喊喳喳的说话声，随着蒸腾的热气传得很远。附近山上地里干活的男劳力们不时从远处瞅上几眼，太阳落山了也磨蹭着在地里多干一会儿。多数妇女赶汤都在晚上，收工回来做好晚饭，打点一家老小吃上饭，自己拿块干粮出门，一边嚼食一边喊"赶汤了，赶汤了"，后边的人会越聚越多，嘻嘻哈哈一路说笑打闹着往汤上赶。女人都爱美爱干净，常洗汤泉皮肤白润光洁。洗过泡过，浑身滑爽，心里也格外滋润放松。赶汤是女人们一天中最开心的时刻。

据后来检测，家乡汤泉水质高优，富含二十多种矿物质。走近汤眼，一股浓郁的硫黄与松香兼有的气味扑鼻而来，那实际是多种对人体有益矿物质集合的气息。家乡是著名的"长寿之乡"，与"温泉之乡"二者应该具有内在的联系。泡汤对老年人，尤其对关节病及风湿类疾病有非常明显的疗效。本家一位在大连工作的堂大爷，"文革"时下放回村，其夫人有严重的风湿病，骨瘦如柴，常年卧床不能自理，回来时被儿子像抱小孩似的从搬家的解放车上抱下来。回来后每逢女汤，她都要去赶汤。先是儿子用小车推着，半年后儿子扶着去，一年后自己随着邻居去，再后来不仅自己赶汤来去自如，做饭甚至挑水都和常人一样。后来落实政策，堂大爷和四个儿子都回了大连，老夫人坚决不回去，她已经离不开汤，一个人执着地留在村里。我离家多年后回到村里，老人已经七十多岁，仍旧自己搂草、挑水，过得有滋有味。

汤是造化所赐，汤也是先人留下的一种享用自然、融汇自然的珍贵遗产，是一方水土一方乡人难以忘怀、难以割舍的情愫与寄托。为感恩与祈福，每年谷雨时节，汤上都要举办沐浴庙会。周围村子的人们都会汇聚汤泊，既有锣鼓秧歌，又有整台大戏，各种吃的穿的用的玩的应有尽有，大人、孩子摩肩接踵，摊档铺位从小河南岸沙滩一直绵延到山脚下。汤泊周围是漫岭小山，八九个小村分散于山坡岭脚，汤位于中心地带，汤把这八九个山村牵聚到一起，村与村、人与人之间便有了情感与联系，一乡民众共沐一湾清汤，共谋一种自然、安宁的生活，共葆一份和谐、美好的记忆与传承。

端午记

过了谷雨，似乎已经闻得见粽子的糯香了。几场小雨，天空被洗刷得格外干净、清亮，雪白的云朵在湛蓝的天幕上层次分明地飘移，燕子也呢喃着从很远的南方飞回来。母亲总是早早地把米和粽叶翻出来晾晒。米有大米和糯米两种，平时不舍得吃，放时间久了，有的已经开始长出米虫。粽叶是去年夏天采摘的芦叶，芦叶长得最旺最宽的时候天也恰好最热。母亲和奶奶顶着毒烈的太阳到南河坝上挑选采摘，回来先用开水烫煮在院子里晾干，然后一叶一叶地叠码起来，用报纸包好放到里屋梁上备用。端午的头一天，母亲把粽叶和米各放到一个大陶盆里，用刚从井里打上来的清水浸泡。浸泡过的芦叶油绿如新，米也喝足了水分，格外晶莹透亮，没等蒸煮，甜糯的香气已经在灶间弥漫。夜里母亲和奶奶围着灶台开始包粽子，孩子们也试着拿芦叶去包裹，却总也学不会。母亲一边包，一边和奶奶讲古。记忆中粽子要包很久，古也总是讲不完，听得困了，孩子们便爬上炕，在梦中等待端午的到来。

奶奶所讲的关于端午的由来，与书本上的有着很大不同。她不知道屈原，更不知道屈原投江的典故。许是地处海防古镇的缘故，奶奶的讲古似乎都与一位将军有关。传说将军带兵行军，天色将晚，在南河沿儿扎营埋锅造饭，米刚煮好，突然狼烟四起、号角连营，于是急忙拔寨出发，可又舍不得一锅好米。匆忙中，大家就地取材，摘河边的芦叶包上米饭，边跑边吃，之后大胜来犯倭敌。那天正是农历五月初五，为庆祝和纪念，遂有"端五节"，芦叶包饭也成了大军开战前必备的精神和物质给养，后来传到民间，也便成了端午美食。

天还没有放亮，母亲便早早起来，从门口桃树上剪下一根桃枝，插到门框上方。听奶奶讲，古时闹兵乱，村里人急着往南山跑。一位妇人背上背着一个大孩子，手里拉着一个哇哇哭叫的小女孩，跑得慢了，被大军追上。一位将军见此情景，断定是后娘无疑，横刀拦住，问她为啥如此狠心，妇人哭说大的是邻家的孩子，爹妈都没了，怪可怜的，小的是自己的，跟着跑也没关系。将军为之感动，收刀说，你放心回家吧，门上插根桃枝，我保你不死。妇人回到家里，在自家门上插上桃枝，又将这一秘密告诉躲到山里的邻居们。第二天大军杀回来，遵照将军的命令，门上插桃枝的不杀。但是一看，村里家家门上都插着一枝绿油油的桃枝。将军一声长叹，再次为这位妇女的仁厚善良所感动，挥手打马带兵离开了村子，一村人因此保住了性命。此后，门上插桃枝便成了家家户户经年不变的端午习俗，既是纪念那位仁厚善良的妇人，也以此祈愿祛邪免灾。

插好桃枝，母亲便开始烧火煮粽子。和粽子一起煮的，还有艾蒿和鸡蛋、鸭蛋、鹅蛋，满满一锅。困难时期，鸡鸭鹅蛋是用来换钱贴补家用的。为了端午，难为母亲一个一个攒下来。早上一睁眼，变戏法似的，每个孩子都惊喜地发现，枕头边堆了一窝煮熟还温热的鸡蛋、鸭蛋。那种惊喜远胜西方孩子们收到圣诞礼物。孩子们鸡蛋的数量各有不同，我在家排行老小，母亲给我的总是最多。几只淡的鸡蛋，十几只咸的鸭蛋、鹅蛋，自己藏着要享用一两个月。母亲悄悄地放好，等天刚放亮，便用温热的沾满艾草香气的鸡蛋，在每个孩子的脸上滚一圈，据说可以消病祛灾。平滑、温热的鸡蛋的滚动抚慰，把孩子们从梦中唤醒。我们一睁开眼睛，母亲便喊："还不快起来，去后山拉露水！"大家争相爬起来，怀着惊喜与满足的幸福，各自将鸡蛋藏好，抓一把粽子，边吃边相约着小伙伴们向后山跑。

这是一天中最隆重、最开心的时刻。一种名为"拉露水"的仪式与游戏，是一年中孩子们玩得最疯的时候，是一次有关露水的乡野狂欢。拉露水要赶在太阳出来之前，越早越好，谁跑在前头预示着一年好运。孩子们可以在草地上放纵地奔跑、打闹，任由露水打湿鞋子、衣裤。沾的露水越多，预示着这一年的好运就越是丰厚长久。一边疯闹，一边寻找一种长满耳坠状穗头、名叫瞌睡草的茅草，用手将草上的露水沥出来，洗眼洗耳朵，一年都会耳聪目明；洗头洗脸，一年都会聪明智慧。太阳这时已经爬上了树梢，红红的阳光穿过树枝，映射到草叶的露珠上，如珍珠般熠熠闪亮。经这闪亮的露珠洗润过的一张张童颜，红扑扑的，天真、单纯，一双双比露珠还亮的眼睛，充满了对未来的向往与期待。此时，山下村子里炊烟已经袅袅升起，节日才有的饭菜的香气随之飘溢到山岗草野。孩子们唱着、闹着奔下山去。

端午的早晨，穿越千年的阳光依旧温暖、爽亮，追逐着晨雾、炊烟还有歌唱蹦跳的孩子，平静地照耀着山村，照亮家家户户平安吉祥的梦想，照亮山里人祖祖辈辈美与善的传承与期许。

大　水

　　水是一夜间涨上来的。村南的河道宽有一百多米。平时河水很浅，清亮亮的河水从黄白的沙滩上淌过，人们能看清水中逆流而上的小鱼。但是一到雨季，沙河便成了黄河。雨连续下了一天一夜，天像是被捅漏了。身为支书的父亲两天没回家了，一直披着蓑衣在外忙碌，村里的壮劳力都上了大坝，用沙袋在大坝上垒起一米多高的新坝，但水还在不停地向上涨。傍晚雨停了一阵，水开始向下回落。大家稍松一口气，父亲和大部分村民回家吃饭休息，留下民兵连长带着几个民兵在大坝上打更执守。这次大水来得凶猛，水一旦溢出大坝，就会倒灌到村南的农田，进而淹没南街的民房。我家在北街，半山坡上，地势较高，水一般上不来。南街地势低洼，南街的住户一到雨季就提心吊胆。有一年河水倒灌，眨眼工夫便将南街的民房灌满水，家家户户的锅碗瓢盆都漂了出来，囤子里的粮食全部泡汤，好在人跑得及时，没有伤亡。这次村里准备得早，昨天父亲就让人招呼南街的村民把粮食、衣物尽可能转移到村北高处的大队仓库。白天的时候，家家户户又都领了稻草织成的草袋。草袋里装满土，在家家门口都垒起了挡水坝。但河水真要溢出南坝，这些土坝到底能起多大作用，父亲心里也没底。

半夜的时候，我们被一阵"当当当"的锣声惊醒。听见父亲喊一声"坏了"，看他跳下炕，提上马灯便跑了出去。外边这时人声锣声响成一片。还没歇过来的壮劳力们提着马灯、铁锹从各家各户往南河大坝上跑。南街的老老少少也被叫了起来，叽叽哇哇地往北街高地上的小学校跑。母亲坐起来，盯着黑黑的窗外嘟囔："南街糟了，大堤可别垮。"我也睡不着了，一边庆幸住在北街，一边担心大坝千万要守住，祈祷老天别下了，大坝不要真垮了。

小村一夜无眠。早上醒来，雨竟停了，南河的水也开始回落。大人、孩子都涌到大坝上。大坝上一片泥泞，上下都很困难。沙袋在大坝靠近河床的一边垒起一米多高。壮劳力们大战一夜都累瘫了，父亲头上、身上全是泥浆，领着村干部们还在巡查水情，大多数壮劳力们都坐在沙袋或泥地上，一脸疲惫，有的已经睡着了。水在不断向下回落，汛情过去了，壮劳力们陆续摇晃着下堤回家休息。天真的晴了，村里老老少少们都来到南坝上看大水。孩子们格外兴奋，互相追逐嬉戏打闹，有种见到大海的冲动，完全冲淡了此前的紧张气氛。

昔日安静清丽的南河，这时波涛汹涌，不知道从哪里来的满河的土黄的河水，浩浩汤汤，排山倒海地向下奔涌，河面比平时宽出几倍。南河沿儿的玉米地、地瓜地已经全被淹没。靠近堤坝的河水打出一圈一圈的旋涡，水面不断泛起一片一片黄白色的泡沫，不断有树枝、木块被河水扑到岸边。有勤快的便将树枝、木块归拢到一起，捆绑回家摊晾晒干，成为最好的烧柴。老家称这种营生为捞扑柴。捞扑柴的能手是南街刘家三兄弟——居常、居早、居远。三兄弟水性好，尤其是老三居远，堪称"浪里白条"，赤条条地跳到水里，没有他捞不回来的宝贝。这时的水面，宛如一个巨大的传送带，源源不断地把上游的好东西漂送下来。从岸上看，河面上远远看见一个一个的黑点，由远及近地漂下来。岸上人都跳着脚猜，看不清是什么东西。有时是冬瓜南瓜，有时是鸡鸭鹅，有时是木箱家具，有时是整根的杆子木材。让人猜不透上游是一个多么富有的去处，也让人揪心，这么多东西漂下来，不知多少人家遭水祸害。

这时只有老二、老三在坝上，老大作为壮劳力忙活一夜回家歇息了。远处又漂过来一个黑黑的东西，好像还会动。老三一个鱼跃跳到水里，向那个黑点游过去。老二则在靠近岸边的水里准备迎接。老三是迎着黑点过去的，一会儿便靠到跟前，向前扑过去，那黑点竟然会躲闪，原来是个活物。老三扑了空，回身一个猛子从后边抄过去，用一只手向岸边的方向推拥那个黑点。慢慢靠近了，有人眼尖，是头黑猪！等在岸边水里的老二很快游过去，也从侧面推拥着猪向岸边靠过来。这时早有人喊来了老大，老大从家里拿来了盛柴草的大网包，等兄弟俩推着猪靠近岸边，老大便将网包撒过去，一下罩住了黑猪，三个人合力将猪向岸上拖，岸上观景的大人、孩子也一齐帮忙，黑猪不情愿地吱吱叫着被拖上岸，原来是一头足有一百多斤的肥猪！老大找来木杠，老二、老三费了很大力气才抬起哼哼叫的肥猪摇摇晃晃地走下河坝。三兄弟发了大财，成为大水后村里人议论的一段佳话。

雨彻底停了，河里的大水也很快退下去。河患解除，父亲又带着壮劳力们到地里排涝。村南、村西泊地地势低洼，这时灌满了水，不及时排出去，玉米、地瓜都会绝产。每块地都要顺着地势挖出无数条排水沟，地头沟渠里的水也要排出去，否则仍会形成内涝。村里仅有的几台抽水机，昼夜不停地工作。南街的村民们，免了一场水灾，但也添了不少烦恼。门前的草袋土坝要拆除，满院子的泥泞要清理，还要陆陆续续推车到仓库里把转移的粮食、衣物推回来。免不了你多了我少了的猜疑争执，父亲又带上治保主任、调解主任去说和。有不懂事的南街人开始怪村里多事，不该让他们把粮食搬出来，完全忘记了前年大水的灾害，只抱怨眼前的麻烦疲累。父亲冲那人吼几声，众人也跟着骂过去。

最高兴的还是孩子们。大水退了，河道里又恢复了原来的水位，这是戏水抓鱼最好的时候。大水在河道拐弯处冲出一个个小河湾，上游水库下来的鱼很多都留在了河湾里。河湾水很浅，最深处也不过一米。河湾里捉鱼有几种办法：一是下水摸。靠近河岸特别是水草根部，有一个一个的鱼窝，太阳毒的时候，鱼最愿栖息在那种地方。但水里的鱼很机敏，人稍一靠近便倏地窜了，不易逮。二是下网。从家里找来菜园挡鸟的网片，几个人从两头扯住，横贴河底向前赶抄，这样受网的面积限制，鱼总会溜边跑掉。三是排水。在河湾下游处开出水道，从家里提来水桶，轮番向外排水，竭泽而渔。第三种办法有些累人，但最实用，收获也最大。一般一晌午便可将水排干，仅剩没过脚面的河水，可以看到大大小小的鱼的黑黑的脊背，挤挤挨挨地在水里拼命挣扎游动。这时只消拿起网抄向外捞鱼即可。常常一个河湾可以提起两三桶鱼。鱼以鲫鱼、白条为多，也有上游水库冲下来的鲤鱼、草鱼。小朋友们赤身光背地奋战一天，夕阳西下时抬着渔获，唱着儿歌回家去的感觉，让人陶醉。大人们忙活一天，吃到孩子们捉来的鲜美的鱼儿，嘴里不说，心里也是一种难得的享受。找出过节才舍得喝的老白干小酌一杯，几天抗大水的疲累一扫而去。

大水带给人们突然而至的灾祸，也带给人们并肩抗灾、共度患难的契机与温暖，还有战而胜之的快乐，以及不经意间的收获。村子在大水的冲刷、浸泡中顽强地成长，乡情也愈加黏稠厚重。大水让未成年的孩子们提前经受了灾难与凶险的磨炼，丰富了认知，深刻了阅历，精彩了记忆。

梦里庄园

德爷家的房子在村子西南隅的台地上，是传统的青石老屋，完全契合了幼时我们关于庄园的认知与想象。当时课本上关于地主庄园的描写让我们自然想到德爷家的房子。德爷家房子就是庄园的结论很快得到同学们的认同，从此我们幼年简单的生活底片上开始不断印上庄园的意象。大家都对德爷的庄园充满了好奇，但多数人都没有走进庄园的经历，庄园便显得格外神秘，格外具有诱惑力。走进庄园成为村里每一位少年的梦想。

德爷的庄园与村子是断开的。屋后是一条蜿蜒的沟渠，似乎是庄园城堡的护城河。房子南边是一片稻田，稻田与房子之间是一片果园。西边是旱田青纱帐，种满了玉米、高粱。房前屋后长满了高大的老槐树，从村外老远就能看到黑旺旺的一片树林。德爷的庄园像一个古堡或者一个单独的村落，与整个村子显得有些游离与走调。

因为父亲去德爷家送救济款的缘故，我有幸跟随父亲去过德爷家。德爷家戒备森严，别说孩子，平时大人都极少进去。房子东边有一条小路，穿过一片玉米地，沿着篱帐夹出的小道，紧贴着果园的边帐，蜿蜒迂回如过迷魂阵，半天才走到院门口。刚刚贴近园子，两只牛犊般的大狗便嗷的一声扑过来，吓得我赶紧躲到父亲身后。父亲随手从园帐抽出一根柴棍，身子向下一蹲，狗便呜呜叫着退回去，再走几步又扑回来，父亲一边挥舞柴棍，一边蹲步向前，大狗吠叫着亦咬亦退。直到德爷走出来吼一声，两只狗才夹着尾巴呜噜呜噜地跑回院子西侧的窝棚。

几棵老槐树把德爷家的院子严丝合缝地罩住，院子很荫凉，光线也很晦暗，印象中最深的是碎石插铺的地面，还有德爷的金牙。这也契合了我幼小心灵对德爷庄园以及他庄园主身份的想象。屋子里更黑，但德爷的金牙却很亮，这使我想到座山雕。实际上，德爷是个穷木匠，房子是"土改"时分得的。一年中德爷大部分时间在外边干活，德爷的老婆老早就没了，老大带着老二、老三，草一样自由生长，饥一顿饱一顿，衣不蔽体是常事。德爷似乎并不管。德爷很少说话，不知从哪里抓出一把小梨递给我："吃！"我乖乖地接住，放到嘴里，甜得心都要化了。我知道这就是传说中的豆梨，皮是铁褐色的，只有纽扣大小，咬开一包甜水。这种豆梨很金贵，满村里只有德爷的园子有。大概是德爷自己培育的品种，至今几十年再没见过。豆梨树很高，果子又小又多，收果时要用棍子向下敲。

德爷的园子应该有篮球场大小，但在儿时的记忆中它似乎很大，大到不知边际。园子里果树品种很多，有苹果树、梨树、桃树、杏树、核桃树、枣树，光梨树就有很多种，除了豆梨，还有茄梨、荏梨、香水梨。青黑的叶子下边是硕大的或青绿、或微黄、或长满黄点点的果实，特别是如人参果般的茄梨，在青黑的叶子掩映下闪着黄澄澄的光亮，强烈地诱惑、刺激着儿时单纯的味蕾。挺拔高耸的豆梨树，无数的小豆梨像星星一般在半空中闪亮摇曳。还有核桃树，当时并不认识，巴掌大的叶子下面，翠绿的带着白点点的青果，让人生出如玉如诗的遐想。满园多少果树、多少果子啊！这对于没见过世面的乡村少年来说，就是充满诗意与诱惑的伊甸乐园！

去德爷庄园的经历成为我在小伙伴中炫耀的资本。我的讲述更加激发了小伙伴们对于庄园的想象与好奇，每个人都发誓要到德爷的庄园闯一闯。

到了周末，从大连返乡插班的远房堂兄建军叫上几个同学开始策划攻打庄园的计划。德爷的庄园周围都是庄稼地，南边是低洼的水田，易守难攻。庄园的防卫可谓戒备森严、固若金汤。园子周围竖起一人多高的帐子。穿越帐子技术上似乎不难，建军从家里找来了钳子和手锯，难点在于庄园防卫力量强大。德爷的三个儿子都比我们长得高大，都没有上过学，虽然吃不饱穿不暖，但个个身体剽悍，冷不丁会从哪里杀出来。建军似乎很有经验，说对付这三个御林军只能奇袭，半夜三更等他们睡了再夜袭。最难对付的是两只大狗，据说它们是德爷在外边干活从东家抱来的纯种狼狗，对于声音和气味都特别敏感，人还没靠近园子，它们便嗷嗷冲出来。想了半天，建军也有了破解的办法。回家找几块馒头，抹上猪油，里边夹上老鼠药。放倒狼狗，智取庄园！建军的方案让孩子们兴奋，万事俱备，孩子们吃过晚饭便开始行动。

德爷的三个儿子似乎早就有了觉察。队伍刚刚接近庄园东侧的青纱帐，建军正要从挎包里掏馒头，大狗似乎从天而降，呼的一声蹿出来，吓得建军哇的一声叫，还没反应过来便被大狗扑倒在地。大狗却并不咬他，只死死按住他的肩膀，德爷的三个儿子有如天兵天将，手持棍棒站在眼前。孩子们都吓傻了，德爷的三个儿子抡起棍棒冲每个人屁股狂揍几棍，吼一声"滚吧"，小伙伴们捂住屁股慌乱溃逃。

一战失利，小伙伴们并不死心，偶尔还会随建军在园子周围逡巡围观，但不敢靠近，一听到狗叫撒腿便跑。庄园便显得越发神秘，越发充满诱惑。

到了秋冬，园子果实收了，孩子们的诱惑少了，但园子的魅力依旧不减。园子这时又成了孩子们的动物园，那些藏在园子里的小动物让孩子们彻夜难眠。村子里都知道德爷的园子是狐狸、黄鼠狼的老窝儿。传说德爷只要一回来，黄狼子便会拖回两只鸡，一只拖到自己窝里，一只扔到院子里孝敬德爷。谁家鸡少了，女主人只在街上骂几声，却不敢到庄园来找。建军常带着我们爬到附近高树上，看黄狼子搬家。黄狼妈妈在前边领着，长长的尾巴后头紧跟着一群小狼崽，它们大摇大摆地从园子这头搬到园子的另一头。还有刺猬，也是一窝一窝的，一串小刺猬在妈妈的带领下，在树下散步、晒太阳。两只狗这时趴在园子边上，伸着红红的舌头打盹，园子里好像什么都没发生一样。

庄园的神秘感，使孩子们对德爷家的生活也充满了好奇，德爷的三个儿子身上也似乎罩上了光环，俨然幸福的少年庄主。三个儿子都不上学，老大有时会跟德爷外出学干木匠活，老二、老三还小，在家照看园子，不用上学，不用干活，在孩子们眼里他们自由自在，这是多么大的幸福！老三比我大两岁，因为没娘，德爷又常不在身边，经常衣不蔽体，夏秋只穿一件露肉的短裤，冬天单裤单褂，一年四季都是赤脚，倒是练就了一副好身板、一身好功夫。夏天老三整日在水里捉鱼摸虾，浑身上下晒得油亮，号称"浪里白条"。冬天我们滑冰，他也滑冰，打着赤脚滑得比我们还远。我对老三甚至有几分羡慕和崇拜，梦里常常把自己置换成老三，成为自由自在的庄园少主。看他赤脚滑冰如此潇洒，也不由自主地去模仿，脱了鞋袜，可刚站到冰上，脚板便传来一阵刺痛，一种无数钢针刺扎般的疼痛。我赶紧重新穿上鞋袜，看已经滑远的老三，心里只有空叹。梦里的情景也随老三的身影，逐渐淡远。

沧海桑田，如今德爷的庄园早已不复存在。每次回到村里，我都会不自觉地去寻找西南隅那片蓊郁葱茏的神秘所在，看到的只有一片平展的玉米地。那座青石老屋，那些老槐树，那些漂亮的果实、那两只大狗、那些小动物似乎从来就没有存在过。我和小伙伴们关于庄园的想象与寄托，只在那个时段伴随我们存在、成长，除了我们自己谁还会知道？那种神秘与浪漫的感觉实实在在地存在于我们穷困与贫乏的少年生活，伴随我们心智和灵魂不断丰满，引领我们发现和体会乡土的诗意与美好。

德爷的庄园，少年梦想的村野呈现，记忆底片中永不褪色的诗意收藏。

白果树下

　　白果树不是一棵树，是我邻村的村名，是我奶奶的娘家村，距我们村一公里。老人们习惯称它白果树底下，如今的年轻人则简称为白果树。对这一村名，多数乡亲都已经习以为常，很少去想它的来历。我从记事起，就对这个村名产生好奇。我曾问奶奶白果树是一种什么树，奶奶说她也没见过，听她的奶奶讲，是一棵两人也抱不过来的大树，树冠能把半个村子都罩过来。到了夏天，上边会结出一串一串绿杏一样的果子，秋天变成白色落下来，有硬硬的壳，吃了强身健体。听了奶奶的解释，我对这棵奇异的大树充满了诗意的想象，对白果树这个不大的小村，也产生了一种难以言说的好奇。

　　小村只有几十户人家。树很多，房子都在高大的绿树的掩映之下。从远处看，村子就是一座葱郁葱茏的森林。树多是槐树、榆树、杨树、柳树，也有少量的梨树、桃树、杏树、苹果树，但没有白果树。小村坐落于一个山坳里，像一个瓢的形状，瓢口向南面的沙河敞开，村子中间向南是平地，北面、东面是山，村北是一片苹果园，西面是稍缓的山坡。一户一户的人家就散布在山坡和相对平实的瓢底。房子都很老旧，多数是碎石插砌的墙面，也有下面斗石、上面青砖套墙的，但一色都是茅草盖顶，很少的几户是垄状的细瓦，那大概是过去地主家的房子。说到地主，奶奶就生气，她说地主很恶毒，她的哥哥我的舅爷爷就是让还乡团也就是小村原来的地主毒打而死的。舅爷爷是地下党员，据奶奶讲，地主将舅爷爷捆绑起来，又灌辣椒水又上老虎凳，最后又吊到树上活活打死。舅奶奶为此哭瞎了双眼。当然新中国成立后地主被政府镇压了。但让人想不明白，一个小村里住着，何以会生出如此大的仇恨，看来白果树下也并非都是田园牧歌，白果树下也有阶级的仇恨，也有斗争和牺牲。好在那种悲剧早已成为过往的历史，如今的小村祥和、安定。房子都是依山就势，没有一条贯通的街道，一条一条白细的小路，如网一样，也像白果树的树冠，枝枝杈杈地将各家各户串通起来，显得小村错落有致，又有几分幽深难测。

都说白果树下风水好，有史以来小村就出能人、出美女，男人聪敏俊帅，女子秀丽貌美。不足百户的小村，几乎家家户户都有在外读书、做事的。尤其女子长相出众，在周围十里八乡赫赫有名。小时同学里长相好的，不用打听肯定是白果树的。一位姓唐的音乐老师，堪称风华绝代，时至今日难以计数的影视明星未见出其右者。那时她还是民办老师，每天步行从白果树下的家里走到设在我们村的联中上课。不论上学还是放学，她的后边总会有一串串半大的男生悄悄地跟随。只要她走过，地里的男人会放下活计，行走的女人也会驻足。在乡人的眼里，唐老师就是下凡的仙女，不知多少怀春的少年因为唐老师而彻夜难眠。

风水应该与水有关。小村南边的沙河与我们村的南河相通。这条河是抱龙河的一条支流，是少有的由东向西流淌的内河。沙河发源于东面的大山，流经白果树村南时拐了一道弯，形成一个天然的河湾，水明显比上游下游都要深。村南的河岸向河中间突进去，两面都是深绿的河水，每次走过那里，我都会生出一种远古渡口的臆想，揣测小村的先人发现了巨大的白果树，从这里上岸。渡口无船，河湾之外水实际已经很浅。但清亮的河水渗进村里，又经水井渗出，甘甜纯美，这可能就是树绿、人美的缘由吧。

白果树村子东面是汤泊温泉，去汤泊赶汤必须从小村经过。每一次走到小村，都有一种穿越远古的神秘感。脑子里总有一棵高大的白果树的印象，又不知其藏在哪里。年龄稍长，我曾相约着同学去村里探访。问过和父亲年龄相仿的表叔，也问过和奶奶一辈的老者，多说没见过白果树，只是听长辈传说，也有说在村南河边，还有说在村北沟沿儿。但走遍小村，半点痕迹也没有找到。按奶奶的说法，两人合围还抱不过来，恐怕要一两千年才能长成。这个小村，建村年代应该和我们村相当。我们村村志记载是清代末年建村，距今也就二百多年历史。二百多年的时间，一棵老树，不应该消失得无影无踪。也许这棵树压根就没有存在过，只是先辈的一种诗意的向往。也许先辈是从一个有白果树的地方迁徙而来，为了纪念而以树名之。

但是小村的人们至今确信，曾经的那棵大树，枝繁叶茂、顶天立地的白果树，实实在在地长在村里的土地上。白果树又叫公孙树，是荫庇后人的吉祥树。那样粗壮又是那样挺拔，那样葱茏蓊郁又是那样果实丰茂，后人见此该是何等的踏实与骄傲。这样的一棵大树，不论经历怎样的波折与冲突，都会把一种美好吉祥的信息，从远古一直延传到现在，深深地种植于后人的心里，使他们在大树之下安然、美好而又自信地生长、开花、结果。

白果树下，一种诗意的栖居，一种久远而又美好的精神赓续。

过　年

　　中国的春节是世界上独一无二的节日，延续了几千年，有如密封经年的老酒，绵长醇厚，让每一个中国人心醉。不分文野高下，也不问贵贱尊卑，每一个中国人都有一种浓浓的过年情结。人们盼年、赶年、忙年，那浓浓的年味儿透过吃与玩的简单形式，让人们感受到一种深深的情义，感受到几千年传统积淀的神圣与博大。"年"也即春节，它那丰富的内涵和古旧的形式，是透视中国社态民情的最佳渠道。祥和、喜庆的气氛把人们的心情带入一年中前所未有的放松、自由和兴奋状态。人人脸上都写着笑意，人人都会不自觉地进入一种"过年状态"，平时拘谨的这时往往会变得狂放豪爽，平时粗俗蛮野的这时也会表现出温文尔雅、文质彬彬，平时怒目相对的两个人这时可能拳头一抱酒杯一碰而尽释前嫌、不再计较。每一个家庭这时都布置一新，春联与大红灯笼相映，人们难忘过年的美妙，春节无论对大人还是对孩子都充满了魅力、充满了诱惑。

迎　年

离春节还有近一个月，年的气氛已经很浓了，孩子们早早地开始掰着指头算日子，还有几天过年。大人们也总是合计着，春节在哪儿过，回不回老家。实际每个人这时心里都在惦着即将到来的年，都在做着或心理或物质的准备。政府的工作日程上也把春节摆在了重要位置，各级都在强调和筹划春节物资供应和春运两件事。电视里反复报道与春节有关的新闻。及至过了腊月十五，一年一度的春运拉开了帷幕，年似乎一步就要跨到眼前了，人们心里便禁不住开始发毛。街上到处堵车，大街小巷人满为患，大小商店更是人头攒动，熙熙攘攘。人们开始购置年货，开始准备礼品，开始为孩子选购过年的服装，家在外地的开始预订回家的车票、船票或机票。车站、码头、空港更是热闹而又忙乱，到处都塞满了手提肩扛大包小包回家过年的旅人。大街小巷卖年画、卖春联、卖拜年娃娃、卖鞭炮的摊点，生意火爆而又抢手，卖冰糖葫芦、卖甘蔗等小食品的也出手很快。空气中不时传来零零星星的鞭炮声。年这时已经如一个充满魅力的情人，在不远的地方招手等候了，人们一边毛手毛脚地赶着手头的工作，一边小步跑着向她赶去。

赶　年

　　每一个离家在外的游子都有赶年的体验与经历。那年在北京，办完了事到西单闲逛，那时离过年还有一个多星期，本打算再玩几天买买东西便回济南。走进西单大街，看到匆匆忙忙、熙熙攘攘的人流，心里忽然感到一种强烈的想回家的冲动，似乎年已经逼到眼前了，人们都在忙着办年货，只我一个人在距家千里之遥的异乡游荡。这时候，商场广播里传出人们已经听俗了的李春波的《一封家书》，听到"今年春节我一定回家"一句时，我心头一热，眼泪哗哗地涌流出来。这一刻起，我开始明白《一封家书》为什么会让那么多人感动。我当即转身回到旅馆，退掉了早已订好的火车票，改乘当晚的汽车急不可耐地往回赶。

　　回家过年的紧迫心情很多人都有所体验。一位朋友曾与我说过这样一个故事。那年腊月，他与妻子在离他们老家不远的邻县的海边小镇度假。海边的雪景让他们流连忘返。忽然有一天，几声清脆的鞭炮声一下子勾起他回家过年的强烈愿望，当晚就回去收拾行李，第二天一早便来到小镇车站。不巧那天下了一夜大雪，大雪将通往县城的唯一一条公路埋住了。不通车，他与妻子只好耐着性子等，一天一夜几乎没有合眼，不时起来看看窗外雪是不是已经停了。第三天雪仍旧在下，可是年已经就在眼前了，他一咬牙，与妻子扛起行李，不顾招待所服务小姐的劝阻，沿着崎岖的山间公路向县城走去。这个小镇离县城七十余里，他们整整走了一天。傍晚的时候总算赶到县城车站，当他们踏上最后一班驶往他家乡的汽车时，两个人都禁不住泪流满面。

忙　年

过年的乐趣之一在于忙，不忙不热闹，不火爆。

忙实际从进了腊月门便开始了，要制作或者购买一家大小过年的新衣，要备好年货，要置办礼品，要打扫布置房间，要请人写对联，要贴年画，等等。最忙的莫过于主妇，在我们家最忙的是母亲。进了腊月，母亲便开始自己动手制作过年的吃食。先做酱油，商店里虽然瓶装、散装的都有，但都不如自己做得好吃。再做豆腐，自己用小磨磨出豆浆，再在大锅上蒸煮熬制，最后点好压实，一方一方地装坛入罐，放到外边冻起来，等过年孩子们从外边回来了再开封。过了腊月二十三的小年，便开始做年糕、蒸饽饽、煮肉以及炸鱼、炸肉、炸丸子、炸抄手，等等。一天天排好，一直忙到大年三十。尽管忙，但母亲的心情非常好，脸上总是挂着甜甜的微笑。

腊月三十的早晨，吃过了早饭，父亲便带着孩子们贴对联、挂灯笼。喜庆的气氛一下子盈满了小院，孩子们乐得又蹦又跳。到了晚上，一家人热热闹闹吃团年饭，一向禁止孩子们喝酒的父亲宣布解禁，大人、孩子不分男女老少，只要想喝就喝。孩子们照例是主角儿，吆三喝四，推杯换盏（都是饮料），而大人们仍旧斯斯文文，有父亲在，仍旧都不敢放肆。吃过了团圆饭便开始守岁，男人们打扑克、下棋，孩子们看电视，母亲则带着儿媳们一边包除夕饺子，一边拉呱、看电视。熬到眼皮发沉的时候，除夕的钟声当当地响了，还没等钟声响完，外边鞭炮声已经噼里啪啦地响成一片。父亲也从炕席底下拿出烘得焦干的千响浏阳花炮，亲自提到院中。当鞭炮闪着电光噼里啪啦炸响的时候，父亲、母亲，所有站在院子里的亲人们脸上都闪着激动的泪花，鞭炮声把充满希望的新的一年带给了我们。

迎新的鞭炮连绵不绝地响了半个多小时，整个山村的夜空被花炮辉映得五彩缤纷。放过了鞭炮，母亲已煮好了饺子。饺子里包了经过消毒的硬币，谁能吃到就预示着谁来年财运好，这自然又触到了孩子们的兴奋点，虽然不饿，也一个一个吃得很香甜。新的一年已经来到了，人们都以一种兴奋的心情，踩着地上五颜六色的鞭花炮屑走上街头。转一转，走一走，呼吸一点新鲜空气，人们把这叫作"踏年尖儿"。转回来的时候，东方天边已经露出曙色。大人、孩子这时都焕然一新，穿着崭新的新年礼服走出各自的房门，开始一年一度的大拜年。先是到爷爷奶奶的房里，然后是伯父、叔父以及本家的长辈，再是兄嫂，最后是邻居和朋友，由里而外、由上而下依次拜下去，问一声"过年好"，炕头上坐一坐，情谊浓浓的，如醇酒般醉人。有孩子的要带上孩子，孩子们也不会白去，为大人作过揖问过好便可以得到数目不等的压岁钱，所以，孩子们这时候往往比大人更兴奋、更积极。

初一的一天男人们是最忙的，几乎所有的男人都不在家。拜过了初一，初二便要拜姥爷姥娘，拜岳父岳母，拜姑姨娘舅，他们一般都不在本村，便要合家出动，牵儿带女，大包小包地出门。从这一天开始，一直拜到正月初十，只要是长辈，只要是亲朋好友都要去拜一拜、看一看。谁串的门多，谁家的亲戚多、客人多，都是一种荣光、一种吉祥。吃饭、喝酒这时候成了一项重要内容。今天你请，明天我请，家家都弥漫着酒香，人缘好的一天要喝好几场，从早上起床直喝到子夜零时是常事。男人们脸上都红扑扑的，街上时常可见摇摇晃晃、手舞足蹈的醉汉。

忙拜年、忙走亲戚、忙喝酒、忙招待客人，这之外便是忙玩儿。村里总要组织排戏、请戏，四邻八村巡回表演，轮流送戏，或演吕剧，或扭秧歌，老人、孩子们便有了热闹的去处。姑娘、小伙儿这时便骑上摩托车去县城看电影、蹦迪、跳舞。不愿活动的便三五成群地凑起来打扑克、下象棋或者打台球、"垒长城"……

忙过初十，歇息两天，又要忙十五了。十五要扎龙灯、排社戏、踩高跷，还要蒸面灯、放鞭炮。短短一两天时间，村里村外又以一种新的狂热，把年推向一个新的高潮。十五圆圆的月亮落下去的时候，人们才踩着满街的鞭花炮屑回家，在面灯的余光中，在鞭炮硝烟的余香中枕着年的尾巴甜甜地睡去。

热闹了将近一月的年，这时才如早上天边的星星，拖着长长的尾巴恋恋不舍地离去。孩子们还没有玩够，大人们也不愿意从浓浓的年的氛围中走出来。过了十五，一切都要重新开始，上学、下田、外出做工，每个人都要回到各自的岗位。年已经走远了，人们又把深深的眷恋化作期待，振作精神，一步步赶下去，三百六十五日之后再与她重逢。

三

楸树与木槿花

屋后的楸树

临睡前，母亲对父亲说，东山于家有棵楸树要卖。父亲说，好，明天去。母亲问，不去公社开会？父亲答，不开了。母亲说，那我下去发面，明早烙火烧。父亲每出远门母亲都要发面烙火烧给父亲作干粮。

母亲说的东山是老家东部山区的统称，最近处离我们村也有二十余里。那边山多林密，楸树多。楸树木质细密坚硬，在老家算是稀罕树种，是打家具的上好木材。邻村姥姥家房后就有一棵，高大挺拔，树干笔直，硕大的树冠从我们村就可以看到，春末夏初紫花绽放，真有华盖云伞之感。奶奶晚年最大的愿望就是打一副楸木寿材，但最终也没能如愿。那年冬天奶奶突然病重，医生看了只是摇头，村里有老人与父亲说，抓紧打副寿材冲一冲。时间急迫，父亲遍访几个村子也没找到楸木，最后只得用自家一棵老槐树给奶奶打了一副棺材。棺材打好后刷完大红的油漆，奶奶嗷地吐出一口黄痰，气竟喘得匀了，病真的慢慢好起来。后来棺材放在西屋炕上盛粮食，奶奶对父亲和母亲说，我这寿材没赶上楸木也就罢了，老大（我大哥）结婚你们可要想着打一套楸木大柜！奶奶走后，父亲和母亲始终记着奶奶的嘱咐。大哥到了谈婚论嫁的年纪，母亲便留心打探哪里有楸木。几次有了信息，都因父亲没空错过机会。父亲作为村支书，除了忙村务，三天两头还要去公社开会，难得有空闲时间。这次父亲应下得如此痛快，母亲自是十分高兴。

我醒来时父亲已经带着母亲起早烙的火烧骑车去东山了。父亲刚走一会儿，公社王干事就骑车来到家里找父亲，说公社宋书记召集各大队书记开会，都到齐了就差父亲。母亲一脸愕然地说，他说不开了。王干事也一脸茫然，没有说不开了啊，这老刘！

晚饭时父亲才回来。母亲问，有谱了？父亲叹口气说，晚了一步，昨天刚让人买走，又跑了几个村，连楸树影儿也没见着。

母亲说，你刚走，公社王干事就来找你开会。父亲说，找什么找，我已经辞了不干了。母亲唉了一声，说，这样也不好。父亲说，有什么不好，在他们眼里我哪里还是支书啊，分明是窝主、是教唆犯，让他们来查，查不清楚我哪里还能干！

几天前，公社革委的司公安带几个民兵来村里把堂兄抓走了，说他偷了邻队的粮食。司公安以前经常来村里要这要那，父亲从不理他。这次抓人，事前事后都没有通知村里，司公安还到处放风，要抓出堂兄幕后的老板。这明摆着是针对父亲的。父亲是全公社有名的模范支书，平时对家里人管束极严，生产队里一根草都不准往回拿。堂兄过去有占小便宜的毛病，父亲隔三岔五把他叫到家里敲打、训诫。这回堂兄是不是真偷了人家粮食不知道，但说父亲是后台老板真是天大的冤枉。

吃过晚饭，公社宋书记来了，一见面就亲热地拍了父亲肩膀一巴掌。宋书记在村里蹲过点，对父亲知根知底。父亲让母亲炒菜，重新摆上饭桌和宋书记喝酒。父亲脸紧绷着，宋书记倒是一脸笑意。宋书记说，老刘，你不能伸腿不干哪！父亲瞪着宋书记说，不伸腿，我还能干吗？我是贪污犯、教唆犯！宋书记忙说，哪有那么严重！父亲说，这不明摆着嘛！你要么给我查清楚，要么开除我吧，不行就抓我！宋书记说，我是信任你的。父亲说，有人不信任啊！父亲知道宋书记当不了家，公社革委两派闹得厉害，有人想借父亲的事打压宋书记。父亲说，宋书记，你的情我领了，我不干了，你也清净。宋书记有些哽咽。两个人不停地说，不停地喝，我们都睡了，他们还在喝。第二天醒来，父亲已经上山干活了，早饭时公社王干事又来叫父亲开会。父亲说，别再跑了，一百遍也没用，我昨天都给宋书记说明了，赶快换人吧。

母亲看不下去，说，别再犟了，人家给个坡你就下吧。父亲瞪了母亲一眼，说，那是坡吗，那是坑！母亲便不再说话。第二天公社送来通知，任命了年轻的新支书，同时要求父亲不经批准不得离开大队。不再是支书的父亲，似乎一身轻松，禁止出村的禁令也没有让他难过，当天下午便扛着铁锨与其他社员一样地上山、下田，没有丝毫的沮丧与失落。

支书轮替，这在小村里是一件重大的政治事件，对于家庭、对于子女，无疑也是一次重大的政治变故。大哥是一脸的沮丧。父亲不准出村，他的楸木家具是没指望了。更严重的是，接下来县里招收亦工亦农，本来论条件，大哥是党员，又是生产队副队长，无论怎么说大哥都是最符合条件的。但新任支书举"贤"不避亲安排给了他侄子。母亲愤愤不平，冲父亲嘟囔。父亲担任支书时，大哥有两次跳出农门的机会都让父亲让给了别人，一次是大学招收工农兵学员，一次是联中招民办教师，不论学习成绩还是现实表现都是非大哥莫属，民办教师还是联中校长点名要的，但父亲坚决不同意，咬定他当支书，自己的孩子就不能推荐。这次母亲流泪了，数落父亲，你当支书孩子不能去，你不干了孩子还是不能去！母亲一再要求父亲去找宋书记讨个公平，给大哥一个机会。父亲坚决不同意，大哥气得两天没吃饭，关在西屋不出门。父亲隔着门对大哥说，我当支书你不能去，我不当支书你更要靠自己的本事，在哪儿干不一样？人活着要有骨气！不知大哥听进去没有，那以后大哥好久没和父亲搭话。好在几年后恢复高考，大哥真凭自己的才学考上了大学。

父亲不干支书，村里不少人的脸色都发生了变化。我在学校也是饱受冷眼。那时不知道父亲犯了多大错误，整日提心吊胆，担心父亲被抓。原本要好的小伙伴大概受了家长的指示，开始疏远我。每次放学我都要等别人走光了，才一个人背上书包形单影只地回家。一天中午放学，我刚出校门，看到父亲手里拿着一枝长竹竿等在那里。见我出来，父亲叫着我的小名，把长长的竹竿塞到我手里，他拉住另一端，说，走，领你勒马猴去。马猴是老家对一种蝉的称呼。那是一种比知了大几倍，通体油黑又叫声嘹亮的蝉。父亲当支书时很忙，从没有陪我玩过。拽着长长的竹竿跟在父亲身后，我感到从未有过的温暖。父亲带我来到水库大坝，大坝的下坡是一片槐树林。走近大坝便听到马猴哇哇的鸣唱。我第一次见识父亲原来是捕蝉的高手，手里的长竿顶端绑了一根马鬃，马鬃挽了一个环形活结，父亲让我和他一起手执长竿，瞄准树梢上的马猴，屏住呼吸，将马鬃的圆环活结套准马猴的头部，猛一抽竿，马鬃一紧便将马猴牢牢套中，马猴扑棱着翅膀乖乖就范。一会儿工夫，我们就套得十几只。父亲一边教我，一边和我唠叨，马猴为什么能叫这么响？因为飞得高啊，你看飞得越高，声音越是响亮，飞得越高，说明他劲道越足，活性就越长。人也一样，要有志气，不能光看眼前，要往高处走、往远处看，光看眼前没出息。回到村里我故意走得很慢，十几只马猴在我手里，扑棱着翅膀哇哇高歌，引来小伙伴们一片羡慕的目光。

不干支书的父亲爱管事的脾气仍没改变，山上干活看谁偷懒耍滑他会批评，路上见谁往家里拿队里的柴火他也会制止，不论干部还是社员都挨过他的训。母亲劝他别再管闲事了，惹人嫌。父亲说，这哪是闲事，总得有人管！再说我不是干部还是党员啊，就是普通社员也该管！后来，一队队长生病无法上工，找不到合适的人接替。队长是苦差事，大家都不愿干。新支书硬着头皮找父亲，父亲竟答应了。母亲很生气，支书不干干队长，你这不是傻吗？父亲说，你不干他不干，总得有人干，这一队的活计不能烂在地里！听说父亲干队长，公社宋书记专门来村里看父亲，宣布解除父亲出村的禁令，并说司公安因为贪污已经被免职。这之后，父亲领着一队人马干得更起劲了，粮食、副业生产都走在大队前头。我知道，父亲忙起来，大哥的楸木大柜又没希望了。

母亲还是不停地在打探楸木的消息，不时在父亲跟前唠叨，父亲嘴里应着，但哪有空闲去东山。我也替大哥着急，盼着哪天父亲再辞去队长一职，去东山把那稀罕的楸木买回来。

晚上我做了一个梦，梦里我们家屋后就有一棵大楸树。楸树高大、挺拔，衬得我家草屋又矮又小。正是初夏时节，楸树巨大的树冠，繁茂的心形绿叶间开出一串一串粉紫的花，在屋后的上空笼起一层氤氲的紫雾。我心里乐得也如那树上的花，这下好了，大哥的大柜不用愁了！但一会儿那树上的花叶慢慢变成父亲的脸，原来是父亲站在那儿，父亲腰板挺直，眼睛望向远处，神采奕奕。

梦醒以后，我心里感到一阵失落与茫然。楸树，我多么希望房前屋后真的能有一棵高高大大的楸树啊！

多年以后，我来到沂蒙山区乡村振兴的样板村朱家林，一下车便看到村东头一片树林，我心里一跳，是楸树林！我快步跑过去，真是楸树！初春时节，树还没有发芽，但我一眼便认出那熟悉的亲切的楸树！高挺的躯干，向上伸展的枝丫，还有那皲黑如铁的树皮，只有楸树才有的一种独特的风骨，在初春料峭的寒风中越发强劲。我好生羡慕朱家林的村民，能有这样一片漂亮的楸树林！到了初夏，枝叶繁茂，紫花盛开，这一片楸树该为村里一众老小铺下怎样的一片荫凉！

儿时的梦境又浮现在我的眼前。那棵曾经长在我梦里的巨大的楸树与眼前的楸树林叠映在一起，让我再一次真切地想起父亲。父亲宁折不弯的气概和这挺拔的楸树何其相似！父亲身高接近一米八，一生劳碌艰辛，敢作敢当，直到离世仍旧腰板笔直，面容、眉宇间始终透着一种清明与坦荡。屋后，一棵楸树，高拔、挺直的大树，根脉所系，精神所系！

园边的木槿花

木槿花在我的老家被称作母鸡花。大概是木槿两字变音的缘故，抑或与木槿花的品性有关。木槿花生性泼辣，生长快速，一棵木槿花枝，一年后可以连根长出几棵，时间再长可以长出一道木槿花墙，像极了母鸡的品性。因为容易成活，所以并不显得珍贵，怎么也没有想到她竟然贵为一国的国花。

老家的木槿花很多，但并不是作为观赏花木而栽植的，多是种在菜园的边上，有的直接夹在园帐栅栏中间，为菜园添置一道绿色的屏障。

每年过了二月二，家家户户都开始收拾菜园，首先是扎架篱笆，老家称为架园帐子。架园帐一般由妇女和孩子承担，男劳力在生产队大田忙活一天记十分，妇女干一天只得五分，所以男人不舍得请假旷工。谁家女人能不能干，一看园帐就可知晓一二。

经过一年的风吹雨打，原本架园帐的槐树枝都已腐烂，需要用新砍的棘条树枝重新架设。架园帐虽然强度不大，但也是一件累人的活计。先要把旧的收拾起来，打好捆拉回家作烧柴用。这看似简单，实际既费力气又容易扎破手指划破手腕。清理完旧帐子，架新帐子需要两人一组搭档配合，一人在园内一人在园外。先用锹紧贴着园边挖出一条沟缝，将新砍的棘条树枝一根一根插进沟缝里，将土覆上压紧压实，再用玉米或高粱秸秆从两边拦腰夹住，用草绳捆紧。我们家的菜园总是收拾得最早，园帐架得也是最结实、最漂亮的。母亲干什么活都要拔尖，架园帐自然也不例外。每年架园帐多是母亲带着哥姐和我起早带晚地干，我年龄最小只是跟着打下手，仍然感到很苦很累。每每想起架园帐便生出一种条件反射的疲累感。那时的母亲有如不知疲累的陀螺，别人家都是两三天干完，母亲不舍得第二天再旷工，披星戴月也要当天架完。架完回家，孩子们都累瘫了，母亲还要忙活一家七口人的晚饭。

母亲干活急，要求也高。一样的活计，母亲总能干出与众不同的效果。园帐容易倒伏，为了结实，除了沟要深挖、帐子深插几公分外，母亲还总是在帐子中间扦插木槿花枝。提前剪好的枝条，隔两步便扦插一棵。木槿花泼辣、易活，扦插到地里，再浇点水，几天时间便能长出新根，到了夏天便枝繁叶茂，与帐子浑然一体，再大的风也掀不倒。木槿花稳固了园帐子，又美化了园边，与园内的菜蔬相映成趣。更重要的是，木槿花浑身是宝。叶片和花瓣均可食用，等于园边种下一片菜树。木槿花树叶在嘴里嚼一嚼既滑溜又有些糯糯的清香。母亲说以前闹饥荒，别说树叶连树皮都吃光了。木槿花也真是泼实耐活，叶子撸了、皮剥了照样活，只要根还在，第二年照旧发芽、开花。小时候玉米、地瓜是主食，玉米饼子干硬粗糙难以下咽，母亲从园边撸几把木槿花叶子洗净切碎掺进面里，贴出的饼子既软糯又有几分清香，成了孩子们争抢的美食。

母亲粗粮细作的本事令人感佩。人人见了摇头皱眉的地瓜干，母亲也能将其做成百吃不厌的点心。地瓜干粉碎了，然后用细网面箩反复筛出细细的面粉，和成面团，用菜擦擦成面条，上锅蒸熟，再浇上菜卤，每一次吃都有大快朵颐之感。母亲还会做一种气糕，将地瓜面无数遍地过筛，筛成比压面条的面更细的面粉，锅里填上水，压上篦子烧开，趁着热气蒸腾，铺上笼布，用更细密的小箩一层一层地筛，筛到一定的厚度，盖上锅盖密封起来，急火快烧。蒸熟出锅，那原本黑硬的地瓜面竟神奇地变成栗色的颤颤巍巍如一块大海绵的气糕，用刀切成一块一块的方块，糕体上是一层一层的气孔，托起来真像气吹的一样，咬一口甜香软滑，那种入口即化、甜软醉心的感觉，至今难忘。

过了五月，园帐边上的木槿花便开始绽放。木槿花花瓣层次不多，没有牡丹那般雍容华贵，没有玫瑰那般娇艳浪漫，也缺少月季那种四溢的芳香，看似朴素、简约，但不失大气、奔放，粉白、鲜润的花朵在乌绿绿的枝叶间格外亮丽。小时候见得多了，把她视作园里的菜花一样，没有感到鲜花的娇贵，倒是感到一种如土豆花、芸豆花一般可亲可近的乡土之气。特别是木槿花叶成为一种吃食之后，内心里已经把她看成了一种实用、美味的菜蔬。

多年以后，偶然从公园中看到一株植在木制箱体中的木槿花，这不是家乡的母鸡花吗，摘一片花瓣含进嘴里，甜糯清香，还是小时候的味道。但这时她的身份已经发生了逆转，我知道母鸡花就是大名鼎鼎的木槿花。故乡园边那一丛一丛素朴的母鸡花啊，你竟隐藏了自己如此高贵的身世！母鸡花，木槿花，我顿然明白，这种贵而不娇的气质或许正是木槿花的高贵所在。咀嚼着清甜的花瓣，不自觉地想起老家的园帐，想起带领我们扦插木槿花枝的母亲，母亲的面容竟如木槿花瓣一般鲜艳、清晰。母亲原本也是金枝玉叶，乡土生活使她变得平凡而又朴素。我想起母亲珍藏的年轻时的一张照片，那是二十几口人的大家庭的合影。照片中的母亲，竟是如此的清丽、俊美、时尚、阳光，与后来的乡土、苍老判若两人！那时母亲应该只有二十出头，多么美好的年华！上得厅堂、下得厨房的母亲，一生都与泥土纠缠不休，却能把贫穷、平淡的日子过出花来的母亲，聪慧、清丽与素朴、要强，这些精神与品性在乡土的背景上愈显亮丽与可贵，纵使岁月绵长，纵使尘封土掩，仍如木槿之华，在后人的心田之上从容绽放。

老妈的作品

　　写下这一题目，心里便感到一种温馨和暖意。这里所谓的"作品"，实际是母亲在自家菜园和小院里种植的各色蔬菜瓜果。每次回家，我都用手机拍下来，上传朋友圈，名曰"老妈的作品"，至今已有二十余组。

　　母亲的能干在村里是出了名的。父亲去世以后，母亲从繁重的护理事务中解脱出来，开始料理父亲留下的菜园。菜园在村南泊里，有二分多。父亲在世时是村里有名的种菜能手，菜园总是料理得生机勃勃。父亲走后，母亲接了手。一开始怕她累着，劝她少种一些，见她乐此不疲，全身心投入，而且精神大好，也就不再阻拦。事实上，料理菜园，既排解了母亲对父亲的思念以及独处的孤独，身体也得到了锻炼，我们兄弟姐妹也便感到心安。

对于种菜，母亲兴致很高，也很专注。村南菜园料理得井井有条，似乎还不过瘾，她又在门口和小院另辟田地。院子西侧原为猪圈，已有十多年空栏不养猪了，父亲病重时母亲已开始收拾，这会儿有了空闲，母亲把猪圈里的石头清理出来，把圈坑填上，周围用红砖垒砌起来，里边的土全部翻刨一遍，然后种上芸豆，栽上茄子、辣椒。原本天一热便反味的猪圈，变成葱茏青翠的菜园，一进小院便感到生机盎然。

大门外侧原为堆放柴草的地方，换烧煤气以后烧柴草少了，柴草堆便空出来。母亲把剩余积存多年的柴草底垢清理干净，深翻数尺，换土施肥，种上一畦韭菜。韭菜很难侍弄，栽种、施肥、浇水都很讲究，稍有不慎，不是长疯就是稀黄不旺。母亲似乎并没费多少工夫，却都把握得恰到好处，一畦韭菜一年三季都是蓬勃葳蕤，吃都吃不完。母亲胃不好，不能吃韭菜，其他菜她也吃得很少，但是对于韭菜总有一种特别的喜爱。母亲知道我喜欢吃韭菜，每次回家都要选最嫩的一茬割下来给我包饺子吃，走时一定要再割一垄，一棵一棵地择好，让我带走。兄嫂姐姐和亲戚朋友，不论谁来，她都要割一捆韭菜，再摘几个黄瓜、拔几棵时令的青菜让人带走。不论谁带走，她的眼里都充满了自豪与喜悦。就像城里的艺术家，作品被喜欢的人带走，脸上那种喜不自禁的神情，让人动容。

母亲的代表作除了韭菜，还有南瓜。南瓜最大的好处是不占地，春末夏初，找墙角或园边，将提前在炕头生好的芽苗栽上，几天便可长出藤须。南瓜藤须长得很快，放一根柴棍斜搭在墙与芽苗之间，芽苗长出藤须后会顺着柴棍向上攀爬到砖墙上，再循着砖缝向上攀长，一般不出两月便会长满墙头，爬上平房房顶。南瓜开花以后，母亲会踏着凳子或登上平房房顶给南瓜授粉。这时的母亲真的是技艺精深的专家，毫不犹豫地掐掉谎花，非常准确地辨识雄花、雌花，像绣花一样，将花粉精准地收起、点授到位。授了粉的花蒂很快便会结出嫩瓜，一天一天地长大，待到秋后，南瓜便会结满园边、墙头。由于母亲的细致与专心，院里、园边的南瓜总是又大又多。南瓜成熟以后特别具有喜感，长的、圆的各种造型，金黄的、橙红的、青绿的各种颜色，或挂在墙头，或藏在房顶哪一个角落。体量都很大，最大的足足有三四十斤，需两人小心地抬起才能摘下。南瓜成熟的时节，整个院落都充满了收获的喜气。

过了仲秋，母亲开始惦记着种白菜。白菜是胶东农家冬季的主菜，秋天收了其他青菜，大部分园子都要种上白菜。刨地、起垄、选种、点种，过去都是母亲一个人。这几年她年纪大了，体力不如从前，母亲便指导着二哥和姐夫去做。白菜生长期不足三个月，这期间需要经过减苗、捉虫、施肥、浇水、扎捆等多个环节，每一个环节母亲都做得很用心。减苗、捉虫是耐心活，母亲在园子里一蹲就是半天。施肥也很讲究，母亲总是想法买来豆饼，泡上几天，然后顺垄挖沟埋实。施过豆饼的白菜，长势强旺，包心紧实。到了秋末，老家旱天多，总是缺水少雨，白菜主要靠提水浇灌。母亲经常一个人提一只小桶，从园边水湾里一桶一桶地提水浇灌。有时二哥和姐夫抽空浇了，她也不放心，仍要过去找漏补浇。由于母亲的细心照料，种出的白菜个大心实，水分充足，口感甜爽无渣。所谓的天津绿、胶州白都无法与之相比。每年白菜丰收时，总有商贩看好高价收购，母亲总是回复留着自己吃，一棵也不卖。母亲让二哥在地里挖了两个大菜窖，把白菜放进去，可以一直贮藏到来年三月。实际母亲自己吃得很少，一棵白菜可以吃一周，主要是留给孩子们。儿子、闺女甚至孙子、孙女都想到了，只要回家，她总要从窖里抠几棵，剥去老帮，只留硬硬的白玉般的菜心，让孩子们带回去。我只要回家，总要拉回半车，一直吃过春节。

菜园和院里院外料理好了，母亲又瞅上了街边的两块空地。实际那两块地都很小。一块在院外东南角，只有几平米，母亲认真地收拾、整理，种上茼蒿和香菜，几天工夫原本杂乱无章的空地，便长出绿油油的菜苗。另一块在前院才叔的房后，紧傍着路边。哥嫂都劝她别刨了，在人家房后种地，担心才叔才婶不愿意。母亲说，这是咱的地块，我和你才婶说好了，她不管。紧贴着路边，母亲深刨、施肥、起垄，前年种了两垄芋头，去年又种了两垄地瓜。我回家时已是八月，地瓜藤蔓扑棱着把整个路边都长满了，乌黑油亮，长势很好。母亲说，地瓜是好东西，不光长地瓜，叶子也好吃，走时掐一些你拿着。我蹲下细看，那地瓜不仅叶蔓旺盛，地下的果实也长得很好，瓜垄地面都撑胀起一道道裂口，能看见里边嫩紫色的地瓜。瓜叶间开着几朵小白花，起先以为是牵牛花串进了地瓜垄里。再细看，那花竟长在地瓜藤上，白色的喇叭状花边，花蒂部是雪青色的，从下向上过渡，越来越淡，逐渐变成雪白，很是亮丽惹眼。母亲说，这是地瓜花。过去听说过地瓜开花，非常少见，这是我头一次见到真的地瓜花，我有一种惊艳的感觉。母亲说，今年干旱，地瓜开花。我心生感慨，急忙拍下来，往朋友圈推送时，加了一句注释：身藏沙碱心甘如饴，偶着娇花妆艳农家！写完心里一热，想这地瓜品质何等珍贵，又和母亲何其相似啊。母亲一生都是这样默默地奉献，自己辛苦付出，留给家人、后人的是甘之如饴的甜蜜和灿然如花的美丽。

经年累月，母亲的作品越来越多。除了院子里的芸豆、门口的韭菜、墙上房顶的南瓜、南泊菜园里的白菜以外，洋葱、萝卜、黄瓜、茄子、柿子、辣椒、莴苣、生菜、茼蒿、茴香、豆角、土豆，只要家乡有的蔬菜品类，母亲的菜园里应有尽有。不同时令都有不同的品种，不论在大菜园还是在街边、院角，都长得旺实茁壮。母亲真如一位功夫深厚的艺术家，随便涂抹几笔便是难得的艺术作品。只是母亲的作品都是非卖品，只送给自己的亲人。周末或节假日，母亲总是早早地就把青菜采收回来，一把一把地择干净，用布条捆扎结实，按照孩子们各自的喜好，一家一家分别放置整齐。收拾妥当，母亲一个人坐在院中太阳地儿里，看着自己的得意作品，等待孩子们回家。这时候的母亲，俨然一位成果丰硕的艺术大师，脸上充溢着自信、期待与幸福，让每一位尊崇她的后人唏嘘感动。

母亲的作品，普通而又伟大、永恒。

父亲的脚步

　　去年冬天母亲出家门时摔了一跤，右肘擦伤，幸无大碍。母亲说是父亲绊她，说昨晚父亲托梦，埋怨鞋不跟脚。母亲嘟囔，这是让给他买鞋呀。据母亲讲，父亲走时给他买的鞋可能号码不对，有点大。母亲让二哥去县城比着父亲生前的鞋号买了双新鞋，去坟前烧了。母亲说那以后再没做梦，估计他是收着新鞋了。我听后心里一阵发酸，父亲在那边还是那么忙碌？

　　父亲在世时，母亲总埋怨他穿鞋费。别人一双鞋能穿两年三年，父亲一双新鞋一年不到就穿出了窟窿。印象中母亲夜晚经常点灯为父亲补鞋，父亲的鞋子总是缀满了补丁。父亲对鞋要求很高，他经常说鞋要紧的是要合脚、跟脚。我参加工作后曾经给父亲买过皮鞋，但父亲试了试，说太沉，不跟脚，就放下了，再没穿过。父亲一直喜欢的是解放胶鞋，轻便，跟脚，走路、干活都方便。记忆中父亲总是在忙，脚步不停地在山上、村里忙碌。脑海中存留最多的镜头就是父亲扛锨荷锄匆匆行走的身影。父亲是用脚丈量土地，父亲的心气、力气都通过那一双双鞋子传导到故乡的土地。

父亲年轻时就是村干部，从生产队队长干到大队支书，总是干在前头，出尽了力气。他自己常说干部就是要先干一步，你带头干人家才能跟着干。整大寨田时开山劈石，父亲就是石匠，抡锤劈石，凿眼放炮，一个冬天下来要磨烂几双鞋。修水库、盖仓库，父亲就是瓦匠，垒坝砌墙，大工小工，父亲都是公认的好手。农田里的活计就更不在话下，犁翻耢锄，耕种收扬，除了不会开拖拉机，他样样都干得大家心服口服。都说父亲身体好、身板壮，其实父亲是干活不惜力气。割麦时一般十分正劳力一次割五垄，父亲总是再捎几垄，割七垄八垄，而且总是把别人落出大半截。推车送粪运土，父亲的车筐总是堆得冒尖，一拍再拍，一车总能超出别人大半车，就这样父亲推起车子仍旧走在最前头。上坡别人要歇几歇，父亲不到集体休息时间从不歇气。直到七十多岁时，父亲推起小车仍旧脚底生风，村里年轻人难有比得过的。

从我记事时起，父亲总是天不亮便扛着铁锨上山了。大队有四个生产队，各队土地分散在不同的山坡上。别人上山前父亲已经到各个山头地块转了一圈，墒情、苗情已经摸得一清二楚。夏收秋种，哪个队的麦子熟了，哪个队的棒子该收了，哪块地缺施什么肥，哪片地该浇水了，哪条水坝该修补了，哪片山上的树该补栽了，全在父亲的脑子里。村里山山水水、沟沟坎坎，每一寸土地都留下了父亲的脚印，都浸透着父亲的心血汗水。

父亲劳碌一辈子，却从未听他喊累。村南河道发大水时，父亲几天几夜在大坝上忙碌，水情解除后别人休息了，他又领着人去村西泊地排涝。冬天整地会战、春天修渠挖河、三夏三秋会战，父亲经常昼夜连轴转。每天再累，忙得再晚，第二天照旧一早起来上山。我小时候和父亲几天见不着面是常事。到了父亲晚年，村里划归开发区，土地没有了，他仍旧闲不住。自己推上小车，带上锨镢瞅空开荒。东沟种几垄地瓜，西坡种一片花生，南河沿儿种几垄芋头。我们劝他歇歇别累着，他说，闲着也是闲着，人有闲坏的哪有累坏的。上边不让开荒了，父亲就天天往自家菜园跑。一遍一遍地翻耕整理，精耕细作。三四分地的菜园调理得像花园一样，色彩斑斓，生机盎然。一样的菜种，一样地播种，父亲种的菜总比别人种的长势好。每次我回家，早上还没起床，父亲已经到菜园里忙活一圈，浇水、捉虫、除草，采回一筐带着露珠的新菜。半截裤腿和脚上的鞋子都打湿了，鞋面上沾满了黑黑的一层湿土。

父亲大半辈子没有离开过村里。那年好不容易做通工作让他随出差河南的大哥来到我家，满以为可以让他多住些日子，好好歇歇，结果他只待了一个下午。他让四岁的孙女领他在宿舍院里转了一圈，又去孙女的幼儿园看了看，晚上我下班一回来就催我买火车票要第二天回去。我说，千里迢迢来了，好歹再住几天，我陪你逛逛。父亲坚决不依，说，家里来时刚下过雨，东山上花生地再不锄草就长疯了，来看看知道你这儿什么样就行了。要我必须赶快去买车票，我要不买他就自己去车站。我知道父亲的脾气，只得依他。父亲回家后，母亲和邻里乡亲都很吃惊，母亲很生气，数落他，了解的知道你是坐不住，不知道的还以为儿子不孝顺呢。父亲不吭声，放下行李，扛起锄头就去东山锄地拔草。

晚年父亲小脑萎缩，走路困难，但仍旧坐不住。父亲干了一辈子村干部，孩子们的事情从不过问，这时心思开始细腻起来。二哥家里开着小商店，父亲一直叮嘱他注意安全，每天一早一晚必要颤颤巍巍地走到村北二哥家看一看，确认安然无事才会放心。孩子们回来看他，临走时哪怕别人搀扶着也要送到村口，看着车走远了才转身脚步蹒跚地踱回家。

父亲离世前两个月一直昏迷，躺在床上不能下地。偶尔有意识，脚趾会动一动。看到父亲没有穿鞋的脚，我的眼睛湿润了，父亲脚底生了厚厚的一层硬茧，大脚趾已经有些变形，指甲也都硬化变厚变灰。这两只脚板该是承受了多少磨砺、多少重压，现在可以歇一歇了，劳碌奔波一生的父亲也该歇一歇了。

按母亲的说法，父亲在那边还是闲不住。只是不知道那双新买的鞋子父亲是不是真能收到，不知道父亲穿上是不是跟脚……

上马石

　　一块表面平滑、形状椭圆的大青石，从我记事起就躺在我们家的大门口，被称为上马石。据奶奶讲当年爷爷出门都是踏着这块石头上马的。我没有见过爷爷，但脑子里经常闪现爷爷脚踏大青石一跃上马的英姿。爷爷英年早逝后，家里也养不起马了，这块石头却被保留下来，一直放在那里，成为我们家的标志性物件。

　　只要天气晴暖，奶奶大部分时间都在这块石头上盘腿而坐。早上别人还没起来，奶奶就提溜着玉米叶编制的蒲团来到石头上打坐，晚上夕阳西下，别人都回家了，奶奶这才手扶膝盖慢慢吃力地从石头上起身，提起蒲团回家。我记事时奶奶已经年过八旬，是村里年龄最大的老寿星。村里人都以为老寿星坐在上马石上看热闹，谁也不知道奶奶眼里看到的是什么风景、心里想的是什么心事。

　　在爷爷奶奶那个年代，奶奶无疑是一表人才，一米七的个头在当时格外惹眼。晚年奶奶背有些驼，但仍可见出当年的风采。听母亲说奶奶背驼是背我们累的。父母上山下田，我们兄妹四个都是奶奶一个一个背大的。奶奶患有严重的气管炎，后来发展为肺气肿，据母亲说就是背姐姐去场院摘花生让风呛了落下的病根。到我记事时奶奶已经病得很厉害了，每到冬天都会卧床不起。父母亲不让奶奶背我，但只要父母不在跟前，奶奶还是要背上我到街上转悠。奶奶腰驼腿疼蹲不下，总是牵着我的手把我领到门口上马石上，她自己在石头上慢慢坐下，嘴里喊着"上马喽，上马喽"，双手将我揽到后背，再慢慢背我起来。可能因为我是孙辈老小，奶奶对我格外溺爱。村里偶尔会有走村串街换豆腐的，那时豆腐和猪肉一样金贵，谁家有客人或过年过节才舍得拿出豆子或玉米来换。奶奶总是瞅着母亲不在家时挖出半碗豆子换上一块豆腐，回家切成小块让我蘸上酱油饱餐一顿。平时奶奶在西炕单独吃小灶，有好吃的总是叫我过去。有次父亲去县城开会，回来给奶奶买了一块猪头肉，奶奶自己不舍得吃，看着我一气将大半斤猪肉吃完，结果到了晚上上吐下泻，从那以后我便落下不吃猪肉的毛病，奶奶为此自责了很多年。

奶奶年轻时聪慧过人，爷爷去世后，奶奶独自支撑十几口人的大家庭，后来又为父亲买了房子，主持父亲与伯父各自分家单过，她随刚成家的父亲一起生活，帮助父母将我们兄妹带大。她晚年身体不好，但头脑仍然十分清醒，开始为孙辈们操心。我们兄弟三人，她不担心二哥和我，二哥在公社有一份工作，算是有了公家饭碗，我还在读书，但奶奶坚定地认为我将来会有份公家事干，她唯一担心记挂的就是大哥。那时大哥在生产队干队长，整日出苦力，眼看到了谈婚论嫁的年龄，可连对象的影子也没有。那时找对象，有工作是第一位的，没工作也要有新房。我们家房子是上百年的老屋，低矮破旧，倘若别人介绍的对象看到房子定会吓跑的。奶奶和父母说，要紧的是要盖房子，有了梧桐树才能引来金凤凰。实际父母也在考虑盖房子的事。听了奶奶的话，父母真的动手申请宅基地办理手续、选址备料。

盖房子在农村是大工程，要积攒资金，要备料施工。从采石开始，到上梁封顶，父母前后忙活一年多的时间。到第二年秋天，终于粉刷完毕，里外都收拾停当。父亲专门让大哥推着奶奶去新房看过，奶奶高兴得露出少有的笑容。可以搬家入住了，奶奶说搬家要选个好日子，回家就去了隔壁曾婆家。曾婆是村里的半仙儿，从炕头小板箱里掏出一本封面破碎得看不出模样的卦书，扳着指头掐算，最后确定在八月十五之后的第五天，吉日宜迁。

搬家那天，一家人都很高兴。奶奶也是踮着小脚忙前忙后，但奶奶后来的反应，却令一家人甚至村里人诧异震惊。

老家风俗搬家一般在晚上，大概是出于财不外露的考虑吧，白天先拾掇准备，可以把农具、柴草以及磨盘之类的大件搬过去，粮食以及细软都是晚上夜深人静时再搬。吃过晚饭，一家人开始往外边车上搬东西，两辆小推车，父亲和大哥一人一辆，二哥在公社上班不在家，我和姐姐跑腿跟车，装满就往北山新房运。母亲在新房摆放布置，奶奶在家看门守摊。到半夜时已基本搬完，只剩下炕上的被褥和一些零碎器物。

炕上的被褥放在最后搬，也是依了风俗。要搬奶奶西炕的被褥时，奶奶已经躺下睡了。被父亲叫醒后，奶奶没有起来，嘴里很平静地宣布她不走了，让我们先过去，她自己要在老房子住。父亲以为奶奶是累了没睡好，劝半天也说不通，最后只得让大哥留下陪奶奶先住一晚，明天再说。

第二天早上父亲推着小车来接奶奶，奶奶一早已经如往常一样，盘腿坐在上马石上。任父亲怎么劝说，奶奶丝毫不为所动，坚持让父亲回去，她自己在旧房住。父亲无奈，眼看到上工时间了只得空车回去，让母亲将饭菜送到老屋。如此两三天，全村人都知道奶奶死活不去新房住，很多说父母对奶奶不好的传言开始流传。母亲知道奶奶疼我，让我给奶奶送饭并劝奶奶过去。我那时正上小学，奶奶几天不见我，抱住我竟落泪了。我按照母亲教的话劝奶奶去新房住，奶奶坚定地对我说她不能去，这老房子没人了，爷爷回来就找不着门了。我无功而返，只能把奶奶的原话告诉母亲，母亲点点头，似乎明白了奶奶不来新房的缘由。

晚上听母亲和父亲嘀咕，他奶奶是怕爷爷回来找不到门儿啊，明天干脆把上马石搬来，他爷回来看到上马石不就找到门儿了？

第二天，按照母亲的说法，父亲叫上大哥一大早推车赶到老屋，先将门口的大青石抬到车上，将车子倚墙靠好，然后回西屋做奶奶的工作。父亲和奶奶说，把上马石给您搬过去，俺爹回来看到上马石就找到家了，您就放心过去吧。奶奶已经从窗户上看到父亲和大哥搬石头，听了父亲的话眼睛一亮，哦了一声，点点头表示认可，从炕上挪下来，任由父亲收拾被褥，嘴里说着"我也不是没住过新房子"，好像还有些不情愿，但还是慢慢踱着小脚走到小推车旁，摸了摸车上的上马石，然后在大哥的搀扶下爬上小推车的另一边，盘腿坐下。

到了新家，上马石还是摆放在大门口，奶奶还和以前一样天天从早到晚坐在上边望风景。有了上马石，奶奶心里似乎就有底了，她担心的问题已经解决。奶奶天天坐在上马石上，似乎天天都能与爷爷的气息相伴，天天都能满怀期待地等待爷爷回来。

奶奶搬到新房住了两年就去世了。奶奶去世时，正赶上"破四旧"，传统的丧葬习俗也被当成了"四旧"和迷信。身为村干部的父亲悄悄将奶奶的骨灰盒抱走，不知是找地方埋葬了还是藏匿了起来。后来门口的上马石也不见了，当时没注意更没有深究，现在想来肯定是让父亲葬或藏到了奶奶的骨灰盒埋葬的地方。那块上马石就像一块碑，见证和寄托着奶奶对爷爷的爱与思念。

我很想找到那块上马石。但是父亲母亲都不在了，那块石头自然无处寻找。我想上马石已经融入了大地，成为大地的一部分，也沉淀在我们内心深处，成为永久的温暖记忆。

母亲回乡

吃过晚饭，母亲让我给二哥打电话，说明天我送她回家，让二哥早些从冰箱里拿出鱼、肉化着，明天回去做饭好用。以往母亲在家时，每次我回去，兄嫂姐姐及晚辈都要回家相聚，母亲总是亲自下厨做一大桌酒菜。这次母亲在外，还没回家，依然想着提前安排。实际这几个月在我这里，母亲和在家一样，每顿饭都亲自下厨。只要我回家，她总要做几样我爱吃的饭菜。她自己吃得很少，早早放下筷子，坐着看我，眼睐着我一口一口地吃完，然后起身收拾碗筷。我要动手，她总是倔强地推开说，这几个碗不用你沾手。母亲劳碌一辈子，不习惯别人侍候。在她眼里，儿子是做大事的，做饭、刷碗这点小事用不着管。

这次母亲来我家住了整整四个月，这是她在外住得最久的一次。之前多次动员她来，总也劝不动。她在家里抬腿就出门，街坊邻居随时见。来到城里，上下楼不方便，关键是没有熟人。白天我们上班，她一个人和小狗多多在家，寂寞相守，除了到窗前向外看看楼下光景，再就是做饭、吃饭，每天的功课单调难熬。

因为孙女结婚，母亲随二哥一家到北京参加婚礼。借此机会，我把她"劫持"到了济南，说好过了年就送她回去。刚过了年，初五她就嚷着要走。我说好歹要过了十五，这才又住了几天。初七一上班就要我买票，我坚持让她再住些日子，可母亲执意不肯，每天我一回家听到的第一句话就是问我买票了吗。今天说门口韭菜该起底了，明天又说韭菜该出芽了，菜园该收拾了，那种一天都不愿多待的急切让我既无奈又惭愧。

昨晚下班，想到母亲明天就走，心里有些难过。成天在外奔忙，不要说侍奉她、陪她外出转转看看，就是一起吃饭的时候也让她感到稀罕。每天都是她为我们做饭，根据我的口味调理，我倒是体重日重一日，她自己却比来时更清瘦了。这几年母亲的牙齿越来越不好，几年前镶的牙也多已松动，稍硬点的东西吃起来都很费力。前些日子外甥来看她时买的凤爪熟烂，见她吃得津津有味，我下班便特意绕路到超市买了凤爪，又买了好咬的皮冻和烂熟的猪蹄。知道只有晚上一顿母亲吃不了多少，心里后悔平日竟想不起买些她能吃、愿吃的东西。回家时母亲已包好饺子在等我，见了我买的熟食，嘴里埋怨我又花钱，买那么多东西，眼睛里却有泪光在闪。

饭后收拾停当，母亲竟逗起了小狗多多。母亲向来不喜欢狗。尤其初来时，多多不友好地冲她吠叫，她对多多便格外厌弃。平日见我和小狗亲近，总是劝我躲它远点。母亲说狗口气污浊，不好和它太亲近。这时母亲看着多多，眼里竟也充满了怜爱。多多也懂事似的，摇着尾巴爬到母亲跟前乖乖地趴下。母亲伸手爱抚多多，另一只手却禁不住抹起眼泪。

平日里母亲都起得很早。今天我起来时她屋里的灯还未亮。我推开屋门，母亲却早已衣着整齐地坐在小床上，收拾好的行李包静静地蹲在床前。见我进来，母亲便起身去厨房。我说，今天就走了，你就歇歇吧。她说，这点活儿累不着。边说边叮叮当当地忙活。其实厨房里要做的饭菜她早已准备好，大概怕吵醒我们，一直等我起来才开始下锅。

去车站的路上车很堵。心里难受，车开得不稳，把母亲晃晕了。母亲平时就晕车，这次晕得更厉害。欲吐不能的样子，让我心如刀绞。母亲这次走，再来不知要到什么时候。四个月，这是我离家三十余年，第一次和母亲一起生活这么久。似乎已经习惯了，似乎没想过她还会走。这四个月有多少日子都浪费了，没有好好去珍惜。

母亲今年八十四周岁，老家农村有七十三、八十四躲坎儿的习俗。母亲这次答应来住，对我是一种多大的福分，只是太短暂，明年不知还能不能再来。

母亲的花

母亲不善养花。年轻时山里、家里忙活,整日为生计操劳奔波,无暇侍弄花草。年纪大了,生活条件也好了,不用再忙,却迷上了种菜。院里院外都辟成了菜地,各种菜蔬生机勃勃,远胜那些娇艳的花草。

在料理菜园之余,母亲也养了几盆花,自己说受了邻家平嫂的鼓动,学着养花。花不多,只有三五盆,一盆四季海棠、两盆芦荟,还有一小盆马兰。母亲说这些花泼实好养,不用太上心。确实也未见她如何用心,平时就摆放在屋前晒台墙根上,雨天或晚上才往回搬。天冷了便搬到里屋窗台上,就着屋里炕上的热气,几盆花冬日里长势也很好,给小屋平添了几分生机与喜气。

母亲最喜欢的是那两盆芦荟。那芦荟长势也格外好,叶片肥厚,中茎挺直粗壮。母亲喜欢芦荟,不仅是因为它好看,重要的是实惠。母亲是把芦荟当菜蔬、药材侍候。我一回来，母亲便给我介绍芦荟的好处，可以炒菜吃，还可以当药用，哪里蚊子咬了或者上火长疖子可以掐一块叶子，扒去皮抹上里面的汁液很快就好，母亲建议我回去也养一盆。那次回家嘴角溃疡，母亲硬是切下一片叶子，让我张开嘴由她亲自涂抹到患处。第二天早上起来就问我好些了没有，扒开我的嘴看了看，说好多了，然后又切下一片叶子让我涂抹。喜欢归喜欢，母亲对芦荟并没有多用心，芦荟好养，比花省心。

倒是那盆四季海棠母亲没少用心。虽然四季海棠也很泼实，但相比芦荟要娇贵很多。随着天气的变化，经常门里门外地搬弄。干了要浇水，开过花要剪枝。冬天怕冻着，搬到里屋窗台上。母亲个子矮小，抱着沉重的花盆炕上炕前爬上爬下，让人心疼，我劝她别自己搬了，她说不沉，不及时搬回来晚上天冷就冻死了。那海棠也是争气，长势虽然不是很茂盛，但一直都很旺实。叶子长得很多，绿色的毛茸茸的叶面间杂着红褐色的色斑，枝干虬曲错落，显得很有底蕴。红艳的小花在枝干的顶端，鲜艳亮眼，让人心生怜爱。花期似乎很长，每一次回家好像都有花开。母亲去世前的春节竟有一枝花朵开了，虽然很瘦小，但因为少见，母亲特别喜欢，特意搬到正屋窗台上，早上拿湿了的毛巾擦拭叶面和花茎。那花在窗台上有些怯生生的，但一点红艳格外惹眼，使得小屋多了几分喜庆气氛。

最让母亲省心的是门边那株月季。记不清母亲是啥时栽的，似乎是一夜之间长起来的。一开始就是一棵不起眼的小花苗，几年下来竟然长成一棵近人高的花树，而且花枝茂密，一年三季都有花开。真是无心插柳柳成荫，无意栽花花似锦。不用施肥，也很少浇水。因为紧傍墙根，背风温暖又阳光充足，冬天叶子也不落，甚至还鼓出几个花骨朵儿。月季是木本花卉，花朵硕大，花瓣密实娇艳，而且花香浓郁，离着老远便能闻到花香。一般三四月花苞就开始萌发，四五月间花朵便纷纷绽放，引得蜜蜂嗡嗡叫着围着花朵上下翻飞。一树繁花成为小院抢眼的亮点，一进小院便能闻到浓郁的月季花香，来串门的邻居总要夸奖几句，这时母亲脸上便会绽出笑容，半是推辞半是骄傲地说，这花泼实好养，栽院子里真是好看。看人喜欢便会主动剪一截花枝递给人家，嘴里嘱咐道，回去压到泥里，浇上水就能活。

那丛月季是母亲的骄傲，也是小院里最亮的风景。每次回家，推开大门，最先看到的就是那一树月季花，一种温馨和生机迎面扑来，我从心底里为母亲日子过得丰富多彩而高兴。

这些花陪伴着母亲走过了一个又一个平凡而又孤单的日子，他们增添了母亲生活的色彩，也承接了母亲的气息。母亲像看待孩子一样和他们说话，他们也像孩子一样把笑脸呈现给母亲。母亲的喜怒哀乐他们似乎都有所感知。母亲晚年整日与病痛斗争，这些花也显得不精神。母亲郁郁不乐，他们便都叶片下垂，花苞也都紧绷着不再轻易开放。母亲病痛厉害，有时成月给他们浇不了水，他们依然顽强地存活。母亲生前我最后一次回家，也是母亲病痛最严重的时候，那盆海棠花都谢了，叶子也纷纷掉落，只剩下虬曲的枝干顶着几片老叶坚韧地活着。那两盆芦荟长得倒是依然坚挺，叶片结实肥厚，只是不再生发新叶，老叶泛黄坚硬，有如剑兰。母亲说花也老了，和她一样，怎么浇水施肥也没用了。

母亲走后，这些花便像无娘的孩子，自生自灭。母亲周年祭时，打开院门，第一眼便看到门口那丛月季。那丛曾经灿烂的花树，这时竟如一个行将就木的老人，佝偻着身子，萎靡不振，让人心疼落泪。原本茂盛鲜亮的叶子这时都已枯焦卷曲，花苞也都冻缩干硬成了一个一个的黑球。原本一人多高的月季这时竟然矮了一截，只到我的腰间。再看晒台上那两盆芦荟，都已枯白成泥，像一堆白水泥堆塑在黑陶盆里。那盆海棠已没了踪影，我家里院里找了一圈也没找见，可能早已枯死，不知被扔到了哪里。

我心里一阵悲凉。这个院子里母亲生前的活物只剩下门旁这丛奄奄一息的月季了。叶焦枝干，不知还能不能活。

月季该浇水了，我和哥哥姐姐不约而同地感叹。找来水盆，从水井压满水浇到月季花下的花池里。我们都希望月季能够活下来，活下来这个院子里就还有一点生机，就能够保留一份母亲生前的气息，就能够留住母亲在时的那些日子，那些如花的日子。

跟母亲去赶集

天刚放亮，母亲便叫醒我，让我跟她去文城赶集。文城是县城，去县城赶集是我期盼已久的梦想。我有些不敢相信自己的耳朵，瞪着母亲问是不是真的。以往母亲进城赶集都是带姐姐，这次带我去让我受宠若惊。

匆忙吃过早饭，我跟在母亲身后往县城方向赶。县城离我们村十六七里路，全是山路，要走大半个上午。

天有些阴，快到县城时下起了毛毛细雨，母亲拿出两块塑料布，给我一块让我披上，另一块她自己披一半，一大半盖着右手挎着的篮子。篮子里装着早上刚炒好的松蛹，大半篮子的松蛹，足有五六斤重。松蛹上边盖了一方白底印有粉红月季花的毛巾，平日放在柜子里母亲不舍得用，出门时才拿出来当包袱用。松蛹是母亲忙活了几天的收获，一斤松蛹等于一斤鸡蛋的钱，自己不舍得吃，拿到县城去售卖补贴家用。为了这些松蛹，母亲起早带晚，身上、脸上都被松茧毒毛蜇得起了很多疙瘩，右眼皮肿得像杏核一样。

老家的山上松树很多，每到春天松树便会生出很多毛虫。毛虫长相丑陋，浑身长满长长的毒毛，稍一触碰便会鼓起一片奇痒无比的疙瘩。毛虫是松树的大敌，吞吃松针很快。到了夏天，成熟的毛虫便会吐丝结茧，茧结成了，毛虫也变成了蛹，来年春天破茧成蝶，蝴蝶溺籽又孵出新一代毛虫。毛虫成茧后里边的蛹是难得的美味，皮薄肉香，既有鸡蛋的营养，又有特殊的带着松香的鲜美，是百吃不厌、营养丰富的山珍美味。但是得来不易，需要将松茧从松枝上一个一个地剪下来。在老家剪茧蛹是件非常艰苦的活计。茧的外边长了一撮一撮的毒毛，附着在表皮上，并不结实，稍有风吹或稍一抖动，毒毛便会脱落，随风四处飞散，落到皮肤上便会起一串红疙瘩。所以剪松茧一般在雨后，毒毛被雨水打湿，不容易飞起来，即便这样，剪松茧被蜇的概率还是很高。上山剪松茧要全副武装，包着头巾，脖子领口要用毛巾塞紧，袖口用麻绳扎紧，手上戴上生皮手套。即便包裹得再紧，还是难免要被蜇伤。

剪回来的松茧加工也很麻烦。将剪好的松茧连同松枝一起放在麦秸上，点火焚烧。烧松茧要看好风向，人一定要站在上风头，不然经火一烧，毒毛也会随火势和风头四散飞扬。烧过之后，松茧外皮的毒毛大多被烧焦，再用剪刀将茧皮剪开，赭黄透亮的松蛹便会一弯一跳地脱茧而出。

很多人惧怕松茧的毒毛，所以愿意上山剪松茧的很少。母亲是剪松茧的高手，逢到下雨，别人休息，母亲却披挂上阵，挎着篮子拿把剪刀便去东山了。因为家境困窘，我们弟兄姊妹几个上学所需的书本纸笔费用，全靠母亲操持。除了卖鸡蛋外，松蛹便是重要的经济来源。所以到了夏天，特别是下涝雨的时节，母亲的脸经常是肿的。到了夜晚，母亲总要蘸着碱水浑身擦拭抓挠。

松蛹剪好后，要用花椒水反复淘洗几遍，然后上锅加油翻炒，炒熟的松蛹外焦里嫩，色泽金黄，香鲜无比。

到了县城雨停了，母亲带着我来到一条大街，旁边是一所部队医院，进进出出多是穿军装的军人。下过雨，柏油马路上亮闪闪的，一层轻雾向半空中升腾。大街边上摆了一溜儿地摊，卖东西的大都是妇女，地摊上摆的有山货、鲜菜、水果，也有花生、鸡蛋之类的土特产，我知道这就是集了。母亲找一个靠近墙角的位置蹲下，将篮子摆到跟前，将毛巾撩起一块，赭黄的松蛹露出来，格外惹眼。

因为下雨，人们多是来去匆匆。快到中午了，母亲才卖了不到一半。母亲看似并不着急，和旁边一个卖鸡蛋的大娘有一搭没一搭地聊天，眼睛却一眨不眨地盯着来往的城里人，只要有人眼神看过来，母亲便会喊"尝尝吧，大兄弟"，或者"刚炒的蛹儿，大妹子"，但是驻足的人很少。我替母亲着急，眼巴巴地瞅着来来往往的城里人，内心里祈祷他们停下脚步，买几盅母亲的松蛹。母亲手里攥着一只茶盅，每一盅能盛二两，一角钱一盅，我心里犯愁，什么时候才能卖完？

到了午饭时候，天又下起了小雨。母亲帮我披好塑料布，自己右手举着塑料布罩在篮子上边。对面部队医院里下班的人们打着雨伞稀稀拉拉地往外走，旁边一家饭店传出饭菜的香气，我肚子饿得咕咕叫，母亲抓了一小把松蛹给我，我却没有心思吃，只盯着一个一个走出大院的军人，我多么希望他们走过来买母亲的松蛹，一盅也行……

集上的人越来越少，旁边卖鸡蛋的大娘也卖完走了，母亲的篮子里还有一小半。街上来往的人也少了，每一个从跟前走过的人母亲都会盯着人家大声叫卖，母亲喊得嗓子有些嘶哑，却很少有人回应。母亲失望地叹了一口气，今儿怕是卖不完了。我蹲在母亲身后，有些困了。不知不觉间，过来一位高高大大的军人，要把母亲的松蛹全买下，我高兴得要跳起来，却一下醒过来，原来是做梦。一抬头却真有一个穿军装、打着粉红细花雨伞的女军人冲我们走过来。她是个年轻的女兵，上身穿着绿色的军装，下身是肥肥大大的蓝色军裤，倒显得腰身更加窈窕，头上戴一顶圆圆的无檐军帽，走到跟前很甜地叫了声"阿姨"，脸颊上漾出一对小酒窝。女兵蹲下问母亲多少钱一斤，母亲说一角一盅。女兵从挎包里拿出一个饭盒，拿过母亲手里的茶盅盛了五盅，掏出五毛钱递给母亲，说一声"谢谢阿姨"，起身走了。我看得发呆，这是我第一次这么近地看到女兵，美得胜过天仙的女兵。母亲说"谢谢大妹子"，感激地目送女兵离开。

雨这时下得大了，滴答滴答打在雨布上，母亲右边的肩膀已经湿了。女兵打着粉红的雨伞过马路，那伞在雨雾中格外鲜艳，像一朵移动的花。母亲低头将篮子往雨布底下收了收，眼睛一眨不眨地盯着越来越少的行人，盯着眼前马路上雨点溅起的水花。我心里沮丧地想雨下这么大，不会再有人买了。

正想着，却见那朵粉红的花雨伞走到医院门口又折转回来，而且径直向我们这边走过来，越走越近。我心里一咯噔，别是反悔要退了刚买的茧蛹，母亲心里也犯嘀咕，一边埋头点数刚才收到的钱，一边嘟囔着"没错呀"。女兵走到跟前，母亲怯怯地问，大妹子咋回来了？女兵笑了，露出一对小虎牙，重新蹲下，将绿色的挎包从肩上取下打开，说，阿姨，剩下的我全要了……

母亲一愣，眼睛即刻亮了，说，好，好啊，大妹子。母亲的手有些抖，拿起茶盅将剩下的松蛹一盅一盅倒进女兵的挎包。女兵将钱递给母亲，转身往回走，刚迈出一步又转回头，说，雨下大了，阿姨你们快回家吧……

母亲用力地点头，说，回，这就回。我看到母亲眼里有泪花在闪。

我和母亲顶着雨布往回走。雨这时倒慢慢小了，路过一家饭店，母亲抽出两毛钱进门买了两个包子，一个给我，一个用毛巾包了放回篮子留给我姐。

　　这是我第一次进城赶集。包子的味道不记得了，县城的模样不记得了，只影影绰绰记得雨雾中那条闪亮的马路，但那个女兵的模样一直都很清晰，圆圆的绿军帽，白皙的脸蛋上一对浅浅的酒窝，还有那顶粉红的花雨伞，如一朵盛开在雨雾中的鲜花，每每想起，心中便生出一种难以忘怀的融融暖意。

远行的马车

　　小时候最大的奢望就是坐一次姥爷的马车。母亲说你那是做梦，坐你姥爷的车比掏他的钱都难。

　　实际姥爷驾驭的大马车那时候已经不属于他自己，而是生产队的大型资产，他只是个赶车的驭手而已。姥爷是带头入社的模范，那辆胶轮大车连同那两匹枣红马，都是他主动带进合作社的，入社时姥爷提的条件就是除了他，谁也不能动他的马和车。毕竟在这之前他驾着那辆车走南闯北，甚至出生入死，姥爷还因此受了嘉奖。社长满口答应，社员们也都理解。

　　姥爷的大车连同那两匹枣红马是他在威海经营商铺的父亲，也就是我的老姥爷给他置办的，其在当时的价值和影响不亚于现如今一辆顶配宝马。老姥爷本来是让姥爷以大车为载体挣钱养家糊口的，但姥爷一分钱也没有带回家。母亲说他赶着大车成天在外边跑，不是给队伍上送情报，就是出夫为前线运粮、运草、运弹药。每每说到这里，母亲都会冤屈得落泪，姥姥有病下不了炕，家里十几亩地都是母亲带着大姨、小姨忙活，连姥姥病重以至去世，姥爷都没有回来。那年姥爷为送一份重要情报进城被鬼子抓捕，关进威海监狱，老虎凳、辣椒水都用遍了，姥爷硬扛着不松口。他把情报塞进手套的夹层，鬼子从他身上什么也没有找到。最后还是做生意的老姥爷花钱托人把他赎出来，这才捡回一条命。这些故事母亲不知说过多少遍，姥爷自己却从来只字不提。

　　我对姥爷最深刻的记忆，就是姥爷赶着大车从我们村南河沿儿村道上经过的身影。那时我正上小学，和小伙伴们在河滩上玩耍，有小朋友喊，你姥爷的大车！几个小伙伴们呼喊着去追赶马车，那时候的我们都没见过汽车，坐坐马车就是一种难得的享受。姥爷坐在车辕的前边，一手扯着缰绳，一手拿着一杆细竹编成的麻花状的鞭杆，鞭杆头儿上是一穗鲜红的缨子，软牛皮做的鞭绳垂在胸前。我边追边喊姥爷，可姥爷头都不回，好像压根儿没听见，仍旧打着马儿嘚嘚地向前奔跑。待我们气喘吁吁追上大车，争先恐后地往大车上攀爬时，姥爷突然吼一声，从车辕上侧转身，扬起鞭子冲我们甩过来，叭的一声，一个清脆的鞭花在半空炸响，鞭梢掠着头发尖儿嗖的一声飞过去，吓得小伙伴们慌忙松开手、跳下车，悻悻地停住脚步，眼看着姥爷再一挥鞭，马儿步伐加快，嘚嘚地拉着大车跑远了，小伙伴们冲我骂，你姥爷真小气！

我回家向母亲哭诉，母亲说，你姥爷呀，大公无私，队上的东西比他自己家的还金贵，你别指望从他那儿沾一根草的光。

但姥爷也有例外。不久我们发现，姥爷的大车原来也会拉私货。

那天我和几个小伙伴在南河捉鱼，突然看到姥爷的大车驶过来。车上拉了一车锅碗瓢盆，还有板箱衣柜，一个老太坐在车上。老太头发梳得锃亮，嘴有点歪。有小伙伴说，快看，你姥爷给你拉了个后姥回来！大家都跟着起哄，一齐冲大车喊"后姥，后姥"。姥爷听见了，也不吭声。我慌忙跑回家告诉母亲，母亲气得脸拉下来，他到底把她拉来了！

晚上听母亲和父亲嘀咕，原来那老太叫乔兰子，乔家庄人，是烈属，也是地下交通员，姥爷跑地下交通时就认识她了。听母亲口气，她和大姨、小姨都不同意，姥爷娶了个歪嘴婆，母亲和姨们都感到脸上无光。但姥爷任谁的话也不听，和队长说一声就赶着大车拉回来了。

尽管不愿意，第二天母亲和大姨、小姨还是蒸了饽饽，带着我和表哥、表弟来到姥爷家，表示欢迎也是认亲。老太原来个子挺高，穿一身黑衣裤，倒很板正，脚却不像一般老太太的脚，是大脚！脸皮黑黄，关键嘴是歪的，疤痕很明显，有点吓人。母亲教我们叫姥儿，我和表哥表弟一齐喊"姥儿"。老太哼了一声，喊不喊的，不骂我就好。母亲和大姨、小姨互相看看，什么话也说不出。

中午吃饺子，表弟吃了一碗又拉到跟前一碗，天有些热，表弟脱了上衣，肚子鼓起来圆圆的，像一面鼓。歪嘴后姥指着表弟的肚皮说，看这孩子撑的，还吃，别撑坏了。说得大姨脸一阵泛红，打掉表弟的筷子，别吃了！表弟委屈得大哭，大姨拉起表弟头也不回地走了。

自那以后，大姨和表弟再没去过姥爷家。

对于姥爷为什么要娶这样一个嘴歪、脾气又不好的后姥，不仅我，父母和大姨、小姨，包括姥爷村里的邻居，恐怕都难以理解。

姥爷和歪嘴后姥生活了不到十年，歪嘴后姥去世时我已离开家乡在外地读书。听母亲说，姥爷谁也没说，自己赶着大车送去火化，母亲和姨们听说了赶过去，姥爷已经将后姥骨灰下葬回到家了。

歪嘴后姥去世不久，姥爷又赶着大车，拉回一个小个子后姥，姓杨。小个子后姥嘴不歪，眼却少了一只。一只眼的后姥再次让母亲和姨们感到难堪，也让我们和村人不解。

杨氏后姥来到姥爷家不到两年就去世了。据说最后瘫痪在炕上，吃喝拉撒都是姥爷一人侍候。去世后姥爷还是谁也没告诉，一个人赶着大车把她送走。

杨氏后姥去世后，姥爷身体也出了毛病，当年受伤的下肢旧病复发，无法走路，再也不能赶大车了。姥爷把大车交给队里，来到我们村，由母亲和大姨轮流照顾。

那年寒假我回家，正赶上姥爷要轮到我们家，我推着小推车去大姨家接他。那时姥爷脑子已经有些迷糊，路上一再叹气，身子不停地扭动。

我说，姥爷，不舒服？

姥爷说，这车矮啊。

我知道他是想他的大车了。我说，是，不如大车舒服。

姥爷说，我那大车呢？套上，你后姥不能坐这车……

姥爷过世时我不在家，听表弟说，母亲专门请人扎了一辆双马拉的豪华胶轮大车在坟前烧了，姥爷如果地下有知应该满意。

听母亲说前几年县上曾有人来找母亲和大姨，打听两个后姥骨灰葬在哪里，母亲说姥爷自己送出去的，不知埋到哪里了。

去年我回县里参加一个会议，会后参观老区红色文化传承展览，其中有一部分题为"巾帼八英"，介绍的是抗战时期本县八位女英雄，其中有两位地下交通员，一位叫乔兰，一位叫杨彩，两人的丈夫为掩护一位携带重要情报的交通员牺牲了，敌人把希望锁定在她们身上，两人受尽折磨，始终坚贞不屈。为了撬开乔兰紧闭的嘴巴，敌人用刺刀将她的嘴巴捅乱，乔兰仍然一字不吐。杨彩个子虽小，但眼睛又大又亮，双目怒睁，一言不发，气急败坏的鬼子用钢锥刺瞎了她的眼睛……

　　我的头嗡的一声，心里刀扎般猛地一痛，我恍然开悟，我的姥爷啊，我的后姥儿！一种无边无际的痛与悔在我心底蔓延，那辆嘚嘚跑远的马车，该是承载了多少故事，几十年前我们不曾知道，几十年后的今天，以至今后多少年我们永远也无法知道！

国哥的爱情

国哥是我的堂兄，大我近三十岁，名字叫刘国，自记事起我就喊他国哥。每次回家，第一个见到的人一定是国哥。国哥站在村口，看到我就冲我伸出大拇指，嘴里呜噜呜噜自言自语，听不清他说的是什么。国哥不是在等我，实际从记事起，清晨或傍晚总能看到国哥在村口站着，一往情深地盯着通往山外通向远方的村路。国哥是在凝望远方的世界，国哥是在等待一个人。年复一年的凝望、等待，不知道在他内心里外边的世界是什么样子，不知道他心中那个人的样子是否有所改变。

国哥本来会说话，因为耳聋，说出的话总出不了口腔，语言功能日益退化，成为半哑。国哥天资聪颖，虽未上过学，但家里来往账目全是他管理，一般账目不用纸笔算盘，挥手即清。小时常听奶奶讲，国哥是六七岁时才聋的。原本聪明伶俐，奶奶特别宠他。麦子刚熟，奶奶就牵着国哥的小手，到自家麦地里摘麦穗搓给他吃。搓去麦皮麦芒的新鲜麦粒倒进他的手里，还没送到嘴里，麦粒的粒数他已经数得一清二楚。上学时老师领读课文，刚念完他已经能完整地背下来。但可惜的是，上学没几天，他耳朵里便流脓出水，实际是患了中耳炎，没有及时诊治，导致耳聋，因此辍学。

国哥年轻时是南村北疃有名的帅哥。身材高挑，五官轮廓清晰，头发浓密微卷，有点像当时电影上的阿尔巴尼亚人。穿着打扮十分讲究，完全没有农村小伙的土气。只要收工回家，国哥总是洗刷干净，换上笔挺的深蓝国防服，头发梳得锃亮，上衣口袋里别着两支钢笔，在村口站着，直到天黑得看不见了才转头回家。很多初到村里的人，都以为他是城里下乡的知青。那年县里剧团来村里演出，国哥帮忙搬运戏箱、扎台子、挂幕布，剧团的女一号见了国哥眼睛一亮，想不到这偏僻小村竟有如此文气帅酷的小伙，而且一声不吭，埋头干活，人品也让人喜欢。女一号名叫王卿，待字闺中，对国哥一见倾心。当晚演出的是《朝阳沟》，王卿也是入戏了，现实中也把自己当成了银环，但又不好表白。据说第二天她专门骑车来村里见了国哥。国哥更是对她一见钟情，昨晚看戏后一夜没睡。戏中人真的来到身边，而且专程来找他看他，国哥喜出望外，但呜噜呜噜说不出话来。王卿这才知道国哥是半哑巴，滚热的芳心一下凉到脚尖，悻悻地骑车走了。国哥仍未死心，一直送到村口，直盯着王卿骑车从视线中消失，一直盯到太阳下山，什么也看不见了。

王卿走了，把国哥的心也带走了。王卿再没有来。国哥白天在地里干活，总会不停地扭头向路口凝望，收工回家匆忙洗把脸换身干净衣服便去村口等。国哥从此也成了戏迷，不论哪村演戏，国哥都会去看，但总也找不到王卿的影子。

家里劝他不要等了，国哥听不进去。村里人给他介绍对象，国哥一概不见。我离家外出上学那年，国哥已年近四十，仍是天天在村口等。每次我回来，他都要拉着我连比带画地说半天。国哥一辈子没有走出小村，他总是向我竖大拇指，意思应该是夸我、羡慕我走出了村子，走到了外边的世界。他不知道外边世界是什么样子，但他知道外边的世界有他的王卿。他的自言自语，隐约能听辨出"王卿"两个字音。看得出，他一直坚信王卿会来找他。这是他生活的全部。

几十年过去，国哥老了，王卿在国哥心里依然年轻，只是不知她人在哪里。当年的帅小伙，如今已是满头白发。眼睛也不再明亮，开始变得迷茫混浊。村里村外发生了很多变化，国哥的生活也发生了很多变化。算起来国哥已快八十了，也许是内心有梦，精神的平静纯粹，使他看上去比实际年龄要年轻一些。国哥身体一直很好，干活从来不惜力气，生产队干活时评工分总是满分。单干后他和弟弟、母亲一起生活。母亲年纪大了需要照顾，弟弟智商有点偏低，除了简单的农活什么也不会。国哥白天忙地里，晚上回来还要侍候老娘，做饭、喂鸡、喂猪。老娘走后，国哥和单身的弟弟一起生活，种地、种菜，日子过得简单而平淡。不论忙闲，国哥爱美的心始终没有变化，不论什么时候，他都把自己收拾得干净利索。干活之外，他喜欢种花，院里院外种满了月季花、木槿花、鸡冠花、指甲花，姹紫嫣红，如花园一般。这一切不知是否都与王卿有关。国哥的世界，一切都应该如王卿一般美好。偶尔国哥会让弟弟开着三轮车拉他到附近镇上转一圈。看场戏，买点零用东西，给自己置办一身时新衣服。国哥的衣服始终是符合时尚潮流的。过年时一定要买两只通电的大灯笼挂在门口，耳聋听不到声音，也要买一大包鞭炮，亲自点燃。

这几年国哥苍老得很快，原本雪白的牙齿也开始脱落。不用下地干活了，国哥大部分时间都打发给了村口。原来是站着，现在腰腿不行了，或坐或蹲，但一双混浊迷茫的眼睛，始终一眨不眨地凝望着村口通往山外的路。那里有他未知的谜一样的世界，那里有他五颜六色的梦想，那里有他等了一辈子的爱情……

茶壶口

茶壶口应该是叉河口的变音,位于村南两河交汇处。时间长了,村里人约定俗成喊成了茶壶口,真名反倒没人记得了。

两条河中,一条是村南的大河,东西方向,河道开阔,平时水流很浅,河床是洁白的细沙,只在夏季雨后水流才漫过河床。另一条是顺南山流淌下来的一条小河,南北方向。源头在南山深处,很窄,上游是嶙峋的山石,河水从山上淌下来,漫过山石,冲出很多河坑沙湾。大概是山水冷凉的缘故,坑湾中鱼虾很多,但都长不大,最大的也只有小手指大小。鱼儿捞上来,放在太阳下晒一会儿便化了。下游相对平坦、宽阔,河床是金黄的细沙。曾经有东北的淘金汉子在那里挖沙淘洗,被村里人赶走了。村里人忌讳,认为挖了小河,会破坏村里的风水。

两条河在茶壶口交汇,冲出一个月牙状的河湾。河湾看似和河床一样平缓，实际靠近沙洲的边缘有一人多深。河湾里鱼很多，而且有大鱼，村南德爷家小儿子、号称"浪里白条"的老三就在里边抓过一斤多沉的鲫鱼。靠近沙洲的边缘，水草丰美，河岸周围的土被水冲蚀淘空，只余下树根草根，形成很多水洞，成为鱼和螃蟹的栖居地。河蟹又大又肥，老三曾经一个晌午摸过小半桶。

从东北回来的堂兄建平常带我和表弟等几个小伙伴过来洗澡捉鱼。一次大雨过后，大水已经泄了，河面水只有没膝深，表弟不小心走到河沿儿处，扑通一声掉进去，转眼就没影儿了，吓得我们几个哇哇大叫。恰好德爷家老三从下游上来，一个猛子扎下去，提着表弟的头发拖上来。几个人一起把他拉到岸上，老三又把表弟肚皮朝下扛到肩上，原地上下跳跃，直到表弟哇的一声吐出一大口水，老三这才将他从肩上放下来，看他睁开眼睛，大家才松了一口气。

日积月累，沙洲不断扩大，形成一片望不见边际的林子。林子里植被茂密，以杨树为主，间杂河柳、国槐、榆树，还有棉槐等灌木。地面沙土地上长满了茅草、灯芯草、蒲公英、接骨草，都长不高，与杨树等乔木和棉槐等灌木间形成梯次布局，错落有致。冬天树叶全落了，从村里向南望去，只看到乌秃秃的一片林子。到了春天，林子里一片生机，到处都是花香，有野桃花、梨花、山菊花、金银花。除了野花，地上还有很多宝贝。谷雨刚过，茅草的芽儿便长出针状的尖草芽，老家人称为茅箭，外壳绿中泛红，用手轻轻一提便抽了出来。剥开外壳，里边是雪白的花絮状草花，送到嘴里，绵柔清爽，湿润甘甜。草地上还有一种菌菇，村里大人喊作麻黄秆，不仅能做成美食，还具有清肝润肺的作用。麻黄秆只有一支香烟大小，下部是白嫩的细秆，上面是褐色的花帽，似乎是草原上肉苁蓉的袖珍版。将麻黄秆从根部掐下来，回家加点虾酱和鸡蛋蒸熟，口感细软，回味清香，是春天难得的美味。

天暖和了，林子便成了小动物的世界。小到沙鳖、蝈蝈，大到草獾、野兔、野狸，还有刺猬、土拨鼠、麻蛇。最好玩的是沙鳖，只有黄豆粒大小，灰色的甲壳，对细沙情有独钟，一刻也不肯离开。抓到一只，放到平坦的沙地上，眼瞅着它唰唰唰一会儿工夫便挖出一个漏斗状的沙窝。把它掏出来再放到平整的沙土上，还是如此。循环往复，没有穷止。兔子夏天很难看到，秋后特别是冬天雪后，才是捕捉的最好时机。林子被雪盖住，聪明的猎人打眼一看便能找到兔窝。冬天兔子猫在雪窝里，因为呼吸，雪窝外必会有一个被热气融化的圆圈，那下边便是兔窝无疑了。雪停了，兔子外出找食物去了，猎人拿出用竹片做成的夹子，架在雪窝门口，里边再放几粒烤过的玉米，然后躲到远处树后藏起来，过不了多久便会听到兔子唧唧的叫声，这时紧随猎人的土狗，不用猎人招呼，一个箭步扑过去，叼起兔子交给主人。有时也会惊起别处雪窝的兔子，土狗便会紧追不舍。林子雪地上腾起一片雪雾。

树叶长出来，林子就成了鸟儿的天堂。天刚一放亮，鸟儿们便在林子里叽叽喳喳地欢唱，有斑鸠、布谷鸟、灰喜鹊，还有各种叫不上名来的小鸟。进到林子耳朵里全是各种鸟鸣。最小的一种鸟儿叫秋叶，只有一片杏树叶大小。浑身葱绿，身子轻盈，精灵般在树枝间跳跃。声音细柔，如丝如弦，引得孩子们着迷地追着跑。从一棵树追到另一棵树，转眼间便不见了，孩子们刚要离开，它却啾啾叫着从树叶间飞出来，落到另一片树叶上。飞来飞去，神秘无常，惹得孩子们如痴如狂。

林子里常住的是麻雀和灰喜鹊。灰喜鹊的巢建在高大挺拔的杨树顶端。几百根树枝搭建的鹊巢，是鸟界的高楼大厦。两只喜鹊喳喳叫着，用嘴叼来树枝，一根一根地垒搭，那种功夫、那种执着、那种辛苦，绝不亚于人类搭建楼房。那是喜鹊夫妻的高层别墅。春暖花开，喜鹊开始孵蛋。好奇的建平趁小夫妻不在，爬上树顶，从鹊巢中取出两只青绿的鹊蛋，刚要装进口袋，喜鹊夫妇喳喳叫着飞回来。见到偷蛋的建平，狂叫着飞扑过来，惊得建平赶忙顺着树干向下溜，一手还托着两枚鹊蛋。两只喜鹊轮番攻击，挥翅扑打、用嘴叼啄，疼得建平一撒手，"扑通"一声掉落地上，好在下边是沙土地，没有摔伤，但两只鹊蛋却跌碎在地上。两只喜鹊眼见自己的孩子摔成了黄汤，气急败坏地叫着猛扑向建平。建平吓得爬起来抱头就往林外跑，喜鹊在后边拼命地追赶。建平一口气跑到家里，脸上头上已是鲜血淋淋。喜鹊追到建平家门口，站在他家门楼上嘎嘎叫个不停。这之后几天，建平都不敢出门，只要一露头，喜鹊就会扑过来击打叼啄。一直持续半月有余，再不见建平出来，两只喜鹊才悻悻地飞走了。不知小夫妻后来去了哪里，林子里再没见到他们的身影。

沙洲的对面是一片芦苇荡。芦苇长势茁壮密集，手指粗的苇秆，足有二米多高。秋冬季节，苇子熟了，孩子们会模仿电影《沙家浜》中的新四军，在芦苇间追逐打闹。有时不经意间会捡到一窝青绿的野鸭蛋，引得全村的孩子们都往芦苇荡里跑。热闹几天后，芦苇荡重又归于静寂。我和表弟带了吃食和画书钻到里边。芦苇结实密集，仰身一躺，身后倒下一层厚厚的弹性十足的芦苇，比家里的土炕不知要舒服多少倍。翻完了画书，吃完了东西，两个人又玩起了迷藏。玩累了，便躺在芦苇大床上看天上的白云，看飞来飞去的鸟儿，不知不觉间进入了梦乡。一天不见人影，母亲和哥姐四处喊叫寻找。猛地被喊声惊醒，天已经黑了，周围一片漆黑，密密匝匝的芦苇像一堵一堵的墙，怎么也找不到来时的路。表弟吓得呜呜大哭，惊起几只野鸭，嘎嘎叫着扑棱棱飞走了。我也头皮发麻，强打精神拉着表弟，循着野鸭飞的方向跌跌撞撞往外走，总算找到了出口。跑回村口，正碰上到处寻找的母亲和大姨，母亲一把拉住我就往回走，一边走一边埋怨我跑哪儿野去了，一天也不见人影。母亲拉我的手抖得厉害。我想回家后母亲一定会揍我。回到家，母亲拉开锅盖，端出留给我的饭菜，只说了一句"饿坏了吧，快吃了睡去"，竟没有打我，也没有骂我。

最后一次去茶壶口的记忆令人心痛。那年冬天，雪后的早晨，天很冷。村南德爷早起到林子里捡柴拾粪。刚进林子眼便直了，眼前一棵歪脖树上吊着一个穿戴整齐的汉子。德爷并不认识。德爷吓得嗷嗷叫着往村里跑。后来县里公安来了，全村人都来到林子边上围观。大家都不认识，不知汉子是哪里来的，不知什么原因吊在这里。人已经冻成了冰，被公安的吉普车拉走了。人们都散了，林子又空了，但那个人似乎一直吊在那里。

那之后，村里孩子们都不敢靠近林子。那之后，我再也没有去过茶壶口。那之后，我和小伙伴们似乎都长大了。

苹果红了

过了白露，天气开始转凉。苹果树叶在秋风中蝴蝶般翻飞飘舞，苹果的颜色已经由青变红，而且红得越来越娇艳。早上走出家门放眼南山，苹果园已经红透了一片，犹如一抹红云，飘逸在南山半腰间。秋风乍起，浓郁的甜香气息飘散过来，撩拨着每一个人的味蕾。

苹果红的时候，大田里秋收刚刚开始，玉米、花生、地瓜都到了收获的时候，哪一样似乎都比苹果重要。果树队队长很是着急，告诉父亲苹果熟了，该派劳力进园收摘了。父亲从山上回来总是很晚，见了果树队队长便挥手撵他，没劳力给你，再等几天。果树队队长悻悻地往外走，嘴里不服气地嘟哝，再等熟透就落果减产了。父亲没好气地回他，再等几天成色更好！

果树队队长不高兴，我和小朋友们也都很失望。等了一年，终于闻到苹果成熟的香甜气息，多么盼望早点开园，可以不受限制地冲进果园，开心地采摘、品尝。但是身为支书的父亲不同意，不派劳力，果树队就不能开园，那些熟透了的苹果只能红艳艳地悬挂在枝头，任凭风吹日晒。

不断传来邻村果园开园采摘的消息，父亲始终不为所动。父亲的注意力在粮食，粮食地是主业，苹果园是副业。周围十里八疃的果园，不论苹果的种植面积，还是产量、质量都无法和我们村相比。村里果园足有几百亩，占了河南岸半座山，每年都是县里果品站收购出口的大户。原本满山都是荒草、梓椤棵子，是父亲带着村里乡亲苦战几个冬天，挖出几千个"果树窝子"。那些年，父母在家使用频率最高的词就是"果树窝子"。南山坚硬如石的砂岩土质，挖一个坑要几天工夫，有时还要放雷爆破。每一个"果树窝子"都是二米见方、一米半深，填上熟土，施上有机肥，第二年春天栽上果树苗子。我上小学时，南山果园已经形成规模，果树主干长到胳膊粗，已经到了盛果期。每到春天，果树开花，南山便像裹上了一层绿中透白的轻纱，清新、白亮而又透出满山满坡的生机，阵阵清香惹得蜜蜂从四面八方飞过来，嗡嗡的蜂音恰如最美的音乐，整个山乡都要醉了。

到了夏天，绿绿的叶片下面结满了青绿油亮的果子，整个果园用木栅栏和铁丝网围裹起来，有如一个充满诱惑的绿色城堡。孩子们放了学便不自觉地往南山跑。隔着栅栏看着青脆的果子，眼里放光，垂涎欲滴，幻想着如何能够钻进去，大快朵颐。有胆大的孩子选一个角落，从铁丝网下边贴着地皮向里钻，头刚伸进去，便有几只大狗嗷嗷叫着扑过来，吓得他赶紧缩回身，屁滚尿流地跑下山去。果树队里有四五个看园人，养着好几只据说是纯种的狼狗，使得孩子们紧张之余愈发感到果园的神秘。多少孩子在心底里发愿，长大后要当一名果树技术员。最终多数人都没有如愿。被选进果树队是一种荣耀，果树技术员是村里少有的技术工种，要求极高，要懂林果技术，要能吃苦，春冬修枝、剪枝、压枝，春夏打药、施肥、浇水，果树坐果后要离家住在果园，尤其是果实临近成熟，要昼夜巡视看护，还要无私不贪，不偷摘偷吃一个果子。也有人想走捷径，厚着脸皮找父亲，无一不是碰壁而归。

天越来越凉，庄稼地里也收得差不多了，父亲终于同意从各小队抽调劳力去果园摘苹果。这可是美差事，大家都争相报名，但最终还是抽调相对年长的妇女和劳动能力相对弱一些的男劳力。摘苹果虽不似大田收秋那么紧张劳累，但也要攀梯上树，持续半个多月，也很辛苦。

母亲有幸被选中，我和姐姐都很兴奋。母亲去果园摘苹果，给孩子们带来无穷的想象和希望，似乎那些红艳艳的大苹果就在眼前，每天都期盼着母亲早点从果园回来。母亲在果园的活计除了树上树下摘苹果，还要拣苹果。将摘好的苹果，按照果品公司的要求，将符合尺寸、外观漂亮的苹果挑选出来，放到出口专用的果笼中。果园管束极严，虽然满眼都是红艳甜香的苹果，但是谁也不敢吃一口动一个。除了果树队的人监督，摘苹果的妇女们互相也在监督，发现谁偷吃偷拿轻则扣掉一天的工分，重则撵回生产队。但是母亲们总有办法，果园外的草地上不时会有苹果滚出来。收工走出果园大门，妇女们经常要在果园周围草地拔猪草捎回家，意外的收获是她们秘而不宣的默契。每次母亲回家，我和姐姐都眼巴巴地看着母亲，希望她能变戏法似的变出几只苹果，哪怕一个也行。但母亲总是让我们失望。终于有一天，母亲回家抖搂开猪草，里边竟然真的滚出一个苹果来。我以为自己是在梦中，直到母亲将圆圆的苹果塞到我手里，我才如梦方醒，惊喜万分。苹果不大，但是滚圆通红。母亲说是草地里捡的，舀水将苹果洗净，切成两瓣让我和姐姐趁父亲没回来抓紧吃了，再三嘱咐不要告诉别人，更不能告诉父亲。

大半个月后，果园的苹果全部采摘完毕，果品公司收购完，剩下的落果和不符合标准的要按人头分给每一位社员。

"分苹果喽——"果树队队长在村头一阵吆喝，满村里便沸腾了。大田里也早早地收工，大人、孩子们从四面八方往苹果园赶。像赶集，又像是过年。分苹果，这是秋天里大人、孩子们最高兴的事，是盼了一年的狂欢。家家户户推着车子，带上麻袋、筐篓集中到果园卧棚外边的空地上。空地足有两个篮球场大，中间从东到西堆着一大堆红艳艳的苹果，像一座苹果的小山。旁边放着一张长条桌、一台地磅，果树队队长坐在桌后按账簿大声喊着一家一家户主的名字，户主和女人、孩子一齐答应着拎着家什跑过来。旁边的队员七手八脚地用簸箕往磅秤底座上的大筐里倒苹果。果园这时候完全放开了，不论大人还是孩子都可以随便进出，苹果可以随意品尝，大人们手里攥着苹果边啃边忙活着分苹果，孩子们人手一个苹果边啃边在空地和果树间追逐打闹。分到苹果的装上车欢天喜地地驾车往山下赶。每个人的脸上都如熟透了的苹果，红扑扑的，充盈着幸福与甜蜜。

这一年苹果大丰收，家家户户分到的苹果比往年翻了一番。母亲把里屋原本盛粮食的大缸腾出来放苹果，母亲高兴，孩子们也高兴，两大缸苹果可以吃到明年春天。晚上回来母亲告诉父亲，父亲不仅不高兴反而一脸阴云。父亲说，你懂什么，不是收成好，是果品公司收得少。原来我们村的苹果全是小国光，品种老化，果品公司大幅压缩了收购的数量。这就意味着年底收入要减少。父亲愁，母亲也跟着叹气。父亲说该换品种了。

换品种，就要砍了原来的老树，重新移栽果品公司推荐的红富士等新品种，花钱买新品种树苗不说，更意味着几年没有收成。第二天，父亲来到果园，抚摸着一棵棵长了十几年，已经有牛腿般粗的果树潸然泪下。几千棵啊，全都砍了，父亲不舍得，果树队也不舍得。

一个秋天，父亲都在唉声叹气。父亲领着大队干部在果园里开了几天会，多数人都不同意砍树换苗。到了冬天，父亲终于下了决心，不能再等了，必须换！父亲一拍板，大家也都不争了。雪花飘起时，父亲带领乡亲们上山，含泪砍了那些老树。一冬天全村人都在南山凿山挖"树窝子"，第二年春天改栽了几千棵红富士。

二年桃三年李，四年苹果挂满枝。寄托着全村人希望的南山果园，第一年无收，第二年新苗开始开花，第三年开始挂果，第四年红艳艳的红富士终于挂满枝头。

这时候我已离开村子到山外读书。秋假回村，放眼南山，果园重新披上了红装，硕大的红富士如一盏盏点亮希望的灯笼，挂满枝头，红透满山满坡……

节日的阳光

初二的阳光是闪亮的。从大年初二开始，孩子们就可以一年一度地走出村子，去亲戚家"出门儿"了。

吃过早饭，母亲从大柜中找出大红的花包袱，包上饽饽、桃酥，还有从供销社买来的水果罐头，让我和姐姐带上，去村口和表弟会合，一起"出门儿"去小姨家。

小姨家在十五里外的草庙子。那里是公社驻地，是周围最繁华的集镇。镇上有铁匠铺、皮匠铺，有拖拉机修配厂，有饭店，还有一家很大的供销社。它不像我们邻村的供销社，只卖烟酒糖茶等简单的日用百货，那里东西很多，有图书画本，有布匹，还有自行车、缝纫机、收音机等，应有尽有。文具柜台卖一种彩色糖味橡皮擦，透明的，像软胶糖一样，味道甜香中还有一种花草的清新气味，让人怎么也闻不够。拿到学校，同学们都争抢着要闻。每年去小姨家，我都要去供销社买一块，这样一年都在甜香、清新的气味中读书、学习。

这时街上已经十分热闹。太阳当空照着，刚过了初一，大人、孩子都穿戴一新，脸上都洋溢着甜美的笑意，身前或身后不时传来"嘭嘭啪啪"的鞭炮声，空气中弥漫着过年才有的硝烟气息。孩子们三五成群，提着花花绿绿的包袱，有向村外走去"出门儿"走亲戚的，也有外村起早来村里"出门儿"的。

去小姨家要穿过北山，经过一条大河，穿过三个村子，十五里路要走一上午，到小姨家已是午饭时分。

小姨家的饭有一种特别的滋味。表哥的奶奶年轻时在镇上开过饭馆，即使白菜、豆腐，也让人食欲大开。小姨家东屋摆放着牌位，牌位前边一个盘子里放着两只黑面皮的饺子。我感到很好奇，从来没见黑皮的饺子，不知里边有什么深意。

吃过了午饭，表哥带我们到街上逛。大街上有扮玩的，锣鼓敲得山响，震得人心慌。一个男人扮的巫婆，脸上涂了一层很厚的白粉，嘴唇抹得通红，右嘴角上有一颗花生粒大的恶人痣，手里担着一只比胳膊还长的烟袋，随着鼓乐摇摇摆摆，后边还有纸扎的旱船、毛驴。路两边摆摊的很多，有卖小零食的，有糖瓜、糖球，还有花生、瓜子。卖鞭炮的摊位聚了很多人，不时有小孩将摔炮摔到地上，嘭嘭地炸响。我心里惦记着糖味橡皮，催促表哥带我们来到镇子东头的供销社。掀开棉布门帘跨进门里，一股浓浓的酱油、糖醋、散酒、面点还有其他吃食合成的甜香气息迎面扑来。我们直奔文具柜台，一问原来糖味橡皮已经卖完了，剩下的只有圆方形状，印着黑字，有一股橡皮臭味的白色橡皮擦。我感到很沮丧。表哥为了安慰我，拉我来到食品柜台，食品柜台很长，整整两节。里边除了烟酒，还有桃酥和五颜六色的糖块。糖块放在两个大玻璃盆里。表哥掏钱买了一把糖块，塞给我和表弟一人一块，然后拉着我和表弟来到东南角，那里杵着一大捆甘蔗。那甘蔗足有两米高，一节一节像竹竿一样，只是外皮是紫色的，带着白色的糖霜，刺激着人的味蕾，看一眼好像已经尝到了甘甜的汁水。两个小女孩站在那里买甘蔗，一位裹着蓝色围裙的女服务员手握砍刀走过去，抄起一根横到柜台上的面板上，挥刀哐的一声砍下一节，一块半尺长的甘蔗骨碌碌地滚到地上。一个小女孩拾起甘蔗，拉着另一个小女孩蹦蹦跳跳地跑出门去。甘蔗切面上淌出浓浓的糖汁，滴滴答答地落下来，我和表弟馋得口水直流。表哥看出了我们的馋相，拿出两角钱递给服务员，服务员又挥刀砍下一节，表哥拿起来，让服务员砍成三块，分给我和表弟每人一块，他自己留下一块。从表哥手里接过甘蔗，没出门便猛咬一口，甘甜的汁水唰地一下涌进喉头，一种从未有过的甜爽、愉悦感瞬间涌遍全身。

往回走的路上，表哥说带我们去看皮匠铺。皮匠铺实际也是表哥干爹家。表哥说去弄块弹弓皮子。表哥的干爹是皮匠，身有残疾，站不起来，只能蹲着行走，但是做皮货的手艺极高。进门便是一个砖砌的照壁，拐过照壁仿佛走进一个橡皮的世界。院子里到处都是各种型号、各种规格的轮胎，到处都是切割裁削的橡皮碎片，还有橡胶皮做成的水筲。报废的汽车、马车轮胎靠墙堆成小山。我最关心的是挂在墙上的红的、黑的汽车、自行车的旧内胎。那是一种上好的弹弓皮料，我是多么想和他要一块啊！表哥进门便喊，干爹干妈，过年好！表哥干妈迎出来把我们领进去，此时表哥干爹正在灶前补大车内胎。锅灶里烧着的是橡皮碎角料，火很旺，一种橡皮焦煳味和着胶水的气息，有点呛嗓子，但对于我和表弟来说，却感到新鲜无比。我多么希望表哥干爹能够剪裁一块橡皮给我们啊，但是表哥的干爹一声不吭，专注地拿着锉刀在锉一条大车内胎。表哥见他似乎有些紧张，轻声喊一声"干爹好"，半天他才嗯了一声，抬头白了表哥和我们一眼。脸上满脸的褶皱，黑乎乎的，褶皱里似乎藏满了胶皮的灰烬，让我想起电影中的恶霸地主。只在我们要走时，他才放下手里的皮锉，手伸进皮围裙下边掏出一张五角的纸钱，递给表哥，说，嗯，拿去买本子。表哥似乎忘了要弹弓皮子的事，接过钱，谢了一声就往外走。我和表弟悻悻地跟在后面，很失落，也很失望。

回到小姨家，天已经黑了，一家人都在等我们吃饭。表哥新婚的小叔小婶也从城里回来了。表哥的小叔在威海船厂工作，新媳妇很漂亮，是威海城里人，个子很高，白净的瓜子脸，梳一条油黑的大辫子，说话带笑，露出整齐雪白的牙齿，很像电影《朝阳沟》里的银环。他们谈恋爱时来过我们家，左邻右舍都跑过来看"银环"。见我们回来，小叔小婶都很高兴。小婶竟还记得我的小名，记得我作文写得好。小婶为我们每人都准备了礼物，给我的最隆重，是一支三色圆珠笔。我从来没见过这么高级的圆珠笔，左端详右摩挲，吃饭时一直攥在手里。

忙活一天，大家都入睡了。我手攥着圆珠笔半天睡不着。滑溜的笔杆有一种淡淡的馨香。这时东屋传来一阵纤细、轻柔的歌声。这是我从未听过的一种优美的曲调，仿佛从遥远的天外悠悠地传过来，牵系着我的心飞到一片鲜花盛开、充满芬芳的世界。我知道那是小婶在唱。那种我从未听过的天籁之音，灌注到我的记忆深处。多少年后想起小姨家就会想起小婶，那种优美的旋律便会悠然从心底响起。

第二天早饭时，表哥的干妈赶过来，掏出一个布包，说表哥的干爹给表哥和我、表弟每人一副弹弓胶皮。我高兴得从炕上蹦下来，从表哥干妈手里夺过胶皮，一个人跑到院子里。两块接近一指宽的红色胶皮，一端已经用尼龙线缠好了软牛皮的弹包，拉一拉弹力十足。我从院子里捡起几枚石子，抻开橡皮叭叭地冲天空试射，仿佛一名战士得到了神奇的武器，饭也顾不得吃了，陶醉、兴奋得难以自持。

早饭后，我和姐姐、表弟要走了，小姨把我们的包袱原样拿出来，又加了一盒点心。姐姐坚决不肯，走时母亲交代了东西全留给小姨。两个人撕扯半天，最后还是小姨占了上风，但也做了妥协，留下饽饽，却还是放上了那盒点心。

往回走时天空飘起了雪花，没有太阳，天有些阴冷，但我心里像春天一样暖洋洋的。路上"出门儿"的大人、孩子还是络绎不绝，红红绿绿的人们，装点着不宽的山路。小姨一家还有小叔小婶站在门口送我们，小姨追着我们喊，过年儿再来啊！我们嗯嗯应着，我手抄在裤兜里，一手攥着三色圆珠笔，一手握着弹弓胶皮，心里陶醉而又得意。我知道我们的年就这样结束了，心里盼着太阳早点出来，盼着明年早点到来。

桃花开

实际我和六妹同时看到了那棵小桃树。

六妹是隔壁起大爷的小女儿，比我小两岁，但个子和我不相上下。她的脸蛋总是红扑扑的，一副假小子模样，整日跟在我们男生后边疯跑野闹。小桃树长在村西麦地的田埂上，只有一拃高，嫩绿的树干上长着几片扁长的桃叶，水灵灵的，十分喜人。我和六妹都是一阵惊喜，急匆匆地跑过去。我先到一步，抓起旁边一根枯树枝，将小桃树连根挖出来。桃树根部还连着桃核，六妹帮我用湿土将桃树根部包起来，我双手握着，像护着宝贝一样往回走。走到村口时，六妹说桃树是她先看见的，应该栽在她家门口。我没理她，径直走到自家门口草垛前，找来铁锹挖了一个树坑，把桃树栽下去。六妹扭头跑到我家找母亲告状，说我抢了她的桃树，母亲出来训斥我，让我把桃树还给六妹。我告诉母亲她撒谎，桃树是我发现的，继续埋头给桃树培土。六妹气得直跺脚，哇哇哭着跑回家。

晚上怎么也睡不着，心里记挂着桃树。不知不觉间走出家门，见小桃树依然立在那儿，但它像被气吹起来一样，吱吱地往上长，一会儿便长到一人多高，又分出很多枝杈，眨眼间又开出无数桃花，那桃花密密匝匝，粉白透亮，映得眼前一片雪亮。我用力去抓想折一枝回家，却怎么也够不着，急出一身汗，用力睁开眼睛，原来天已经亮了，白辣辣的阳光从窗外射进来。知道是梦，便有些失落，但一想到小桃树，精神又振作起来。跳下炕，舀一瓢清水，该给小桃树浇水了。刚迈出门槛便傻眼了，桃树已经不见踪影，只有桃树拔出时带出的新鲜泥土堆在那里。我知道，肯定是六妹干的。我跑到六妹家门前，小桃树果真直挺挺地长在她家门口的空地上。桃树周围用土培起来一个水池，看得出水刚浇过不长时间，还没完全渗下去。我气得一把将桃树拔起来，托着根部捧回草垛旁边，重新将小树苗栽回昨晚挖的树坑里，也在树周围用土培起一个水池，将瓢里的水倒进去，桃树吸饱了水分，柔嫩的树干挺得更直了，枝叶也似乎更加水灵。

我知道，六妹不会就此罢休。除了吃饭，我寸步不离，像一个忠诚的卫士，守护着小桃树。但事实上六妹并没有来，直到天黑也未见她的身影。我想晚上她肯定会再来的。吃过晚饭我来到桃树旁守到很晚，母亲几次催促，我困得站不住了，才恋恋不舍地回家睡觉。

第二天早上，一阵慌急的敲门声把我惊醒，敲门的是隔壁的起大爷。原来六妹病了，高烧不退，已经昏迷不醒，要送她去县医院，想借我们家的毯子用。看来挺严重，母亲把毯子交给起大爷，和父亲一起跟在起大爷身后去六妹家了。我也爬起来，心里慌慌的，没有着落，不知六妹得了什么病，不知能不能治好。

晚上起大爷没有回来。第二天一醒来便听到西院起大爷家传出大妈的哭声。母亲和父亲也在唉声叹气。原来六妹得了很重的大脑炎，到医院也没能抢救过来，六妹已经没了。

我好像一下掉进了冰窖，心里发凉，浑身发抖。我走出家门，那棵小桃树稳稳地长在那里，叶子也更亮丽了。我走过去，用铁锹重新挖下去，把桃树再次挖出来，移到六妹家门口，重新栽到六妹挖的树坑里。栽好，培土，又回家舀了一大瓢水倒进去。我不知道六妹能不能看到，我向六妹家望了望，屋里死一般沉静。我不相信六妹不在家里，我在心里和她说，六妹，我把桃树还给你了。

我很懊悔，不该和六妹争这桃树，也很困惑，活蹦乱跳的六妹怎么说没就没了，生命如此脆弱、短暂，我有些害怕，不知道自己会不会也像六妹这样。第二天，起大爷把那床灰色的毯子送回来了，母亲把毯子拿到南河泡在河水里，用棒槌敲着洗了再洗，回来挂在院子里让太阳晒了几天，但我还是不敢触碰，甚至看也不敢去看。后来起大爷也去世了，没多长时间起大妈带着六妹的姐姐改嫁外村。村里人都说起大爷家那房子是凶宅，那房子没有人住便显得可怖。每次回家走过起大爷门口，都会不自觉地想起六妹，身上都要起一层鸡皮疙瘩，急火火地走过，再也没有去关注那棵小桃树。

后来我家也搬到了北山上，那株桃树连同六妹一起，逐渐被我淡忘了。

多年后的一个春天，离家多年的我重新回到村里。我突然想去看看老宅，虽然我知道老宅早已经坍废，但我还是想去，寻找自己儿时的影子。二哥带我找到老宅的位置，一抬头就看到一棵开满花的老桃树，二哥说那是起大爷家门口，我知道它应该就是那棵小桃树，树身有些歪斜，但枝丫都倔强地向上生长着。暮春四月，满树粉白的桃花开得火爆、热烈。这情景似乎见过，是儿时梦中的景象！我感到难以想象，那棵一拃高的细嫩的小桃树苗，独自在这空寂的废墟中，经历了三四十年的风霜雪雨，倔强、顽强地生长，树干已经长到大腿粗，满树的芬芳让人由衷地感佩！生命脆弱，生命也如此顽强；生命短暂，生命的记忆却柔韧绵长。记忆中的小桃树与眼前已显苍老的桃树悄然重合，在满树的桃花间，六妹的模样由清晰逐渐模糊。我知道，六妹已然化作了桃花，在记忆的春天里绽放、飘落。

清明雨

又逢清明，雨再次穿越千载，如期而至。

雨不大，<u>丝丝缕缕</u>，足以打湿人们的头发，衣服也浅浅地半湿半透，让人想起那句传诵千年的诗句，让人感到一种由内而外的沉重。坟地的地皮被雨水湿过，脚踏上去有几分黏腻，任你怎样小心，鞋上总会沾上泥土，仿佛先人的牵扯，让你不论走多远，都能够带上这些土，都能够记住故土、记住故土之下的亲人，永远不要忘却或疏淡这些牵系。

少时不识伤逝苦，对于清明似乎有一种近乎明媚的期待。大地回春，树木花草都有了绿意，都开始有了生机。树绿了，花开了，空气中弥漫着一种清新芬芳的气息。燕子飞回来了，在屋檐下盘旋呢喃。我家房子又旧又矮，没有燕子衔泥筑巢，但母亲手巧，总会按照风俗用白面捏塑五颜六色、栩栩如生的小燕子，蒸熟晾干后用红丝线串起来，挂在窗前或炕前半空。燕子大小不一，最大的是燕妈妈，后背上还背着一只小燕子，另外几只稍大的，白的、蓝的、绿的、黄的，五颜六色，次第排列，像一群兄弟姐妹挂在半空，风一吹，仿佛一家燕子在空中飞翔。但是燕子总有飞累的时候，有一天线断了，燕子撒落一地，母亲说燕子妈妈累了，飞不动了，小燕子要自己飞了。

记忆中，每到清明学校总要组织学生自己扎制花圈，要到山上采折松枝，用铁丝和树条搭成架子，再用铁丝或绳子将松枝绑定。还要用白纸和彩纸折纸花，有的硕大如盘，有的小如拳头，白的、黄的、蓝的花朵，镶嵌到松枝之间，寄托对先烈的哀思。每个班要选几名学生代表，抬着花圈去往十几里外的公社烈士陵园扫墓。每人都期盼着被老师选中，选上是一种荣耀，没选上便会有几分失落。从小学到初中，我就是在这种失落中，无数次地臆想和期待烈士陵园扫墓的场景。清明节的早上，没去烈士陵园扫墓的同学要在操场向革命烈士致敬默哀。当哀乐响起，想起那些牺牲的先烈，眼泪会不由自主地涌流出来。那眼泪何其纯净，但那时真的不懂牺牲的含义。

人到中年，经历了亲人的生离死别，对于清明，内心便只剩下思念的哀痛与感伤。父母离世，心中那根串联燕子的绳线断了，小燕子们各飞西东，但内心的思念与悔痛愈加沉重，永无休止。

回乡扫墓的汽车在细雨中奔跑，迢迢的路途使内心百感交集，格外沉重。沿着眼前平坦无垠地向前延展的高速公路往前看，似乎能够看到公路尽头山岚中那几座埋着亲人的坟丘，脑海中不断闪现他们生前的片段，似乎感应到他们殷殷的期待。那些要说未说的话永无再说的机会，那些要做未做的事永无再做的可能。线断了，永远无法续接。清明是不是老天为人子创设的一个机缘，这一天，阴阳两界可以灵魂对接？路上奔跑的人们，都是冲着这个机缘去的，像探望被监禁的亲人，实际在每一个人的心里，亲人都活在那里，与自己共生共息。只是隔着一层雾，清明的意思难道就是要破掉那层雾，让人们和逝去的亲人在清明无隔的氛围中，灵魂通接，一倾衷肠？

雨下得大了，雨水顺着挡风玻璃往下淌。我的眼睛已经模糊。清明的雨，是游子哀伤的泪滴，不知道能不能滴落到亲人的坟头；清明的雨，是灵魂连接的丝线，从天上到地下，从人间到天堂，穿越时空，拉得很长。

那些乡野的精灵

芳邻仙踪

　　我家和曾婆家只有一墙之隔。曾爷几年前去世，女儿远嫁外地，家里只有曾婆一个人。曾婆家三间草屋，正中是灶间，她住东间，西间放杂物，村里人都说那是大仙的老窝。房顶的草已经多年不苫了，倒很坚实，草叶黏结到一起，形成一层如黑橡胶一样的皮衣。上边很多锨柄粗的小洞，屋里却一点水都不漏，传说那是大仙们来去的孔道。平时很少有人到曾婆家，孩子们走到曾婆家门口都要加快脚步，小跑过去，生怕走慢了会有大仙跟上来，大人们也是无事不登三宝殿，除了村干部送救济粮款，很少有人到她家里来。就连我家老猫，也从不越雷池半步，仿佛曾婆家的周围有什么磁场，偶尔从墙头过，会猛然嗷的一声大叫，全身毛发瞬间倒竖炸开，呜噜两声，慌慌地跳下墙头，紧跑慢赶地蹿回屋里，或找一个角落趴下来。

曾婆和奶奶关系很好，经常过来串门。每次来手里总是带几颗花生、榛子之类的小吃食给我。每次见她我都有点打怵，接过东西也不敢吃，总怀疑是大仙偷来的。偶尔奶奶也带我到曾婆家，走进院子我就会头皮发麻，死死拽住奶奶的手，不敢离开半步。曾婆和奶奶说话，不时会扭头呸呸吐一口，仿佛嘴里有毛屑，又好像暗里有人或什么东西。我总感到屋顶和炕上炕下哪个角落里藏着大仙，我仿佛看到一只一只的大仙，骨碌着透亮的小眼睛在盯着我和奶奶，说不准什么时候便会蹿出来。不然曾婆怎么会呸呸地吐个不停，曾婆是在教训他们，不让他们冒犯我们，或者给他们发什么暗号。

曾婆家养着大仙的说法流传很久了。传说曾爷活着时救过一只大仙。曾爷有早起拾粪的习惯，那天天不亮，曾爷走到村西头桥头，看到一只大仙坐在地上冲他作揖，曾爷跺脚、吼叫，它也不走，两只小眼睛可怜巴巴地盯着曾爷。曾爷走到跟前一看，原来小家伙受伤了，一只后腿断了，不知是让人放的枷子夹住了，还是让狗獾咬断了。曾爷心一软，把小家伙放到粪筐里提回家，和曾婆两人又是上药又是喂鸡蛋地照看了半个多月。小家伙伤好走了，夜里十几只大仙跑到曾爷门前叩头作揖。曾爷第二天早上出门被什么东西绊了一跤，一看地上躺着两只身子还温乎的大公鸡。

天亮后，听见村西王锁家的又哭又骂，全村人都知道黄狼子偷了她家的鸡。村里人都在议论，这是遭了黄大仙的报复。王锁会打黄狼子，经常下枷子或铁丝套，他还会做一种类似小风箱的捕狼器，黄狼子只要钻进去没有跑的。王锁家挣了不少钱，一张皮能卖近十块，赶上他一个月的工分。

曾爷曾经找过王琐，劝他别再干这伤天害理的营生了，王琐当面说好久不干了，实际私下里照捕不误。曾爷去世时，有人看见，一大群黄大仙在坟前又是作揖，又是跳舞，折腾了一夜。王琐听说了，晚上竟然悄悄地在曾爷坟前下了套。

曾婆不知怎么知道了王琐下套的事，找到王锁吓吓吓一顿臭骂。从那以后王锁见了曾婆就绕道走，曾婆老远就冲他吓吓吓。村里都知道曾婆和黄家的关系，谁家里丢了鸡鸭，总会在街上骂，总要有意无意地走过曾婆门口，而且声音会更高。曾婆好像没听见，在家里一点动静也没有。有时候会听到曾婆在家里嗷嗷大叫，像是骂人又像是和谁吵架。奶奶说，你曾婆在训儿呢。我听得浑身起鸡皮疙瘩。

村里关于曾婆和黄大仙的传说总是不绝于耳，妇女和孩子们传得更是神乎其神。有人说村里的大仙都住在曾婆西炕上，天冷了，黄大仙会给曾婆暖被窝，曾婆想吃鸡了，黄大仙会轮班偷给她吃。我曾经大着胆子从墙头石缝往曾婆院里看，瞅半天什么也没有发现。偶尔真能闻到鸡肉的香味，但是不是传说的那样不得而知。那年奶奶病重，曾婆端了一碗鸡汤过来看她。奶奶瞪了曾婆一眼，哪来的鸡，拿回去我不吃。曾婆诡秘地一笑，说，老嫂子放心吃吧，我自己养的老母鸡。奶奶吃一口，咂咂嘴，说，真是老母鸡。事后也没有听说谁家里丢了老母鸡。

我问奶奶，我怎么从没见过黄大仙？奶奶说，你见了那还叫大仙？大仙见不得人，都是瞅人睡了才出来活动。我几次下决心夜里起来看大仙活动，到时候却总也睡不醒。

我离开家乡那年，听说王锁病了，脑血栓卧床不起，他儿子也让拖拉机轧断了腿，王锁媳妇提着点心鱼肉去求曾婆。曾婆从炕上坐起来，先是呸呸呸吐了几口，突然口吐白沫，双手耷拉着抬到胸前，眼白向上直翻，瞅着半空叽里呱啦说了半天，别人却一句也听不清说的什么。吓得王锁媳妇慌忙跪下，磕头作揖，好半天曾婆才长号一声，吐出一口长气，身子猛一哆嗦，眼睛慢慢睁开，瞪着王锁媳妇，将王锁哪年哪月在什么地方打死了大王、打折了小王的腿，一桩一桩说得清清楚楚，唬得王锁媳妇一个劲地点头称是。最后曾婆又交代王锁媳妇回去烧了那些祸害大仙的家什，烧纸上香，杀鸡摆碗，求大仙恕罪保佑。王锁媳妇千恩万谢，回去照做不误，后来王锁的病慢慢变好，一年后竟能拄着拐杖出门晒太阳了，他儿子的腿也治好了，一家人再无病恙。

曾婆去世时，我已离开老家多年，听村里人讲，曾婆走后第二天，村干部去收房，打开屋门，只见大大小小足有十几只黄大仙从门里蹿出来，大白天排着队大摇大摆地穿过大街，在村里人惊愕的凝视中，消失在村西茔地的老林里。

我的白财神

白财神，又称白地仙，是老家对刺猬的敬称。

我和白财神的相见来得很突然，也很偶然。

秋收时节，是个傍晚，我随大哥去豆地搂豆叶。豆子收了，豆叶一般要等傍晚雾气将豆叶打湿了才好收集，豆叶很薄，白天收拾容易粉碎。

豆叶都落在垄沟里，厚厚的一层，用竹筢子搂起来，集成堆再抱到网包里打包。竹筢子刚一搂起，感觉碰到了一个结实又有弹性的球体，再一用力搂起，骨碌碌滚出一个拳头大的刺球。最初我以为是山顶上的板栗滚下来了，可板栗没有这么大。用手摸一摸，刺很硬，扎得手疼。我大叫起来。大哥跑过来，一眼就看出来，是白地仙。大哥弯腰把刺球接过去，边端详边说是个刺猬崽儿。大哥告诉我，豆地里容易招刺猬，马上天冷了，要冬眠了，为过冬做准备，刺猬最爱到豆地里，特别是正晌午时，豆子熟了爆落到地上，刺猬打几个滚，把豆粒沾到浑身的毛刺里边，回到洞窝里一抖擞，把豆子存起来，冬天的粮食就有了。大哥说，这个小家伙可能吃饱了贪睡，落在这儿了，不过肯定不只它一个，应该有一窝，再找找。说着就和我沿着豆垄一个垄沟一个垄沟地划拉，整块地找遍了，也没找出一根刺猬毛来，看来这小家伙是落单了。

收完豆叶，我把小刺猬带回家。母亲见了，眼睛一亮，高兴地说，白财神来家了，白财神进家，大吉大利啊。大哥说，一会儿把它捅锅底下烧了，一块好肉。我坚决不同意，母亲瞪了大哥一眼，说，撕你的嘴，请财神还来不及呢！母亲找来一个小盆，把小刺猬放进去。小盆里又放进几块地瓜条，几片白菜叶，又找了个小碗倒了半碗水放进去。小刺猬一直不动，过一会儿开始放松了，小球慢慢地变长。一会儿伸直了，这时变得像一个小白猪，伸出肉乎乎的小嘴，向四周拱了拱，碰到菜叶竟不客气地吃起来，大概是饿了，它吃得飞快，一会儿工夫一片白菜叶就吃没了。这时四只小腿也伸出来，像小鸟的爪子，慢慢向前蛄蛹，碰到碗，向后一缩，又变成一团毛刺球，我拿根草棍拨它，越拨卷得越紧，再也没有放开。

晚上躺在炕上，想到小刺猬憨态可掬的样子，我心里像吃了蜜一样甜，特别是想到母亲说财神进家，更是难以入眠。真盼望小财神能给我们带来好运，年底父母能从生产队多分钱，我和哥哥姐姐可以买新衣服，有了钱要到供销社买一把转笔刀，再买一块带香味的糖果橡皮擦。不知不觉进入梦乡，睡梦中听到有小孩在哭，一下醒来，再听真的是小孩哇哇的哭声，很尖很细，像是刚出生的婴儿叫。母亲和父亲也醒了，都在听。父亲说是刺猬叫。母亲起来，点灯下炕去看，我也下炕随母亲过去。走到跟前它倒不叫了，刚才蜷曲的身子又团成球状。母亲用手拨拉拨拉，它一动不动。母亲见桶里的地瓜没有动，白菜叶也没再动，水也没喝。母亲说，它是认生啊，到新地方也上火，不吃东西，饿得直哭，真可怜。我也感到小家伙挺可怜的，伸手摸摸它，也没有什么办法帮它。

第二天早上我早早起来，蹑手蹑脚地走到桶跟前，见小家伙正用嘴舔后脚，它听到响声唰地一下又团成一个球。我走过去，用手拨一拨，见桶底上有血迹，鲜红的血印。我慌忙叫醒母亲，母亲和父亲都围过来，母亲用手抹了抹，是血，这哪儿来的？母亲把刺猬抓起来，翻了一个个儿，让它仰面躺在手心，这时看到一只后腿露在外面，它的膝盖上面破了，有血从那里渗出来。怪不得不吃不喝地叫唤，原来是受伤了。母亲放下刺猬，伤得不轻，这可咋办？财神进家了，不能让它病了，得给它治。母亲从锅底掏出草灰，要按平时给我们治疗创伤的办法给小刺猬敷上。父亲说，别乱来，这么点个小东西不比人，别感染了，还是找秋林吧。秋林是村里的赤脚医生。我说我去找，扭头跑出去，一口气跑到秋林医生家。秋林医生刚起床，见我跑进来，以为是家里有人病了，听我说是刺猬，秋林医生笑着说，哦，白财神。他转身背起医药箱就往外走。

秋林医生给财神消了毒，又用纱布进行了简单的包扎，说不要紧，两天就会好。我和父母都舒了一口气，小财神折腾了一晚上也累了，经过治疗大概也舒服了，这时小腿伸出来，直挺挺地睡了。

到中午小家伙才睡醒，大概是真饿了，它爬起来，两只小前爪小手一样抓起地上的地瓜条就往嘴里塞，这时候既像没出窝的小兔子，又像个没满月的小娃娃，我用草棍戳戳它，两只小绿豆粒一样的小眼睛滴溜溜地看看我，然后继续吃地瓜，憨憨的样子，让人心生怜爱。

两天后，它真的好了，在小桶里转着圈儿地跑。吃东西很欢，但还是时不时地叫，像小娃娃的哭声叫得人心焦。母亲说它是想家，想它妈妈了。父亲也说应该把它送回去，可我坚决不同意，我已经把它当成家里的孩子了，不愿意和它分开。母亲说，还是送走吧，按说财神来咱家是好事，但是财神也不好老留家里，万一再养出毛病来，还是让它回去找它妈妈吧，弄不好它妈妈也在找它呢。

我恋恋不舍地伸手把小刺球托起来，小刺球尖尖的小嘴唇舔舐着我的手心，湿湿的，痒痒的，它是在说服我。我说，好吧，送你回去。小家伙似乎听懂了，又哇哇地叫起来。这会儿应该不是哭声，是高兴的欢叫。

寻找鳖王

那年夏天，村北水库大坝上突然来了一个人，戴着太阳帽，穿着雪白的短袖衬衣，一看就是城里人。这人骑着一辆凤凰飞轮自行车，带着大包小包好几个。他把包打开，拿出折叠的马扎，又掏出一个铮亮的可以伸缩的鱼竿，鱼竿后部还带着手轮，鱼线一甩可以出去几十米。鱼饵很特别，是切成块的鸡肉。一开始大家都以为就是一个钓鱼的，除了几个看热闹的小孩，村里也没人注意。后来这人连着来了几天，才有人发现他并不是钓鱼，钓上来的鱼都给了围观的小孩，他原来是钓鳖的！有人报告给大队，大队派人把他撵走了。

村北水库是由两部分组成，形状像个葫芦。北边一个圆形篮球场大的小水湾，名叫老鱼洞，里边的水蓝得发青，总是满满的，外边大库的水都是从里边溢出来的。据传老鱼洞底下有一个通道，可以直通南海，里边住着一个老鳖王，有锅盖大。鳖王谁也没看到，但水库里鳖很多，夏天中午经常可以看到水库沿儿上趴着一溜儿晒盖的鳖。看到鳖在晒盖，村里人就会心安。村里人都知道，老鱼洞水满着，水库的小鳖们安然地出来晒盖，说明老鳖王在，就会风调雨顺，小鳖们不见了，老鱼洞水少了，就是鳖王走了，就会有旱涝之灾。

也怪了，那个城里人走后，水库沿儿上的小鳖们再没出来晒盖，水库里的水也不断下落。半个月后水库竟见了底，老鱼洞也只剩下了湾底一点浅水。过去谁都不敢靠近的神秘的老鱼洞，完全袒露在人们面前，一群半大小子干脆跳进去扎猛子、捉鱼，哪里还有什么鳖王和通往南海的龙洞。

大队组织捉鱼，但奇怪的是，无论是大湾还是老鱼洞，捉了不少鲢鱼、鲫鱼，一只鳖都没有看到。村里人都在疑惑，老鳖王不见，原来那么多在水边晒盖的小鳖都哪儿去了，都让那个城里人捉走了，还是跑到别的地方去了？

天越来越热，水库的水已经完全干涸，老鱼洞也快见底了。水库没水，下边村西泊地特别是南泊那片水稻田浇不上水，面临着绝产的危险。村里组织劳力深挖老鱼洞，水多了一些，但远远解决不了问题。村里一些老人晚上偷偷地到老鱼洞烧香、叩头，过去这类迷信活动是绝对禁止的，这时村干部们也睁只眼闭只眼，好像压根儿没看见。

气温还在不断升高，近期也没有下雨的迹象。村里人开始骂那个城里人破坏了水库的风水，气走了老鳖王。有人建议想办法找到鳖王，把它请回来。

上哪儿找去？村里人都想到了南街老三。

老三是远近闻名的"浪里白条"，水性好，也是捉鳖的高手。哪里有鱼，哪里有鳖，他打眼一看就能看出来。

老三这时俨然成了救灾的英雄。实际他一直也没有停止找鳖捉鳖。鳖价一直很高，一只鳖顶他挣半个月的工分。平日里捉鳖都是偷偷摸摸的，生怕人撞见。鳖在村里人尤其老辈人心里地位很高，捉鳖卖鳖是对鳖王的大不敬，是犯忌的。这时候找鳖成了救灾的壮举，可以明目张胆、大大方方地去找寻、去捕捉。老三高调地站出来，身后跟着一大帮半大小子。

老三首先将目光盯在北奓，也就是水库的上游。那里是一片沼泽地，实际是水库的源头，水草丰茂，鱼虾很多。老三曾经在那里踩到过五六斤的大鳖。但奇怪的是，老三带着一帮人在那里忙活了两天，连个鳖影也没见到。天大旱，北奓水也少了，水草叶子都烤焦了。第三天一早起来，老三直奔南河坝。南河坝北沿儿是筑坝时挖土挖出的河渠。边上长满了芦苇，沟里水只没过腰，下边淤泥肥厚。老三说一定是跑到河沟里了。一干人马在老三的带领下，在水沟里忙活。老三的功夫，一是看，二是踩，看准了地方，摸准了方位，就凭脚下的感觉了。一般人踩下去只踩到沙土、淤泥和石头，老三的脚下能根据泥沙的温度、厚薄，踩出鱼虾蟹鳖的来路去处。下水一会儿，老三就有了收获，弯腰从脚下扣出一只二三斤的大鳖，众人一阵狂呼。老三摇摇头，随手将鳖扔到水里。众人一片叹息，也都明白老三要的是什么。到了中午饭时，老三已踩出五六只，但都悻悻地扔回了水里。

老三爬上岸，点着一支烟，蹲在坝头上盯着水沟看。看了半天，他扔掉烟头，起身往坝沟的下游走，一直到靠近坝根儿的地方停住。看到水里有细细的水泡不断冒出，老三慢慢摸进水里，脚下像踩着芒刺，一点一点地向里移动。突然老三的身子抖一抖，吸一口长气，弯下腰任整个上半身都没到水里，随着嗷的一声长号，他的上半身猛地蹿出水面，双手捧出一只脸盆似的大鳖。鳖是仰身向上的，黄黄的腹部露出来，老三双手紧紧扣住大鳖的腹部，鳖的四条腿和脖子都在乱伸乱摆。众人惊得脸都白了，半天才反应过来，接下来是一阵狂呼。有人慌忙担起地上的大桶上前迎接，水桶根本盛不下，又有几个半大小子干脆跳进水中，徒手帮老三托住鳖的背部，老三急得直嚷嚷，抓住鳖的裙边，防止鳖咬到他们。老三肩膀的青筋都暴起来了，脸憋得通红，看起来大鳖至少也有二十斤。有人又找来一只大铁盆，众人一起将鳖放到大盆里，嗷嗷叫着抬到岸上。

这真是只少见的大鳖，脸盆大的鳖盖上斑斑点点，长了很多像贝壳似的小东西，裙边还少了一块。头紧紧缩在脖子里，偶尔伸出来，满脸的褶皱，眼睛也很浑浊，有点发红，像刚刚哭过。这就是老鱼洞里的老鳖王？围过来的人们问老三，老三不说是也不说不是，嘴里嘟哝着"老鳖王"，人们都相信就是那个老鳖王。

鳖王找到了，这消息很快传遍全村。大人、小孩都涌到南河坝前看热闹。也有外村的，有的是看热闹，有的则另有所图。一个瘦高个的外村汉子把老三拉到一边，声称给他三百买下这鳖。老三很坚定地冲他摆摆手，别说三百，三千也不卖！父亲作为村支书也来了，拍着老三的肩膀说，老三，好样的！

父亲安排我和老三一起抬起装老鳖王的大铁盆，送到村北水库。一大群人跟在后面，像送皇帝出行。到了水库，又有人将我们领到老鱼洞，我俩将桶放下，父亲和老三一起将大盆抬到老鱼洞南口水边，将盆倾倒，只见鳖王伸伸脖子，慢悠悠地走出来，临到水边了，忽然转回身，后爪立起来，小眼睛瞪着人群，猛地喷出一口水，唬得人们倒退几步。鳖王转过身，摇摇摆摆走到水边，扑通一声扎进去，水面上冒出几串水泡，便不见了鳖王的踪影。

阿黑的冬天

阿黑来我们家时我刚出生，但它长得比我快。我还不会爬，它已经长成成年狗了。我小时候是奶奶带大的，身边总有阿黑相伴。奶奶背累了，就放到阿黑背上，让我和阿黑玩一会儿。阿黑既是玩伴，也是半个保护者。它总是形影不离地守着我，奶奶有时有事离开一会儿，阿黑就用它那硕大的身躯把我圈住，形成一个坚实而又有温度的保护墙。我爬不出去，不熟悉的人或畜类也别想碰到我。

我小时候体弱多病，奶奶想着法地给我增加营养。阿黑瞅空就去山里，将野兔、山鸡之类的带回家，奶奶总是高兴地拍拍它的头，阿黑仰着头，舌头伸出来，哈哈笑得得意而开心。

阿黑平时还是一个"女权主义者"，父亲和母亲吵架拌嘴，它总是站在母亲一边，冲父亲嗷嗷吼叫，我们兄弟姐妹和母亲发生争执，它也会站在母亲一边，冲我们吼叫，有时还会扑过来，两只前爪用力地拨拉，似乎在阻止我们对母亲的不敬。

我上小学那年，阿黑开始做母亲。那是一个冬天，天阴得厉害，似乎要下雪。我放学回来，刚走到门口就听见狗窝里阿黑的哼叫声，不像哭，似乎在隐忍着巨大的痛苦，我赶忙跑过去，一看吓了一跳，阿黑站在狗窝里哼唧着不停地转悠，一看屁股后头竟挂了一串"老鼠"，似乎还在淌血，一见我，它牙一龇，汪汪叫了两声，瘆得我头皮发麻，我赶紧跑回家喊母亲，母亲嘴里一边嘟囔着"这是生了"，一边往狗窝跑。母亲跑到跟前看了看，回身从门边抱了一捆稻草扔进去，对跟在后头的我说，下小狗呢，不让人看，不用管它。我这才知道那一串"老鼠"原来是刚出生的小狗崽。

阿黑这一窝生了四只，三公一母，都挺健壮。生下孩子后阿黑不停地舔，把它们都舔得干干净净。母亲给它煮了一盆小米稀饭，第二天早上喝得盆底朝天。四个小家伙溜光水滑，胖嘟嘟的，一个挨一个地趴在阿黑肚子上吃奶。阿黑安静地躺在稻草上，双眼微合，很享受也很疲惫的样子。头几天，除了母亲给它喂食，它谁也不让靠近，听见脚步声便嗷嗷地叫。若有生人探身去看，它会龇牙大叫着扑上去。母亲说它这是护孩子，怕人抱走它的孩子。母亲反复叮嘱我不要去惹阿黑，一旦动它的小狗它真会下口咬的。但我还是禁不住被那些在阿黑怀里动个不停的可爱小家伙们所吸引，每天都会去看两眼，慢慢地，阿黑也习惯了，见了我不再龇牙咧嘴，只是瞪着我呜噜两声便不再理我了。

直到半个月后，小狗们都会走了，在狗窝里四处晃荡，阿黑才不再那么敏感，只远远地看两眼。有人来也不再那么激烈地叫唤。我也可以跟随母亲进到狗窝里，抚摸那些小狗们。抚摸着小狗肉乎乎、滑滑爽爽的身子，特别是小狗湿乎乎的鼻头拱着手心，以及看着小狗清澈、瓦亮的小眼睛，心底会生出无限的怜爱，会有一种忘掉一切烦恼的治愈感。

一个多月后，小狗们可以吃食了，到了出窝的时候，也是阿黑最痛苦的时候。这时候阿黑已经瘦得皮包骨头，四只小狗食量惊人，几乎把它的骨髓都吸吮出来。极度疲乏虚弱的阿黑，对日益壮实的孩子们的看护、关注有所放松。瞅它闭眼沉睡的时候，母亲把最大的一只小黑狗抱出来，让早就看好的主家悄悄带走。直到晚上，阿黑才发现小黑不在了。阿黑先是在狗窝里四处嗅、四处拱地寻找，看不到一点影子，阿黑嗷嗷地趴在护栏上嚎叫，母亲一过来，它便冲母亲龇牙扑咬。食也不吃，水也不喝，折腾了一夜。第二天便躺倒了，水米不进，一病不起。

母亲急坏了，让我帮她扒着阿黑的嘴往里灌米汤，一气灌了三天才慢慢好转，第四天阿黑可以站起来吃东西，身上有了力气，精神也逐渐好起来，几个孩子自然看得更紧了。母亲也暂停了把小狗往外送人的计划，把另外三只留在家里一直养到三四个月。

它们都成了可以独自活动的大狗，阿黑也不再那么上心了，母亲才一个一个地分送出去。

经历这一次折腾，阿黑身体很长时间才恢复过来，精神上似乎也经受了一次重创。此后再没有生产，再次"谈情说爱"也已是几年之后了。

那年冬天，部队拉练住到我们村。住在我家隔壁的炊事班养了一只军犬，应该是名贵品种，高大、威猛，一身草灰色毛发，俨然一身特制的军装。阿黑竟然受到了吸引，与军犬产生了难舍难分的感情。部队驻训那几天，它们几乎天天纠缠在一起。那天晚上很晚不见阿黑回来，母亲让我去找它。炊事班的战士们也不知它们去了哪里，我大街小巷地呼唤也不见它的影子。我回家告诉母亲，母亲气呼呼地说，让它疯吧，不管它了。要睡了，我出去关大门，一下看到阿黑往狗窝走的身影，不远处站着军犬，目送阿黑走进窝门，才转身飞奔而去。

第二天天不亮，部队便开拔离开，军犬随部队消失得无影无踪，阿黑一遍遍地往隔壁跑，它不知道军犬已经不会再来，最后干脆在东院门口卧趴下来。又是几天不吃东西，眼看站都站不起来了，我把它拖回家，告诉它军犬有任务不会回来了，它似乎听懂了，呜呜地仰天叫了两声，眼里有泪珠滚落下来。

军犬走了，有人却又盯上了它。

这是一个糟糕的冬天，雪下得很大，雪花漫天飞舞，把寒冷与灾难一起从天际倾泻下来。

灾难来自西院。西院的回乡知青也是大哥的哥们儿建成，他是村里有名的公子哥，父母都在大连，他自己一个人回村插队。偷鸡摸鸭的事情干了不少，平时也经常过来逗逗阿黑，有时还摸摸它的头，感觉很亲热，谁也没想到他会对阿黑下黑手。下雪后他突发奇想，想吃狗肉，动员大哥回家把狗杀了，大哥自然不肯。建成见一招不行，又动员大哥把狗引出来，不用大哥下手，他自有办法。大哥对建成这位来自城市的哥们儿心存敬畏，只要建成发话，他几乎都是言听计从，这次竟也点头同意了。

晚饭后，大哥推说学校有事，出门唤上阿黑往村西走。阿黑是大哥从同学家抱来的，自然对大哥高度信任。它不知道等待它的是什么样的危险灾难，我也至今无法明白，当时已上初中的大哥，为什么会对阿黑如此绝情。

大哥将阿黑领到村西大柳树下，建成和几个小伙伴等在那里。建成递给大哥一根皮绳，让大哥拴到阿黑的脖子上，然后说，没你事儿了，你走吧。大哥转身要走，阿黑也扭头欲随大哥回去。还没等它身子转过来，建成就将皮绳的一头扔到大柳树横伸出来的枝杈上，拽住绳头猛地往下一拉，阿黑只嗷了一声便被吊到了半空，之后呜咽了两声便没有了气息。

我这时正在家里写作业，心头忽然一紧，似乎听到阿黑呜咽的哭声，桌上的油灯也跳了一下。这时大哥扑进门，呜呜地哭喊，阿黑死了，阿黑让建成吊死了。父母一齐问在哪儿，大哥说大柳树底下。父母扔下手里的活计就向外跑，我也跟着跑出来。到了村西大柳树下，建成和他那些小跟班都吓跑了，只见阿黑长拖拖地吊在大柳树上，黑影里像一个人。我心一凉，母亲哇的一声哭了，冲那黑影喊，阿黑——

父亲转身冲大哥抡了一巴掌。

燕子何所归

燕子，又称玄鸟，俗称春燕、家燕、紫燕等。

母亲喜欢燕子，稀罕燕子在房前屋后呢喃翻飞。每年清明节，母亲都会用细面捏出很多小燕子，上锅蒸熟晾干，用红线穿起来，挂在屋梁上，风一吹，一串燕子摇摇摆摆，仿佛真的在半空飞翔起舞。母亲嘴里常嘟哝，咱家什么时候也能养一窝燕子就好了。对面大妈家过道屋顶那堪比小簸箕的大燕子窝，燕子飞来飞去的景象实在令人羡慕。家有燕子窝，是富足、兴旺的标志，燕子是吉祥的天使。但母亲知道，我们也知道，我家是不会有燕子来筑巢的。我家老屋又矮又旧，燕子飞不起来。燕子喜欢在高大、敞亮的屋檐下筑巢，安全也方便，展翅飞来飞去才是一种享受。重要的是，我家还不富裕，七口人靠父母两人挣工分养活，特别是我们兄弟姊妹四个上学，处处都要花钱，日子过得紧紧巴巴，燕子看不上眼。母亲和我们都憋着劲地往前奔，希望也相信总有一天，燕子会来的。

转机是从搬家开始的。

父母咬着牙攒钱在北山盖了四间新屋。新屋是青砖黑瓦，墙高檐阔。搬到新房的第二年春天，记得那天风和日丽，天高云淡，一家人正吃早饭，突然听见叽叽喳喳的几声鸟鸣，母亲侧耳听了听，兴奋地说，燕子来了！放下筷子就往院里跑，一家人都跟随母亲跑出来，只见两只燕子追逐着、鸣叫着在院子里围着房檐飞舞盘旋。母亲说它们这是在踩点呢，说完仰头对燕子说，来吧，燕子，我家新房给你留着，快来住吧。我们也在心里祈祷，小燕子快来筑巢，我们会对你们好的……

小燕子真的看上了我家，真的选定了我家正屋门楣上方屋檐下作为筑巢的地方。接下来每天一大早，一对年轻的燕子就噙着泥料来回奔波。每天我们都在勤劳的小燕子筑巢的明快号子声中醒来，满眼满屋的阳光，满心满腹的希望和幸福。母亲显得格外兴奋，也格外细心，每天起来上工前，都要在离燕子筑巢最近的墙沿儿放上一盘小米和一碗清水。每天下工回来都要在院子里站一会儿，仰头看着燕子飞来飞去地忙活，计算着哪天能够完工，期待着燕子早日入住。

工程进展得很顺利，不知不觉间燕子筑巢工程顺利竣工。我们都从心里钦佩小燕子的毅力和功夫。不知它们从哪里找来的黏合度极高的河泥，一嘴一嘴紧贴着屋檐下砖瓦的缝隙，筑成一个碗状的暖巢。搬家那天来了一群燕子，叽叽喳喳地翻飞嬉闹，说不出来的喜庆热闹，这是朋友来贺乔迁之喜呢。

小燕子终于进家了，这圆了母亲和我们一家人的心愿与梦想，小燕子给我家带来了喜气，也给我们带来了对美好生活的希望与信心。我们都为有这样一家芳邻而高兴，都为我们家终于有了燕子窝而自豪和幸福。我们竭尽所能地善待这一对可爱的邻居。母亲经常给它们送小米等吃食，父亲也不断地捉来小虫子给他们放到小窝里。父亲还专门制了一张小网，从菜园里网罗小飞虫，作为给燕子们的美食。我们每个人都从心里希望小燕子能够一直和我们为邻，成为我们家庭的一员。

自此以后，我们家真的时来运转。搬来的第二年，大哥考上了大学，再过一年，我又考上了大学。一家两个大学生，这在当时四邻八乡引起了很大的轰动。接下来喜事不断，我们姐弟四个相继成家立业，而且又有了下一代，四世同堂。每逢节假日，小院里人来人往，欢歌笑语，燕子叽叽喳喳地飞舞嬉戏，父母总是高兴得合不拢嘴，这让很多人羡慕。

小燕子在我家屋檐下也不知经历了多少代。每年都有新窝筑成，一代一代的小燕子从这里成长、飞翔，一年一年，它们秋去春来，见证了我们这个大家庭的兴旺与变化，也上演着它们自己成长与奋斗的故事。那年夏天，一只小燕子从燕子窝跌落下来，好在没有直接摔到地上，而是先掉到檐下那丛月季花上又滚落到地上，但还是擦伤了还没长硬的小翅膀。母亲正好从外边回来，赶紧把小燕子从地上捧起来，检查伤口，抹上药膏，又捉来小虫送到它嘴里喂食。几天后小燕子恢复过来，母亲爬上梯子，小心翼翼地把小燕子放回到窝里。

随着时间的流逝，父母逐渐变老，孩子们云散各地，曾经的高大敞亮的新房子逐渐变旧变破，房檐下的燕子窝一个接一个排了一列，空地越来越少，对燕子的吸引力也逐渐变弱。又一年的春天，燕子没有再回来，母亲望眼欲穿，备好的燕食换了一次又一次，但燕子始终没有来。母亲嘴里嘟哝，燕子嫌我们老了。母亲心里开始有了阴影，未来的日子变得渺茫而又空洞。

先是父亲病了，而且一病不起，一年后，燕子该归的时节，父亲撒手人寰。有几只燕子飞过来叽叽喳喳叫了几声，像是来与父亲告别，在院子里盘旋几圈飞走了，再也没有回来。几年后母亲也突然离世，母亲走后老屋就成了空巢。这个曾经紫燕呢喃、充满欢声笑语的小院从此大门紧闭，再无一点生气。

去年春天，接到村子整体搬迁、老屋拆迁的通知，我和哥哥姐姐从四面八方赶回来，再次推开大门走进小院，院子里长满荒草，屋檐下那株长势旺盛的月季还在顽强地生长，经过严冬的摧残，枝干已经干枯，但仍有几片鲜绿的叶子在微风中摇曳，令人唏嘘感动，那是生命与希望的旗帜。房檐下的燕子窝有的已经破碎，多数颜色变得枯白。突然几只燕子飞过来，叽叽喳喳地在我们头顶追逐、盘旋，有两只扭缠在一起，几乎跌落下来。一个鹞子翻身又腾空而起，向高远的蓝天飞去。我们的目光一齐追逐着它们的身影，眼里含满泪水，不知道它们是不是屋檐下那些老燕子的后代，它们是不是也知道这里不久就要拆迁，也来向老巢做一个告别？它们飞走以后，不知会在哪里再筑新巢，我们在心里祝福它们，那一定是一个充满希望、欣欣向荣的所在。

再见，沃儿将军

在我的家乡，大鹅俗称沃儿，尊称沃儿将军。沃儿大概是鹅字的变音，称其为沃儿将军，应该是因为大鹅生性敏感、凶猛，对主人无私忠诚，遇到陌生人或发现什么不利于主人的异常事物就会嘎嘎大叫着示警，即使面对窃贼或歹人也毫无怯意，甚至起而攻之，确有大将之风。对于黄鼬、山狸等那些令农家头疼心烦的小祸害来说，大鹅堪称它们的天敌，确实是看家护院难得的好手。

我家原本养着一只名叫阿黑的家犬，阿黑因故被人骗杀，家里没有了看门护院的，又不愿意再养狗免得伤心，母亲说去集上买两只沃儿将军吧，既能看家，又能生蛋。第二天，母亲真的去集上买回两只小鹅苗。

两只灰黄色的小鹅苗，毛茸茸的，除了个头稍大外，外表和小鸭子没什么两样。与鸭子不同的是，鹅不吃荤食，只吃草和青菜。我中午放学回家时，母亲已切好了细菜丝撒在院里地上，让两只小鹅苗争抢啄食。我高兴得伸手去捉小鹅苗，母亲把我唤到屋里，原来母亲赶集买鹅苗的同时还为我买来了日思夜盼的凉鞋，这对我来说真是如获至宝。我迫不及待地将新鞋穿到脚上，饭也顾不上吃，转身就要往学校跑。母亲让我慢点，我已推开房门一脚踏到院子，只听见脚下啪的一声，感到踩到了什么软软的东西，一低头原来是一只小鹅苗！小鹅苗肚子已经破了，呀呀叫了两声，黄黄的小脚掌蹬了两下就僵住不动了。另一只小鹅苗吓得呀呀叫着跑到一边儿。我吓傻了，哇的一声哭出来，僵在那里不敢动弹。母亲追出来，看到我脚下的小鹅苗，叫了一声"天哪"，一把推开我，蹲下身子把小鹅苗捧起来，嘴里叫着"作孽呀"，一手托住小鹅苗低垂的脑袋，一手冲我头上打了一巴掌。小鹅苗已经死了，不论母亲怎么抚弄也毫无回生的迹象。眼见一个小生命在自己脚下消失，我禁不住悲从中来，呜呜地大哭起来。

另一只幸存下来的小鹅苗自然成了家里的宝，我和母亲把对那只死去鹅苗的感情都倾注到它的身上。母亲在院子里为它单独砌了一个小窝，安装了小铁门。每顿饭都将小白菜、萝卜缨等青菜切碎拌上麦麸或豆面，我放学回家，第一件事就是到村头水湾捉小虫、到地里捉蚂蚱喂它。鹅苗长得很快，两个多月就长到成年鸭子那么大了。它和我也有了感情，我一回家就追着我到处跑，它特别喜欢跟着我到村外田边地头吃草。三个月时，它头上的黄球球开始隆起，原本灰里泛黄的绒毛开始全面变灰，慢慢长出纯灰的羽毛，两只小翅膀也逐渐成形，原本呀呀的叫声变得粗放起来。半年之后，已经长成一只成年大鹅，灰色的羽毛紧实瓦亮，脖子伸得长长的，头顶的黄球球已经高高凸起，并且有了灰黑的杂色，身子也粗壮结实起来，走起路来摇摇摆摆，叫声响亮震耳，俨然一位大将军的模样。原来的小窝棚已经盛不下了，母亲将原来门口阿黑的窝棚收拾出来，铺上新的麦草，给它做了新窝。沃儿也很高兴，母亲把它的水盆、饭盆端过去，它跟在母亲身后，伸长脖子，嘎嘎叫着自己钻进新窝。

沃儿的新窝就在院门旁边，进门必须经过它的门口，是为它铺设的新宅，也是给它安排的工作岗位，母亲拍拍沃儿伸长的脖子，说，沃儿将军，好好看家。沃儿嘎嘎冲天叫两声，算是答应了。母亲拍拍手笑了，沃儿将军正式上岗了。

这时候沃儿已经和我成了形影不离的好朋友。只要我往外走，它就要嘎嘎叫着跟在后边追。每天上学都要往回赶几次，最后母亲出面把大门关了我才算解脱。放学回来，隔着老远便听到沃儿嘎嘎的欢叫，推开大门，沃儿便扑扇着翅膀，嘎嘎叫着冲我扑过来。沃儿看门护院可谓恪尽职守，生人只要靠近门口，它就会嘎嘎地叫唤，只要没有主人出门相迎，它就会扑扇着翅膀嘎嘎叫着阻拦。至于别人家的猫狗鸡鸭，更是别想靠近一步。但对自家的鸡鸭和猫咪，沃儿则是充满爱心，一家人一样相处甚欢。鸡鸭之间打架缠斗，它会护着弱势一方，外出玩耍时自家鸡鸭伙伴受了欺负，它会挺身相帮，急眼了也是伸脖子、扇翅膀地强行干预。村里家家户户提防小心的黄大仙，对沃儿将军也是敬而远之，从不敢靠近我家大门。过去母亲睡前要做的最后一件事也是最重要的功课就是堵鸡窝，自从有了沃儿将军守门便不用做了，鸡窝就在沃儿将军的窝棚对过，即便窝门大敞，鸡也安然无恙。

沃儿长大后食量惊人，但从不挑食，食料以青草为主，辅以菜叶、萝卜之类。除了冬季为它备些干草和白菜叶、萝卜丝之外，春夏秋三季，跟我或自己跑到村外田边地头啃食青草。沃儿长长的嘴巴，锋利如剪，寻到青草，嘴巴探过去，只听唰唰的声音，像割草机，一会儿便吃掉一片。沃儿偶尔也会偷食麦苗或玉米青苗，一旦发现，被人用条棍哄赶拍打教训一顿，它再也不会重犯。

沃儿护主是有名的。小时候的我长得瘦小体弱，和小伙伴一起玩耍免不了吃亏受气。有了沃儿相伴，我心里便有了十足的底气。那次在村口打纸宝和金锁起了争执，沃儿嘎嘎叫着冲金锁扑过去，伸长脖子张嘴扭住金锁的大腿，疼得金锁嗷嗷大叫，跳着高地挣脱跑开。自此沃儿一战成名，我也扬眉吐气。

沃儿长到第二年，已经有二十多斤。时有到村里收购鸡鸭鹅的小贩，盯着沃儿打主意，母亲说什么也不卖，留着看家护院。

那年家里盖新房，父母商量把沃儿杀了招待帮工的瓦匠、木匠，也可少花些买鸡买肉的钱。沃儿似乎听到了，第二天便躺在窝里不动了，一整天不吃不喝。一开始没在意，到第二天还不动弹，母亲以为它病了，请兽医过来看，兽医扒开它的嘴看了看说没事儿，母亲猛然想起杀鹅吃肉那话，连忙和父亲说，沃将军不能杀，要看家护院！中午沃儿竟慢慢站起来，摇摇摆摆走到水盆跟前哧溜哧溜地喝起水来。母亲高兴得笑出泪来，沃儿又活了。

秋收季到了，大人、孩子都在地里、晒场忙活，白天村子就成了一座空城，那些平日里藏得很深的黄大仙，躲在村外林子里的山狸、皮狐子趁机慢慢渗透到村子里，每年这时候都会传出谁家鸡鸭让黄大仙或山狸吃了的消息。母亲这时总是心安的，因为有沃儿将军，家里就不用担心。

那天下午，父亲的镰头钝了，让我回家取磨石。走到街口，老远就听见沃儿从未有过的叫声，叫得激烈而又杂乱。

我赶忙往家跑，到了门口听见院子里除了沃儿的叫声还有鸡鸭叽叽喳喳的慌乱鸣叫。我推开街门，一个狗一样的黑影噌地跳到东墙上，是皮狐子！我头一下麻了，只见鸡窝前一片狼藉，鸡毛鸭毛散了一地，地上还有喷洒的血迹，刚刚这里该是发生了一场多么激烈的恶战！但鸡鸭一只没少，只有沃儿躺倒在地上，鸡鸭们围在沃儿周围惊愕地嚷叫，有的用翅膀拨弄沃儿。我大叫，沃儿、沃儿！我蹲下来，只见沃儿的脖颈处撕开了一道口子，有血往外流淌，它黄黄的脚掌抽了抽，脖子似乎挣了挣便没了动静。

我把沃儿抱起来，沃儿身上还是热的，眼睛瞪着我，一动不动，血流得很快，吧嗒吧嗒地滴下来。我急忙将沃儿抱回家，将它平放到灶口地上，从灶底掏出草灰，按照小时候母亲为我敷伤口的样子将草灰敷到沃儿的脖子上。血似乎止住了，但是沃儿的脖子却从我手上耷拉下来，身子也慢慢变凉变硬。

我哭叫，沃儿，沃儿——

沃儿的眼睛已经闭上了，任我怎么呼叫也没有任何反应，我知道，沃儿将军再也听不到我的呼唤了。

会飞的棉花桃儿

　　棉花桃儿是二哥在北山顶上捡来的流浪犬。那天二哥在北山顶上种花生，花生地紧靠着初张公路。种完花生要回家时，一抬头看到地头上有一只小白狗。二哥吓了一跳，这从哪儿冒出来一只狗！小家伙蹲在地头眼巴巴地看着二哥，似乎已经等候多时了。你从天上掉下来的吗？二哥冲它喊一声，跺脚试图驱赶它，小家伙并不害怕，一动不动，蹲在那儿，嘴半张着，粉红的小舌头绸子似的一跳一跳，眯眼仰头冲二哥嘿嘿地笑。

　　二哥挥手赶它，它竟站了起来，摇着尾巴冲二哥走过来，低着头围着二哥双脚转悠。

　　谁家的狗啊？二哥大喊一声，山顶上没有其他人，前边的柏油公路也没有人，偶尔有汽车呼呼地跑过去。不知是从哪辆车上掉下来的？如果谁丢了狗，主人应该会回来找的。二哥心里嘀咕

185

着，在地头蹲下来，掏出一支烟点燃，边吸边等待，不知有没有人会找来。

小家伙也在二哥跟前趴下来，头搭在两条前腿之间，偶尔会抬眼看一眼二哥，二哥稍有动静，它便惊悚地爬起来，看二哥不动它便又安稳地趴下去。真是个可爱的小家伙，毛发有点长，披散着，两只小眼睛几乎被毛盖住了。大概出来不只一天了，毛发上沾满了黑灰、尘土和草屑，本来白色的毛发几乎变成了灰色。这是只被丢弃或走失的流浪狗啊，等多久也不会有人来了。二哥站起来扛起镢头往回走，小家伙一骨碌站起来，一步不离地跟上来。二哥转头驱赶几次也赶不走，看那两只怯怯的小眼睛，心里倒是生出了几分怜爱。

小家伙跟着二哥回到家，毫无陌生感，像是进了自己家门，大概也是渴坏了，径直走到院子中央压水井的水池旁，头伸进去呱嗒呱嗒喝了个痛快。喝饱水自己跑到屋檐下向阳地儿里乖乖地趴下。小家伙进门时二嫂先是一惊，怎么领回个垃圾狗来？听二哥说了原委，这时再看小家伙低眉顺目那可怜巴巴的眼神，二嫂的心也软了。她进屋找出一个小塑料盆，盛了米饭和肉菜，放到小家伙跟前。闻到饭香，小家伙一下站起来，刚要伸嘴又停住，怯怯看了二嫂一眼。二嫂低头摸摸它，说，饿坏了，快吃吧。小家伙这才低头呱呱吃起来。吃饱喝足后，二嫂又烧水给它洗了澡，擦干后又给它梳理了毛发。小家伙这时完全变了模样，二哥二嫂都有了惊艳的感觉，这是一只非常漂亮的小京巴。毛发雪白，蓬松而又柔软，两只隐在毛发深处的眼睛，像两只熟透的葡萄，晶莹圆润，仿佛会说话。下午侄女小凡放学回来，喜欢得哇哇大叫，抱起小家伙不住手地抚弄它雪白的毛发。

小凡说，宠物狗都有名字，它叫什么？

二嫂说，还没名字，你给起一个吧。

小凡抚弄着它的毛发，说，小东西这么绵软、这么白，像个大棉花桃儿一样，就叫棉花桃儿吧。二哥二嫂都说好听，就叫棉花桃儿。小家伙听懂了似的，从小凡怀里抬起头，汪汪叫了两声。小凡说，你也同意了，棉花桃儿！

有了名字，棉花桃儿似乎有些兴奋，挣扎着从小凡怀里下来。小凡说，奶奶还没见过吧？二嫂说，没有呢，今天你奶奶又不舒服。小凡说，棉花桃儿，走，我领你看奶奶去。说着就往外走，棉花桃儿听话地紧跟在她后面，一扭一扭地往外跑。

母亲的头疼病又犯了，这时正躺在炕上难受，听见孙女来了便爬起来，见后面还跟着一个白球球似的小狗，一下高兴起来。小凡向母亲介绍了小狗的来历，母亲说，好啊，来了就是缘分。母亲问，小狗叫什么？小凡说，棉花桃儿。母亲说，好听，还真像棉花桃儿，随口叫了一声"棉花桃儿"。棉花桃儿也不见外，汪汪答应两声，一跳蹿到炕上，蹿到母亲怀里。母亲感动极了，抱起棉花桃儿直喊"乖乖"。母亲抱孩子一样一手环抱着棉花桃儿，一手抚弄着它的脊背给它挠痒痒。棉花桃儿舒服得直哼哼，全身放松地仰躺在母亲怀里，小凡说像个撒娇的孩子，母亲说这可不是个孩子嘛。母亲抚弄着棉花桃儿腹部的两排乳头，又扒开它的嘴唇，看它的牙口，母亲说，这该是个狗奶奶了，论年龄跟我差不多了。

小凡惊得啊啊叫了两声，这么老了！

母亲说，是啊，得好好照顾它。棉花桃儿似乎听懂了母亲和小凡的对话，从母亲怀里挣出来，紧挨着母亲坐在炕上。母亲又把它揽过去，嘴里嘟囔着"可怜的棉花桃儿"，说着就要下炕去为棉花桃儿找吃的。小凡说，不用了奶奶，它在俺家吃过了。母亲说，那不行，头一遭儿到我这儿来，不能空着嘴。母亲下炕，棉花桃儿也挣扎着跳到地上，紧跟在母亲身后，寸步不离。母亲像招待客人一样，专门炒了两个鸡蛋，棉花桃儿竟一口气吃完，一点渣子都不剩。吃完满足地舔着嘴巴，两只小眼睛水汪汪地看着母亲，尾巴摇得像个小蒲扇。

小凡说，吃完吃好了，该回家了，走了棉花桃儿——

棉花桃儿汪汪叫了几声，一头扎到母亲身边，趴下不动了。小凡吃惊地看着棉花桃儿，说，奶奶你看，让你惯坏了，吃了鸡蛋就不想走了。母亲也很吃惊，抚弄着它的头皮，劝道，快跟小凡回去吧，明天再来玩儿。棉花桃儿嘴里呜噜了两声，身子趴得更紧了。小凡说，你不走我走了。说着扭头向外走，棉花桃儿还

188

是一动不动，眼睛连看也不看。

母亲说，小凡，它是真不想走了，要不你回去吧，先让它在这儿住一宿，也陪陪我。小凡一脸的不情愿，悻悻地走了。棉花桃儿眼盯着小凡走远了，这才站起来，抖抖雪白的毛发，头拱到母亲腿上蹭来蹭去，好像久别重逢的亲人一般亲热。母亲把它抱起来，感到一种从没有过的温暖。母亲抚弄着棉花桃儿毛茸茸的脊背，嘴里嘟哝着，论年龄咱俩也算老姐妹了，留下来好，留下来咱俩做伴儿。棉花桃儿似乎听明白了，用绸子一样丝滑的舌头舔着母亲的手背，嘴里呜噜呜噜地低鸣，似乎是一种回应。

从此以后，棉花桃儿把根扎在了母亲家，不论小凡还是二哥二嫂，谁来叫也不走，它已经认定了母亲家就是它的家，毫不含糊，毫不动摇。平时也去二哥家，但大多是跟随母亲过去，或者母亲让它去喊二哥二嫂过来吃饭或有事，但只要母亲不在那儿耽搁，再晚它都要回到母亲家。母亲说，这是前世修来的缘分，你们也不用硬留它，顺其自然吧，让它在这儿和我做伴儿吧。

说来也怪，自从棉花桃儿来到家里，母亲的病再没有犯过，母亲的精神也好多了。棉花桃儿似乎就是母亲的影子，母亲走到哪儿，棉花桃儿就跟到哪儿，去菜园、上卫生室、到超市，就连上厕所，它都跟在后边。母亲在前边蹒跚地走，棉花桃儿真像一团白棉球儿似的在后边滚。如影相随，棉花桃儿是难得的护卫。

虽然它个头小，但关键时候真是管用。那年冬天，母亲夜里上厕所，头一晕摔倒在地上。棉花桃儿急得汪汪大叫，自己用嘴咬住母亲的衣服往外拉，怎么拉也拉不动，扭头跑出去，跑到二哥家里，扑着大门汪汪叫个不停，直到把二哥喊醒，领着二哥跑到家里，把母亲救起送到医院。

大概是劳累加上急火攻心，第二天棉花桃儿一病不起，直到母亲出院才又恢复如初。母亲看得很准，棉花桃儿也老了，身体每况愈下，消化功能老化，经常上吐下泻。母亲不厌其烦地给它擦洗，每天早起为它熬煮小米粥。有时突然全身僵硬，抽搐不停，母亲总是把它紧紧抱在怀里，给它按摩推拿，直到绷紧的身体慢慢放松变软，重新缓过劲儿来。

母亲在照顾棉花桃儿的过程中，身上的母性自觉被重新唤醒，仿佛一位年轻的母亲照顾自己年幼的孩子，完全忘记了自己的病痛。棉花桃儿则像一个被惯坏了的孩子，对母亲的依赖已经成为习惯。只要母亲不在就坐立不安，在地上转着圈儿地哼叫。只要见到母亲就往身上扑，缠着母亲求宠求抱。母亲晚年被病痛折磨，有时候无心理它，小家伙便躺在地上，不是绣球一样打滚儿，就是仰着四蹄让母亲抓挠爱抚，变着法儿地逗母亲开心。母亲难受得厉害，哎哟哎哟地叫唤，棉花桃儿就会一骨碌爬起来，忙不迭地跑到二哥家，冲二哥二嫂汪汪地吠叫，二哥二嫂得了信儿，便急急地跑过来。因为棉花桃儿及时传信儿，母亲几次得以化险为夷。

我见到棉花桃儿是母亲病危时，这时棉花桃儿已经来母亲家三四年了，但棉花桃儿见了我一点生疏感都没有，好像早就认识，见面就往我身上扑，透着一股亲情的温暖。这时的棉花桃儿已经显出老态了，体力明显衰弱，走路一晃一摆的，看着有些吃力。但只要我出门，它便会一拐一拐地跑到我前边，从我和家人的谈话中，它已经明白我要去谁家，总能把我领到我要去的人家，到了以后它并不进门，而是在门口坐下，等我出来时再陪我回家，其忠诚与聪慧、勤奋令人唏嘘感动。

母亲的病情日益严重，终于不治。临走前母亲显得忧心忡忡，心里记挂着棉花桃儿，反复叮嘱二哥二嫂好好照顾棉花桃儿。

棉花桃儿就在炕前趴着，似乎听明白了母亲的话，嘴里呜噜呜噜地哼叫，像是带着哭腔的呜咽。母亲也嘱咐棉花桃儿，好好吃饭，不要挑食。棉花桃儿站起来，嘴里仍然呜呜咽咽的，在炕前一拐一拐地走来走去。

母亲走的那天，天下着小雨，有些阴冷，我和二哥一家都在忙活丧葬事宜。送走母亲，一家人从墓地返回家里，推开门一点动静也没有，往常只要一进门，棉花桃儿便会汪汪叫着出来迎接。我心里想棉花桃儿也难受，怜爱地喊一声"棉花桃儿"，却没有一点声息，再喊还是没有动静。进屋一间一间地寻找，就是找不见它的踪影，到二哥家找也没有。我跑到街上喊"棉花桃儿"，却怎么也听不到它的回应，看不到它半点身影。二哥隔壁邻居出来说，上午他看见棉花桃儿自己往北山走了。我和二哥赶紧开车到北山顶，除了地里长起半人高的玉米和山坡上一片一片的槐树林，哪里还有棉花桃儿的影子！

我和二哥望着远处蓝天上飘动的雪白云朵，心里嘀咕，棉花桃儿，它真成了棉花桃儿，飞走了。

亲爱的小黄

我见到小黄时，它刚刚系槽没几天。实际它出生刚三个多月，还远远不到断奶的时候。因为它的母亲大黄花掉到沟里摔折了腿，无法继续供奶，只能提前让它断奶，系上笼头靠槽了。

我那时刚满十五岁，中专考试落榜，回到生产队参加劳动。因为年龄小，队长安排我到饲养棚跟着常叔割牛草。这是生产队最轻省也最自由的活计了。生产队饲养棚共有五头牛，四头老黄牛，外加一头小牛犊，就是小黄。常叔是村里有名的细工木匠，春冬农闲时在外做木工，夏秋两季回生产队割牛草。常叔对我很照顾，只让我负责小牛，其他四头大牛他负责。我的具体任务：上午放牛，下午割草。放牛一般到南河沿儿或北山坡树少草多的地方，让牛自己循着草的长势随意啃食。这是牛最惬意的时候，也是看牛人最自在的时候，看牛人尽可以躺在草地上晒太阳、看

193

云彩，只需看着牛别走远，过段时间起来吼几声，倘若牛离了视线则需要起身追赶再把牛牵到安全的地界。

和小黄的见面很有仪式感。常叔把我领到牛栏前边。仲夏时节，正是锄二遍地的时候，使牛的活计不多，除了小黄的妈妈大黄花在公社兽医站治疗腿伤不在牛栏之外，其他三头大牛都在槽头拴着，在低头吃着草料。在槽栏最里边，就是小黄和它妈妈的槽位。小黄站在偌大的石槽后边，并没有吃东西，两只清澈的大眼睛警觉地瞪着我和常叔看。据常叔讲，因为妈妈受伤，小家伙情绪不稳，有些郁悒。

常叔走到牛槽跟前，拍了拍小黄的头，又伸胳膊把我揽到跟前，对它说，小黄，从今往后你就跟着这个小叔混啊，小叔管你吃食，你要听话。常叔说着又用大手在小黄脸上摸一把，把我的手拉到小牛嘴巴前，说，亲亲小叔，就算认识了。小牛眼睛翻了翻，顿了顿头，真的把嘴拱过来，伸出粉嫩的舌头，在我手上舔了两下，湿润又粗糙的舌头舔着我的手心，舔得我心里痒酥酥的，我竟有一种想抱一抱它的冲动。小牛舔着我的手，眼睛盯着我看。我伸出右手，拍拍它的头，喊一声"小黄你好"，小黄叫了一声，身子也抖擞了一下。我知道，这是对我的回应，也是认可。

第一天相处还算顺利。上午我按照常叔的交代，牵着小黄去了南坝外。小家伙似乎不愿意离开，不停地回头看它妈妈的槽位。路上也是走走停停，傍天晌了我们才到达南河坝外。南河坝外是一片平整的草甸子，草芽刚长出来，绿油油的。也许是饿了，也许是头一回到野外有新鲜感，小家伙到了草甸子就低头不停地啃食，尾巴在身后惬意地甩来甩去。我记着常叔的叮嘱，一开始紧攥着手里的缰绳，跟在小黄的身后，生怕它情绪再上来，一撒腿跑了。半上午过去，我站得累了，看小黄似乎没什么变化，一直专注地吃草，心便放松下来，干脆将缰绳系到一棵小树上，自己躺到草地上，看着蓝天白云，听着鸟儿在树上啼鸣，感到无比的惬意。

按照规矩，外出的牛中午都要回到饲养棚饮水。每头牛一只大铁桶，水里边加上盐，成年出力的牛还要加上豆饼等营养饲料。小黄只有一桶加了点盐的清水，我找到饲养员万大爷，软磨硬缠要了一块大牛才有的豆饼，捣成碎末，加到饮牛的水桶里，搅拌均匀，端到小黄跟前。万大爷说，小家伙这下可享福了。小黄闻了闻，便把头伸到桶里，一口气把大半桶喝完。似乎还意犹未尽，舌头伸出来舔着嘴唇，还冲我扬了扬头，两只圆圆的大眼睛闪动着满意的柔光。

下午我推着小车、带上镰刀去北山割草，为小黄准备晚上和明天早上的草料。割草看似简单，实则也有不少学问。要找合适的草场，还要分辨不同的草类品种。北山草奔里有大片望不到头的青草，但多数草秆太硬，不适合喂牛。牛能吃的草里边也分青草、熟草，青草纤维粗适合成年牲畜食用，而小黄这种牙口还没长全的小牛，只适合吃熟草。之所以称熟草大概是指驯化成熟的意思，生长期只有一年，柔软、脆嫩，像庄稼苗和青菜叶一样易于消化，营养丰富。但熟草相对偏少，只生长在庄稼地里或田地周围的沟堰。一直割到太阳西斜才割满大半车。回到饲养棚，常叔带我一起用铡刀将草铡成草碎，拌上米糠倒到牛槽里。

小黄这时和我已经熟了，相隔一个下午再见似乎还有些亲切，老远就冲我哞哞地叫唤。草料刚倒进槽里，它便哗啦哗啦地吃起来。这样几天下来，我和小黄已经成了形影不离的好朋友。小黄的妈妈还在兽医站治病没有回来，但小黄已经不像刚见时情绪那么低落，眼里开始有光了，有时把它牵出牛栏，它高兴得头也不回，撒着欢儿地往外跑。常叔、万大爷都为它的变化感到高兴。但小黄的妈妈老黄花的伤病越来越严重，那天早上我牵着小黄出牛栏时，听万大爷和常叔说，公社兽医站来电话了，老黄花快不行了，让队里今天去拉回来。常叔说拉回来得赶紧宰，要不死牛肉就没法吃了。我感到手里的缰绳一抖，小黄似乎趔趄了一下，刚迈出的腿开始向后退，怎么拉也拉不动。我拍拍它的头说，没事儿，万大爷和常叔开玩笑。小黄似乎听懂了，忧郁地看了我一眼，我又拍拍它，这才又跟我继续往前走。到了南坝外草甸，小黄似乎好多了，只顾低头吃草。我有了这几天的经验，已经放松多了，随便找一棵小树拴上，便躺在草地上数云彩。数得困了，不知不觉便睡过去了。快到中午，一股风吹过来，突然听到哞的一声惨叫，凄厉而又旷远，好像来自天边，我一下醒了，坐起来，又听到哞哞两声，叫声比刚才更响、更惨厉，那声音穿透了河坝上的树林，震得云彩似乎也在颤抖。

声音还没落下来，只见小黄腾地一下蹿出去，拴缰绳的小树咔嚓一声折断，我急忙喊它，可还没等我起来小黄已经箭一样蹿了出去，拼了命地向发出声音的方向奔跑。我大喊着追上去，却怎么也追不上。我知道，刚才那是老黄花的叫声，老黄花肯定已经没了。我心里也像压了一块石头，平时在学校我是长跑冠军，这时双腿却像灌了铅。我看不见小黄的身影，只能循着小黄兜起的风向前追，我知道，小黄跑去的方向是村里的屠宰场，是村里杀猪宰牛的地方。屠宰场位于村西高地上，平日感觉很近，这时却感到那么遥远。我在心里呼唤着小黄，我在心里与它一起流泪。

我跑到屠宰场时那里已经围满了看热闹的人，我扒开人群，看到大黄花已经躺倒在地上，脖腔那里已经豁开了一个大口子，肉皮和地上都沾满了鲜红的血渍。小黄前腿扑倒在地上，头和上半身紧贴在大黄花的头上。队长和几个壮汉正拽腿拖尾巴地往外拉扯。我急呼呼地喊它，小黄抬起头，茫然无助地望着我，我赶过去，抱住它的头，想把它扶起来。小黄这时变得十分乖顺，似乎想从地上站起前腿，却怎么也站不起来。身后的队长急忙招呼几位壮汉，手在半空挥动着喊，抬，抓紧把它抬到大车上，拉走！

几个人喊着号子一齐用力，终于把小黄抬起来，抬到旁边的大车上，队长挥着手喊，快拉走！

小黄半卧在大车上，无助地回头冲大黄花哞地轻叫了一声，我的眼泪唰地一下滚落下来。

小黄回到饲养棚还是站不起来，仍旧是几个壮汉把它抬到牛栏里。它趴卧在牛槽前一动不动，我一遍又一遍地喊着"小黄"，怎么喊它也不抬头。万大爷端来调好的草料，送到它嘴边也没反应。我找来豆饼，捣碎冲水端过来，它仍然没有反应。抚摸着小黄柔滑的额头，我的心如刀割般难受。万大爷说，没事，饿一饿明天就好了，折腾一天了你回家歇着吧。我拍拍小黄，恋恋不舍地离开了牛栏。

回到家已是深夜，母亲端出队里刚分的煮好的牛肉，我一口也吃不下。我把小黄的情况说给母亲听，母亲叹了口气说，这小东西这么大气性，睡一晚明天就好了。母亲睡前特意下去找出平时不舍得吃的小米，用水泡上，说，明早熬点小米粥，你拿去喂喂它就好了。

第二天早上，我端着母亲煮好的半锅小米粥回到饲养棚，万大爷说小黄夜里站起来了一会儿，但还是不吃不喝。我把米粥端到牛栏，叫一声"小黄"，小黄身子一动，眼睛翻着看了我一眼，接着又闭眼不动了。

我走到它跟前蹲下来，轻轻抚摸着它的额头。小黄紧闭的双眼有泪水溢出来。我找来一把勺子，将米粥送到它的嘴边，但它嘴唇一动不动。我嘴里轻声念叨，小黄，你快吃饭，不吃饭长不大，妈妈也不高兴。小黄的头似乎动了动，我趁势将勺子往它嘴里送，小黄竟也配合地张开了嘴唇，我赶紧抬手将粥倒进去，小家伙咕噜一声吞咽下去。我高兴地跳起来，将锅里的米粥一勺一勺地喂进去，一会儿工夫竟都喝下去了。我拍拍它的头，心里说真棒！小家伙感激地看我一眼，伸出舌头舔我的手，像初次见面一样，舔得我心里痒酥酥的，舔得我泪流满面。

熬过几天，小黄总算恢复了正常，似乎一下子长大了，和我的感情却越来越深，每天上午我们一起去南河坝外草甸子，下午它睡觉，我去北山割草，回来给它拌草料。每晚离开时，它都要哞哞地叫两声，似乎对我离开极不满意。

两个月后，小黄已经长成了半大的成牛，头顶已经露出芋头般的角根。有时我会骑在它的身上，从南河坝上优哉游哉地游荡。这样的生活，于它、于我都感到惬意、自在，一直这样过下去也是一件美事。

但是好景不长，暑假后学校来了通知，要我回学校复读准备明年再考。我自己是排斥的，但父母态度坚决，不能当一辈子放牛郎！学校校长也亲自前来劝说，而且拍着胸脯保证，复读一年肯定能有学上。但是小黄不同意。临走头天晚上我和小黄说，学校要我回去继续上学，不能再陪它玩了。正在低头吃草料的小黄哞地叫了一声，抬起头，呆愣愣地看着我。

　　第二天吃过早饭，我去饲养棚交接和告别。接替我的人已经到位，我带他去牛栏和小黄见面。刚走到牛栏前边，只听小黄哞的一声长叫，猛地跃起，挣断了缰绳，隔着牛槽跳过来，脚没刹住，和我一起倒在地上。我听见小黄风箱一样呼哧呼哧的喘息声，刚刚长出小角根的牛头拱过来，在我身上蹭来蹭去。我忍着尾骨撞地的疼痛，伸手把它的头揽过来，轻轻地抚摸它的额头，泪水再次奔流而下。

红皮子拍花

红皮子，昆嵛地区对红狐的俗称，学名赤狐。

红皮子在二百里昆嵛大山属于神一样的存在。从种属上来讲，红皮子应该是赤狐，但形体、习性都与正宗赤狐不同。个体比正宗赤狐要小一圈儿，比猫略大，毛色火红，毛皮属珍品，一张皮可以顶一个整劳力一年的工分收入。传说红皮子是狼与黄大仙杂交的产物，确实，从脾性上它既有狼的机警、凶悍，又有黄大仙的聪明、狡诈。尽管其毛皮价值昂贵，但方圆几百里没有几个人敢惹它，猎狐是一项既需要勇气又需要智慧的凶险营生。

关于红皮子的传说有很多。奶奶经常告诫我，出门有人从后边拍你肩膀千万莫回头，那是红皮婆子在"拍花"。只要一回头，你的魂儿就让它抓走了，你就会乖乖地跟它走。据说红皮子经常会变成人下山到村里转悠，有时变身为老婆婆，有时变成小媳妇。

我的小朋友们也都听大人说起过，都吓得头皮发麻，不敢一个人出门，特别是晚上，一个人走路不敢回头，总是急三火四一溜小跑地赶回家。但是谁也没有碰到过红皮子，都不知道红皮子长什么模样。

村西头常家两兄弟是远近闻名的猎户，也是祖传的猎狐高手。特别是老二常虎，去东北老林子闯荡几年回来，枪法越发厉害，长得虎势威猛，村里再凶的狗见了他都会夹着尾巴开溜，山里的红皮子再狡猾，应该都不在话下。

猎狐一般在冬季，大雪封山的时候。常虎从东北回来是初秋时节，秋收还没有开始，他便按捺不住，扛着枪在山里转悠，他是在找皮子的痕迹，找皮子的老窝，他从东北回来，一大半就是为了这红皮子。

转了几天，真发现了红皮子的老窝。那天他转到老虎顶，老远就听到昂唧昂唧小狗一样的叫声，他心想有门儿，赶紧顺着声音爬到老虎顶，只见几只小猫一样大的小狐狸正在一个石洞门口玩耍，这就是红皮子的老巢了！常虎一阵兴奋，但并没有再向前走，他知道，只要他不离开这里，红皮子是不会回来的。红皮子嗅觉极其灵敏，弄不好现在它已经在某个角落看着自己了。常虎心里琢磨，只有给它下蛊，逼它出来了！拿定了主意，常虎大步跑到洞口，几只小皮子吓得昂唧昂唧转头往洞口跑。常虎瞅准一只最小的，一手插下去抓起来。小家伙小腿蹬着，昂唧昂唧叫着拼命挣扎，两只小眼睛惊恐地看着常虎。常虎边往外走，边冲小家伙嘟囔，找个地方等妈妈回来。这时候常虎听见不远处柞椤棵子里一阵哗啦哗啦响，他知道老皮子回来了。

常虎走到一片开阔地，把小皮子用麻绳拴到一棵红松树上，他则退到距离树下十几步远的一棵老松树下。身子右侧就是有名的虎跳崖，左侧则是柞椤棵子，左前方就是那棵老松树。悬崖和植被构成了很好的掩体，他可以放心地盯着前方，左右两侧都不会受到攻击。他轻舒一口气，把枪架在老松树根部一根枯枝杈上，蹲下来，盯着小皮子瞄准，等老皮子回来。

小皮子这时还在左冲右突地挣扎，麻绳捆得很结实，不论它怎么挣扎也不会有一点松动，挣扎一会儿便趴在地上不动了。

老皮子就在左侧的柞椤树棵子里，两只眼睛一定紧盯着小皮子和常虎看。也许是四只或更多只眼睛，常虎心想肯定不止一只皮子。红皮子就是狡猾，它知道只要一露头，常虎的枪就会向它射去，所以无论小皮子怎么挣扎，它就是不出来。偶尔会听到树棵子响动和红皮子着急的低沉压抑的叫声。它也是心如刀绞啊，眼看着小皮子被绑在那里却无能为力。双方都在坚持，常虎盯得有些累了，想闭上眼眯一会儿，但很快便警醒了，他知道他的枪口把皮子逼到绝路上了，但皮子在暗处，他自己则在明处，实际上同样处在危险的境地，他知道对付一两只红皮子不存在任何问题，但若是一群老皮子就有点麻烦，他不知道这些快成精的老皮子会施出什么阴招儿。

　　太阳落山了，天慢慢黑下来，虎跳崖下边风刮得呜呜响，老虎顶上松树和桲椤棵子也被吹得哗啦哗啦响。常虎身上有些发冷，天越来越黑，视线越来越模糊，这时看小皮子只是灰乎乎的一团，常虎抖擞了一下身子，双手紧紧握住土枪，眼睛努力地睁大。对面左侧树棵子里响得厉害了，常虎知道那里是老皮子的集结地，他在考虑是不是直接冲树棵子射击，他的土枪是单发散弹，有树棵子遮挡命中率很低，如果不中后边再装药就会丧失良机，他咬咬牙还是等吧。双方都在咬牙等待，等一个合适的机会，就像两只较劲的发条，越拧越紧，眼瞅着就要崩裂。天黑得越来越厉害，这时对面树棵子里有了萤火虫般的亮光，一开始是两只，慢慢越来越多，似乎有无数只萤火虫在飞，那是皮子的眼睛在晃。好啊，常虎刚要调转枪口，突然听到嗷的一声嚎叫，一只皮子嗖地蹿出来，他赶紧瞄准，那皮子却左冲右突，一会儿倒地一会儿跃起，疯狂地跳起舞来，实际是慢慢向小皮子靠近，常虎怎么也瞄不准。好不容易瞄上了，刚要扣动扳机，忽然一阵疾风从后边袭来，好像一只大手猛地拍了一下他的肩膀，他一愣怔，一只大皮子呼地一下扑到他的枪上，另一只皮子从左侧越过桲椤棵子似乎从天而降，猛地砸在他的左肩和脖子上，巨大的冲力将他的身子冲向右侧，脚下一趔趄，还没等站稳，又一个黑影嘭的一声砸过来，他只感到眼前一黑，便和那皮子一起跌进身子右侧的虎跳崖。

常虎走了四天没有回村，常虎的哥哥常山急了，他知道常虎只带了两天的干粮，以往常虎进山回来都很准时，常山知道可能出事了。他赶忙报告生产队，队长带人进山寻找。找了两天，找到虎头山顶，看到跌碎了的土枪，又看到虎跳崖边上的划痕，赶紧找来缆绳，几个人顺着缆绳下去，来到崖底一块大磨盘石上，发现常虎已经面目全非，身体僵硬地仰躺在那里，旁边是那只红皮子。常山捡起破碎的土枪，冲到已经搬走的皮子洞里，嗷嗷叫了两声，跺脚发誓要替弟弟报仇。回村后常山找人将土枪修好，挂在堂屋墙上，日日警醒自己，秋收后进山找皮子报仇雪恨。

秋收刚过，昆嵛地区便下了一场罕见的大雪。四处都被白雪覆盖，天地白茫茫一片。这样的天气正是猎狐的大好时机。常山找出在东北穿过的猪皮靰鞡，塞满稻草，将牛筋鞋带勒紧，扛起土枪就进山了。山上雪很厚，风也很大，风卷着雪花刮起白毛风。常山是老猎户出身，雪天打猎经验丰富，但还是感觉眼前茫茫一片，好在路线熟悉，他连爬带滚上了老虎顶。常虎是在老虎顶出的事，那窝红皮子虽然搬了家，但估计不会走很远。他来到老虎顶，却没有发现红皮子一点痕迹。原来的那个皮子洞里，粪便都干了，显然它们没有再回来。

常山顺着老虎顶的山势，穿林爬坡，北坡、南沿儿找了一天，依旧一点线索也没有。但他心里不甘心，他相信红皮子不会离开老虎顶。天黑了，他干脆住到先前那个皮子洞，点火取暖，等了一夜，还是没有一点动静。

第二天他又在东坡转了一上午，还是没有，带的干粮已经快吃完了，常山叹一口气，转头准备下山。走到山口，突然发现前边雪地里一个小黑点在动，他马上来了精神，赶紧向前追去。小黑点越来越大，看得越来越清楚了，是只红皮子！红皮子毛色纯正，正午太阳的光线照在身上，那皮子红得像火一样，有些耀眼。这是一只年头不小的大皮子，红色的尾巴很大，像扫把，又像火苗一样一摇一摇地晃动。那皮子肯定也发现了常山在后边追它，但它并不紧张，也不着急，屁股一扭一扭地在雪地上不紧不慢地向前移动，仿佛压根儿没发现后边追赶的常山。常山心里的火便腾地升起来，这种藐视是对一个老猎手的极大侮辱。常山骂了一句，紧走几步，接近射程距离，便卧到雪上，担起那杆摔裂又修复的土枪，盯着前边的皮子瞄准，心里默念着，老二，哥给你报仇了！刚要扣动扳机，忽然发现前边的皮子竟然不见了。他揉揉眼睛，平坦如镜的雪面上，好像压根儿没出现过异物。常山心里狠骂一句，爬起来，快步向前跑，心想这雪里可能有暗道。正想着，皮子又在前边出现了，远远的一个点，他快步向前追去，那皮子仍旧不紧不慢地走。常山紧撵几步，眼见进入射程之内，刚要蹲下，那皮子又不见了。常山气得一拍枪杆，骂了一句，继续呼哧呼哧地向前追，这时他已经有些累了，身上冒出了热汗，狗皮帽子下边直冒热气。

常山干脆端起枪杆，眼瞄着前方向前赶。一见那皮子出现，紧赶几步，不等它下潜，猛地扣动扳机。只听轰的一声，火光四射，常山只感到头顶一麻，眼前飞起一阵血雾，便轰然仰倒在雪地里。那红皮子只在枪响时往前猛蹿了一下，依旧慢慢地晃动着火红的尾巴在雪地里从容地向前移动。

几天后，队里发现常山没有回来，派人进山寻找，找到老虎顶，发现常山仰卧在雪地里，土枪断成了两截。常山的头脸血肉模糊，周围血水已经凝固成冰。队长说，枪鼓了，枪膛炸裂。

自此，昆嵛再无赤狐猎手。

安哥拉秘道

安哥拉来我家时刚满月不久，只有拳头大。

公社在各村推广长毛兔养殖，要求每户至少认购两只。母亲去晚了，剩下最后一只，应该也是最小的一只。我放学回家时母亲刚把它抱回来，正在堂屋地上喂它吃菜叶。乍一看，像一只白色的绒球落在地上，只是会动。小家伙有些怕人，我伸手去摸它，还没蹲下，它便一跳一跳地往墙角跑了。我上去一把抓住，感到小家伙的身子还在发抖。这是我头一次见到白色的长毛兔，以前见过山里的野兔，都是灰色的，毛也短。这小家伙毛色纯白，像一团白雪，捧在手里，毛茸茸的，让人的心都要融化了。两只圆圆的小眼睛，眼球竟然是红的，像两粒染了胭脂的水珠，让人心生爱怜。

我问母亲这是什么兔，母亲说是长毛兔，听队长讲好像是从一个叫安哥拉的地方引进的品种。安哥拉？这名字好听，我和母亲说，我们就叫它安哥拉吧。母亲说，好，这名字是好听。

母亲找来一只盛草的柳条筐，筐底铺上稻草，算是它临时的住所。晚上，我怎么也睡不着，一次一次地起来，到筐子跟前给它加一两片菜叶，伸手摸摸它绵柔的头和脊背，小家伙这时倒很老实，嘴里快速地嚼着菜叶，身子卧在筐底一动不动，似乎很享受我的爱抚。小家伙牵着我的心，躺在炕上也想着它可爱的样子，天快亮了才进入梦乡。

母亲的惊呼声把我吵醒，母亲说，小兔不见了。我一下蹦起来，跳下炕，到筐子跟前一看，里边空空如也，安哥拉不知在什么时间、用什么办法从筐里逃走的。

我和母亲屋里屋外到处找，父亲也加入进来，父亲一边找一边安慰我们，它跑不远，屋里没有就在院子里。母亲说，那么点儿个东西，别是让猫叼走吃了。我吓得心里一凉，几乎要哭出来，心里一个劲地后悔昨晚没在筐子跟前看着。母亲也说，昨晚忘了在筐上盖个东西。正难受时，父亲在院子里喊，在这儿呢，我说它跑不了。我和母亲跑出来，见父亲拽着安哥拉的耳朵，从院子西侧草丛中走出来。我和母亲都松了口气，我跑过去，双手从父亲手里接过来，一手将它抱在胸前，一手抚弄着它的头，小家伙像没事人似的，转着红红的眼睛看看我，嘴里快速地咀嚼着一根草芽。

有了夜里的惊险，父亲吃过早饭就开始在鸡窝的上边加盖兔舍。鸡窝紧靠着厕所的后墙，有半人高，父亲在鸡窝上边又加盖了两层，一层只有拳头高，二层则有半米高，两层之间靠近外边用铁丝编成网状，兔子的大小便从这里漏到下边一层，便于清理，二层用铁丝编织的铁门，加了门闩，只有从外边才能打开。

兔舍盖好后，晾了两天，里边的泥都干透了，母亲便在里边絮上稻草，放上水盆和饭盆，安哥拉的新家就算正式落成。搬家那天早上，母亲还按村里的搬家习俗包了水饺，专门盛了几个放到安哥拉的新饭盆里，安哥拉只闻了闻便退到一边吃草去了。人类最爱的吃食，对它竟无半点吸引力。

为了推动长毛兔养殖，村里专门选派莲姑去公社学习养殖技术。听莲姑讲，长毛兔食谱包括萝卜、白菜，但最爱吃的还是青草、树叶。每天放学回家，背起草筐去山上拔草、采摘树叶就成了我乐此不疲的营生。草要选一年生的熟草，不能连根拔起，而是只采草的上半段，树叶主要是槐树叶，也是选树枝梢头的嫩叶，每天一大筐，小家伙可以吃到第二天。除了采摘喂食以外，我还负责安哥拉的放风，每天中午把它放出来，在院子里跑几圈，之后再用梳子给它梳理毛发，以防打结和弄脏，影响兔毛质量。

在我和母亲的精心喂养下，安哥拉长得很快，毛也很旺很亮，一个月后已经接近成年兔了。按照莲姑的说法，应该剪毛了。

第一次剪毛无异于安哥拉的成年礼，有些隆重，作为村里的技术员，莲姑专程上门指导。剪毛技术含量很高，莲姑先做示范，一手捏着兔毛的尖梢，一手持剪刀紧贴兔皮剪毛。眼看不难，但实际操作起来，不是剪刀抬得太高，兔毛剪短了不够尺寸，就是贴得太紧剪了兔皮。兔皮很薄，手捏着兔毛的尖梢往上稍微一提，兔皮就跟着拉起来老高，稍不小心就剪到了兔皮。母亲和我都剪到了兔皮，兔子疼得唧唧叫唤，每当这时我就头皮发炸，像剪了自己的肉。最后母亲和我都扔了剪子不敢剪了，莲姑好说歹说，几乎是手把手地带着母亲把剩下的剪完，我则躲到西屋看都不敢再看。直到剪完我才又回到堂屋，眼前的安哥拉完全变了模样，原来的雪白漂亮的长毛不见了，变成一个粉色的肉球，蜷缩在铺着报纸的桌子上，不知是冷还是紧张，裸露的身子瑟瑟发抖，显得那么可怜，我心里一阵难过。小家伙身上还留着几道深浅不一的伤口，好在兔皮的愈合能力很强，没有淌出血来，有的伤口已经干了。母亲小心地将小家伙托在手心送回兔舍里，怕它冷，又加了一些更软和的稻穰。

下午母亲将剪下的第一茬兔毛送到供销社，竟卖了一块六角钱，能顶母亲三天的工分钱，母亲很高兴，给我买了两个演草本和两支铅笔，这是我用辛苦和汗水换来的，心里感到从未有过的满足，侍候安哥拉的热情更浓、干劲更足了。

一个月后安哥拉的长毛便又长齐了，这时的安哥拉体重已经达到三斤半，完全长成一只成年兔了。每天放风时，它在院子里跑起来特别有劲，有时跑到院门口，两只前腿趴在门槛上，头探出去，试图蹿出院外去，我及时将它抱回来，关进兔舍里。小家伙在里边也不老实，围着狭小的空间疯跑。原本温顺的小家伙，这时变得越来越调皮，有时甚至有些狂躁，蹲在兔舍地上，两只前爪疯狂地抓挠，仿佛要把地板抓透。有时像被什么撵着，蹿来蹿去，或者对着笼门发疯地拍打、抓挠。母亲请莲姑来看是怎么回事，莲姑只瞄了两眼就笑着说，恭喜啊，这是发情了，该交配产崽儿了。

按照莲姑的安排，母亲把安哥拉抱到隔壁金锁家，说要在那里住三天。这期间我要把采来的兔草送到金锁家，由他们统一喂养。金锁家的公兔长得又肥又大，我担心安哥拉受欺负，也担心金锁偏心。晚上送草时我坚持自己喂，当我把嫩绿的草芽和树叶隔着铁门栏杆递进去时，只见安哥拉迅捷地蹿到门口，金锁家肥胖的大公兔也挤过来，头刚伸过去，安哥拉身子一扛把它挤到一边，三瓣状的小嘴一口将我手里的一小把树叶抢过去，扭身低头飞快地嚼食，急得金锁家的大公兔在它的屁股后边来回蹿跳却毫无办法。我心里说好样的安哥拉，我知道安哥拉不会受欺负，虽然在别人家也不会挨饿。

三天对我来说很难熬，晚上做梦都想安哥拉。我梦见安哥拉生了一窝小白兔，很快长得和它一样大，安哥拉在前头领着，一大群白兔跟在后头，浩浩荡荡地从金锁家往回赶。我打开大门，大声叫喊，却怎么也喊不出，一着急睁开眼，知道是在做梦。

母亲说，上学晚了，还不起！我爬起来，央求母亲把安哥拉接回来，母亲说，怕还没配上，再等一天。我说，今天已经是第三天了，说不定已经配上了。母亲说，你金婶说没听见安哥拉叫唤，安哥拉叫了才算配上。想不到兔子配种这么复杂，我感到很无奈。

晚上放学回家，母亲已经把安哥拉接回来了。我问母亲，安哥拉叫了吗？母亲说，叫了。我说，太好了！把安哥拉从兔舍里抱出来，小家伙见了我也很高兴，一个劲地用头拱我的脖子，我托着它的头说，安哥拉好样的，安哥拉很快就要做妈妈了。莲姑告诉母亲，安哥拉应该在二十天后就可以产崽儿了，母亲和我都感到兴奋和激动。母亲算计着一窝小兔崽留几个卖几个，母亲甚至让父亲准备砖石在西墙下再盖一排兔舍。每一天我和母亲都热切地观察着安哥拉的变化，但是除了比以前更安静了，胃口似乎更好，吃得多一些外，再看不出有什么明显的改变。

好不容易熬过二十天了，还是没有什么动静。母亲一次次地打开兔舍的门把头伸到里边查看，安哥拉总是老实地卧伏在兔舍最里边，没有什么异样的反应。母亲把莲姑喊来查看，莲姑抱出安哥拉，前后左右地看，也是不解地摇头，说可能没怀上。这一结论对母亲和我来说简直是晴天霹雳，这一个多月白等了。莲姑走时对母亲说，再等两天看看，不行抓紧换一家重新再配。

夜里母亲一个劲地唉声叹气，我也没有睡好，我在心里埋怨，不争气的安哥拉！我和母亲都没底，再配是不是就能管用。

第二天我老早就起来，像往常一样过去给安哥拉收拾粪便。走到兔舍跟前，突然看到安哥拉在窝里边不停地抖动，走近跟前只见安哥拉的身下全是白花花的兔毛，身上已经像斑秃一样，露着一块一块的红皮，它还在勾着头用嘴啃咬，前腿不停地抓挠，恨不能把全身的毛发都划拉下来。这场景看得我头皮发炸，我连忙叫母亲过来看。母亲跑过来一看，兴奋地大叫，这是要生了！母亲转回身去给它烧热水、熬稀粥，又找来旧棉絮放到安哥拉用兔毛和稻草絮成的窝儿的周围。母亲让我去喊莲姑来，莲姑过来时安哥拉倒安静了，蜷成一团卧在自己絮好的毛窝里，只是身子不停地抖动。莲姑说它那是紧张，兔子下崽儿不愿意被人看，莲姑让母亲找来床单，把兔舍整个围起来，不透一点光。莲姑说兔子生性多疑，生崽儿时格外敏感，见不得人，甚至见不得光，它窝里也不要放东西，莲姑说母亲放的棉絮可能惊着它了，它以为你要抢它的崽儿。说得母亲一个劲地后悔，后悔没有早把莲姑叫来。莲姑走时告诉母亲，谁也不要再管它，等中午给它多放点水和吃的就行。

母亲严格按照莲姑的要求，直到中午我放学回家才掀开被单

214

一角，安哥拉仍旧趴在窝里一动不动，看不到小兔崽儿，水和稀饭倒是都喝净了，母亲又给它加上水，又放了些它爱吃的萝卜叶子，便又格外小心地重新掩好被单继续回屋等着。晚上莲姑过来，走过去掀开被单，只听嘶的一声尖叫，安哥拉龇牙冲莲姑露出少有的凶相，调头蹿回窝里。中午的水已喝光，萝卜叶没有吃，莲姑说看这喝水的量像是生过了，但看不到兔崽儿，莲姑叹了一口气，让母亲添了水，重又掩好被单，说不去管它，明早再说吧。

第二天一早，莲姑又赶过来，走过去悄悄掀起被单，安哥拉又像昨天那样蹿出来，龇牙尖叫，然后又跑回去，还是看不见兔崽儿，莲姑干脆把整个被单掀开，只见安哥拉向墙角处躲了躲，浑身抖动着趴在那里一动不动。莲姑找来一根铁丝，前边窝了一个弯钩，伸进去掏出一撮兔窝里的兔毛，上边沾着明显的血渍，莲姑叹口气摇摇头，嘴里自言自语，生是肯定生了，但小崽看来都让它自己吃了！站在莲姑身后的母亲听了，一屁股坐在地上，我也吓哭了，这安哥拉怎么会这样狠。莲姑扶母亲起来，告诉母亲，这种情况常有，咱也是没有经验，可能你给它送棉絮把它惊着了，以后注意就不会再有这种情况了。

莲姑告诉母亲，还要侍候好它，过个十天八日重新再配吧。母亲长长地叹了口气，不配了，太折腾了。我也感到很伤心，想不明白怎么会出这样的事。真不想再理它了，但看它蜷在窝里抖动不止的样子，又着实可怜。

母亲尽管沮丧、生气，但还是每天精心侍候它。安哥拉慢慢恢复了原来的状态，不再冲人龇牙发凶，饭量明显大增，身体开始慢慢恢复起来，身上脱毛的地方也开始长起来。母亲还是不甘心，主动找到金婶，希望再送安哥拉过去"走婚"，金婶很痛快地答应了。

母亲让我打开兔舍的铁门，她刚走到跟前，安哥拉又故态复萌，龇牙冲母亲嘶嘶地尖叫。母亲也不理它，瞅准机会，一手揪住它两只长耳朵，就势猛地拽出来。安哥拉不停地蹬踢着四腿拼命挣扎，母亲一手拽耳朵，另一只手托住它的屁股赶紧往外跑。我心里替安哥拉难过，不忍心跟过去，母亲回头和我说，你在家，把它那窝儿收拾收拾。

我悻悻地回屋，找来煤铲和钩子，打扫兔舍卫生。安哥拉絮的产窝很结实，外边一层是母亲放进去的棉絮，让它当成了尿布，尿得透湿，里边是稻草和它自己薅下来的兔毛，围成一个靴靿一样的大窝儿，靠近后墙的地方，草和兔毛堆得很高。我先将铲子贴着底儿铲过去，再用钩子钩住往外拉，窝儿刚一挪动，后边竟露出一个黑黑的洞口，里边还传出唧唧的小动物的叫声！我心里一惊，安哥拉什么时候竟在这儿挖出一个密道！

我赶忙回家找来手电筒，冲洞里照射过去，只见洞里边有砖头大小的空间，挤挤挨挨，足有五六只粉红色的小幼崽儿卧在那

216

儿，灯光一照小家伙们开始向洞口爬，原来安哥拉把崽儿都藏在了这里！我激动得手发抖，我们错怪了安哥拉，它是伟大的兔子母亲！好样的安哥拉！我禁不住泪流满面，赶紧转头往外奔跑着去追赶母亲，一边跑一边声嘶力竭地呼喊，妈妈——安哥拉——

我眼前浮现出梦里安哥拉带着一群小兔崽儿回家的情景，安哥拉，伟大的安哥拉！

大红的歌唱

金锁的爹是在鸡叫头遍时走的。

那天大红的鸣儿打得格外嘹亮，像往日一样，大红叫过，全村的公鸡都跟着叫起来。这时候西院子才传来金锁一家人的哭号。母亲和父亲说，老四走了。老四就是金锁的爹，是我父亲的堂兄，我喊四大爷。父亲和母亲从炕上起来，父亲正准备出门过去看看需不需要帮忙。按照村里白事的礼俗，母亲从抽屉里找出两块钱，让父亲去村供销社买两刀纸捎过去，也算尽一份心意。

父亲还没出门，金锁的大哥金川敲门进来，进门就磕头，母亲扶他起来，说"知道了知道了"。金川站起来，脸红着说，叔、婶儿，还有个事儿。原来他除了报丧，还奉了他舅舅大贵之命，过来借大红出殡引魂用。说是借，实际是赊购，要到年底队里分红后按市价还钱。

母亲有点蒙，我在心里骂大贵。我心疼大红，但也没有办法救它。也是大红太惹眼了，长得漂亮，鸡冠和羽毛都火红如炬，昂首挺胸，声音嘹亮。每次大贵从我家门口经过，都要多看大红几眼。从他直勾勾的眼神可以看出他对大红的贪念。每次看到他那不怀好意的眼神，我的心都会揪紧。我知道，大红早晚会栽到他手里。

大贵是村里的白事主理，谁家有白事都请他去主持。金锁爹是他亲姐夫，他自然会全力以赴。他一定会按照老礼数，给他姐夫做一场体面的丧礼。引魂鸡肯定要挑最好的。一般人家抓只公鸡在墓穴周遭转一圈，让它扯着嗓子叫几声就完事了，今天是给他姐夫出殡，大贵肯定会按照顶格的礼数，给公鸡放血，让它陪葬的。大红肯定是凶多吉少。我央求母亲不要借，母亲也不舍得，推说留着大红还有用呢，让金川去别家借。金川却不走，看向父亲，说，叔、婶儿，俺舅说他算过了，给俺爹出殡，就大红最合适，还望叔、婶儿成全。说着又要下跪，父亲忙扶起他，说，你先回去吧，我一会儿去你家，把大红捎过去。金川千恩万谢地走了。母亲埋怨父亲穷大方，我知道大红一会儿就要走了，心里难过，呜呜地哭起来。

母亲嘴里埋怨，可还是走到鸡舍前，打开小门，准备去捉大红。大红并不知道大难临头，依然不忘司晨之责，头一转一扭看了母亲两眼，还是挺直胸膛，高昂头颅，"勾勾——""勾勾——"

地冲天鸣叫，在它的引领下，全村的公鸡也都叫起来。母亲对父亲说，鸡叫两遍了，你该过去了。说着伸手去捉大红，大红并没挣扎，只咯咯叫了两声，就顺从地任由母亲拽出来。母亲用红布绳绑了翅膀，交给父亲。我赶过去，抚摸着大红滑顺的羽毛，眼泪吧嗒吧嗒滚落下来，砸在大红后背上，大红似乎有感知，扭头冲我咯咯叫了两声。

上午坐在教室里，我一直心神不宁，不时扭头看向窗外。教室外边是一堵围墙，墙外就是村道，是送金锁爹去墓地的必经之路。第二节课时，墙外传来呜里哇啦的吹鼓乐和金锁家女人、孩子咿咿呀呀的哭声，我的心脏开始怦怦直跳，送葬队伍快要走过校门口了，忽然听到大红"勾勾——"的鸣叫，在唢呐和哭声的间隙，一声接一声，断断续续，孤单倒也响亮。老家风俗，引魂鸡要由长子抱着走在棺前，若能一路鸣叫，则是难得之选，死者走得安稳早入天堂，儿女也会顺利吉祥。可怜的大红，这时候仍然尽忠职守。我向老师举了下手，没等老师回应便起身冲出教室。送葬队伍已经走远了，无法看到大红的身影，我冲远去的队伍喊了一声"大红——"，回答我的只有唢呐的呜咽和越来越远的哭声。

中午放学回家，院子里再也看不到大红那挺拔的身影，几只母鸡在那里嬉戏，母亲撒一把玉米，几只鸡争先恐后地啄食，似乎并没有因为大红的缺失而感到悲伤。

我刚放下书包，金川推门进来，进门便急火火地喊母亲，婶儿，大红回来没？见没见大红？

母亲正在做饭，抿挲着两手，吃惊地问，什么，大红？大红不是在你家山上？

金川急得脸通红，满脸的沮丧，嗨，婶儿，别提了，上山后大红跑了，飞了，找不着了。说着满院子寻觅，见不着影子，临走还不忘嘱咐，婶儿，看它回来你可逮住。一边说着一边扫兴地走了。

我高兴得几乎要跳起来，这说明大红没死，还活着，大红真厉害！母亲愣怔半天，刚回过神来，嘴里嘟哝着冲我瞪眼，你还高兴，你不知你四大爷家有多难受，引魂鸡跑了，这不吉利啊！谁家摊上都够倒霉的。母亲叮嘱我，见着大红回来，赶快抓住送回去，一定不能留，不吉利！

父亲在金锁家吃过午饭回来，回来就跟母亲描述上午墓地的情景。原来大红一路表现都很好，到了墓地，大贵抱着它围着墓坑转了一圈，棺木入坑了，大贵拿出剪刀给大红放血，大红挣扎得厉害，剪刀刚贴近它的脖颈，不知剪着没剪着，只听大红嘎地叫了一声，身子往上一蹿，尖尖的大喙冲大贵的眼睛猛地啄了一口，双爪腾空，翅膀猛地张开，箭一样飞到墓坑旁边的松树上，大贵疼得捂眼蹲在地上，墓地上的人还没反应过来，大红竟又嘎的一声，腾空而起，老鹰一般冲山后俯冲而去。

据父亲说，后来所有人都顺着大红飞去的方向追着寻找，山山岭岭都找遍了，连根鸡毛都没找到，到村子里找也不见影儿。母亲告诉父亲金川来家里找过了，父亲说，我也是奇怪，这大红飞哪去了？我估摸若它不死，早晚还会回来，父亲用手指点着母亲和我严肃地说，你们可别犯糊涂，见着它赶快送出去。母亲也反复念叨，引魂鸡回家不吉利，不能留。说得我头皮发麻，脊背发冷。

下午坐在教室里，我心里七上八下。我既希望大红回来，又担心大红回来。我不知道它是死是活，不知道它回来会给我们家带来什么灾难。

放学的铃声刚响，我就蹿出教室，一口气跑回家。推开院门，只见几只母鸡聚在草屋跟前咯咯地叫，我心里一跳，赶过去一看，是大红回来了！只见大红趴在草屋门口的草堆上，头耷拉着，再无往日那种雄姿。身下的麦草上还有血渍，我心疼地把它抱起来，原来血是从脖颈下边渗出来的，扒拉开沾满血渍的羽毛，看到脖颈下一道血口子，好在只破了皮没伤到大的血管，但仍有血从那里渗出来。我放下大红跑到屋里，学着母亲的样子，从锅灶下掏出一把草灰，回到草屋敷到大红的伤口上。这是止血的土办法，还真管用，血和草灰一会儿便凝结到一起，形成一道坚固的屏障。为了防止这屏障脱落，我又跑到堂屋，从母亲的针线笸箩里找出一块巴掌宽的长布条，将大红的伤口缠住，这样即使它剧烈活动，

222

伤口也不会开裂。想到折腾一天了，大红肯定饿坏了，我赶紧到灶屋盛来一小瓢玉米，送到大红嘴边。大红先是没有反应过来，一会儿便抬起头，张开金黄的长喙，一粒一粒地啄食，慢慢越啄越快，竟扑棱着翅膀要站起来。

天这时已经慢慢黑下来，父母一会儿就要收工回来了。可怜的大红，父母一回来肯定就会被送走，我要赶在父母回来之前把它藏起来。我环顾院内院外，找不到一个合适的地方，心里既着急又感到悲凉。抬头看到东院墙，脑子灵光一闪，一墙之隔的曾婆家是最好的地方啊。曾爷曾婆去世后，房子一直空着，紧挨着我家东院墙的草屋是我和小朋友捉迷藏经常光顾的地方。放在那里，谁也找不到。

我抱起大红，沿着平时躲藏的路线，从猪圈墙轻松地跨上东院墙，顺着曾婆家猪圈墙跳到曾婆家院子，把大红送到曾婆的草屋里。曾婆的草屋里有大半屋干草，我伸手扒出一个窝儿，把大红放进去，又回家盛了满满一瓢玉米放到小窝里，足够大红吃几天的了。我感到很满意，拍拍大红，说，好好待着，千万别出声。大红竟也听话地趴下，一动不动。

晚上我做了一个梦，梦里大红藏身的地方被金锁发现了，金锁领着他舅舅冲开曾婆家大门，冲到草屋把大红抓走了。我追着去抢大红，父母也跟出来，竟然帮着他们拦阻我。我又急又气，呜呜地大哭起来，越哭越伤心，竟哭醒了，眼泪还在哗哗地流。

天大概快亮了，窗子透着灰白的光亮，我挂念着大红，不知道它现在怎么样了，心里不住地祈祷，千万别让他们发现了。

我刚要睡过去，忽然听到东院传来一阵扑棱扑棱拍打翅膀的声音和低沉的咯咯鸡叫声，而且声音越来越响，还夹杂着小动物唧唧的叫声，坏了，我的心一下子提起来，大红有麻烦了！白天只想着防人竟忘了防黄狼子了，我恨不能即刻冲出去，又怕惊动了父母。那边打斗越来越激烈，像几个人在打架，似乎还跳到了墙上，墙上的碎石哗啦哗啦地掉落。

落石的声音惊醒了父亲，父亲坐起来，母亲也醒了。父亲说，怎么听着外头像有人。母亲说，是东院那些黄狼子打仗吧。说着母亲下炕出门，嘴里嘟哝着"可别祸害我的鸡"。母亲去鸡舍看了看，回来说，没事儿，睡吧。大概是母亲的开门声惊跑了那些黄狼子，东院一下子又恢复了安静，听不见一点声音。

父母都睡了，我却再无半点睡意，心里急得如热锅上的蚂蚁。我不敢想大红现在的状况，只盼着天能快些大亮。

天亮时我竟睡得很沉。母亲喊我起来吃饭上学，我一下子悲从中来，大哭起来。母亲问我怎么了，我哭着说肚子疼，让母亲给我请假不去上学了。母亲摸摸我的头，又揉了揉我的肚子，说可能是夜里受凉了，起来喝点热汤就好了。我还是赖着不动，父母着急出工，匆忙吃了饭上山去了，母亲临走又催我，饭盖在锅里了，早爬起来吃。我赶紧应着，盼她赶快离开家门。

听到母亲关门出去的声音，我一跃跳下炕，冲出家门翻墙进入东院。我的眼前一片狼藉，鸡毛、草屑、滑落的石块，草屋门口还有血迹，这该是一场怎样的大战啊！我几步跑进草屋，只见大红趴卧在门口，头搭在草堆旁的一根木棍上，正大口大口地喘气，整个身子一起一伏。我慌忙抱起它，手触到黏滑的血，一看是它右侧大腿破了，大腿上的一块皮肉被齐齐地撕下，伤口裸露着，露出白生生的骨头，有血从创面洇出来，好在腿没有断。脖子上的布带还在，只是已经松了。金黄的喙被血染成了红色，用手擦一下，并无伤口，看来是沾的黄狼子的血。仔细检查大红全身，再无别的伤处。我摸摸大红的头，大红半闭的眼睛睁开冲我翻了翻，似乎想告诉我它没事。我把大红抱紧，真是好样的！以一己之力与不知几只黄狼子战斗，竟能不败，从它喙上的血迹来看，肯定也大伤了强敌。

我悬了一夜的心终于放下来。

大红的腿伤得很重，创面大，再用草灰肯定不行。我想到了莲姑。放下大红，转身翻墙出门往村卫生室跑。莲姑是村里的赤脚医生，和我是书友，她喜欢看书，我们俩经常交换阅读。进门时，莲姑正在看书，我和她说一个同学腿磕破了，要拿点药和绷带。莲姑看书正看得神，也没细问，转身从药橱拿出一个小瓶，说是碘酒，消毒用，然后又从抽屉拿出一小卷纱布，交代说，用碘酒擦一擦伤口，再用纱布包上、扎紧，注意别感染了。说完又低头看书。我拿好药和纱布转身就跑。回到曾婆院里，按照莲姑的说法，用碘酒擦洗了大红腿上的创面，清理干净，然后用纱布包好。大红也很配合，知道我这是在给它疗伤，只在擦拭伤口时抖了抖腿，再没有一点挣扎。擦完腿伤，我又解开大红脖子上的布条，里边伤口已经干硬，不再渗血。我又给它抹了点碘酒，重新将布条扎紧。这时大红气喘得匀了，体力似乎有所恢复，挣扎着从我怀里跳到草窝里，我把已经散落一地的玉米重新收到小瓢里，放到它跟前，它也听话地啄食。我长舒一口气，大红算是又逃过了一劫。想到夜里黄狼子有可能再来，我的心又揪紧了，心想得给大红找个安全的地方。

我看到曾婆已经荒废的鸡舍，走到跟前一看，发现鸡舍除了铁丝编织的舍门有半边脱落，其他地方竟然完好无损。我回家从父亲的工具箱里翻出钳子和小半卷铁丝，将脱落的铁丝门重新绑紧，又用铁丝做了一个门鼻，铁门关上后，扭一下门鼻上的铁丝，小门就拴住了，黄狼子再有本事，应该也不容易打开了。

修好门，我从草屋抱出一扎细软的稻草铺在鸡舍里边，然后将大红抱进去，把小瓢玉米放到里边，大红的新家就落成了。我高兴地拍拍大红的头，说，有了新家，好好养伤，千万别出声啊。大红似乎听懂了，漂亮的鸡冠一抖一抖，咯咯叫了几声，似乎是告诉我它记住了，让我放心。

晚饭时，金川又来到我家，手里提了几尺幛子白布。按照老家礼俗，丧事主家要将幛子布幔分送帮忙的亲戚，算是纪念也是答谢。父亲问大贵的眼睛怎么样了，金川说去医院看了，眼皮破了，里边没大事，养养就好了。金川说他舅舅问起大红的下落，又说他舅舅算过，大红不在我们家里，但也不出百步之外。父母都很意外，反复解释，我心里却直打鼓，看来在曾婆家也不安全。

晚上睡觉时，母亲又和父亲嘀咕，这大红到底去哪儿了啊。母亲有些伤感，说这大红也是可怜，平白摊上这一难，到现在连个影儿也没有，也不知是死是活。我心里一酸，差点没把真相说出来，但还是咬咬牙忍了回去。

这时东院倒很安静，但我还是睡不着。听大人们说，黄狼子报复心很强，昨天夜里吃了亏，我担心它们还会来。尽管鸡舍破损的铁门做了加固，但做门鼻的铁丝还有点细，不知能不能经受住它们的攻击。大红的身体倒是恢复挺快，下午过去换药时，大红已经站立起来，尽管右腿还有点跛，但已经能够在鸡舍里走来走去，饭量也增大了，感觉再有一两天就能恢复如常了。但愿黄狼子今晚不会来。

事实证明，我还是低估了黄狼子反扑的决心和力度。我是被吵醒的，似乎有千军万马在东院里厮杀，先是听到像无以计数的硕大雨点击打地面的吧嗒吧嗒声，接着是无数飞鸟从天而降的扑扑声，还有院墙上碎石滑落的哗啦声，中间夹杂着吱吱唧唧的鸣叫声，偶尔听到咯咯的鸡叫声，我听得出那是大红的声音，低沉但有力，是吼叫，是嘶鸣，最后听到无数人冲撞大门的声音，铁丝被推拥、摩擦的吱吱声，这是调动了多少兵将啊，我感到一股冷气从头顶贯到脚底，后悔白天没把门鼻多拧几道，我知道这回大红恐怕在劫难逃了。父母被吵醒了，父亲坐起来，纳闷地说，东院子这是怎么了，闹鬼了？母亲说，还是黄狼子，黄狼子开大会吧。父亲跳下炕，出门冲东院吼了两嗓子，又拿铁锹冲东墙敲了几下，东院一下子静了下来，像什么也没发生一样。

我长舒了一口气。关键时刻，父亲吓跑了黄狼子。父亲上炕重又睡下，我却怎么也无法入眠。不知道黄狼子冲没冲开鸡舍的门，不知道大红是不是又受伤了。这时天已经快亮了，窗户纸已经泛出天光的白色，我突然感到窗外似有影子一闪，又听到扑棱扑棱拍打翅膀的声音，我心里一紧，千万别是大红跑出来了！这念头刚一闪过，便听到"勾勾——""勾勾——"两声熟悉的鸡鸣，有点低哑，但近在窗外，有如石破天惊，父母都惊得一下子坐起来，是大红！父母和我几乎一齐喊出声。我一骨碌爬起来，父母也已经跳下炕，打开房门跑到院子，只见大红站在东墙头上，微亮的天光下，正振着翅膀，昂首挺胸地鸣叫。"勾勾——""勾勾——"，声音逐渐提升，一声比一声响亮。我从地上捡起一根棍子冲它挥舞，可着嗓子喊，大红快跑，大红快跑。大红像没听见似的，依然在那里引吭高歌。

父母这时已经跳上猪圈墙向它冲过去，它不知道这时候旧时的主人已经成了抓捕、戕害它的合谋。大红鸣唱的声音越来越高亢、有力，已经恢复到之前的模样。左邻右舍的公鸡也都跟上来了，整个村子的公鸡都进入了角色，此起彼伏地鸣叫，像一支多声部的大歌。我听见西院子大门打开的声音，金川和金锁相继循声而来，父母离大红越来越近。

东墙头上，大红还在投入地歌唱。

爱之巢

那年在台北，不经意间发现路边冬青密密的枝叶间，藏着一个比矿泉水瓶盖略大、用草根盘结的小草碗。凑到跟前伸手想取下来，却并不容易，像是缠在了树枝上，仔细看，里面还有白色的棉絮状的细碎的羽毛，原来是一个鸟巢！

如此小的鸟巢还是头一次见到，不知道是一种什么鸟。从鸟巢的大小判断，应该是蜂鸟一样的袖珍鸟类。鸟巢虽小却十分精致，外圈是用细如银丝的草根一圈一圈、一层一层地围编起来，中间有细泥粘连，十分结实，每一根草根都很难拆动。最里层是细细的白色羽绒，简直就是一件精美的工艺品，其精细程度，人工也不易达到，很难想象这么小的鸟儿如何编织出这样一件完美的作品。

本想带回留作纪念，想到小鸟回来无家可归的绝望与悲伤，便小心地将它推回原位。小时听大人讲，鸟窝让人掏了，有的鸟会活活气死；有的鸟只要发现窝巢被人动过，便会舍弃不再回来。我后悔将它撕扯和拉动，但愿小鸟回来不会发现，但愿小鸟们的生活不会受到影响。

我和同行的朋友都由衷地感叹，鸟儿真是自然界伟大的工艺师、建筑师。鸟巢种类繁多，想起农村老家的家雀窝，应该是最简陋粗糙的，即便如此，也都倾尽了雀儿的智慧与心血。家雀筑窝一般会在房屋背面的檐下，选一处不易被人发现的砖石缝隙，用尖喙和细爪将砖石间的泥土一点一点啄碎、清理出来，然后放入草叶、草屑和不知哪里找来的羽绒、线头。选址再隐蔽，也难逃孩子们的捕捉。掏家雀是小时候冬天夜晚最刺激的游戏。冬夜的山村很静、很冷，特别是雪后，鸟儿们早早地躲回巢里，这时候是掏家雀的最佳时机。

几个小伙伴手持手电筒，顺着墙根对着屋檐下照射寻觅。找家雀窝需要经验和眼力。家雀窝外沿儿的砖石通常都会被磨得发油发亮，有的还沾有草屑或羽绒。家雀很精，一旦发现雀窝要立即噤声，需要三人紧密配合，一人用电光死死逼住窝口，一人手持电筒骑跨到另一人的肩上，扶墙慢慢起来，接近雀窝口时猛然将手灯照射过去，家雀眼睛瞬间被电光照花，一动不动地乖乖就擒。一般一窝会有两只家雀，一只被逮住后，另一只受到惊吓常常会不顾一切地猛冲出来飞走。家雀气性大，逮走一只，另一只即使逃脱飞走也不会再回来，而且被逮住的家雀不再吃东西，常会气绝而死。现在想来，常为小时候的顽皮和无情感到脸红和心痛。

到了春天，老家山上的鸟巢会多起来。各种鸟儿从远处飞回来，山雀、鹌鹑、斑鸠、杜鹃、黄雀、山鸡等本地的鸟儿都在山上做窝产卵。这时候到山里，草丛中、树枝间、地堰下、麦田里会有各种规格、各种尺寸和样貌的鸟巢。斑鸠巢大，但简单粗糙，大多用树枝、草秆简单铺拼，鹌鹑、山雀、黄雀的鸟巢外壳看似粗糙，用草秆、树根等穿插、盘结，内层则十分精细，用草根、树皮内层的纤维盘结，巢底则铺有草叶、羽绒，结实而又柔软、温暖。杜鹃最懒，自己不做窝，常把卵产在喜鹊或斑鸠窝里。还有各种过的候鸟，虽然短暂停留，为了产卵育子，也都会编筑精致的鸟巢，草根、树皮、柳枝、羽绒也是常用的材料，但是会比本地鸟儿更细致精密，一层一层地编织外壳，再用唾液和胶泥涂抹装修内壁，最后铺上草屑、羽绒。每一个鸟巢都是一件难得的工艺品。

这时候孩子们上山最兴奋的游戏便是寻找鸟巢。鸟儿飞走了，各种颜色、大小不一的鸟蛋会给孩子们甚至劳作的大人们带来惊喜。山雀蛋最小，和大花生仁差不多，白白的蛋壳上可见到细碎的红色斑点。鹌鹑蛋最花，蛋壳上布满了褐色花斑。最大也最好看的还是山鸡蛋，个头比鸡蛋小一半，蛋壳像鸭蛋一样是青绿色的，让人爱不释手。麦收时正是山鸡产卵的季节，时常会在麦垄间惊飞山鸡。山鸡嘎嘎飞走，所有割麦的村民都会兴奋地跑过来寻找山鸡的巢。山鸡巢絮在麦垄间，下沉到土层以下，麦草叶和各种柔韧的草根一圈一圈编织起来，像一个沉进土里的小篮子，绿绿的鸡蛋一层一层垒满一窝，多时会有二三十颗。那一颗一颗翠绿的山鸡蛋，都是山鸡爱的结晶，一旦被人端走，山鸡该会多么失落与伤心。但是发现和得到它的人会感到无比幸运和激动。谁谁抓了一窝山鸡蛋，会成为一段时间家家户户热议的话题。

最常见的还是喜鹊巢。小鸟的巢大多藏在不易被人发现的地方，喜鹊巢则明目张胆地建在人们眼前的树梢间。喜鹊筑巢让人见识和慨叹鸟类超人的智慧。特别是近些年，喜鹊胆子似乎越来越大，房前屋后、树林里、马路边，只要有树，都可成为筑巢的宝地。

办公室窗外有一棵法国梧桐树，我亲眼见证了喜鹊在上面筑巢的全过程。

一只喜鹊嘴里噙着一根树枝，一边在枝杈间跳来跳去，一边叽叽嘎嘎地鸣叫，一会儿另一只喜鹊也噙着一根树枝叽叽嘎嘎回应着飞过来，这应该是一对刚刚结婚的小夫妻。先来的应该是妻子，它嘎嘎两声，选定了位置，将树枝放在树顶几根强劲的枝杈间，后到的丈夫也嘎嘎两声表示顺从和同意，将树枝呈交叉方向斜放在同一位置，放好后这对小夫妻又嘎嘎叫着相继飞走了，一会儿它们又嚼着树枝飞回来。一上午就在这种叽叽嘎嘎的叫声中，夫妻俩你来我往不停地搬运。这是一对勤劳的小夫妻，叽叽嘎嘎的叫声应是他们工作的号子，也是他们对甜蜜的新生活的歌唱。

几天后，鹊巢已经初具规模，小夫妻的鸟巢已经盖到一小半。一个月后偶一抬头，鸟巢已经完工，树顶的枝杈间，一个筒状的鸟巢已经搭建完成。从我的窗子平视过去，鸟巢的结构一目了然，一根一根的树枝交错穿插，顶部是厚厚的顶子，东侧有一个透亮的豁口，应该是进出的房门。整个鸟巢高度应有半米以上，一根一根的树枝应不少于上千根。我想起小时候父母盖房子，从筹划到上山采石、伐木料到挖地基施工，直到最后落成，大概要忙活一两年。对于两只鸟儿来说，这是多大的工程量，从选址到设计，再到选材、搭建，不亚于人类建造一座别墅楼房。

鸟巢的坚固程度令人难以想象，不仅大风刮不散、暴雨淋不烂，就是人工都很难拆解。曾经见过砍倒的大树上的鹊巢，一根一根的树枝，交错勾插，有如古建中的榫卯插接，树倒了巢却不散，两个人拽都拽不开，只能一根一根地拆分。树枝里边是一层胶泥和羽绒，还有不知从哪儿弄来的布条、碎线头和羽毛，不但坚固结实，而且绵软温暖。这种出自本能的智慧与坚韧，让人发自内心地感慨。

随着生态环境的日益好转，喜鹊巢越来越多，样式也越来越丰富。喜鹊与人的关系似乎越来越密切、亲近了，过去只在远离喧嚣的山里、村庄才可看到，如今城区、楼宇间甚至高速公路路边，都可以看到鹊巢的身影。身处都市的人们越来越多地与鹊巢结为"芳邻"。鹊巢的制式与风貌也在不断地改进和变化，已经不仅仅是传统的简单的一层，有的竟然是二层甚至三层的复式楼阁，那是真正的高级别墅了。这些身边的鸟界"豪宅"，已经不仅仅是一种路边的风景，每每看到，内心便会有一股热流涌动，生出一种对家园的怀想与思念。

我也时常见到一些没有完成的"烂尾"鹊巢。喜鹊生性敏感，安全防范意识很强。建巢的过程中，一旦受到人为干扰或有人动过鸟巢的任何部分，它都会停止工程，有时即使建好也会弃之不用。

我见到最大的鸟巢是在黄河口。高大的风电风车顶部的电机外壳平面上或高压电杆的横栏上，时常可见巨大的鸟巢。听管区工作人员介绍，那是东方白鹳的巢窝。巢体巨大，直径可达一米半。在湿地博物馆，借助高倍望远镜可以看到鸟巢的完整模样。选材是芦苇和湿地特有的柳枝、杂草，一根一根、一层一层、一圈一圈地编织围裹，里边再铺垫各种细草、荻花花绒和细碎的羽毛。这些大巢，有的是白鹳自己筑的，有相当一部分是管区工作人员依样制作出来的"安居工程"。最初不为它们接受，经过不懈努力，终于打消了白鹳的疑虑，纷纷搬迁入住。突然听到有人惊叫，透过望远镜，我看到一只大鹳飞落下来，大巢里几只小雏鹳引颈迎接。大白鹳嘴里噙着一条半尺长的鱼儿，双腿落巢、双翅收拢的同时，将鱼儿精准地喂进一只小雏鹳的嘴里。其他小雏鹳还在张着长喙嗷嗷待哺，大鹳张开翅膀拍拍它们，回过身再次起飞继续外出觅食。

这是多么温暖的一幕！

那只大白鹳母亲抑或父亲的满满爱意让人心生感动。鸟类本性与人性相通，鸟巢或大或小，或精细或粗糙，与人类温馨的居室一样，都是生命的温床，都是爱的暖巢。

葫芦花开

哑巴国哥喜欢种葫芦。

每年过了谷雨，国哥便打开大柜顶上的圆形帽盒，将一个精致的小布包从里面拿出来。这布包可是国哥的宝贝，里面包着的是国哥精心选留的葫芦种子。

种子不多，只有一小把。国哥小心地解开布包，一粒一粒黄白色、马齿状的葫芦籽，静静地躺在那里。这时候的国哥有如细心的小媳妇，从暖壶里倒出大半碗温水，将每一粒葫芦籽的尖端咬开一道小口，然后放进温水里浸泡。葫芦育种难，葫芦籽壳厚而且十分坚硬，不咬开芽儿出不来。国哥将咬开缝的葫芦籽，用温水浸泡一天一夜，然后捞出来，一粒一粒插到铺了湿沙的碗里，盖上更厚些的湿毛巾，搬到热炕头上，像孵小鸡一样焐起来。每天国哥都要将湿毛巾更换两次。黄瓜、菱瓜等瓜种两三天就能出芽，葫芦八九天还不见动静，直到第十天才看到湿乎乎的沙土上冒出一片芝麻粒大的尖尖的小绿芽。这时还不能动，继续用湿热的毛巾焐着，直至长到麦粒大小便可以移栽了。

葫芦芽移栽十分讲究，土质要好，土壤要湿润肥沃，另外最好种在墙根或靠近山坡。国哥的葫芦种在门前地瓜窖边的土坡上。地瓜窖是生产队垒造的巨大的窖洞，用来储存地瓜。窖洞外部就是一座高出地面十几米的小山，山顶是平的，足有篮球场大。生产队解散后，地瓜窖不再使用，地瓜窖周边的坡地便被国哥辟作了菜地，栽瓜种豆，葫芦种了一片。

过了七月，葫芦藤已经爬满了地瓜窖半个窖顶。有的开始陆续开花。葫芦花真是少有的漂亮、雪白、清爽。傍晚时分，五片花瓣绽开，中间的花萼黄得透亮，花蒂泛着几分青绿，显得特别清新而又生气十足。

天已经热了，吃过晚饭，大人、孩子都喜欢爬上窖顶乘凉。大人们摆龙门阵，孩子们则游戏打闹。微风掠过，一阵清新湿润的花香飘来，是葫芦花开放的气息，大人、孩子都很兴奋。葫芦花总是在太阳落山后开放，初夏的夜晚，一朵一朵的葫芦花，在窖顶上从硕大的叶片间挺立绽放，白色的花瓣在夜色与瓜叶的衬托下，有如清亮的细碎月光，增添了夏夜的妖媚与神秘。

大概是葫芦花的清香引来了蝴蝶，蝴蝶在人们头顶盘旋、俯冲。蝴蝶很大，是一般飞蝶的几倍，家乡称为葫芦蛾。翅膀上长满金褐色的粉状绒毛，翅沿儿上有一串眼睛一样的圆环图案。蛾体丰满瓷实，头部细小，有一条卷起来的长须，吸食花蜜时便放开长须，将其伸到花萼的深处。

　　不知什么时候传下来一种游戏，用葫芦花钓葫芦蛾。葫芦是国哥的，葫芦花也只能向国哥讨要。国哥似乎乐得把花分给孩子们。猫腰到葫芦地里，用心一朵一朵地掐。只能掐雄花，雄花多雌花少，雌花要留着长葫芦。孩子们拿到花，按照国哥教的办法，拇指与食指捏住花蒂，高高举过头顶，等待葫芦蛾的亲吻。葫芦花瓣与花萼间是很深的坑窝，葫芦蛾要吸食花蜜，总是先将长须伸进去，这时是捕捉的最佳时机。但是葫芦蛾也很狡猾，似乎知道我们在钓它，围着花儿飞来飞去，偶尔会将触须伸进花蕊试探，可只要我们稍一动作它便会立马飞走。只有蛾子感觉安全了，触须才会猛扎下来，如痴如醉地吮吸花蜜，这时捏着花蒂的食指与拇指只需轻轻一捏，便可将蛾子牢牢地擒住。

　　钓蛾如钓鱼一样，可遇不可求。钓的过程是一种刺激和诱惑的等待。一旦蛾子飞过，特别是蛾须伸到花蕊时那种轻柔的触碰，会透过捏着花蒂的手指，电流般传到内心，心会禁不住地怦怦直跳。雌蛾身子重，翅膀扇动的风力强，触须力度也大，那种心跳的感觉也更加明显。

　　钓葫芦蛾有口诀，人人都会哼唱：

葫芦花开

葫芦蛾来

蛾来蛾来

门开门开

……

似乎这样唱着，葫芦蛾便会听话地飞过来。国哥坐在一边看着孩子们游戏，也情不自禁地哼唱。国哥因为小时耳聋话说不完整，话在口腔里只说一半便停住了，呜噜呜噜的，很难让人听清。这时的国哥刚刚失恋，他的心上人叫庆蛾。他大概将天上的蛾子当成了庆蛾的化身，每晚都若有所思地看着小朋友们与葫芦蛾周旋、游戏，嘴里念念有词，但似乎只能听清后半句：蛾来蛾来…

葫芦蛾难钓，尤其是雌蛾少。钓来的雄蛾玩耍一阵便放飞了，钓到雌蛾则如中彩票一般。雌蛾满腹都是金灿灿的籽粒，用火一烤香气四溢，是那时孩子们难得的美食。偶有小朋友钓到雌蛾，必是如获至宝，嗷嗷叫着，手捧着扑棱扑棱的蛾子跑下窖顶，用一把麦秸将它包住，捅到锅灶底下的余火中，一会儿便传出诱人的香气。对于吃不饱饭的小伙伴来说，烤得焦黄的蛾籽比肉更香。国哥看到后似乎很生气，手指着小伙伴呃呃地大叫。国哥把孩子们手里的花都扯下来扔到地上，嘴里嘟嘟囔囔着下坡回家。

第二天收工后，国哥提着攒下的鸡蛋去了供销社。傍晚时分国哥仍旧来到窖顶，仍旧掐来葫芦花递给孩子们。孩子们喜出望外地从国哥手里接过葫芦花，依旧和昨日一样手举葫芦花继续钓蛾。

钓到的都是雄蛾，总也钓不到雌蛾。一位小伙伴幸运地钓到雌蛾，噢地叫了一声，还没反应过来，便被站在一边的国哥收走了。国哥嘴里呜噜呜噜地嘟哝着，一手夺过蛾子，一手变戏法似的从兜里掏出一块花花绿绿的糖块塞到小伙伴手里。只有过年才能吃到的糖块多么金贵，小伙伴还愣在那里，国哥已经转过身去，手里宝贝似的捧着蛾子，走到窖顶边缘的葫芦地里。掐一朵葫芦花，将蛾子的头罩住，蛾子在花下蠕动，国哥的眼睛迷醉地盯着蛾子。好一会儿国哥挪开花儿，展开手指，蛾子缓缓地从花下抽出头，在国哥手心慢慢爬行，突然翅膀一振，飞向空中。国哥仰头望着翩然飞去的蛾子，嘴里呜噜呜噜地嘟哝：蛾来蛾来…

这之后，我们还是钓蛾子。似乎已经形成了习惯，不论谁钓到雌蛾便会去国哥那里换糖吃。糖没了，有时会是一只煮熟的鸡蛋或一把炒熟的花生。一只只葫芦蛾扑棱棱飞上夜空，一会儿便又飞回来，似乎听懂了国哥的呼唤。我和小伙伴们嘴里吮吸着糖块，高高举起一朵朵雪白的葫芦花，嘴里轻轻地吟唱：

　　葫芦花开

　　葫芦蛾来

　　……

蝉歌嘹亮

整个夏天，蝉都在窗外鸣唱。

一开始是一只，清脆又有些孤单的独唱，提醒人们夏天真的来了。接下来是两只合奏，再后来三只、四只以至无数只一齐鸣叫，形成气势宏大的合唱。除了夜晚，整个白天从早到晚都在叫，没有一刻停歇。

蝉的生命很短，每一只蝉在地下蛰伏几年甚至十几年，然后破土而出，但一旦见了阳光，寿命却只有几天到十几天。许是地下憋得久了，生命又如此短暂，一旦有了机会，它便可着劲地鸣唱，不浪费丝毫的时光。蝉通过不停歇的鸣唱展示自己的魅力，也是在表达爱的诉求，一旦找到了另一半，完成了后代繁衍的使命便会死去。每一天、每一分、每一秒都有蝉在爱情的甜蜜中死去，而那巨大的爱的合唱却没有停歇。新生的蝉总会在前辈逝去的时候自动补位，引吭高歌。一只接一只，无数的小生命合奏出没有片刻停顿的生命大歌，丰富了炎炎夏日的节奏，让每一个人都感到一种诗意的震撼与鼓舞。

蝉的种类很多。小时候在老家见到的有四五种之多。个头最大、叫声也最响的，老家人称作马猴，书名叫马蜩。浑身黑亮，叫声嘹亮，穿透力极强。马猴刚从地里爬出来时身体是微黄的，实际是披了一层蝉衣，经风一吹，蝉衣的背后裂开一条细缝，蝉的幼虫挣开裂缝，从旧壳中爬出，完成生命的蜕变，继而身体开始逐渐变黑，翅膀也开始变硬。那层蝉衣就是蝉蜕，是著名的中药材，小时经常捡来到供销社换钱。而没有完成蜕变的原虫，大人们捉回家，将其放在油锅里烹炸，成为难得的下酒菜。

最常见的还是一种灰黑色的小蝉，老家称作蛣蟟，书名是知了。蛣蟟个体小，只有指甲盖大小，声音尖细但劲道充足。蛣蟟很多，喜欢在槐树上栖居，它身体的颜色和槐树皮相近，形成一种保护色，稍有响动便会惊飞。

最漂亮的是一种名叫嘎蟟的绿蝉。身体呈浅绿色，乍一看像一片树叶。声音也好听，真如唱歌一般。一般蝉叫都是单音节，一扯到底，嘎蟟是双音节，"嘎啊——了""嘎啊——了"，中间变音，音节拉长，节奏感、旋律感很强，真的是精灵的歌唱，让人感受到夏日的生机与美妙，百听不厌。但嘎蟟很少，对环境要求极高，一般在河岸的柳树梢头，居高声远，而且听觉比蛣蟟还要敏锐，稍有动静便会振翅高飞。

还有一种蝉叫草蛣蟟，学名草蝉。只有南河坝内的芦草丛中有。个体很小，只有小指甲大，浑身葱绿，因其小格外显得精致，两扇翅膀很长，像披了一袭翠绿透明的轻纱。叫声纤细，有如丝竹之声，正午阳光越是强烈天气越是炎热，草蝉的歌声越是嘹亮。草蝉体小而又敏感，很难捕捉，只可听音，难见其形。越是这样，越能勾起孩子们的好奇，做梦都想捉到一只草蝉。

捕蝉是孩子们夏日最为有趣的游戏。捕蝉高手在孩子们中间自然成王，身后会跟随一群崇拜的粉丝。高手真有一种王者的风范，手执一根长竿，眼睛只盯着树梢，两只耳朵竖起来捕捉蝉的声音。后边的小伙伴谁都不敢吱声，蹑手蹑脚地跟随。

捕蝉的办法一般有两种。一是粘，二是套。粘是将桃树胶或者麦仁嚼成的面筋，敷在长竿的顶端，长竿最好是竹竿，北方农村很难得到。一般都是用白蜡条或槐树条，前边再绑一节芦秆。粘的办法一般是用于捕捉蛣蟟或嘎蟟，马猴个头大、劲头足，很难粘住。捕马猴一般都是套，用马鬃做一个特别的活套，系在竿头，对准马猴的头部，用力一拉，便将马猴的头部牢牢套住，任马猴拼命挣扎也难以挣脱。套的技术含量更高，捕手要屏住呼吸，不惊动马猴，又要盯准部位，所以能套马猴的都是高手。

捕蝉一般都在中午。天气越热，蝉叫得越欢。这时候往往是蝉相亲幽会的时候，幸运时常会一举捕到一对，一公一母。母蝉不会叫，捉到只会扑棱着翅膀挣扎，一般捕到就扔了，只留一只嘎嘎抗争的雄蝉，会叫才好玩。一群孩子在大坝上，盯着树梢慢步游走，浑身大汗却全然不觉。高手一般也很大方，捕到的蝉人人有份，快到上学的时候，人手一只嘎嘎欢叫的马猴，像一支得胜归来的大军，洋洋得意地班师回朝。

每一个孩子都想成为捕蝉的高手，梦想自己也有一支长竿，亲手套住嘎嘎欢叫的马猴。原本我也在南坝上捕蝉的队伍里，我知道早晚我也会成为真正的高手，我也会有一大群追随的粉丝。但是不久他们却把我排斥在外。父亲从大队书记的位置上"下台"了，小伙伴们大概受了家长的蛊惑，开始疏远我。原本很好的朋友也离我而去，每天上学放学我都是形单影只。我只能眼望着南河坝上那些捕蝉的身影暗自哀叹。我也曾自己找来木杆，从桃树上挖下树胶，但是胶总也调不好，黏度总是达不到。用马鬃更是不得要领，不是拴不住，就是活套系不牢。

一天中午放学后，我独自一人走出校门，突然发现父亲站在门口，笑吟吟地迎着我走过来。父亲手里拿着一支极长的竹竿，竹竿的前端有一个套好的马鬃活套。父亲说，走，咱俩套马猴去。父亲把竹竿尾部塞给我，他在前面拉着竹竿的梢头。我跟在父亲的身后向南河坝走，心里感到从未有过的温暖。父亲干书记时很忙，从来没有陪我玩过。父亲今天的举动让我受宠若惊。父亲"下台"了，倒让我感到前所未有的幸福。

南河坝上真是一个蝉的世界。马猴、蛣蟟、嘎蟟不同的叫声，形成一场多声部的合奏，宏大、嘹亮，震撼心魄。那些小伙伴们见我和父亲过来，都好奇地盯着我们看。父亲手把手地教我，告诉我套马猴的要领，眼要尖，心要细，动作要轻，手要快。父亲才是真正的高手！按照父亲的教授，我很快便找到了感觉。瞄准了马猴，轻轻将马鬃送到马猴头的前部，猛然发力，将马猴牢牢地套住。一会儿工夫便套得十几只。父亲一边教我，一边和我唠叨，马猴为什么能叫这么响？因为飞得高啊，你看飞得越高声音越是响亮，飞得越高，说明他劲道越足，活性就越长。人也一样，要有志气，不能光看眼前，要往高处走、往远处看，光看眼前没出息。听了父亲的话，我心里豁然亮堂了，仿佛自己也长出翅膀飞上了树顶，这些日子的委屈也随之云消雾散。

父亲将套到的马猴用马鬃拴起来交给我，十几只马猴在我手里扑棱着翅膀嘎嘎欢歌，叫得我心花怒放，也引来小朋友们羡慕的目光。我故意走得很慢，心里感到从未有过的骄傲，仿佛自己已经成为一位王者，一位得胜归来的将军。

回家以后我将马猴一只一只解套，放到院里的大槐树下，看他们慢慢向树上攀爬。有的干脆飞起来，落到树顶枝头上，还没站稳便开始鸣唱，引得其他马猴也都跟着一齐欢叫起来。那些马猴的欢叫，穿过一位少年的心灵，穿透时光的年轮，一直唱到今天。

窗外的蝉鸣，一整个夏天都没有停歇。

蟹　殇

一开始，我们都把它当成老鼠了。

是妻子先听见了响动，用胳膊捣了我两下。那时我刚刚有点睡意，便有些不耐烦。妻子轻声说，你听听床底下。我这才听到床下有响声，我说，老鼠又在啃什么？俯身冲床下嗷地吼了一声，满以为这一喊，老鼠会像往日一样逃之夭夭，没想到一躺下，床下又响了起来。我便又喊，还是不行，心里便纳闷，今天这老鼠是怎么了？跳下床，拿了手电去照，妻子还从门后拖出了拖把，高高地倒举起来，准备一旦跑出来好打。

手灯刚照进去，妻子便悄声喊，在那儿！我也看见了，那家伙正趴在一只旧皮鞋帮上，再细看，我和妻子都愣了，原来是只河蟹，浑身沾满了灰尘，毛茸茸的。我和妻子不觉都嘘了口气，想到它的来历，都笑了。我用手电光逼住它，伸手将它捏起来，

247

小家伙眼睛一鼓一鼓的，两只大螯一挠一挠地挣扎。我说，这是一只蟹英雄。妻子也感叹，这小家伙真不简单。

一个星期以前，我从市场买回几只河蟹放在一只大脸盆里给女儿玩。女儿玩了两天便玩够了，妻子说再养就养空了，干脆蒸蒸给孩子吃了。晚上便蒸了。当时没数，根本想不到会跑掉一只。脸盆那样深，盆沿儿又滑，真想不明白它是怎么逃出来的，而且隔着两个房间跑到了床下。孩子玩时我在旁边看过，那只最大的拿到盆沿儿让它爬，也总是爬不过三分之一的高度便滑下来。看来，为了活命，这只河蟹不知做了怎样顽强的挣扎。

我把它拿到厨房，放进一只水桶里，倒上水，我说妻子，这只不该死的就养着它吧。妻子也说，放它一条生路。我们都感到这小生灵值得佩服、值得可怜。

第二天上班我把夜里的经历跟同事说了，笑过之后，都说这只蟹该让它活下去。这时候想起来我已经感到小家伙十分可爱了。下班回家我先到厨房里看它，一看水桶竟空空的，一转身见饭桌上已经堆了一堆红红的嚼过的蟹壳。女儿从里屋跑出来，一只手举着一只蟹腿冲我喊，爸爸，真好吃，你也吃。妻子从后边跟出来，对我说，回来看见蟹子，非让我煮了吃，怎么哄也不行……

我说，吃就吃了。弯腰抱起女儿，女儿将蟹腿捅进我嘴里，我怎么也吃不出滋味来。孩子吃蟹是没有错的，天经地义，当初买来就是要吃的，哪怕再放几天也逃不了被吃的结局，只是失去了那个小生灵，心里有一种失落。

晚上再睡的时候，我便又想起那种声音。那蟹一定把床下当成它的河洞老家了，本想钻进去躲人活命的，没想到离人更近了，自投罗网。生就是果腹命，再怎样挣扎，再有能耐也是无济于事的，想吃它的人太强大。人实际也一样，面对那些无法征服的东西，人有时就是蟹。

阿罗哈

迷人的索格图克

我们的车一直沿着密歇根湖北行，抵达索格图克时已近中午。

索格图克，这个在美国地图上很难找到的小镇，是密歇根湖边的一颗明珠，据说已有几百年的历史。小镇的规模多少年不变，小镇的美妙与美丽却是有增无减。优美的自然风光，特殊的富有个性与内蕴的小镇风情，使它成为一个在美国极富名气，具有非凡吸引力的小镇。

同所有美国的风景胜地一样，这里对艺术家有着足够的吸引力，尤其是画家。艺术家的到来，增加了小城的艺术感，也增加了小城的神秘感。

这真是一个迷人的富有艺术性和创造性的小镇。我感觉画家极富创造性，思维也极其活跃，还有些叛逆，有些另类。他们喜欢去的地方，一定是不同一般的地方。这个索格图克让人感到有些特别，有些异样，让人生出探究的欲望。

小城紧靠着密歇根湖，对面是一座小山，叫睡熊山。大概是样子像一只趴睡的熊。在山与小城之间是一个湖湾，像一条河道，无数游艇从河道游来穿去，有的停在岸边。小城与睡熊山之间有锁链渡船相连，小城常住人口只有几百人，只有几条街道。楼房不多，草地和树林不少。所有的楼房都是别墅式的，不管是住家还是店铺，都是别墅式洋房。街上人不多，街边却停着很多高级轿车。

漫步街头，你会感到整个小镇实际就是一幅动人的水彩画，那种浓浓的艺术气息，让你每走一步都不忍心离开，每一幢楼的样式和装饰都不一样，但是都像一幅画一样，楼房与房前屋后的树木、草地都形成非常好的搭配比例。街上画店很多，画廊很多，走不多远就能见到一处画店，而且多是个人的画店，是那种画廊兼画店，多数都是一两个人在里面。灯光都不是很亮，屋内摆布很艺术，墙上挂着的都是非常优美的油画，有的油墨还没有干。运气好的时候，你还可以碰到画家在那里和一位朋友谈天，见你进来，他会很优雅地站起来与你打招呼，他们不像有些艺术家那样穿着现代时尚，多数都是西装革履，风度翩翩。

街上走着的、对面过来的，很有可能就是一个大画家。他们形象极佳，身材气质都是难得的优秀。即使商店与饭店也都充满了艺术气息，到处都是画，饭店的厅堂、商店的卖场，都用上好的油画与水彩画作为装饰，即使卫生间也都挂着格调高雅、大小不等的风景与人物画，让你感到艺术的美妙。

我们中午在一家小店吃饭，这是一间简单的快餐小店，门面不大，优雅的服务员把我们领进门，问我们喜欢室内还是室外，我们不假思索地选择了室外。在服务员的引导下，我们穿过前厅，来到了后院。原来后边还有这么大的一个院子，院内种植着三四棵半搂粗的大树，几张不大的餐桌就摆在树下。树叶有些已经泛黄了，地上散落着几片落叶，正午的天空竟是如湖水一般的蔚蓝清澈。坐在树下，享受着湖边吹来的凉爽的微风，品味着北方湖边的传统美食，体会到一种难得的安逸与闲适之美。这大概就是小城的魅力所在。

按照网上导游资料的介绍，我们下午乘渡船去对岸的睡熊山。所谓渡船是一种古老的铁链牵拉船，船身漆成白色，带着顶盖，有点像我们古代的画舫。一条铁锁链从对岸拉过来，套在船上的一个绞轮上，这边用力摇动绞杆拉铁链，船就慢慢地前行。这是一种很古老的人工传动方式，并不多见。尤其是在这个停满了各式各样漂亮游艇的小湖湾里，这是一种传统的保留，也是一种文化的展示。坐船的并不多，来的人坐着等，大家都不着急，仿佛是在等一件美好的事情。等人接近十几位时，开船的两个小伙子便用力地拉动绞杆，船便向对岸驶去。

翻过睡熊山又是另一幅景象。眼前豁然开朗，不是身后的湖湾，而是一片茫无边际的大海。湖边沙滩十分平展，有很多游泳和享受阳光的游客，也有冲浪者不停地在浪谷潮峰中冲来撞去。浪涌很大，比海里海潮掀起的浪峰都要高，但是水很清，清澈见底，让人不自觉地生出跳进去的欲望。

我和几位同学不由分说，脱了衣裤就冲进水里，尽情地享受五大湖水的拥抱与爱抚。湖水微凉，没有海水的咸涩，却不缺海水的热烈，更有海水所没有的那种沁心入肺的润爽与畅快。洗去了这几天旅途的劳顿与疲惫，似乎也洗去了整个夏天的燥热与郁闷。

从大湖出来，天色已经有些暗了。我们一行再次翻山回到渡口，渡船在对岸，我们坐在湖边的一座石头雕成的排椅上等。起身时忽然看到椅背上有一张铁制的标牌，上面有一个人的头像，还有一段文字。字迹已经有些模糊，大意是纪念一位老船工，是他开辟了这个渡口，并且一直在这里为过往行人服务了几十年一直到死。重新打量这把特制的石椅，这似乎就是老人的象征，默默无语地在这里为人服务。我们不禁对老人生出一种由衷的敬意，也对设立这一特殊雕塑的小镇充满了敬意，明白了小镇人保留这一古老摆渡方式的特殊用意。

回到小镇，在向宾馆走的路上，我们又发现了两尊雕塑。一尊是在街心小花园，一个不大的铁制女士雕塑手里拿着一个小玩偶，身子做出舞动的姿态。我们几个人怎么看也没看出是什么意思，细看旁边的介绍才知道，原来这是为了纪念一位木偶艺人，她生前以她特有的艺术形式给这个小镇的孩子们带来了欢乐。再往前走，又看到一尊雕塑，很低的大理石基座上，一位女士捧着展开的书本，似在看书，又像在思考。看下边的铭文才明白，原来这是为纪念小镇的一位作家，她虽然没有写出震惊世界的大作，但是她为小镇人提升了精神品位。

我的心里不由得一震，从老船工到木偶艺人，一直到这位不出名的作家，为这些普通的市民树碑立传，而且是以这种艺术的形式，这是一个令人敬佩的有着独立文化个性和独立价值追求的城市。如果说艺术与浪漫是小镇的气质，那么热烈与畅快则是小镇的性格，而沉稳与奉献则是这个城市高贵的精神内蕴。这三种不同的方面，形成了小镇特有的文化个性与价值追求，这大概就是小镇几百年不变，而且越来越具魅力的内在根源吧。

索格图克，韵味无穷、令人难忘的湖边小城。

时光倒流的麦基诺

　　五大湖岛屿众多，但是最有代表性也最具魅力的还是麦基诺岛。不到麦基诺岛等于没到五大湖。

　　麦基诺岛位于休伦湖与密歇根湖交界的湖水中。站在麦基诺市向湖里看去，可以清楚地看到湖水深处一个小岛如一只巨大的乌龟，趴伏在水面上。这是一个非常有名的小岛，美国《国家地理》杂志曾将它评为世界上最受欢迎的五个岛屿之一，其魅力可见一斑。

　　从麦基诺市去麦基诺岛有两种途径，一是乘坐直升机，一是乘坐轮渡。轮渡每半小时一班，非常方便。大多数游客都是选择轮渡。

　　我们赶到码头已近五点了，刚刚登上渡轮还没有坐稳，船就起航了。船驶入湖中的时候，你会更深切地体会到，五大湖真是很大，如大海一样深邃、辽阔、蔚蓝。看起来很近的小岛，渡轮要行驶近半个小时。船速很快，湖里浪涌很大，船似乎在浪峰之间飞跃。湖岸越来越近，可以看清岛外高大的漆成红白两色的灯塔。岛上的景象也越来越清晰，整个岛看起来就像一座浮在水面上的宫殿。远处是密密的森林。在树木与湖水之间，小镇显得特别亮丽惹眼。小镇的制高点是那座古老的城堡。白色的城墙和城楼上，飘扬着星条旗和另外几面看不清面目的旗帜。

小镇的主色调是白色，非常纯净的白色，间杂着红色、灰色的屋顶。街道上稀稀落落的行人和红黑两色的古典马车在往来穿梭，宛如一幅彩画，画的名字应该叫"天上的街市"。小镇的前方是港湾，一片一片的私家游艇，也都是洁白的颜色，樯桅如林，不时有游艇冲出洁白的水花驶出港湾，将静止的画面搅动，换成一幅新的内容。

船靠码头，登上小岛，一股久违了的淡淡的马粪味扑鼻而来。岛上至今保留着 19 世纪的传统，没有汽车，一切机动车不准上岛。岛上的公共交通包括巴士和出租车全部是马车。马车的样式有两种，一种是大的公交巴士，四只高大的轮子，带着顶盖的车厢可以乘坐 20 多人。另外一种是出租马车，两轮轿车，有带顶的，有敞篷的，都是 19 世纪贵族乘坐的那种样式，红黑两种颜色，铁制轮子做工十分精细。

驾车人有男有女，都是身着红衣，头戴黑色的礼帽，脚穿高筒马靴，一色的 19 世纪英国皇家御林军的装束。小岛最热闹的地方要数靠近码头的大街。路两边建筑大都保持着 19 世纪欧洲的建筑风貌，也有现代色彩的新式建筑，据说岛上的建筑时间跨度达 300 多年，但都十分和谐，即使现代风格的建筑也都吸收了小岛古典建筑的元素。街两边是酒店和零售商店、餐馆，都透着一种古典的精致。街上游客很多，有的在逛路两边的各种商店，有的在码头边闲坐，有的在古堡前拍照，还有的在马车上游览小镇，既热闹又不拥挤，既浪漫又不浮华。

小岛上最高也最具历史沧桑感的，就是正对着港湾入口的麦基诺堡。这座古堡见证了小岛几百年的历史。作为五大湖区皮毛贸易的地理要冲，麦基诺岛具有重要的战略位置。这里原本是土著印第安人的领地，17 世纪欧洲探险家来到这里。在这之前，印第安人已经在这里居住了约 700 年。

麦基诺堡最初由法国人建立。麦基诺岛上曾先后经历多次激烈的战争，麦基诺堡也几次易手，至今城堡仍保存完好，城堡最高点每天都要举行升降旗仪式。除了美国的星条旗外，还有曾经占领小岛的英国、法国的军旗和当地土著印第安人的旗帜，但都比星条旗要小一号，悬挂的位置也要低一格。每到升降旗时，都要鸣放礼炮，这一习惯延续了几百年。我们上岛一会儿，正赶上降旗，远远听见沉闷的炮声，将我们的意识带回到遥远的战火纷飞的年代。

小镇实际很小，岛上常住人口约 500 人，但是旅游旺季游客可以达到 15000 多人。小镇总面积只有 9.8 平方公里，环岛临湖有一条 M-185 号公路。这是全美国唯一一条不通机动车的州际公路。

乘坐马车在公路上环游，可以领略全岛的秀丽风貌。整个小岛都在森林的覆盖中，坐在马车上，穿过百年森林，漫游古老的小镇，看湖色，看路边的街市，看街市上的人群，马蹄声声，让你如梦如幻，不自觉地有一种时光倒流的感觉。不知道自己身处何时何处，不知道何时何处才是真正的自己。

小岛的左右两端和靠湖的一面是精华所在，这里集中了不少豪华别墅，多是富人的豪宅，还有就是供富人休息游乐的豪华酒店。从 19 世纪后期，这里开始成为旅游景点和避暑胜地，游船公司和铁路公司开始在这里修建高级酒店，岛外的富豪们也都争相在岛上修建豪华别墅。漫步湖边小路，一座座紧靠湖岸的豪华别墅让人赞叹不已。

岛上的建筑多数为木材所建，但豪华别墅和酒店大多用从岛外运来的石头铺设外墙。岛上最豪华的酒店要数建于 1887 年的格兰酒店。格兰酒店从外面看古典高雅，典型的维多利亚时代的建筑风格，长长的过廊，还有墙边摆放的欧洲古典的老式座椅，突显一种古典浪漫的欧式贵族风韵。酒店内装饰豪华典雅，据说游客进去参观也要买票，花 120 美金才有资格走进酒店的大厅。

酒店至今仍不时举办豪华酒会，出入酒店的自然不是贵族大亨就是粉黛佳丽。这里曾经拍过两部电影，一部是20世纪40年代拍摄的《This Time for Keeps》(中文译名为《这一次是永久的》)，另一部是20世纪70年代拍摄的《Somewhere in Time》(中文译名为《时光倒流七十年》)。后者曾获得多项奥斯卡大奖提名，被众多影迷评为经典。与影片一同成为经典的还有影片的主题曲，充满了浓重的怀旧风格和古典浪漫色彩。

但是小岛绝不仅仅是富人的乐园。幸福与浪漫并不仅仅与金钱有关，并不是与豪华、富贵画等号。顺着小路向小岛的上面走，街巷两边多是居民的住宅和供游客休息的小旅馆，多数都是简洁漂亮的别墅楼，都有不大但很精致的院子。楼和楼之间是不宽的小街和绿绿的草地，草地上都有参天的大树，树下放置着洁白的躺椅。

不少游客都坐在楼前的过廊上，或者躺在草坪的躺椅上享受温暖的太阳、凉润的湖风和清新的空气。我们住的小旅馆门前是一个小花园，绿绿的草坪上放着几把白色的躺椅，办好入住手续后我们便坐在躺椅上，看远处蓝蓝的湖水、小街上来往的行人和嗒嗒驶过的马车，那种悠闲、轻松与浪漫让人心醉。

小镇的夜晚来得很迟，人们久久地在湖边、在街上、在商铺中、在马车上流连，当天真的黑下来的时候，才恋恋不舍地回到酒店。这时候小镇特别安静，静得能听得见湖水拍岸的哗啦声。

小镇的灯光很暗，没有很亮的路灯，有的地方还点燃着马灯。一跳一跳的火苗让人仿佛置身一种熟悉而又陌生的童话世界。

夜很深了，街上不断传来嗒嗒的马蹄声。这是哪里的游客不忍舍弃小镇夜色的美妙，还在街上游荡？我也难以入睡，推开窗户，走上阳台，看到远处湖岸的灯光，像天上的星星。这时候看天，真的是满天的星星，天蓝得像白天大湖深处的湖水，湛蓝湿润，星星像远处湖岸中的灯光，一眨一眨的。天与湖美妙到了一处，这小镇夜幕下的美妙，真的是让人难舍。

圆头山的风声

　　葛底斯堡是美国宾夕法尼亚州南部的一个小镇，常住人口只有六七千人。这样一个普通的小镇，在战争之前无人相识，但是经历了那场大战之后，一下成为在美国发展史上具有重要影响的一个小镇。那场战役，南北双方投入兵力达十几万之众，死伤达5万余人。战争结束四个多月后的11月19日，林肯总统来到这里，发表了著名的葛底斯堡演讲，提出了民有、民治、民享的政府理念。

　　从我们的住处到战场遗址，整整用了两个小时。这里确实是决战的好战场。远处是泛着蓝光的大山，传说南方军就是从那大山的后面避过了北方军的监视打过来，在战争的前两天，一直占据主动，打得北方军节节北退。眼前一片片绿树掩映下的丘陵地带，既有山包阻隔，又有开阔地带。一座座山包就是一个个制高点，尤其是站在脚下的圆头山（现在也叫公墓山）上，极目四望，一览无余。双方在这里形成胶着之势，都做好了决一死战的准备。北方军据山相守，南方军乘胜发起进攻。南方军以兵力的优势，形成一个硕大的包围圈。而北方军则依托山势做好了防守和反攻的准备。由于南军通讯联络的失误，北军占了上风，最后以南军败北而结束。

一走近遗址就被一种强烈的战争气氛所感染。遗址公园保留了当年大战的基本风貌，公园处于一种开放的状态。原来南北决战的主要战场都保留了下来。树林和草地之间纵横分布着一行一行的碎石堆，那是当年的阵地，路的两边按当年阵地分布摆放着当年南北军队使用的大炮，有的两三门，有的几排几十门。不同的山头上、草地间还立着各种规格的雕像，有的是当年指挥大战的将军，有的是普通士兵，都是在战场上的临战状态，让人一下子进入了大战的氛围，不禁想起当年大战的惨烈场面。那些雕塑都是动态的，保持着当时战场上的前进或者受伤将要扑倒的姿态，使人仿佛能够听到冲锋的战鼓和号角，听得见激烈的枪炮声和战士们的呐喊声，现场感极强。

对于当年战争双方的正义与非正义，现在人们都避而不谈。同是漂洋过海、受尽劫难来到美洲大陆的同胞，为什么兵戎相见，非要争个你死我活？这是每一个到古战场来的人们都要思考的问题。过去我们习惯于说因为南方的蓄奴制度，北方要废奴，双方便要斗个你死我活。也有的说北方为了美国的统一，南方要从美国分裂出去。总之北方军是正义的，而南方军则是代表没落腐朽和反动的势力。现在即便是美国人也大多不这样说了，我们问博物馆馆长，他反复解释不能这样说，他们不评价正义与非正义，不进行主观的褒贬，而是尊重历史事实。历史事实是什么样子，是任人打扮的小姑娘。所以他们只尊重人，对于李将军也好，对于林肯总统也好，只把他们作为历史的人来认识，而不做道德的评判。据馆长说，作为美国人，他们都服从自己的国家，在一个国家之内，他们服从州。南方的李将军本来也是一个和平主义者，不主张战争，临上战场前他自己就说，他不愿意打这场仗，但是他只能服从他所在州的召唤。他是为他的州，为他的家乡而战的。林肯作为总统，他是为他的国家而战。现在他们纪念的是这场战争，而不仅仅是纪念哪一方的死难者。

我们来到烈士公墓前，看到在林肯像前，既有美国国旗，也插着南方军的军旗。这可能就是美国的多元文化吧。带我们来参观的盖波先生说，南方人对李将军十分崇拜，北方人在南方人面前谈论南北战争时，如果说到蓄奴南方人会与你辩论甚至翻脸的。现在人们谈论这个话题时都十分小心，多数人也都转变过来，不去笼统地做道德判断，而是做人或者事件的具体分析。

战争遗址保护得非常好。大战结束后的第二年，他们就将大战遗址作为国家公园，加以保护起来。一百多年以前，这里就是国家公园。这里的每一块山石、每一块阵地、每一门大炮、每一块墓碑，一直到每一棵草木，凡是与大战有关的，都得到了无微不至的保护。这是一代一代延续的物质遗存，更是一代一代人呵护的精神财富，让后人思考和铭记的精神财富，美国人通过这样的遗存，向一代一代的后人进行着潜移默化的国家教育。据馆长讲，他们每年要接待100多万游客，他们有100多位专业和业余的解说员。他特别强调的是解说员而不是导游。他们对青少年有着特别的接待措施，他们在每一个假期都要组织军事日活动，包括升旗、操练、现场考察和参观、观看电影等项目，让青少年在仪式和游戏中了解真相，接受教育。对成人，他们也都有针对性很强的措施。他们专门拍摄了一部二十分钟的电影。电影拍得非常艺术，既有当时战争的前因后果，也有战争的场面和遗址的现状。采用的多是历史镜头，同时用艺术特写手法，突出了事件中的关键人物和关键环节。整部电影都是客观地展示，而没有倾向性的评判。二楼的全景画展，形象生动地展示了当年大战的场面，画得十分逼真，特别是画布与近处布景的对接可谓天衣无缝，高度逼真，恍如实景。所有的宣传与展示，都透出一种主题，就是国家意识，不论南北哪一方，不论正义与非正义，都是在联邦统一意志下的战争。战争的代价让人痛心，也让人深思。

圆头山的山顶有一个铁架搭成的观景塔。登上塔顶，极目四望，古战场的面貌一览无余。钢蓝色的远山，一座座碧绿葱郁的丘陵，还有一片片生机盎然的开阔地，难以想象当年这里会是一种怎样的场景。山上的树非常茂盛，草地的绿草也都长势很好，树林中的野花也开得格外娇艳。当年战后，五六万人的鲜血和尸体，肥沃了这片土地。要下山了，我忽然感到一阵发冷。山风吹掠着树梢，从山的四周吹来，发出呼呼的声响，像呐喊，也像低号。这是南北将士穿透历史的浩歌，这是生命与灵魂的悲吟哀唱。

沉重的老忠实

知道黄石公园就知道了老忠实喷泉。黄石公园是 60 余万年前一座巨型火山喷发后形成的巨型山间盆地。老忠实喷泉位于这一巨大盆地的偏中间部位。可以说老忠实喷泉是黄石公园最有灵性，也是很多游客慕名已久的一处景点。老忠实喷泉喷发了多少年无人考究，但是自从发现至今，它一直都在忠实地喷涌。之所以叫它老忠实，是因为它的忠诚、守时。不论黑天白昼，也不论风霜雪雨，每隔几十分钟就喷涌一次，每次喷涌三到四分钟，好像人工控制一样准确，从无间断，也几乎从不拖延，让人感叹和感动。

喷泉位于游客中心和一座上百年老酒店之间的空地上。面积大概有一个足球场大小，周围砌起了一圈墙沿儿，好像一个干涸了的圆形大水池，中间略微凸起，像一座小山包，最高处就是喷泉的泉口了。我们来到老忠实喷泉时，距离下一次喷涌还有15分钟，据导游说可能有几分钟的误差，最好提前10分钟到。这时周围已经坐满了人。天有些热，太阳光很强烈，但大家似乎都不觉得，一动不动地盯着中间的泉口，生怕一不留神就错过了泉水的喷涌。成千上万的人围成一圈，大家都很安静，坐下了就没有人再走动，也没有人照相，很少有人说话，说话的也不自觉地压低了声调，似乎怕惊动了老忠实。我们也找到一处地悄悄坐下，眼睛一眨不眨地盯紧了中间的喷涌口，不时地看看表，计算着时间，盼望着喷泉早一刻喷涌。

时间过得很慢，老忠实似乎睡着了，泉口处一点动静也没有，很难相信一会儿便会有雷霆万钧般的泉水从那里喷涌而出。大家都有些倦怠了，开始互相小声说话。忽然有人叫了一声，大家一齐看过去，只见一股白烟从泉口轻轻飘出来，像一缕白雾，一会儿便散了，重又陷于沉寂。这时离预计的喷涌时间只有几分钟了，大家都瞪大了眼睛，紧紧盯着泉口。一会儿又一股白烟呼地一下冒出来，大家不约而同地嗷了一声，但烟雾仍是一下便散了。这时人们都有些耐不住了，紧张得大气都不敢出，有的已经站了起来。大家彼此似乎听得见心跳。忽然喷泉口呼的一声，一股冲天水柱喷涌上来，足有几十米高。大家哇的一声，不约而同地站起来，相机咔嚓咔嚓地响个不停。喷泉一下喷涌上来之后，水柱不断地变粗变高，地心深处传来轰轰隆隆低沉而又有些震颤的响声，越来越响，水柱也越喷越高，越喷越粗。水柱雪白，顶部水花越绽越大，而且有雾气向上升腾，像白云随着微风在蓝蓝的天幕下向东北方向飘浮和移动。水花落下，又发出哗啦啦的响声，与升起时的轰隆声形成有力的合奏，只听到"轰——哗""轰——哗"，大家也都伴随着水柱的升起落下，呜嗷呜嗷地欢呼。

水柱越来越高，高到极处，忽然唰地一下落下一大截，大家又都嗷的一声，半张了嘴，睁大了眼睛，心想不会这样就结束了吧。有的胳膊举到了半空，似乎要帮助老忠实将水花举上去不让它落下来。但是老忠实大概是真的累了，大家还没反应过来的时候，又唰地落下去一大截，向上喷涌的力量明显弱了，倒是落的幅度越来越大，只听到哗哗的声音，一会儿便只剩下矮矮的一截，大家也随之惋惜，转眼间已经落到了地面上，只听到嗡的一声，雪白的水柱一下子沉落下去，一股白烟轻轻地飘起来，大家仍旧睁着眼睛，不敢相信似的盯着泉口，希望它再一次喷涌而出。但是青烟渐渐散去，泉口又恢复到喷涌之前的空寂。大家互相看看，这才相信真的已经结束了，不情愿地一步一回头地慢慢散去。

据介绍，老忠实这几年喷涌的时间有时也不准，喷涌的高度越来越低，原来平均 45 米，现在只能喷到 36 米左右，而且水量也在不断减少。据专家预测，老忠实还可以喷涌几十年。我们不知道真假，但我想这是符合自然规律的，它不可能一直这样喷涌下去。不知道是谁最初为它起了"老忠实"这个名字，非常贴切，它的忠实程度令人汗颜，但也非常残酷。这对老忠实、对所有喜欢它的人们，都是一种莫大的压力。我暗暗地为老忠实感到担忧，我甚至有些怜悯这个忍辱负重、默默奉献的老头子。它天天这样守时地表演喷涌，很累；面对人们期待的目光，这是多大的压力，它必须守时，而且必须用尽全身力气喷得一次比一次好，更累。

我想，一旦老忠实哪一天不忠实了，这个名字是不是还能继续叫下去，一旦老忠实有一天不再喷涌，彻底趴下了，人们心理上还能不能接受。

震撼与洗礼

上小学时就知道北美有一个尼亚加拉大瀑布，真的走近它，有几分激动，几分忐忑。

尼亚加拉大瀑布位于美加两国交界处，在加拿大是尼亚加拉市，在美国是水牛城，两座城市都是因水而生，因大瀑布而闻名于世。

适逢周末，加上美国国殇日放假，来看大瀑布的游客比平时多了很多。通往大瀑布的每一条公路上都是车水马龙，络绎不绝。临近跟前，更是人来车往，十分热闹，如同国内旅游景点的火爆现场。景点周围停满了车辆，像车展一样，一片连着一片，司机开车在景点外转了两三圈才找到停车的地方。

通往大瀑布观景点是一座断桥，从桥上坐电梯下到大瀑布的底层，再乘船观看。我们来时正是人最多的时候，入口处已排起了几百米的长队。我们先来到电影放映大厅，观看介绍大瀑布的电影。

电影介绍的是大瀑布从发现到现在的情况，讲了几个故事，拍得很有震撼力。首先讲的是一个印第安少女，因为不服从部落安排，拒绝与长老结婚而被要求自尽，少女选择自己划船顺流冲下大瀑布，但是她没有死，而是成了大瀑布的守护女神，守护着来到大瀑布，特别是那些在大瀑布遇险的人们。

接下来讲的几个故事情节都非常惊险，但最后人们都化险为夷，从走钢丝的少年，到木桶漂流的老妇，再到烟囱折断但人和船都安然无恙的海事船，直到 20 世纪 60 年代的一家人在湖中游玩遇险，都是真人真事，让人感到神秘莫测，无比震撼。除此之外，影片还穿插讲述了法国探险家发现大瀑布的过程。

整个影片四十多分钟，拍得大气恢宏，惊险刺激，更增加了大瀑布的神秘感。

从电影院出来，瀑布看台入口排队的人真的少了很多。坐电梯下到底层，登上雾中少女号游船，慢慢驶向期待已久的大瀑布。远远望去，大瀑布犹如万丈白练自天而降，使人不由自主地想起李白的诗句：飞流直下三千尺，疑是银河落九天。这句诗用到这里才最恰当不过。不知是一种什么力量，仿佛把世界上所有的水都集中到了这里。游船徐徐前行，越靠近那瀑布越显得宽大，雪白的水浪如压抑了千万年的万丈激情，喷薄而出，气吞万里的气势让人不由得心潮激荡。水汽越来越重，一开始是水雾随风飘浮到脸上，一会儿就变成小雨、中雨、大雨，越往前行，瀑布也变得越来越模糊，水声却越来越大，轰然作响，如鼓如雷，震得人心里怦怦直跳。风也大了，雨衣已包裹不住身体，风夹带的水汽，这时如瓢泼大雨，劈头盖脸地浇下来，眼前已经一片混沌，船也随着摇晃摆动起来，船上的人一阵一阵地惊呼，尽管什么也看不见，还是拥挤着向前端着相机，也不顾水汽湿了镜头，疯狂地啪啪按动快门，想把那震撼人心的一刻记录下来，只换得满头满脸的雨水，有人干脆掀掉了雨衣，任由瓢泼而下的天上之水淋个酣畅淋漓。这是美国大自然给我们这些初来游客的一次难忘的生态洗礼。

惊心动魄的时刻几分钟就过去了，船慢慢地掉头驶离瀑布，向岸边靠过去。人们意犹未尽，恋恋不舍地紧盯着瀑布不忍离去，有的还在不停地举着相机拍照。不同肤色的人们都在用不同的语言惊叹和感慨，"不虚此行"是大家共同的心声和感受。

从船上下来，坐电梯上桥，从另一面绕到大瀑布的上方和后面，又是另一幅景象：湍急的湖水，跌宕的气势，秀美的风景，还有对面加拿大的异国景色，经历了刚才船上的震撼，心里再难有万分的激动。但是作为一种美丽的收尾，倒是为大瀑布增添了魅力和韵味。

森林中的木屋

森林中的木屋是一种诗意的诱惑。

木屋在森林的中间，除了前面一条可通车的路面，房前屋后都是成片的不知道边际的原始森林。小木屋全部由林中最多的一种叫扭叶松的原木做成。从外面看，木屋只是一个一个的原木盒子。外墙和内墙都是原木垒起来的，只在内墙的表面刷了一层白色的胶泥，算是装饰。小屋虽然简陋，但是里面水电暖设施一应俱全，住起来特别舒适，似乎与山下普通的酒店没什么区别。天已经黑下来了，外面什么也看不见，收拾停当，我倒有一种要出门的冲动。来的路上曾被人一再叮嘱晚上不要独自外出，但是住在小木屋里，周围都是森林，就这样与在山下一样地睡一夜，委实有些浪费和可惜。这样想着，便拉开纯木做成的房门，走出木屋。

外面很冷，这里是典型的高原性气候，昼夜温差极大。天很高很蓝，满天的星星不停地眨着眼睛。月亮只在天边露出一个月牙，森林在月光下显得更加幽深。草丛中传出秋虫的鸣叫，远处不时传来不知什么野兽低沉的吼声，让人感到不寒而栗。这时想起他人的告诫：夜里不要出门，尤其不要走进森林，森林中的猛兽时常会走出来在小木屋周围闲逛，有狼，有熊，还有野牛等，这里曾经发生过猛兽伤人的事件。因为生态环境好，这里动物很多，据介绍最多的是鹿和野牛，野牛有些成灾，时常可以看到成群的野牛在林中吃草或在河边喝水。成群的都是母牛，带着孩子和伙伴，单个的都是公牛，自私也孤单地觅食。幸运的话还可以看到熊和麋鹿，它们往往都在森林深处，很难见到。但我们就十分幸运，不仅看到了野牛和鹿，还看到了熊和麋鹿，都是在不经意间，虽然距离有些远，隔着车窗玻璃，但都看得十分清晰。这里最多的还是野牛，有时会跑到公路上，挡住车辆行驶。一只野牛曾经跑到林中广场上，与游人嬉戏半天才不紧不慢地离开。

黄石公园的森林植被不能不让人感叹，这里是纯粹的原生态环境，森林的管理人员任植物自然生长和老去，不去做人工的种植和养护，更严禁人工开采和砍伐。林中树木死去了，也不收拾，任他们歪七竖八地倒地、腐烂，对于森林管理中普遍感到头疼的防火问题，他们也都能够泰然处之。他们有时甚至故意放火，采用一种放火疗法解决某一片森林的病害问题，避免传染和蔓延。

黄石公园在 1988 年发生的那场震惊世界的森林大火，过火面积约占黄石公园总面积的 36%。经过这场大火，黄石公园几乎是一片焦炭，但庆幸的是，相比于树木的损失，动物损失较少，只有几百头大型动物和部分小动物遇难，生态环境似乎经历了一次涅槃，森林获得了一次重生的机会，原有的病害基本被消除了，被大火烧开的扭叶松的松子经过冬天大雪的浸泡，来年春天开始发芽生长出来。

原来这种松果十分坚硬，松子紧紧包裹在果壳内，不经大火等外力的作用，很难打开。大火加快了松林的更新速度，原来的大树被烧焦了，但是在枯树的下面，更加密集的小树又成长起来。森林管理当局任枯树与新芽共处共存，这也成为黄石公园的一大特殊景观，成片的枯死的森林和正在生长的充满希望的新木交错在一起，正应了那句古语：枯木前头万树春。枯木既可以警示后人，也为新生的小树提供了丰富的腐殖质，小树在已经死去的大树下面，长得更快更好。

至今来到黄石公园，仍旧会让人为这种景致感到震撼。高高的已经发白的枯木森林和正在成长的已成为参天大树的新生林带，形成绿白两种层次，那苍白的枯木之林，更衬托了新生绿树的无限生机。

这时候月亮升起来了，再看林子上空，可以看到黑黑的绿树之上枯木虬曲的老枝，显得苍劲而又悲壮。我禁不住打了一个寒战，天很凉，雾气也重，远处再次传来狼或其他什么猛兽的嗥叫。这时我开始怀念小木屋的温暖和亲切，回到小木屋门前，抚摸着裸露的原木树皮，禁不住生出一种敬意。植物和植物丛中的动物与人类一样，新陈代谢、更新轮替不可避免，有牺牲才有希望，有推陈才会有新的生机和活力。

牛仔小镇

在多数人的心目中，西部总是和牛仔相联系。

出了黄石公园，汽车一直沿着落基山脉南行，著名的大提顿山就在眼前。那种熟悉的造型在西部电影中见得多了，真的靠近竟也感到一种亲切。傍晚时分，我们抵达大提顿山下的牛仔小镇杰克森。

这个袖珍小镇十分精致，别具风情。小城就在大提顿山的脚下，不少以大提顿山为背景的西部电影都是在这里拍摄的，小镇经常被作为背景城市。同时这里冬天也是著名的滑雪胜地。在小镇的主街上，抬头南望，对面山上就是滑雪场，可以清楚地看到平滑而又陡峭的滑道，这时候绿草如茵。我们国内非常流行的一项游玩项目叫作滑草，这里倒是再好不过的场地，但在美国似乎并没有这一项目。街道两边多是供旅客购物的商铺，都不大，但都十分精致，出售的商品也都是精致高档的顶级品牌，当然也有粗犷的牛仔文化特色服饰和纪念品。但是总体来说，这里没有西部牛仔的那种蛮野与粗犷，倒是透出一种休闲舒适的气氛。

　　小镇的建筑都十分古老，有欧式建筑的古朴与细致，也充满了西部牛仔城的豪放与浪漫。街边是在不少电影中见到的那种有着半截门的牛仔酒吧，也可以看到不少头戴牛仔帽、身穿牛仔服的牛仔汉子，但可以看出他们明显不是真正的牛仔。街中央还有一尊纯铜的骑马牛仔的雕像，一个标准的西部牛仔挎枪骑马的经典造型。小城实际只有纵横两条大街，街上汽车很少，大多是来旅游的外地游客。镇上没有公交车，人们出行或靠私家车，或乘坐一种非常古典的马车，马车可以坐五到六人，车子敞篷，前边三头大马，赶车的人穿戴都很古典，是中世纪的绅士礼服。但据说在这里生活的人并不多，城中居民很少，这里作为旅游城市，好多人白天过来上班，晚上还是回到附近的城市或乡间居住，真正在小镇住下的很少。这在客观上保护了这一小镇的原生风貌，这种特殊的与艺术相关的休闲与浪漫风格，一旦过多地浸染了市井生活的气息，就会逊色很多。

　　让人难忘也更能体现小镇风格的还有街心的鹿角公园，面积也就一个足球场那么大，从这头可以清晰地看到那头，很简单，但非常有特色，中间只是普通的草地，有供人们休息的长椅，都是用附近山上的原木做的。周围稀稀落落地栽植了一些当地的橡树和野苹果树。公园的特点在它的门上，公园不大，但有两座大门，一边一座。门很特别，不是用石头砌成的，也不是用木头做成的，更不是用钢铁铸就的，而是用无数天然鹿角插制而成的。据说附近山上动物资源丰富，其中尤以盛产鹿角闻名，过去这里不少猎人靠打鹿采鹿角为生，这里成了买卖鹿角的重要集散地，这导致鹿越来越少，当地政府为了保护生态环境，保护鹿不被猎杀，规定不准打猎、不准买卖鹿角。这样一来，没过几年，原来几近绝迹的马鹿、麋鹿等各类动物又都大量繁殖出来。

每到三四月份，成熟的鹿角如果不被猎人割掉，它自己就会从鹿身上自然脱落。这样，每年春天，附近山上就会出现大量的鹿角。当地的市长就动员大家并且亲自带头上山去捡拾鹿角，大量的鹿角集中起来，不能卖，毁掉又很可惜。不知是哪位聪明的艺术家突发奇想，把集中起来的鹿角搬到街心公园，用充满爱心和浪漫的艺术灵感，将鹿角一一穿插起来，形成两道彩虹一样的拱门，分别立于公园的两头。这一化腐朽为神奇的举动，诞生了两件超值的雕塑艺术精品。它们既体现了艺术家的浪漫才情，更体现出小镇人们的爱心，让人们在休闲中体会人与自然友好相处的和谐之美。小镇的人们不嫌其小，不少人或在树下阅读，或躺在草地上享受阳光的爱抚，或者一家老小、一群朋友围坐在草地上嬉戏，非常投入、非常休闲、非常自在地享受着这个美好的小小天地。

此情此景不能不让人羡慕和感叹，小镇的人们很会生活，很懂得和谐之道，很会享受生活之美之妙。

最大的小城市

　　傍晚的时候，我们进入了雷诺市。刚进城，就看到街道上空一条彩虹一样的标语：雷诺——世界上最大的小城市。这条标语十分别致，自甘其小，又自诩为大，有点意思。

　　本来只是在这里路过，住一夜而已，看了这条标语，倒增加了对这个小城一探究竟的兴致。到了目的地，放下行李便与几位同学一起走上街头。

　　小城确实不大，街道不宽，车辆也很少。街上的行人大多为来旅游观光的外地游客。小城建筑都很有特色，大多为二三层的小楼，有的是别致的木楼，但是拐过街口看到的是另一幅景象，这里饭店很多，而且都是顶级的酒店，集中在一个地区，连成一片，灯火辉煌。这里的酒店各类档次的都有，一般观光客可以得到舒适的服务，大富豪也可以尽情享受，这里尤其不乏世界顶级的豪华酒店，只要有钱，这里保证能够为你提供无与伦比的皇家服务。

酒店下边都是娱乐城，里边有赌场，据说雷诺是美国较早发展博彩业的城市。听说投资拉斯维加斯的投资商本来是看好了雷诺，因为雷诺的地理位置比拉斯维加斯要优越很多，既在沙漠之中，也靠近大山，是著名的滑雪胜地。而且这里此前已经有博彩业的基础，不少酒店都有博彩业，但是雷诺的老百姓不接受，他们投票否决，表示宁愿其小，安于现状，不同意赌博业发展规模太大，不愿意城市发展太快。这才有了后来世界著名赌城拉斯维加斯。拉斯维加斯暴富以后，小城也不着急不眼红，仍旧守着过去的底子，并不扩大规模，也不去与拉斯维加斯竞争，不温不火地按照自己的章法向前发展。赌博业虽不红火，但固定的一些大酒店也是客人不断，小富即安，知足常乐。

这个小城虽不热闹，但是一年四季也是游客不断。这里是滑雪胜地，周围都是大山，而且雪道非常平滑。每当过了十月，世界各地的冰雪运动爱好者都不约而同地来到这里。除此之外，小城还有一项世界级的项目，这里每年八月都要举办老爷车大赛，这里有世界顶级的老爷车博物馆，大赛期间世界各地的老爷车爱好者都会驾驶着自己的老爷车来这里参加比赛，这也吸引了世界各地的老爷车迷们来到这里一饱眼福。这样一来，这个小城真的是世界最大了。

据说他们自诩为世界最大的解释是，没有哪个小城能有这么多国家的游客，小城不大，却是世界的。这样的解释也很有意思，它的博彩业，它的酒店服务业，它的滑雪胜地的称号，它的老爷车展览与比赛，都是世界顶级的。小城不大，真是世界各个国家、各种民族、各种肤色的人都有。它的特色真正成了它的优势，但是这种优势只有建立在小城的定位上才能够实现。

因小而显其大，因其大又突出了小的价值，这与许多城市动辄要建设国际大都市的思路形成了鲜明的对比，值得深思。

魔鬼与天使

　　旧金山对于不少中国人来说，是一个既熟悉又神秘，既充满梦想和希望又凝聚着斑斑血泪的地方。只要知道美国，就知道旧金山，从19世纪开始，大批的中国人伴随着淘金热的世界潮流，或被贩卖或自主漂流来到这里，修铁路，挖金矿。可以说他们是伴随着美国西部尤其是旧金山的发展而逐步在美国生存定居下来的。旧金山甚至美国西部今天的发展，离不开中国人的汗水和血泪。

　　来到旧金山，内心有很多感慨，站在金门大桥下面，放眼波涛滚滚的大海和来来往往的船只，对一百多年前那些漂洋过海来到这里的同胞和先辈充满了敬意和感佩。他们从温暖的故乡来到这个陌生的世界，需要多大的勇气和毅力，要忍受怎样的别离之痛和颠沛之苦，远非今天的我们所能想象。

傍晚的时候，我们登上了渡船，驶向金门湾。金门湾很漂亮，碧蓝的海水，一桥飞架海湾两岸。从金门湾回望旧金山市区，让人有一种美妙的、超然的感觉，成片成片的楼房让我们看到城市规模之大，斑斓的色彩让我们感受到城市的繁华，层峦叠嶂的街市让我们赞叹这座城市的美丽。

难以想象这里曾经是一个不起眼的小镇，曾经是一个被地震与大火毁灭过的城市。中国人来到这座城市后，和美国人一起，用双手和智慧建造了这座城市。

1848 年，第一批中国移民来到这里，从那时开始一个多世纪以来，有成千上万的中国人来到这里。有淘金、修路的劳工，也有求学的学子，中华民国的国父孙中山先生就曾经在这里生活过。中国人为这座小城的发展付出了很多，但是中国人在这里却受到排挤。19 世纪中后期，美国的排华情绪非常强烈，1882 年美国国会竟然出台了一个禁止中国人移民美国的法案。从那时开始，中国人在这里生活和工作处处受到不公的待遇，中国人移民过来或探亲回来，都被百般阻挠，甚至遭受难以想象的迫害。

渡船越开越远，市区渐渐淡出视线。这时候一座小岛进入我们的视线，朋友介绍说那是天使岛，美国人也叫它为西部爱丽斯岛。这是一个多么漂亮的名字，小岛也很漂亮，芳草萋萋，绿树成荫，几幢白墙红瓦的楼房十分扎眼，现在已经成为旅游景点了，有船可以直接开到岛上。但是百余年前，这里却是一个令无数华人感到恐怖和充满仇恨的地方。美国《排华法案》出台后，排华浪潮愈演愈烈。20世纪初，这个小岛上设立了亚洲移民站，专门负责亚洲移民特别是中国移民进入美国的检查。成千上万的中国人从船上下来，刚刚踏上陆地还没站稳就被驱逐到另一条船上，拉到这个小岛上，像犯人一样被关进了监狱般的石头房子，周围布满铁丝网。这里男女被分开关押，夫妻甚至母子也不准见面。隔三岔五的提审，一旦一两句话说得不合适就会被驱逐出境。关在这里少则几月，多则几年，多数都在半年以上。这里生活条件极差，饭菜经常是臭的，几十个人睡在一起。据不完全统计，从1910年至1940年这三十年间，被关押在这里的中国移民达十几万人。很多人忍受不了非人的折磨而含恨死去。从这里走出去的人，都是一把鼻涕一把眼泪，精神大变，对包括子女亲属在内的任何人都不愿意提及里面的非人生活，一直到晚年甚至离开人世都不愿再提。他们自感这是一种难以启齿的耻辱。这段历史，很多旧金山人不知道，很多美国人不知道，很多中国人更不知道，直到20世纪70年代才被人发现，揭开了这段被深藏了近半个世纪的中国移民屈辱史，同时也是美国政府的不洁历史。

我们的渡船围着小岛转了一圈，人们都翘首凝望着小岛上的房屋，都感到难以想象这么漂亮的一个小岛竟承载了一段如此悲惨和丑恶的故事。天使与魔鬼并存于美丽的金门湾，与天使岛相隔三四英里的一个小岛名字叫恶魔岛，上面曾设有一座监狱，关押过无数杀人犯。那里关押的是魔鬼，而天使岛则被魔鬼所掌控和玷污。但是魔鬼是不能长久的，天使最终还是战胜了魔鬼，1940年以后，经无数华人的不懈努力，特别是随着世界反法西斯同盟的建立，中国作为同盟国和战胜国地位逐渐上升，天使岛上的中国移民检查站也不得不撤销了，中国人进出美国开始享受到正常的待遇。

国强则民强，国弱则民屈。国家贫穷孱弱，在外华人就受气被欺。济世的天使是没有的，魔鬼也不是不可以战胜。今天我们走出国门，不论在世界的任何一个角落，都会受到尊重和礼遇，都会得到强大祖国的庇护。今天在旧金山，华人已经占到城市人口的20%。大家都以生为中国人而自豪，都为强大的祖国而骄傲。一部旧金山中国人的移民史，也是一部中华民族复兴发展的历史，让人深思，让人警醒，让人铭记。

十七里长滩

离开旧金山湾，沿滨海公路南行，来到旧金山最美的地方——蒙特雷半岛。蒙特雷半岛最美的地方又在十七里湾，用朋友的话说，那是"美得让人窒息的一个鬼地方"。

这里最大的特点就是山和海，是山与海的交融。旧金山是一个山城，跌宕起伏，曲径通幽，这里表现得尤其明显，路是在山与海之间穿行，海有时就在路边，就在车窗之外。海滩就是路基，路下边就是迷人的海滩。有时又进入森林，而且是古树参天的老树林。

去十七里湾海滩，必要经过一段叫鬼森林的地方。那里的树都长得奇形怪状，都是几百年甚至上千年的古树，仿佛有了灵性，不时地在路边变换着样子，有的像怪兽，有的像飞龙，有的像一个白须老人，有的像一个长发飘逸的美女。要是在白天还好，看得清是树，要是在夜晚，真的分不清是什么东西，确实吓人。这些树大多为松树、柏树，还有橡树以及不少不认识的热带、亚热带树种。

在海边有一棵古树，传说至少有四百年历史，名字也起得古怪，叫孤独的柏树。那里是一个小的半岛，伸进了海里，那棵树就在那小岛最尖处的最高处，三面都是大海。树的样子长得倒还好看，树形很规整，树干比较直挺，不太繁茂的树枝呈伞状向上生长。美国人认为这棵树非常漂亮，漂亮得难以再生，一家公司甚至专门将其注册为公司的LOGO，而且专门为它用石头砌起了围栏加以保护，不让游人接近。朋友专门介绍说不要把这棵树作为自己的LOGO，那样会吃官司，但是我们实在看不出它有什么特别之处。不过它的样子确实显得十分孤独，长年累月地在那里站立着，没有伙伴，没法移动，它仿佛有了灵性，显得有些委屈，有些孤傲。看到它，我就想到"泰山顶上一青松"那句经典唱词，我们的松树都是顶天立地的，这棵树的样子与我们的审美习惯有一定的距离，这可能也是文化上的差异所致。

因为有山有海，而且都是那种自然海岸，没有开发，没有破坏，也比较幽静，这里成为很多名人和有钱人居住的天堂。路边和海边各种别墅小楼与山与海融为一体，也成为海滩的重要风景。有的开门走下台阶就是大海，有的后院就是高尔夫球场，与洋房别墅相映成趣，海边的高尔夫球场也是旧金山一大景观。这里的高尔夫球场都直接通到海边，有的穿过海汊，成为跨海球场。绿绿的草坪，与金黄的沙滩紧密相连，海水的泡沫可以直接涌到球场跟前。挥杆其上，呼吸着大海的新鲜气息，确实是一种难得的享受。很多球星和名人都以来这里打球为一种休息和享受。

漫步十七里长滩，到处都是目不暇接的美景，印象最深的还有第十号海滩，这里有一块牌子，上面写着：CHINA BEACH（中国海滩）。原来这里是一百多年前中国渔民捕鱼和搭建窝棚的地方，当地人称为中国海滩。当然现在已经没有了任何痕迹，只有这一块标牌而已。遥想当年那些同胞们风里浪里克服了多少困难来到这里，眼前这美丽的海滩寄托了他们多少梦想与辛酸。再看眼前的海滩，每一片海水，每一块礁岩，每一颗沙粒，都让我有一种难以言说的亲切感。

这里的风景真是漂亮，海滩特别平缓，蓝蓝的海水、金黄的海滩与路面平行并列，几乎连在一起。海里不远便是一座小岛，是有名的鸟岛。小岛是典型的火山岩岛，黑色的火山岩有的地方已经风化了，呈现出一种石灰白色，黑白相间，特别是在蓝蓝的海面上，在太阳光下，像燃烧的火焰，又像琥珀一样熠熠放光。小岛的顶部密密麻麻落满了各种海鸟，有红嘴的海鸥，也有黑色、白色等各种颜色的不知名的海鸟，海鸟也不怕人，见有人来，很多竟呼隆隆飞过来，落在路面上，眼睛盯着游客，咕咕叫唤，像是欢迎，也像是索要食物。还有很多海狮和海豹，一群一簇地伏在礁岩上哼哼叫着，有的在互相嬉戏，有的在静静休息，不少小鸟飞到海狮的身上啄食，一派安乐祥和的景象，让人感动。

水兵的眼泪

　　去夏威夷的游客，不论国籍和民族，珍珠港都是必到的去处。这里是美国人永远的痛处，也是让世界各国游客感到沉重、压抑和神秘的一个地方。

　　珍珠港原来是土著夏威夷人采集珍珠的地方，美国人于20世纪初把这里建设为军港，作为控制太平洋地区的海军基地。日本人也意图控制太平洋和东南亚地区，于是这里就成为日本的战略攻击目标。珍珠港位于夏威夷群岛之一的瓦胡岛的西南面，整个港湾呈鸟掌状向海岛陆地辐射，群山环抱，出海口最深处只有13.7米。这种优越的地形使其成为十分难得的天然军港，但也正是这种封闭式的地形，为日本人偷袭和攻击提供了方便。

　　珍珠港事件的惨烈程度前所未有，对于美国军队的打击前所未有，对于美国人心理的冲击前所未有。1941年12月7日，成为美国军队以至美国人挥之不去的痛楚和记忆。短短的几个小时,太平洋舰队的作战能力基本瘫痪,各类战机损失了300余架。最让他们心痛的是阵亡士兵2400多人,其中仅亚利桑那号就牺牲了上千人。这让他们感到心痛,感到耻辱,感到愤怒。这场战争也是两个民族的交锋,突出地体现了两个民族不同的性格特征——美国人的大意和自信,日本人的精明和算计。两种不同的民族性格决定了局部战争的胜败,也注定了各自的最终命运。

相隔半个多世纪,如今的珍珠港一片和平。港湾中那个雪白的亚利桑那舰纪念馆和高高飘扬的美国国旗显得特别惹眼。到纪念馆要排队换乘美国军方的摆渡船,行驶大约十分钟才能到达。纪念馆的设计十分别致,也别具深意。从远处看,这是一个美军水兵帽的样子。这顶巨大、洁白的水兵帽,静静地躺卧在蓝色的水面上,它的下面就是那艘沉没的亚利桑那号战列舰,二者呈十字形排列,这艘战舰是被击中了弹药库引发自身爆炸而沉没的。当时1000多名士兵正在沉睡,没等醒来就被炸成了碎片,与战舰一起沉入了海底。当时的技术条件无法将牺牲者完全打捞上来,美国政府便按照水兵水上葬礼的风俗,让这些年轻的水兵与他们的战舰一起在海底长眠。

为了纪念这些水兵,也为了纪念这场战争,美国政府于20世纪80年代建造了这一纪念馆。远看纪念馆,它更像一个类似中国传统的玉枕的样子,中间凹下去,两头微微翘起来,让那些在睡梦中牺牲的年轻水兵永远沉睡在和平的梦境中，永远不要醒来。

纪念馆体现了美国人务实的特点，很简单。钢筋混凝土结构的主题建筑本身就是一尊巨大的雕塑纪念艺术作品，横架在亚利桑那舰残骸沉没的水面之上。纪念馆大厅的墙上是那些牺牲水兵的名字。这些曾经鲜活的生命，如今只成了僵死的符号。通往纪念馆的通道也是纪念馆主体的一部分，设计者将通道做成了战舰廊桥的样子，从廊桥上可以直接看到两侧的水面。一侧是亚利桑那舰的泊位墩，一侧是战舰的主炮位。那个泊位的缆绳铁墩至今还可以系用，但再也见不到那条熟悉的缆绳了。年轻的水兵就是从那个地方上下战舰的，但是如今再也等不来他们矫健的身影。所有来到纪念馆的游客，都静静地观看，静静地沉思，包括那些年幼的孩子。战舰在水下已经静静地躺卧了半个多世纪，裸露在水面上巨大的主炮位铁壳的边缘已经锈蚀得快要脱落，想必下边的机舱也已经开裂。炮位周围的水面上飘起淡淡的油花，在太阳的照耀下，泛起彩虹一样的颜色，那该是年轻水兵溢出的泪水，是他们无法擦拭的眼泪。

这眼泪是对战争与杀戮的控诉，是对和平与博爱的期冀。

阿罗哈

　　到了夏威夷，导游教你的第一句话就是"阿罗哈（Aloha）"。一般来讲，阿罗哈的意思有"欢迎、你好、再见"等，根据声调的不同，又有不同的意思，压低声音拉得长一些，就变成了"我爱你"的意思。总之是夏威夷人表达友好感情的一句常用问候语。这句话也最能体现夏威夷人热情、好客的性格特征和波利尼西亚浪漫、奔放的文化特点。

　　接待我们的是一位来自台湾的山东老乡。他说他自己是移民，其实夏威夷现在是一个移民州，大部分为外来移民，土著人很少。实际现在的土著人也不是真正的土著人，也是曾经的殖民者。大约在一千年以前，波利尼西亚人驾着独木舟来到夏威夷群岛。18世纪末，一个叫卡美哈美哈（Kamehameha）的酋长征服了夏威夷其他部落，建立了夏威夷王国。这是一个短命的王国，存在了不到一百年。虽然身处大洋深处，还是经受不住工业文明武装下的欧美列强的强大冲击。1893 年，一群政客和商人在美国人的帮助下发动政变。在美国军队的威胁下，夏威夷王国的女王被迫退位，美国随后占领了夏威夷群岛。1959 年夏威夷正式成为美国的第 50 个州。

对于美国来说，这是一段不光彩的历史，他们自己也承认。1993 年，经美国国会批准，时任美国总统的克林顿签署法案，为一百年前推翻夏威夷王国而道歉。对于夏威夷人来说，这是一段痛苦又屈辱的历史。近百年来他们一直没有放弃对于夏威夷的主权要求，一直没有放弃对于自己民族文化的坚守。瓦胡岛上卡美哈美哈王宫还在，大楼前夏威夷王国的国旗还在飘扬，王宫前用黄金铸成的卡美哈美哈国王的雕像仍旧挺立在那里，每年王国纪念日都有无数的夏威夷人在这里游行集会，敬献夏威夷特有的花环，有的花环长达几十米。但是这种要求、这种坚守，面对着强大的美国政权和美国文化显得毫无力量，王宫也好，旗帜也好，只是一种象征而已，集会也逐渐成为一种仪式性的活动。

通常我们所说的夏威夷是包括夏威夷岛在内的夏威夷群岛，包括 132 个小岛，其中 8 个主要岛屿。这些海岛在太平洋上整齐地一字排开，像一条长长的链子。我们入住的岛屿叫瓦胡岛，在夏威夷群岛中属第三大岛。这里是州府所在地。州府在檀香山市，也叫火奴鲁鲁，我们住的宾馆在威基基，夏威夷最美的海滩就在这里。从宾馆出来，穿过一条马路就是著名的威基基海滩。阳光、沙滩、海浪、椰林，还有五彩缤纷的阳伞以及沙滩上的俊男靓女，是最能体现夏威夷风情的地方，也是最让游客们流连忘返的地方。提到夏威夷，人们自然会想到迷人的海滩、夕阳、草裙舞和夏威夷衫，想到月光下椰林中的吉他弹唱。这些迷人的景象，大多就在威基基海滩。夏威夷风情是迷人的，但这只是夏威夷文化的表面元素，真正能够体现夏威夷文化历史内涵和独特魅力的是丰富奇特的波利尼西亚文化。

波利尼西亚文化，具有悠久的历史和极其丰富的内容。瓦胡岛上有一座波利尼西亚文化村，是附近的杨伯翰大学赞助建设并负责运营的一个集中展示波利尼西亚文化的地方。这里基本是原生态的展示，复原了夏威夷、汤加、斐济等7个不同岛屿的不同文化形态、生活场景。这里有最能体现波利尼西亚文化特征的木鼓舞台、火神舞、草裙舞等民族舞蹈表演，有曾经乘载着波利尼西亚人来到夏威夷群岛的独木舟的展示和乘坐体验，有斐济人生活的小木屋，有汤加酋长的卧室，有波利尼西亚人传统的游戏，还有一台反映波利尼西亚人生活的大戏，名字就叫《阿罗哈》，这是一台反映波利尼西亚人生命传承和生活演变的大型室外音乐诗剧，主要讲了一家波利尼西亚人在夏威夷岛上的生活，从一对青年男女相爱到生子，一直到儿子长大，经历战乱和大自然的磨炼，逐渐成熟长大并有了自己的心上人，当他与心上人结为夫妻，准备迎接新的生命到来的时候，他又面临着与给予他生命的父亲告别。这是一个生命传承的故事，是夏威夷人生活和历史的写照。生命的传承、文化的传承都是痛苦而艰难的，但是生命还在成长，生活还在延续。创建文化中心的目的在于保护和展示波利尼西亚文化，但是一种文化真的到了保护的时候，说明它已经离消失为时不远了。这里展示的大量的波利尼西亚人的生活场景在现实生活中已经很难找到踪影。漫步中心的各个展区，既感到新奇也有几分怅然。来夏威夷几天，听到的都是美式英语，很难听到真正的波利尼西亚语，看到的都是已经符号化、舞台化了的草裙舞和夏威夷衫。如果想要探究真正的夏威夷人是怎么生活的，恐怕要到很远的大山里去寻找，但不知能不能找到。

不管怎样，夏威夷人的生活还是很好的，每年来这里旅游的游客达到800多万，为这个不足100万人的岛，带来了滚滚财源。生活富足了，文化是不是能够得到保留、传承，这是一个让人看不懂的命题。对于热情、好客的夏威夷人，我们只有默默祝福，长长地道一声：阿罗哈！

哈雷大道

　　威斯康星州的密尔沃基是靠近密歇根湖的一座小城。小城本没有名，但因为出产了哈雷而成为一座世界级的名城。

　　沿着五大湖南行的路上，不时有哈雷摩托从车旁轰然而过，有时是成群的哈雷车队，多数时候是单人独骑，在高速公路上疾驰。轰轰震耳的马达声隔着车窗玻璃老远就能听见。哈雷速度惊人，疾驰如飞的汽车很快就被超越。

　　据说目前骑哈雷的有几种人：一是老兵，这是哈雷摩托的传统爱好者。哈雷自1903年建厂后，就一直是军方的主选产品。"一战"期间美国大胆运用了摩托车作为军事装备。"二战"期间又把摩托车更广泛地运用于军队，特别是成为野战部队的必备车辆。当军人们告别了烽火硝烟，回到故乡，最让他们怀念的就是那些与他们朝夕相处的摩托军车。这时候哈雷公司适时推出了民用哈雷，满足了那些回到家乡的老兵们的需要。二是"80后""90后"的年轻人，他们或是嬉皮士，或是青年学生，哈雷摩托是他们在平静的生活中找到一种刺激和宣泄的最佳载体。三是中年白领，哈雷摩托是他们在激烈的竞争和繁忙的工作之余寻求释放压力、放松身心的渠道。不同的骑手从装束上就可以分辨出来。老兵多数是白发飘飘，留着胡子，只戴一顶头盔，身着牛仔便装，让人为他们的关节担心。老兵的车上都插着一面到多面美国国旗，身后的车架上非常专业地载着高高的行李。而青年学生的车上则装饰花哨，贴着各种色彩鲜艳的标贴，装着高级音响，放着重金属音乐。中年白领一般是戴着头盔，身着规整的哈雷摩托皮装。

到达密尔沃基已经是下午五点多了，从高速下来，我们直奔哈雷摩托公司总部，它的厂区很开阔，看不到惯常工厂的那种繁忙，像是假期，冷冷清清的。厂房也很破旧，有的楼顶的玻璃都碎落了，就那样空着，看得出很久没有维修了。进了厂区不远就是哈雷博物馆。博物馆前停满了一排排各种不同形状、不同型号规格的哈雷摩托，多数后座都带着高高的行李，看得出车主是经过了长途跋涉，专程过来朝圣的。

在世界各地上百万哈雷爱好者的心目中，密尔沃基就和圣地一样。博物馆不大，一座方形的五层楼房，没有过分的装饰，只是蓝色的玻璃幕墙加了一些动感的设计，显得现代、大气。馆内展示了哈雷摩托车从发明到全球销量第一的发展过程，展示了哈雷摩托技术演进和不断创新发展的过程，展示了哈雷摩托车从一种单一的物质产品到多方位的文化产品的发展过程。

哈雷是美国文化的一个奇迹，从 1903 年第一辆哈雷样车诞生直到今天，哈雷经历了多次战争、多次经济危机，但是无论在哪种情况下，哈雷都没有被打败。最初的哈雷是由 21 岁的威廉·哈雷和 20 岁的阿瑟·戴维森在一间小木屋里"攒"出来的，并以两个人的姓氏命名为"哈雷－戴维森"。一个世纪以来，哈雷一直倡导自由大道、原始动力和美好时光的文化理念。哈雷用了一个世纪的时间，始终以最原始的动力，成功地走出了一条越来越宽广的自由大道。

看过哈雷的发展历程展览，我想哈雷能驶入今天的自由大道，主要得益于以下几个方面：一是始终不断的技术创新，从最初的单排气管摩托车到双排气管，从 500 毫升发动机到 1200 毫升或更大排气量的发动机，从三挡变速到四挡变速，还不断引入液压减震器、电子点火器等新技术和玻璃纤维、铝合金等新材料，根据市场需要不断开发新的系列产品。1909 年，哈雷推出第一台 V 型双缸发动机，到目前已有多缸发动机，几乎与汽车同步。二是始终不断地关注市场，从产品的多样化到服务的多样化、全方位。哈雷摩托车品类齐全，完全由市场来定型。他们既有比赛用车，又有警用产品，军用摩托一度是主打产品，目前更多的是民用产品。为了适应各种层次骑手的需要，哈雷摩托既有几万美元的高档型，也有几千美元的低档型，还提供租赁服务，所以谁都消费得起。除了摩托车，哈雷还为车迷开发了各种二线产品，例如帽子、头巾、内衣、袜子、夹克衫、靴子、钱包、打火机等，让哈雷迷们可以从头到脚、从里到外全副武装。在维修、租赁等方面，哈雷都有无微不至的服务。哈雷不仅出租一辆摩托车，还提供头盔、雨衣、小件寄存和24小时紧急援助服务。在哈雷的官方网站上还帮助消费者制定预算和贷款计划，提供财务及保险咨询服务。三是始终不断地寻找商机。从"一战"开始，哈雷摩托一直是美军的最佳合作伙伴，他们紧紧跟随军队战时需要，及时开发适应不同战场特点的产品，赢得军方的充分依赖，也使广大士兵形成对哈雷的认同甚至依赖。战后他们又及时调整策略，开发适应不同人群的产品。漫步一楼和二楼展区的几百种样车，不能不令人感叹他们的市场意识和灵活的经营理念。四是始终不断地关注文化的培育。哈雷公司一直注重培育哈雷文化，他们要让摩托车不仅成为人们的一种生活和交通工具，还要成为一种不可或缺的文化依赖。倡导哈雷文化，推动哈雷文化。他们定期举办各种文化活动，还专门成立了哈雷俱乐部，目前会员已经遍布世界150多个国家，会员人数超过70万。不论你在世界的哪个角落，只要一听到那熟悉的轰隆作响的哈雷马达，你就找到了知音，你就有了心灵的伙伴。这些看似原始、看似普通的动力，经过哈雷一个多世纪不间断地坚持与组合调整，最终成为一种不可阻挡的巨大动力，支撑和推动着哈雷在自由大道上飞驰。

诗意的都市

我们赶到芝加哥的时候，天已经黑了。

汽车一直沿着密歇根湖岸向南行驶，环城高速上车水马龙，看得出芝加哥作为世界大都市的发达与繁荣。公路的一边是蔚蓝的湖水，一边就是繁华的市区。这时候已经是万家灯火，林立的高楼大厦更是灯火通明。

芝加哥是一个南北长东西窄的长条形城市，南北长达 40 多公里，东西宽约 24 公里，芝加哥及其郊区组成的大芝加哥地区总人口超过 900 万。不论从人口、面积，还是在美国和世界经济中的地位，芝加哥都是仅次于纽约和洛杉矶的第三大城市，是地道的国际大都会。

芝加哥位于北美中西部的中心地带，这里是铁路、水运和航空的重要枢纽，被称为"美国的动脉"，这里有三大机场，是美国最大的铁路和空运中心之一，有世界上最大的内陆港口之一的芝加哥海运码头，公路也是四通八达。

芝加哥建城历史并不算长，只有一百多年的历史，但是发展很快，从19世纪30年代建城到20世纪初，这里已经成为在美国经济发展中具有重要地位的大城市，不仅是交通枢纽，也是工业、商贸、金融和农业发展的重镇。特别是工业和金融业，钢铁、纺织、机械制造奠定了美国传统工业的重要基础，在美国工业发展史上具有重要的影响。因为工业的发达，这里聚集了大量的产业工人，在19世纪80年代，这里爆发了产业工人要求八小时工作制的工人大罢工，从而诞生了世界五一劳动节。此外在机械制造、电子、农业技术、肉类加工等方面，芝加哥也都在美国以至世界居于领先地位。芝加哥还是美国中西部重要的金融中心，也是世界重要的金融中心之一。

芝加哥的城市建设非常有名，有"建筑艺术博物馆"的美誉。

1871年芝加哥城曾遭遇了一场大火，整个城市几乎全部烧毁，大火一直烧了三天三夜，300人遇难，9万人无家可归，财产损失达2亿美元。但是祸兮福所倚，正是这场大火成就了芝加哥。火灾之后，经济已经十分发达的芝加哥市开始了大规模重建。世界各地大批的建筑设计师云集芝加哥。现在的城市都是灾后重建的，整个城市规划合理，功能划分井井有条。全市共分为中北西南四个区域，东面是大湖，北、南、西三面都是住宅区。其中北面主要是高级住宅区，多数是白人，占芝加哥40%的黑人主要居住在西面、南面，市中心是主要商业区，集中在卢普区和密歇根大道两个区域。卢普区是老商贸区，集中了大批商贸、金融机构和跨国大公司，芝加哥人称之为"世界上最富有的地区""世界上最繁忙的地区"。如果说以卢普区为代表的老城区主要集中了早期传统的欧洲古建筑，那么密歇根大道则主要集中了样式新奇、风格各异的现代高层建筑。全市最豪华的酒店、最时髦的商店都集中在这里，最现代的摩天大楼也都集中在这一带。芝加哥人称这里为"壮丽一英里"，密歇根大道的宽阔、繁华程度不亚于香榭丽舍大道，这里的高层建筑之多、之豪华，摩天大楼之壮巍，无不让人叹为观止。

驱车行驶在密歇根大道，让我们感到进入了一个神奇的建筑艺术世界，一幢幢摩天大楼，造型各异，每一座大楼都灯火通明，各种不同效果的灯光辉映出光彩各异的造型，在星空下形成一道道亮丽奇幻的风景。

我们的第一目的地是旧水塔，旧水塔是芝加哥市标志性建筑之一，整个水塔高47米。水塔很有特色，中间是碉楼式的水塔，周围是一组四五层的功能楼群。整个建筑远看就像是一座古堡，夜晚在有些碧蓝的灯光映照下显得有几分神秘。水塔的对面也是一组全用石头砌建而成的建筑，这是当时的水务局办公楼，楼高8层，现在已与水塔没有丝毫关系，而是豪华的购物中心，但两者联系起来，分列大道两侧，在众多摩天大楼的空隙中显得别有韵味。

看过旧水塔，我们又登上了位于湖边的汉考克大厦。这是一座地上 100 层、高 343 米的摩天大楼。楼顶上有两座锥形的天线直插云霄。其楼顶既可吃饭，又可观赏夜景。饭店在 95 层，很规范的西餐厅。我们几位因穿着便装，服务生将我们领到了 96 楼，这里只能喝饮料不能吃饭，但可以饱览芝加哥夜景。楼的四周全是落地玻璃，大部分座位已经坐满了，我们只能在外围找到座位坐下，但即使是外围也看得清楼下市区的迷人夜景。从半空中俯瞰整个城市，灯火辉煌，犹如灿烂的星空。周围的高楼大厦都是灯火通明，一座紧挨一座，像无数圣诞树组成巨型闪亮的森林，又像一座由无数矩形模块组成的奇异而又巨大的魔方巨阵。

不远处的大湖里，不少游艇还在水中游动，灯光一闪一闪的。远处的林肯公园在灯光下依稀可辨，各种灯光闪烁着，宛如湖边的一条彩带。还有格兰特公园内的照明喷泉，在灯光的照射下，有如腾入半空的蛟龙，五彩的水雾有如空中迷人的彩虹，真是太壮观了。人们都在惊叹：此景只应天上有，疑是繁星落九天。

不知是不是高楼的正常反应，我感到脚下有些摇晃，真的分不清是在天上还是人间了。

芝加哥是一个富有魅力的城市，其魅力不仅仅在于它发达的经济、高大的建筑，更在于它深厚的文化底蕴，滚滚的财源和漂亮的大楼只是它的外表，而丰富的文化元素才是它的灵魂。这里不仅是一座令人感叹的现代建筑之城，也是一座让人心动的艺术之城。这座城市竟然有60多座博物馆，80多所图书馆，200多家剧院。著名的芝加哥艺术学院博物馆收藏了以莫奈、修拉、梵高等印象派大师的大量作品。漫步摩肩接踵的高楼大厦之间，你会发现在现代的城市森林中，一尊尊与之和谐得天衣无缝的现代雕塑，像这些钢阵石林中的精灵，使城市一下子灵动起来，丰富起来。位于千禧公园的那座著名不锈钢巨型雕塑《云门》堪称杰作，整个雕塑就是一个类似水银珠的巨大的椭圆形不锈钢体，高33英尺（约10米），长66英尺（约20米），宽42英尺（约13米），重约110吨，外形有点像豌豆，所以当地人也叫它为"豆子"，其构思的精妙，令人深感震撼。它的外表全部采用抛光的不锈钢，球面就像凸出的镜面一样，从不同的角度将城市不同的景观摄入其中，每一时间都有不同的画面，每一角度都能看到不同的景观。行人拍照可以拍到自己的影像。这种原本单调的外表，通过独特奇妙的设计拥有了丰富的内涵。

设计师安尼希尔·卡普尔将其描述为"通往芝加哥的大门，映射出一个诗意的城市"。这一雕塑让我们看到的不仅是雕塑本身，还让我们看到了这座滚滚红尘中的现代大都市诗意的一面。用现代元素营造诗意的空间、诗意的生活。

芝加哥的教育也很发达，这是这座城市不竭的发展动力，著名的芝加哥大学培养了无数大师级人才。这所大学共培养出约一百名诺贝尔奖获得者，被誉为"诺奖的摇篮"。著名的阿贡国家实验室、贝尔实验室、费米实验室等世界知名的科研机构都与这个学校有一定关系。很多华裔科学家都在这里学习和工作过，例如著名科学家李政道、杨振宁，而美国第44任总统奥巴马也在这里工作过十几年。

八月初，我曾经从芝加哥机场转机，当时透过机场候机楼的巨大落地玻璃窗，看着外面明媚的阳光和远处晴朗的天空下高耸入云的楼群，以及整洁的公路上疾驰的车流，就断定这是一个充满生机和活力的城市，看来我没有看错，匆匆游走一遍之后，我感到还要再加上一句：现代感与艺术气息并重，这也是一个充满诗意的城市。

弗农山庄的橡树

　　华盛顿故居位于弗吉尼亚州的波多马克河岸边，距我们的住处有四十多分钟路程。临近故居还有几公里时，路两边的橡树林异常茂盛。树都很粗，树叶乌黑乌黑的，树林很密，看不到边际。故居在一个小山包的山顶上，叫弗农山庄。弗农山庄是华盛顿同父异母的哥哥劳伦斯在其父亲所盖的一处房子基础上改建的，起名叫弗农山庄是为纪念哥哥心目中的一位偶像，一位英国海军上将。主楼是一座红瓦白墙的二层半楼房，楼前草地上有几棵粗大的橡树，其中一棵树干要两人合抱才能抱过来，据说是华盛顿亲手栽种的。

　　华盛顿22岁时哥哥去世，华盛顿从哥哥那里继承了这座山庄。山庄风光极佳，总体上看是一个倒扣的碗状小山包，山庄的主楼就在山包的顶部，是周围几十里范围内的一处制高点。左右两边都是森林，后面是大片的草地和农田，而前面正对着的则是宽阔平缓的波多马克河。坐在房前或者山庄的任何一个房间向前看，都能看到波多马克河宽阔平展的河面。楼前一条小路直通到河边，河边是一个小码头，当年华盛顿家就是从这里将农庄的粮食运往外地的。现在这里是一处小型游艇码头，不时有白色的游艇从河面上驶过。华盛顿很喜欢这个山庄，他曾经说过，美国最美的地方就是他的这处弗农山庄。他的一生除了在外征战和担任总统之外都在这里度过。从哥哥那里接手时，这里只是一个一层半的小楼，华盛顿花费了大量心血，亲自测量、画图，先后改造了两次加高了一层，才成为今天我们见到的样子。

小楼长 97 英尺（约 30 米），宽 31 英尺（约 9.4 米），是典型的北美式别墅建筑。一楼大厅是起居室兼客厅，是接待客人和家庭活动的地方，据说当年华盛顿就是在这里完成了他的一系列重大决策，也是在这里他接到了当选为美国第一任总统的通知。旁边是小餐厅，是华盛顿一家人用餐的地方，墙上挂着他们一家人亲密温馨的照片。他的妻子玛莎是一位贵族的遗孀，高贵漂亮，她为他带来一笔不小的财产，也带来了两个女儿。华盛顿自己没有孩子，他就像对待自己的孩子一样与妻子一起将两个女儿抚养成人。她与妻子感情深厚，即使在征战的间隙，只要有可能他都会回来看望。华盛顿在他的朋友家中与妻子相识，两人一见钟情。两个人结婚后就在这座主楼内居住，一起生活了几十年。在他的卧室里至今仍旧摆放着他生前与妻子共用的那张大床。华盛顿就是在这张大床上去世的，白色的床单、白色的床幔，都是他生前的样子。

华盛顿很爱这片庄园，也特别喜欢自己的庄园主生活。他是个天生的理财和经营天才，自从他继承以后，庄园不断扩大，鼎盛时期达到了8000英亩（约3200公顷）。这是一个相当大规模的庄园，他本可以在这片他所钟爱的庄园里和他的爱妻度过闲适安乐的生活，把他的庄园建得更大更漂亮。但是时代选择了他，历史选择了他。

他所生活的这片英国人殖民的北美大陆与英国人的矛盾日益加剧。在与法国人、印第安人的征战中，华盛顿积累了丰富的军事经验，也造就了他在军队中的威信和影响。事实上，华盛顿并不是那种天生的军事天才，他也打过不少败仗，其失败的原因不少是因为指挥的失误。但是华盛顿是一个有着极强精神意志的聪明的指挥官。他不因一两次的失败而气馁放弃，而是不断地总结经验与教训，坚持不懈地向自己认准的目标努力。他很会用人，广泛采纳手下大将的有益建议。他很会审时度势，明白自己部队多数是缺乏正规训练的民兵的劣势，尽量避开与训练有素、装备精良的敌军正面硬拼。当战事一触即发的时候，北美大陆会议的代表一致推举华盛顿作为大陆联军的指挥官，邀他再度出山。他没有推辞，他知道此次出山的重大责任与巨大风险，他毫不犹豫地披挂上阵。在他的统率下，大陆联军与英军展开了长达八年的殊死争战，他们也打了不少败仗，牺牲了不少将士，但最终还是以英军的全面失败而告终。1783 年《巴黎和约》的签订，英国被迫承认美国独立。

华盛顿战功赫赫，但是他并没有居功自傲，他选择了再一次解甲归田，辞去了大陆军总司令的职务，回到了他的魂牵梦绕的弗农山庄。

一位大作家曾经说过，英国对世界的贡献是创造了莎士比亚，而美国的贡献则是华盛顿的伟大人格。美国独立以后，不少人推举他以总司令身份担任国王，华盛顿都坚辞不就。他可以称王称帝，但是他选择了自己削职为民，实际上不少国家甚至所谓宪政国家都走入军政府或者封建君主制的老路。华盛顿辞去大陆军总司令职务，以自己的伟大人格开创了美国军人不干政、不参政的先例，避免了美国走入军政府或者君主制国家的歧途。

1787 年他又主持费城制宪会议，制定联邦宪法，为根除君主制，制定确保美国民主政体的宪法打下了坚实基础。1789 年华盛顿当选美国第一任总统，1793 年连任，1796 年两任总统届满时，他主动发表影响巨大的《告别词》，表示不再出任总统，再一次以他伟大的人格避免了美国历史上终身总统的先例，在这个崭新的国家开创了和平移交最高权力的典范。

卸去总统职务后的华盛顿，一身轻松地回到弗农山庄，和他的妻子一起经营庄园。但不幸的是，这种生活只过了三年，1799年12月14日，华盛顿因一次感冒发烧恶化而永远告别了他的爱妻、他所钟爱的庄园、他所忠诚并为之呕心沥血的国家，死时年仅67岁。

华盛顿死后，按照他的遗嘱，人们把他安葬在弗农山庄他的家庭墓地中，和他的家人长眠在一起。老墓地很小，就在通往河边码头的小路的右侧山坡上。死前他专门在遗嘱中交代，墓地太小，适当的时间将墓地迁往山庄的另一处山坡上。直到他的夫人去世，人们才将墓地迁到现在的地方。现在他们的墓地也不大，在墓地的前厅，他和他的夫人并排躺在汉白玉的棺椁里，门外两边分别插着美国国旗和他任大陆军总司令时大陆军的军旗。据庄园工作人员讲，那是大陆军的灵魂，不论处境有多么艰难，只要看到那面旗帜，他们就知道华盛顿还在，只要华盛顿还在，就会有希望，就会取得胜利。

华盛顿被尊为美国的国父，美国人只要看到星条旗就会想到华盛顿，就会有一种自豪、自信与骄傲。华盛顿对于美国的意义，正如弗农山庄山顶的巨大橡树，这棵巨大的橡树挺拔地生长在这里，树荫和根系覆盖和延展至每一个美国人的内心，给他们送去信心和力量，送去精神的支撑。

华府角落

华盛顿老城乔治城非常有韵味，据说这里的居民多数都是有钱人。他们提出不要公共汽车，不准大车出入，不要地铁，不要任何公共交通。城内只看到属于个人的汽车在穿梭奔跑，没有见到一辆公共汽车和大一点的汽车。我们乘坐的商务巴士不能停留，把我们放下就赶紧开走了。乔治城紧靠着波多马克河，一条运河的支流穿城而过。我们中午就餐的购物中心北门口出门就是波多马克河的支流，船可以直接停靠。

老城至今保留着很多一百多年前的老建筑。特别是 M 街和威斯康星大道，几乎全是老房子，老房子样式都很古朴，英国维多利亚风格的建筑比比皆是，木质的飘窗和红色的勾缝砖墙，还有碎石砌成裸露在外面的地基，显得十分古朴而又透着几分沧桑感。小街的两边都是一些销售高级服装、皮包、首饰之类的小店，店面不大，但看得出都是多年的老店，十分精致，货品都是知名的品牌产品。

不少小街如我们这里的胡同一样，从街面向里延伸而去。我们一行人顺着一条小街漫无目的地向里走，这里竟是一个非常华丽的所在，通到里面的是一个方形的院子。院子的两边是由大红大紫的大色块墙板装饰的房子，通向街口的走廊上方是一片小灯泡，这时候都亮着，像一条星河，配上两边大红大紫的装饰墙板，显得夸张而又现代感极强。原来这里是一间画廊。里面的两间屋子都挂满了油画，都是现代派的作品，扭曲、夸张，冲击力很强，艺术感很强。里面一男一女见我们进来都很友好地站起来打招呼，热情地递上名片并主动给我们讲解。画很漂亮，但是价格也很惊人，一幅四平尺的画竟然标价48万美金。主人非常热情地给我们讲解每一幅作品，听不太懂，大概是讲作者的背景与潜力，讲作品的影响，他们估计把我们当成内行或者圈子里的人了，我们赶紧表示感谢，离开了这里。

我们拐进另一条小街，向里走竟通到了河边，是那条波多马克河的支流，有二十几米宽，似乎是一条运河。河的两边都是老房子，在老房子与河流之间有一条小路，这条小路应该可以通到我们中午吃饭的那家餐厅。我们过来时，恰好碰到一辆渡船从小河中驶过。白色的船体十分漂亮，我们以为这是一条游艇，但是没有马达的声音，只静静地往前走，细一看，原来在前方小路上有几匹马在拉着船往前走。大家都很兴奋，没想到在极其现代的美国大都市竟能看到如此原始古朴的景象。但是这种古朴只是有钱人追求的一种境界而已。在美国这样红尘滚滚的现代社会能够保留这样一个角落，也是实属不易。

这个华府的角落，现代与古朴都各得其所，平安无事地相处，相得益彰地存在，这也是美国文化特色的一种体现吧。

廊桥一端的阿米什

在国内就知道阿米什族充满了神秘感，来美国后，总想亲自去阿米什聚居区一探究竟。借周末休息的机会，相约几位同学一起驾车去最近的一处阿米什族聚居地兰开斯特参观考察。

抵达兰开斯特后，根据网上查阅的信息，直接赶到阿米什游客中心。游客中心一楼是商品部和售票处，二楼是阿米什人生活展室。按照阿米什人的住房布置，从厅堂、厨房，到主卧室和次卧室以及生活起居物品一应俱全。楼后是一处院落，有农具房、烤烟房、铁匠铺、木工房还有马圈、压水井，院内停着马车，马圈里马在吃草，完全是一户阿米什人生活的现实场景。

阿米什人不用电，不用机器，不开汽车，一切都是手工。整个院子显得十分传统而古朴，有点像我们七八十年代农村的样子。

阿米什人是德裔瑞士移民后裔组成的传统基督教团体。因为在欧洲，阿米什人所信奉的再洗礼派被主流宗教视为异端，为躲避宗教迫害，阿米什人从 17 世纪末开始从欧洲向美国移民。美国目前有 30 多万阿米什人，而兰开斯特是阿米什人重要的聚居地。阿米什人至今保留着自己的宗教信仰和生活习俗，包括衣食起居都没有改变。这在极度现代化的美国，确实是一处十分奇特而又极其珍贵的风景。

阿米什是美国的一个非常独特的族群。他们反对偶像崇拜，像普通美国人一样交税，但是他们不参与美国所有的选举投票活动。他们好像一群埋头朝圣的教徒，只管在自己的道路上，在自己的精神世界里执着地前行，不管身外的一切。

阿米什人是坚定的传统教义的维护者和执行者，他们没有教堂，他们的宗教活动都在家里举行，每两星期一次，大约二十至三十家划为一个教区。教区牧师是抽签的方式产生，任何家庭的已婚男性都有被提名的资格，只要三票就可以成为候选人，然后将教区内所有的《圣经》和唱诗本集中起来，在其中的一本内放一张纸条，所有候选人各自从中拿出一本，有纸条的就是当选牧师，一旦当选就是终身制，不需要特殊训练，而且没有工资。教区牧师的职责就是主持本教区的宗教事务，负责组织礼拜活动。礼拜活动的地点不固定，在各个家庭轮流举行。教区有长条凳，在谁家举行就搬到谁家。礼拜活动从上午开始到中午结束，一起吃简单午餐，然后是社交活动。午餐时先男后女，男人吃完后女人才能吃。阿米什人加入教会由自己决定，男子一般到结婚后才决定是否入教，一旦入教受洗以后就要严格遵守教规，必须停止一切与教会原则不符的活动，否则将会受到制裁，被驱逐出会或被回避。回避是比较重的惩罚，一旦被回避，所有阿米什人就不再和他交往，他也不能参加教会的礼拜活动，不能与其他教会成员一起活动，甚至不能一起在一个桌上吃饭。

阿米什人拒绝照相，因为他们认为照相是与《圣经》相违背的活动，阿米什人认为给自己照相是一种自负的行为，所以到阿米什照相是一种忌讳。在阿米什人家里你看不到照片，他们也不愿意别人给他们照相，不经同意给他们拍照，他们会回以一种敌视的眼神。

阿米什人至今过着一种传统素朴的生活，他们拒绝现代生活的诱惑，不用电，照明只点马灯和油灯，不使用机器，一切都是手工制作，出行乘坐马车，现在他们外出可以乘坐汽车和火车，但不能乘坐飞机，不准购买汽车，不使用电话和计算机。现在有些企业为了商务活动，可以在街头使用公用电话，但不准在家里安装电话和使用手机。

这些规定和习俗使他们在美国这样的超现代化的国家内显得十分怪异和特别，他们非常安稳地过着自己的独立生活。他们不反对别人享用现代文明，他们只是按照宗教教义刻板地生活。他们拒绝现代生活，并不是对现代科技抱有敌视的态度，而是认为现代生活方式会动摇和损害他们的宗教信仰，破坏他们的家庭和社区生活。他们必须在自己变成"现代人"之前停下来，他们认为现代生活方式会使人沉溺于物质享受而抛弃精神生活，但是他们尊重现代文明，不把自己的信念和原则强加于别人。现在阿米什也有一些年轻人不愿意受教规的限制，而选择不加入教会，走出阿米什到外面去过另一种新的现代生活。

看过游客中心的展览后，下午乘坐游客中心的车辆去阿米什人集中的乡村参观。汽车在阿米什的乡村公路上行驶，路两边是一望无垠碧绿的农田。马路上不时驶过一辆辆坐满阿米什人的马车。马车上的大人、孩子，以一种平静的眼光看着我们。农田里是熟悉的玉米和牧草，十分平坦和整齐。不时看到一幢幢的别墅式住宅，与城里人的别墅基本没什么不同，不同的是，在房子周围有用木栅栏围起来的马圈和停放的马车，还有房后都有一到两座大型圆柱体，那是粮仓，与西部农场的粮仓一样，只是规模小一点而已。现代阿米什人的住房从外形上看与普通美国人的住房已经差别不大，只是房内陈设和生活习俗与美国人有着很大不同。

他们的生活都很简朴，屋内陈设和工具只为实用，不讲究漂亮好看，包括他们的衣服都很简单。阿米什人的衣服都是自己缝制的，多为黑白蓝三种颜色，样式和颜色基本没有什么改变。成年男人平时都是白衬衣加深色吊带裤子，上教堂时穿上西服和大衣，戴上深色礼帽。男人正式场合的衣服都没有纽扣，而是一种金属搭扣。因为他们认为男人的纽扣是军事武力的标记，阿米什人是和平主义者，拒绝一切与军事有关的装饰。女性平时穿一条纯色的过膝长裙，头上戴着圆形系带的小帽和头纱。她们通常不剪发，头发编成辫子用头纱和布帽包起来。外人是看不见阿米什女人的头发的，只有她的丈夫才能看到。阿米什女人也不佩戴首饰，因为阿米什人从《圣经》的教义中解读出要保持谦逊、避免世俗的虚荣，所以她们选择不佩戴首饰，至今仍延续着这一习俗，没有丝毫改变。

阿米什人不上大学，他们认为一个人的知识不能太多，中学足够了。他们每个村子都有学校，从一年级到八年级都在一个教室。教师都是自己教区产生的，通常由未婚女性担任。她本身也是只上到八年级，阿米什学校学期长短与一般美国公立学校相类似，但是没有节假日，学年一般在五月份结束，为的是让孩子们帮助父母春播。

行走在阿米什的乡间公路上，看着路边熟悉的农田，走进阿米什人开的家庭小店，选购、欣赏阿米什人纯粹的手工艺品，感觉既陌生又亲切，像走进老家的集市店铺。阿米什人都很淳朴而友好，甚至有几分可爱。他们的产品都不收税，虽然也都明码标价，但往往极容易讲价。他们多数不精于计算，特别是一些老太太，常常算错，有时算来算去算不清楚，一挥手，"就这样吧，零头就不要了"，像极了老家集市上那些目不识丁的老大妈。

　　向回走的路上，司机在一处桥头停下。大家正在诧异时，有人说了一句："看！廊桥。"大家这才看到，眼前的桥与一般的桥大不一样，原来就是电影《廊桥遗梦》中的那种美国廊桥。大家纷纷下车照相留影。汽车穿过廊桥的那一刹，我突然想到，阿米什人不正是生活在这样一座精神的廊桥之中吗？古老而又传统的廊桥，与现代生活相通相接而又自成世界，传统而不封闭，开放而又自成体系。阿米什与廊桥一样特别，一样神秘，一样令人难忘。

走近海明威

经过一整夜的航行，轮船早上七点抵达本次航程的第一站——西礁岛，美国人叫 Key West，即基韦斯特岛。我们一行乘坐船公司的小火车去西礁岛考察参观。

西礁岛位于迈阿密的西南部，在美国的最南端。岛虽然很小，但是名气却很大，景色也非常优美迷人。海明威曾经在这里前前后后住过十多年，而且这期间是他一生创作生涯比较重要的一个阶段。

小岛热带风情浓郁，没有很高的楼房，大多数为小别墅式建筑。一座座风格各异的小楼，掩映在充满热带风情的棕榈树、芭蕉树、大榕树和开满一簇簇橘黄色花朵的芙蓉之间。城市不大，马路也不多，但是布局非常宽松疏朗，楼与楼之间、街道与街道之间都疏密有度，非常舒服。

街上人和车都不多，条条街道两侧都是别墅洋房，很少看到四五层以上的高楼。只有市中心一座建于19世纪初，距今已经一百多年的六层红砖楼房，应该是最高的建筑了。一家家的商店和住家连接在一起，都是很别致的别墅小楼，很难分清哪是商店哪是住家。

我们下了小火车，从游客中心直接去海明威故居。海明威故居是这座小岛的著名景点之一，因为海明威，这座小城更加有名，因为海明威，这座小岛有了文化的灵魂，有了精神的旗帜，本来一座充满热带气息的小镇，成了家喻户晓的名城。每天都有成千上万的游客光顾这座小岛，都是因为海明威，因为他的人格力量，因为他作品的影响。

海明威故居是这座小镇上比较古老的一座别墅花园式建筑，对面就是海明威多次写到的老灯塔。楼房只有两层，是典型的花园式建筑，院内栽满了无花果、芙蓉、榕树等各种热带植物，院内有一座长约60英尺（约18米）的游泳池，是当时全岛最大的私人游泳池。这座小楼建于1851年，是一位船舶建筑师建造的。海明威于1931年将小楼从老建筑师手里买过来，他在这里写下了一大批后来成为名作的小说作品，包括《永别了，武器》《午后之死》《丧钟为谁而鸣》《乞力马扎罗的雪》等。

海明威的一生可谓波澜壮阔、轰轰烈烈。他去过非洲，猎过野牛等大型动物，在大海深处钓过巨大的青枪鱼，参加过第二次世界大战，亲历过战火硝烟，婚姻生活也非常曲折，有过四任妻子，最后以持枪击穿头部的方式结束了自己的生命。他的生活方式非常富有传奇色彩，所以对他的读者以及所有关注他的人都有着浓郁的神秘感。他的作品对整个美国都有着十分重要的影响。他所塑造的硬汉形象，对美国精神的影响与日俱增，以至他的作品、他的人格、他的生活态度和生活方式都有很多研究者、模仿者，很多海明威迷，不仅在美国，在世界各地都有，而且很狂野。

走进小院，每一个游客都会被它的生活气息所吸引。各种树木错落有致，树间是通幽的曲径，游泳池里虽然没有水，但光滑瓦蓝的池面让人想到当年主人在这里游泳的情景。最引人注目的还是那些各种颜色、各具形态的六趾猫，一直到晚年，六趾猫都是海明威写作间隙的玩伴，是他排解寂寞和内心孤独的最好的朋友。他专门为这些小朋友们定做了精致的笼舍，就在楼的东头，至今那些笼舍仍静静地摆在那里。

小楼有很长的连廊，楼上宽大的阳台围着整个小楼转了一圈。可以想象当年海明威在这一宽大的阳台上，手里拿着烟斗或者古巴雪茄，踱着步子思考的样子。走进楼内可以感觉到浓厚的书卷气和文化气息。走廊内和卧室内都摆满了他生前爱读的书籍，墙上挂着的是他所喜爱的《农场》等著名画作，还有他本人以及他与家人的合影照片。屋内的家具和摆设都是非常用心的，不少家具是海明威的第二任夫人从巴黎运过来的，其中就包括海明威在上面写出过无数鸿篇巨制的胡桃木写字台。每一个房间，每一件他所喜欢的家具，都让人感觉到海明威的存在和巨大的吸引力。

离开海明威故居，直奔对面的老灯塔。这是一座直上直下的建筑，是当时全城的制高点。海明威写作间隙常来这里围着转圈踱步，有时和灯塔看守人交谈聊天。海明威多次写到过这座老灯塔。这座灯塔现在已经没有了原来的功能，转而成为旅游的重要景点，成为这座小城重要的地标式建筑。来小城的人必要来看海明威，看海明威必要来灯塔转转。

实际上，海明威就像这老灯塔一样，已经成为茫茫文学之海中的一座永远无法替代的地标。

小城之美

安纳波利斯是马里兰州的首府，却是一个地道的滨海小城。

带我们参观的是一位六十多岁的老人，个子很高，身板笔直，他说自己的祖先是英格兰人，他身上穿的就是祖先来到美洲大陆时的衣服，里面是一件白布衬衣，外罩一件长过大腿的外套，头上戴着别有长长羽毛的船型礼帽，手持长长的手杖，随手拿着一个小香袋。据他介绍，香袋中装的是香味浓郁的干花瓣，因为当时刚来到新大陆不久的美国人怕水，整年都不洗澡，手持香袋可以祛除和淡化久不洗澡身上所散发出来的臭气和异味。可能是来美洲大陆时在茫茫大洋上饱受风浪颠簸之苦，见了水就害怕恶心，也可能是刚来美国时水土不服，不少人因水而病而亡，令人见水即感到不祥。现在听来难以置信，但在当时的美国，这种情况十分普遍。

老人先带我们沿街而行，让我们近距离体会安市之美。这真是一座美丽而富有韵味的小城。街上车辆很少，行人也不多。城里的建筑极富特色，各种样式的红砖别墅小楼，稀稀落落、错落有致地排列。粗大的树木和不算规整的草地穿插其间。很多小楼的红砖都有些斑驳缺损，看得出年代十分久远。

老人说，老街上有的楼已有二百多年的历史，是从美国建国时就有的，让人心生敬畏。我打量着马路两侧的一座座古色古香而又沧桑古朴的小楼，心里难以想象二百多年里小楼阅尽了多少发生在这个国家的故事。现在它们仍旧静静地伫立在原地，功能不变，却增加了这座城市的古老韵味。

走不多远便来到著名的圣约翰学院，这是一所几乎与美国有着同等历史的大学。从这里走出去的学生不多，但都十分优秀。著名的美国国歌的作者就是这所学校毕业的学生。另一所大学是位于大西洋边上的美国海军学院，海军学院面积并不大，却是一座十分古老的学校，成立于1845年，培养了无数海军、空军将领，同西点军事学院一样，是美军重要的人才基地。美国第一位宇航员就是从这里毕业的。

因为正值暑假，学校里看不到学生，显得清静而冷清。校园边上的大教堂倒是十分显眼，里面除了教堂所有的一应陈设外，还有一位美国著名海军将领的纪念馆，中间是他的棺椁，两边摆了他的遗物和画像。

从教堂旁边的大门出来就是海港，停泊着大大小小很多游艇。蓝蓝的海水和雪白的游艇，还有水天之间飞翔嬉戏的雪白的海鸟，让人强烈地感受到沿海小城的秀美与风韵。休闲度假的美国人，驾着游艇优哉游哉地驶向碧蓝、辽远的大西洋。开阔、平坦、无边无际的大西洋就在脚下，远处海水与天际线连成一片，目之所及一片瓦蓝，哪里是海、哪里是天难分难辨。海港向内，有一条像运河一样的水道，一直通向城里。水道两边的各式别墅小楼，如江南的亭台水榭，别有一番风味。这里的游客也都沉浸在小城安静、闲适的氛围之中，完全没有其他景点和城市那种匆忙与喧闹，像在自家河边一样闲散地漫步、拍照或者发呆。有的盘腿坐在海边的连椅上，沐浴着凉润的海风，安静而投入地阅读。

这座美丽而惬意，充满着生活之美的小城，让人不由自主地放慢了脚步。

云端的光亮

希望之灯

　　人的一生，有如在漫长的山路上夜行，似乎总是受着一种自己也说不清楚的光亮的魅惑，一步一步地往前走。每个人都坚信下一步一定比现在美好，更远的地方尽管模糊，却更让人充满希望，似乎只要走到那里，现在的一切就会改观，这一辈子便不会白活。人们执着地迷信未来，未来的"鱼肚白"永远那么神秘魅人。

　　我有时候禁不住想，一个人临死的时候，他会想些什么？那时候脑子里还有希望的光亮在诱惑他吗？我想到那些因犯罪而被枪决的人。一个人，当他被押往刑场，在身后的行刑人举枪向他瞄准的那一刹，他的脑子里也许会出现短暂的空白，但只要他没有吓瘫，没有因恐惧而失去知觉，那么直到枪响，直到彻底与这个世界诀别，他都会期望着下一秒会有奇迹出现，希望有一种想不到的力量来挽救他，甚至希望自己是在梦里。

我有时候禁不住问自己：你的希望之灯是什么？我自己真的回答不出。街对面是一座舞厅，迪斯科舞曲和霓虹灯光纠缠在一起，把夜晚搅得多彩而又迷离。从窗户上可以看到一对对年轻人颤抖癫狂的身影。天天面对着它，天天受着乐曲旋律的鼓噪与诱惑，我竟从没有走进去的念头与欲望。看看周围的墙壁、周围的高楼、周围花花绿绿的一切，正像找不见希望之灯一样，怎么也闹不明白眼前为什么总是那么黯淡。我想原因可能是我的心，我的心变得越来越小了，在这个拥挤的空间里。我常常自觉或不自觉地想念故乡，想念那些艰苦却充满希望的光灿灿的日子。这是不是一种老化，一种退缩，一种对现代生活难以适应的病态？

记得高三那年，我和另外一位同学"买通"了学校后山石英矿的一位看矿老人，每天晚自习熄灯以后到他山顶上的小屋里休息，为的只是熄灯以后能再学习两个小时。

那晚，我和那位同学最后一批从教室被老师赶出来，雪下得正猛，迎面扑来的风雪吹得人喘不过气来。那位同学抓住我的衣襟大声说，我们今晚回宿舍吧。我没有回答，也没有回头，跨过断墙继续向北面山坡走。经历过高考的人都知道，一个安静的夜晚有多么宝贵。山坡上那幢孤零零的小屋，以黄荧荧的灯光召唤着我们。没有了墙的阻拦，风更大了，白天沟沟坎坎的山路早已被雪埋平。我们只能凭着记忆和感觉，跌跌撞撞地往前闯。走到小屋，我们几乎都成了雪人。一直等着我们的看山老人早已睡了。

那一刻，我感到世界再也没有比这间四面透风的小屋更安静、更温暖的了。

小屋当然并不暖和。风声夹着雪沫儿从砖缝、瓦缝穿进来。我们用被子包了身子，就着昏黄的灯光继续埋头苦读。

那场暴风雪几十年罕见。

早上一醒来，我们都呆了。被子上盖了厚厚的一层雪。炕洞里的火早已经熄灭，炕上、炕下，跟外面一样，白花花的一片。三个人都从被窝里探出头，呆呆地看了很久。

现在想来，那雪被似乎并不寒冷。记得我们将雪被掀掉，从雪底下将压在被子上边的衣裤掏出来，龇牙咧嘴地穿上，丝毫没有感到多么艰苦，倒是一种难得的体验。记得早上太阳出来暖暖地照着大地，我第一个走出屋子爬上了山顶。山顶零零星星的几棵松树一夜之间针叶冻得发青发黑。从山顶往下看，小屋、学校，还有远处的田畴、村庄都是一片洁白。我惊奇地发现，洁白的雪野被太阳映着，一闪一闪的，射出一种五彩斑斓的光亮。我的心里十分激动，就是那一刻，我十分自信地感到，我一定能考上大学。那个白雪皑皑的山顶，似乎是一个支点，站在那里，整个世界都变得那样明晰。

我始终觉得，那雪光是一种近乎圣灵的光亮。因为雪光，那段本来十分难熬的日子才变得那么富有光彩，寒冷和痛苦才变得毫无力量。神奇的雪光，支持、吸引着我从那个冬天走出来，走到现在这座五光十色的城市。有时候我禁不住怀疑，那雪光是不是这座都市所折射的海市幻象？我想起那句"得到了也便失去了"的谶言，山坡没有了，小屋没有了，那种真正让我激动的东西为什么也随之逝去了？

有时候想，假使再回到那个小山坡，再有那么一场大雪，我会不会再有那种心境？那种雪光会不会重新映现？面对现实我只有摇头。那种雪光、那种灵悟只有孩提时代才会有。我已经无法只想着远处的什么而不去看眼前的相互勾连的无数具体问题。成年之后的心境有如一团乱麻。人的一生实在难以预料，我越来越感到自己的视力和心力都在退化。听着生命之钟嗒嗒的节律，我却只有十分盲目的期待。就是在这时候，我感到我似乎理解了当时的那位同学。我不想这样。我还是在心里呼唤，另外的一种什么光亮总该有吧，只要能让我激动。

静夜像一堵厚墙，世界狭小得只剩下眼前的一个角落，远处传来汽车马达的轰鸣。我推门走上阳台，心里忽然一跳，夜间的雾气像无边无际的大海波涛翻滚着向北涌来。我看到远处天边微露的"鱼肚白"一点一点地向我眼前推进，缓慢但是底气十足。夜在退缩，黑暗在退缩，我忽然有了十几年前站在小山顶上俯瞰万物的感觉，我想起那句唱俗了的歌词"妹妹你大胆地往前走"。我真想可着嗓子号上几句。我心里一颤一颤地激动，我似乎得到了一种暗示，我听到一种声音在对我说，点燃你希望之灯的，只能是你自己，你自己！

　　我回到屋里，激动的情绪几乎难以自持。我努力地使自己冷静。我重新扭亮桌上的台灯，金灿灿的灯光使我无法阻隔令人着迷的想象。我似乎又回到了那山坡的小屋里，我看到自己有如窃得圣火灵光的山鹰，正扑棱着翅膀掠过漫漫夜空向远处的"鱼肚白"义无反顾地飞去。

穿越世俗的走廊

美是无处不在的，关键是我们应该有一双发现美的眼睛。世界越来越富有，商品五花八门、琳琅满目，我们的眼睛已经被搞得越来越迟钝。我们时常感到，世界除了物质还是物质，这种认识妨碍了我们对美的把握和感知。美离我们越来越远了，物化、世俗化的生活使我们穷于应付，越来越疲累。这时候我常常想起阿尔卑斯山山间公路旁边的那块木牌，那位好心人写的"别忘了欣赏"几个大字，一闪一闪地刺激着我们每一个人的视线。是的，我们都忘了欣赏，我们似乎只是为了完成一个过程，急匆匆地从这一端奔向那一端。我们需要人大喝一声，提醒我们这是生活，重要的是体味和欣赏，而不是完成。

城市用机械的物理切块将人从自然中隔离出来。自然离我们越来越远，而我们的眼界也变得越来越世俗、狭小。都市生活看似现代，看似丰富多彩，实则非常简单和原始。

阿尔卑斯山间公路的木牌提醒我们应该懂得生活。当然，要体味生活、学会欣赏并不那么简单和容易。我们的生活还不富裕，我们的工作还很紧张，等等，我们可以列出一大串无暇顾及美的理由。这些都是对的，但我们忽略了一个最基本的道理和原则，美与穷富无关，美是无处不在的，关键是你要有心，你要有这个思维，你要训练这么一种习惯。一天中你完全可以抽出点时间看看眼前的风景，看看树木、花草，哪怕只一眼，你也会有新的发现，你就会对生活有一种新的认识和感受，这并不需要花钱费时，不过是举手之劳。现在人们大多已经习惯了心安理得地去享受现代化带来的舒适，很少有人想到，在得到这种舒适的同时，也失去了很多感受美的机会。比如汽车，这种哼哼怪叫的铁家伙把你唯一可与自然亲近的一会儿工夫也给吞噬掉了。朋友老 B 对此非常警惕，他所居住的宿舍与办公室之间相距四五里，单位有班车来回接送，但他坚持尽量不坐班车。在他看来，每天上下班的这段时间是与自然亲近的难得机会，哪一天没有自己步行走一趟便有丢失很多东西的遗憾。这条路线在城市边上，紧傍着一座小山，中间有一条十分美丽的绿色走廊。路两边是两排高大粗壮的法国梧桐树和赤杨树。这些都是几十年的老树，主干粗壮，枝杈在路的上方自然交错搭成一道密实的走廊。夏天的时候这里浓荫蔽日，走进去有丝丝凉意，沁润肌肤。秋天从这里走过，满地金黄的落叶，踩上去咔啦咔啦作响，让人生出无限的遐想。冬天从这里走过，树枝衬得蓝天格外高远，空气过滤得格外清新。春天从这里走过，片片鹅黄把春天浓浓的气息一下子推给你，让你激动得喉头发紧。走廊南边的小山上，四季苍翠欲滴，秋天更显得美丽，片片红叶点缀在绿绿的山坡上，似锦似缎，生机盎然。妙就妙在这里是城区与郊区的接合部。走到这里，你便有一种扑进自然的感觉。办公室里的琐碎烦恼，城区与路上的喧闹嘈杂即刻无影无踪，你不自觉地有种换气的感觉，吐纳代谢，似乎从这里走过去，你又变成一个新"我"。很多人理解不了这种妙处，所以很多人对他放弃现代化的享受而甘愿吃"苦"大惑不解。他向他们宣传，他向很多人解说，但是，还是少有人能够如他一样。人们都感到山顶还远，人们似乎不屑于欣赏眼前的风光。

现在，城市里可供欣赏的风光越来越少了，而你又几乎无法走出城市，无法摆脱"现代化"的控制。物欲的力量远远超出美的力量，美在一步步地退缩。美被吞噬了，变成廉价的钞票。尽管如此，我们还是要不断地发现美、欣赏美和体味美，以美的视角和思维去体味生活、创造生活。人类需要美，地球需要美去装扮。

钞票可以一把火焚了，而美却会永在人间。

云端的光亮

翻看整理多年以前的小说旧作，每一篇、每一个故事、每一个细节与片段的生成都历历在目。现在看，这些作品未必都是满意的，却都是饱蘸了对生活的热爱与文学的灼热情感，正如张炜先生所言，如果没有灼热的难以触碰的情感藏在心之一角，一个写作者是难以起步往前的。这些作品也是一个时代留下的印记，尽管有的印迹明显，而有的则超越和突破了时代的局限。但不论哪一种，或大或小，或新或旧，或整体或片段，都有特别的个性，都从不同的角度与侧面，体现、映衬出一个写作者对于生活、人性的参悟与认知，这种参悟与认知的个性化也是独特而鲜明的。

文学是写作者的宿命，是一种超越时空的原乡。相隔经年，一经触碰，激情仍会再次喷涌。实际每时每刻，文学给予的那些特殊的感知、表达世界的本领，视角、语言、境界、激情与热爱，都如基因种植一样，一经着床，便会终生相随。初次"接种"是难忘的，应该是在小学三四年级，第一次读到一本封皮缺失的小说，其中写到一眼山间的深潭，幽深、黑亮，水草密布，神秘莫测。这眼抓住我幼小灵魂、点燃我文学梦想的深潭，具象地深扎于我的记忆，成为极具象征意味的精神载体。文学于我，正如这眼深潭，神秘而又充满诱惑。潭里内容丰富莫测，无数的泉眼连通万方八极，必须深潜下去才能探得其中的堂奥，才能收获其中的大鱼水宝。作为写作者，已经无法释怀、无法摆脱，我们面对的生活、社会，包括每一个活生生的人的眼睛都是一眼一眼的深潭，文学的写作者必须义无反顾地跳下去，不断地深潜、寻找，这是宿命，也是奥妙，不论你出走多远，都会背负着这眼深潭的召唤与吸引，无法自拔。

但是文学又是充满魅力的，总是能在平淡生活之中给我们以诗意的光亮，给我们以前所未有的吸引、照耀与指引，引领我们发现并感受平淡、枯燥、世俗、简单生活中的美好与诗情。每一个人的人生，都如在山野间夜行，盲目而又迷茫，枯燥而又恐惧。儿时的小山村，贫困、饥馑、世俗、简单，一部小说打开了我的灵窍，让我看到青蓝的山外一种具有神性的迷人光亮，如一只灵手抓住我的灵魂，让我飞升至小村的上空，坐拥云上，俯视一切，我的眼睛具有了透视的神力，能够看透村里的一切，家庭、邻里、牲畜，我都可以看到他们的内心，能够读懂他们的眼神。这种神性的光亮让我内心无比充实而又信心十足，让我浑身充满了由内而外的气力。连同自己的现在与将来都变得通透，幼小的村童眼神不再空洞、近视，能够看到山外的世界，感知和幻想未来的精彩。

每一个写作者的内心都是丰富而又敏感的。对一般人而言，丰富、敏感的秉性未必是优点，而对于写作者来说则是必备的本领。雷蒙德·卡佛说过，作家要有面对一些简单的事物，比如落日或一只旧鞋子而感到惊讶的禀赋。文学的阅读与训练，使我们的心灵越来越敏感，地板上一根毫发可以演绎出一场情爱大戏，墙上一点疤痕可以生发出无穷迷案。联想的无极无穷才有魅力，愈活跃愈丰富，愈具象愈生动，愈细致愈精彩。每一篇作品都是头脑中受到外界触及而生成的一个个生动的想象片段的连缀，这些片段可能是纯美、实在的，也可能是虚幻甚至怪异的，但连缀起来就成为一个鲜活生动的场景或者世界。我写作的第一篇小说《界石》，触动于古运河畔的一次夜游，月光下的棉田以及劳作的女孩打开了我的灵感之门，想象的翅膀连缀起一个个细节与片段，有如引流而上的运河之水，哗啦哗啦地流淌。这篇小说尽管只在内刊上刊印而没有发表，却使我的文学积累找到了聚集喷涌的出口，让我对小说的结构与细节的连缀有了会心的感悟。

文学是无法突围的宿命，小说是透彻灵魂的光亮。写作有断有续，光亮始终如丹如霞。期待新的启程，创造更新的开始。

一杯沧海

细雨中的青岛别有韵致。微风在半空将细雨织成轻纱，整个城市都有了一种朦胧的诗意。雨水洗过，瓦更红，树也更绿，石砌的路面更显爽净清亮。中山路上笔直高拔的桐树，紫白的花朵连成一片，在雨雾中格外亮眼；八大关石墙上、栅栏上粉白、紫红、杏黄的月季，顶着晶亮的雨珠在微风中摇曳。因雨而生的雾气将海与天连成一体，栈桥有如长龙卧波，回澜阁飞起的双层檐角龙首般在云雾中若隐若现。远处的小青岛，在雾气的缭绕中，如诗如幻，让人生出海市蜃楼的错觉。

我和朋友沿海边的木栈道向前走。木栈道被雨水冲刷得清白干净。栈道下边就是被雨水、海水浸泡得金黄闪亮的细沙。分不清是涨潮还是落潮，海水不断地涌到脚边，抛一串串浪花，又恋恋不舍地退去。木栈道因坡就势，顺着海岸线，曲直有度，依山傍礁，总也离不开海。拐过太平角，走得累了，看到前边拐弯处、山脚下，雾气弥漫中，一座木屋静静地等在那里。

那座木屋是一间咖啡屋，抑或酒吧。门面不大，不注意甚至看不清是歇脚的地方。门口就是栈道，栈道上方是全木质的别墅式平房。规整的方形，一扇临海的大落地玻璃窗，古朴中透着磊落、现代的气息。原木的墙体几乎和栈道一个颜色，被水冲刷得有些枯白。靠近栈道是半人高的木质栅栏门，门内几级台阶，台阶两侧是木栏围裹的木质平台，上面摆了几把藤椅。一侧有楼梯通到房顶，房顶是平展的大平台。平台上束着几把白色帆布太阳伞，伞周围也摆了几把藤椅。无雨的傍晚或者月夜，坐在藤椅上，沐浴着海风，眺望眼前的大海和远处的船只帆影，还有大海之上的星空，该是多么惬意！

推门进屋，一股淡淡的咖啡豆香迎面而来。正对着门口的是一个吧台，一位女孩正在调制咖啡，见面只微笑点头，并无别处酒吧、饭店的过度热情。屋里很静。空间很小。吧台对过靠里是一个半敞的小包厢，靠窗则是三只沙发。吧台、包厢以及沙发角、茶几上看似随意实际十分考究地摆放着时尚杂志以及中文、英文的读物。包厢里已经有人，两位，竟然是一位红衣喇嘛和一位面孔端庄清秀、戴着无框眼镜的知性美女！平素极少见到的红衣喇嘛，竟在这样狭小的空间邂逅，而且还是和美丽的女郎一起，着实让人感到诧异与好奇。喇嘛和美女每人眼前一只深蓝的茶杯，几碟干果，神情专注地悄声细语，不知是在切磋佛学，还是在探讨世俗的学术抑或生活问题。虽然相隔不过几米，却听不清他们说的什么，也不知道所讲是藏语、汉语还是英语。那女郎应该不是藏族同胞，那喇嘛面色黝黑红润，是来自高原知识渊博的高僧学者，还是时下流行但莫辨真伪的"仁波切"？两人何缘，又缘何在此相聚……

我和朋友在临窗的沙发背对着包厢坐下，吧台姑娘送来茶单，朋友点了红茶和干果，窗外细雨落木发出了滴答声，身后什么也听不清的低语让人心存狐疑，却又不忍心讲话，生怕打破这种静谧而又神秘的意境。

细雨还在淅淅沥沥地下，微风将细密的雨丝串起，在宽大的落地玻璃窗与大海之间形成一道薄薄的纱幔。眼前烟波浩渺的大海和远处若隐若现的小青岛，包括右前方红色礁岩上方的红瓦绿树，便显得朦胧而又充满了浓郁的诗意。这是看海的绝佳位置，只这样坐着，不动不说就是美妙的享受。茶几前方、窗台前的一个小木架上，放着一只硕大的水滴状收口玻璃杯。视角稍微放低，那圆鼓鼓的杯腹，竟如一个硕大的放大镜。先前窗外的景致，大海、小岛以及红岩和楼宇竟全部装进了杯中。一杯装沧海，一杯盛世界。正如这小小的咖啡屋，虽然不露声色，却装下了多少让人想都想不出的故事，装下了多少人间的爱恨情仇、酸甜苦辣。窗外的雨声和身后的低语混在一起，如一种深情的浅唱低吟，让人深切地感受到生活的博大丰富与多彩美妙。

　　我和朋友走出小屋，那女郎和红衣喇嘛还在不紧不慢地喝茶、低语。走下台阶，偶一回头，这才发现小屋门楣上方还悬着一块字迹模糊的木质牌匾，这才知道小屋原来叫"一杯沧海"！门角有一片崂山石板，上面刻了一首诗，不知是否是小屋主人的大作，题目竟也是"一杯沧海"。

　　每个人都是一只杯子，只是杯子的大小不同，有的只装着自己，有的装得下一片汪洋……

重游峄山记

晨雾未散时，峄山已在天际显出一抹青黛。这座被誉为"天下第一奇山"的灵山，实则是七十余座花岗岩峰丛攒聚的奇观。山体经数亿年海陆变迁，岩浆冷凝成核，又遭风雨剥蚀，最终化作鲁南平原上一朵盛开的石莲。峰峦主要由球状风化花岗岩叠垒而成，远观如碧霄坠落的棋子，近看方知是女娲炼石补天的余烬——四十年前初访峄山时，那位记不起名姓的银髯飘拂的老伯，便是这般向我指点介绍。

老伯是城里一位退休教员，痴迷地热爱峄山，每天骑车来去，有时干脆在山上和衣而眠。他说他是这莽莽大山上的一只虫子，钻进去就不愿出穴。

穿太极石（也叫八卦石）过白云宫，山势陡然险峻。古人谓峄山"无土不奇石，无石不镌字"，果见万斛青石自谷底翻涌而上，或如巨龟负碑，或似老猿捧桃。五华峰下"鳌"字摩崖足有三丈，相传原本为秦始皇东巡时所勒，历经千年风蚀，龙脉暗伤，已难辨踪影。现在的"鳌"字为杨萱庭先生手书。记得老伯曾笑言，此鳌本是蓬莱仙岛驮碑兽，始皇欲搬至骊山，它便负气遁入此山石壁书之上。而今朱漆顿挫的笔画间，依稀可见当年老伯以竹杖指点的划痕，那些被他称作"龙脉暗伤"的石纹，已让苔衣织成青罗。

转至丹丸峰，三百磴"云阶"在石隙间蜿蜒。此处花岗岩球状风化尤甚，浑圆巨石似仙人随手抛掷的玉珠，层层叠压却危而不坠。老伯曾在此教我辨认"风动石"，方桌大小的石卵卡在两峰之间，以掌击之隐隐嗡鸣。"此乃伯牙碎琴的琴箱"，他抚石长叹，"摔琴台在西南三十步，伯牙摔琴，琴箱中的一块崩落于此，可惜宋时山崩，摔琴台埋于石下。"而今新设的观景台挤满拍照游客，解说牌上将风动石附会成二郎神担山遗落的弹丸，老伯若在，怕要气得扯断白须。

最奇绝当数五巧石，丈许高的岩柱顶端天然凹陷，盛着半汪雨水，倒映石隙间斜生的古柏宛如巨笔。老伯说这是王羲之的洗砚池，我笑他附会，他却用手指石上斑驳凿痕，轻声诵念：永和九年，岁在癸丑，暮春之初……后面字迹漫漶，倒真像半篇《兰亭序》。如今池畔立起"书圣遗迹"石碑，池水被游客掷满硬币，铜臭气惊散了水底云影。

峄山松柏堪称一绝，多生绝壁，根须咬进花岗岩节理，针叶积翠处常与摩崖碑刻相映成趣。孤桐书院遗址前，"孤桐"残碑侧畔的古松最是奇崛，主干斜刺苍穹，枝丫却回环成抱笔状，当年老伯谓之"书魂柏"。他说峄阳孤桐制琴能引百鸟，李斯焚书时将半卷《乐经》藏于树洞，后来孤桐枯死，唯余此柏续写天地文章。如今古柏被铁栏围护，枝头挂满学子祈福红绸，倒似戴了顶滑稽的状元桂冠。

白云宫后的碑刻更见沧桑。传说的李斯小篆碑自是羚羊挂角，但老伯当年以竹枝为笔在山坡上榜书的"金石镂云"四字透出的秦篆风骨，让我如见真迹，记忆深刻。老伯还带我摸黑辨认一块唐碑，说这是贺知章醉后所书，果然见"四明狂客"印痕如乱云穿石。而今碑刻都已加了铁质护栏，有的已被请进博物馆，倒是石缝里钻出的柴胡、丹参依然青翠，顽强地呈献着不衰的灵气，这些老伯当年教我识别的药草，仍在默默续写皇皇草本药经的脚注。

登上冠子峰东北隅的小鲁台，令人心胸顿开。当年孔子在此遥望鲁都，叹"登东山而小鲁"时，脚下应是未经斧凿的原始石坪。如今观景台铺着仿古青砖，孔子塑像也已不知去处。我避开人群寻到西侧危崖，此处尚存半截天然石栏，粗糙的岩面留有千年风雨凿出的鳞状纹，老伯曾说这是孔子广袖拂过的痕迹。极目南眺，泗水如带，恍惚可见孔家府庙的殿堂辉煌与柏桧苍翠，更远处泰山隐现云端，仿若真见七十二代君王在历史迷雾中祭天封禅。

峄山的洞窟也是有名的，号称云窟藏青史。下山时特意绕道纪王棚，此处洞穴群堪称地下碑林。最大的盘龙洞可纳百人，洞顶倒悬石笋如椽笔林立，当年老伯曾断言：此乃司马迁在此著史时滴落的水墨凝结而成。他说项羽焚阿房宫时，有老吏冒死将部分典籍运藏此洞。而今有些洞内装了声光系统，电子女声讲解着楚汉相争，七彩射灯将石笋染得妖冶，唯角落里的蝙蝠仍按古老节拍振翅，翅尖掠过某处岩缝时，我似乎瞥见半片秦汉瓦当的残影。

最令人感喟难忘的是邾文公碑。这位春秋小国之君因"命在养民"的仁政被孔子赞誉，其碑身原在野草丛中，老伯说他花了七年考据才确认碑主。而今整块巨岩被切割移入博物馆，原地竖起等比例复制品，旁边电子屏循环播放着3D复原动画。我抚摸着复制碑上过于工整的刻痕，记起老伯当年在此掏出烟盒向我讲解的情景，老伯颤颤巍巍展开烟盒锡纸，内侧记满了碑文和考据的内容，字迹小如蚁足，却让我感到超越任何学术论文的滚烫灼热，至今想起仍唏嘘不已。

暮色漫过盘龙洞时，整座峄山化作青灰色剪影。新装的景观灯渐次亮起，将千年灵石涂上廉价胭脂。我在太极石畔驻足，石缝里几茎紫菀在晚风中轻颤，四十年前，老伯说这是秦始皇派徐福寻找的仙草。如今霓虹浸染处，这抹淡紫依然守着本草的尊严，像极了那些被篡改的传说里始终不肯圆谎的石头。

当归时心内不禁惆怅唏嘘，远眺山下，鲁南平野何其迢遥寥廓，游客熙攘，不知老伯安在？问山上山下的人们，或摇头或漠然。山风吹来，分明听见老伯的喘息。我知道，他就在这大山里，奇石苍柏之间到处都有他的身影。景区工作人员介绍，景区正在筹建全息投影登山道，欲将历代名人虚影投射在相应遗迹处。我叹曰妙哉，却听到老伯大笑，何须幻术？且听山风过石窍，秦皇汉武、李杜苏辛，俱在回响中。

老伯亦在这回响中。

声　音

到哈尔滨不游太阳岛似乎是一种缺憾。

站在哈尔滨防洪纪念塔广场向北望去，太阳岛近在咫尺，实在看不出有什么特别的地方。水是浑黄的，沙滩也不平整，只看到阳伞、游船和密密麻麻的人群。看景不如听景，看来太阳岛也难出乎其外。但最后还是抵不住歌唱与想象的诱惑，和几位同伴租了一只快艇，向对岸驶去。

太阳岛上十分热闹。一溜长堤下是一片并不宽阔的沙滩，沙滩上搭了不少花花绿绿的帐篷和阳伞。看得出，沙滩上游玩的大多是本地人，或者是一家老小，或者是恋人，但更多的是一群群充满活力的少男少女。他们有的在沙滩上打闹，有的在帐篷中闭目养神，有的在阳伞下打牌嬉戏，有的在烧烤食物、开怀畅饮，有的在弹拨琴弦、引吭高歌。水中更是挤满了游泳、嬉水的大人和孩子，一对对年轻男女则划着小船，在用安全网围护起来的江水中轻轻地摇荡。这才像歌中唱的那个浪漫而又火热的太阳岛，这种浪漫与火热就是太阳岛的韵味与魅力所在吧，只是这种韵味与魅力并不属于我们这些来去匆匆的外地游客。

按照路边摊主的指点，我们走下大堤沿着一条宽宽的马路向北走。路上几乎没有什么行人，路两边是一片片的绿树。绿树掩映之中，可以看到一些漂亮的别墅小楼，有的还挂了牌子，大多是疗养院、培训中心之类。这是一个不小的镇子，只是居民和行人很少。太阳岛公园就在镇子的中间，这是一个十分普通的公园，但胜在整齐、洁净。绿绿的草坪，各种颜色的花畦，草坪与花畦之间不经意地点缀了柳树、榆树和各种不知名的阔叶树木。有的树龄很老，有合抱之粗。公园里人不多，三三两两地散落在公园的各个角落。走得累了，便在一棵大柳树下的长椅上坐下。一阵清风吹来，夹着柳叶的清香，让人感到一种从未有过的爽朗与快意。草丛中有蝉在鸣叫，我突然感到，这小镇、这公园内异样寂静，江边、堤上的喧嚣似乎顷刻间消失得无影无踪。静，一种撼人心魄的宁静，闭上眼睛，似乎听得见小草在微风中轻唱，听得见云絮飘动的嗦嗦声响。天空蓝得让人心醉，白白的云彩一堆堆地簇拥着，层次分明，离地面又低，像在飞机上平视的云朵。远处传来一阵六弦琴的旋律，低沉、轻柔，一颤一颤地拨动着心弦，灵魂似乎也随着旋律在微风中轻轻地飘动。时间似乎停滞了，一切似乎都停滞了，我感到自己来到了一个梦一样的优美世界。这时候，我才真正体会出太阳岛的美之所在。如果说，水边的浪漫是太阳岛的魅力与色彩，那么，这远离市井的宁静则是太阳岛内在的神韵与气质。也许正是因了这宁静，那浪漫才显得那样洋溢和火热。

离开太阳岛的时候，太阳已经西斜。当渡船驶过江心，回望太阳岛，我突然发现在太阳岛与对岸之间架起的那座单臂斜拉桥，极像一架巨大的竖琴，静静地竖立在绿绿的太阳岛的怀抱。我不知大桥的设计者是不是有意为之，我想应该是的，内心由衷佩服这位设计师，他真正参透了太阳岛的神韵。风儿吹动着竖琴的琴弦，发出一种迷人的近乎天籁的旋律。那旋律一直伴着我登上对岸，伴着我离开美丽的太阳岛。

直到现在，只要想起东北之行，我就会想起太阳岛，就会感受到那份独有的宁静，那天籁般让人心跳的乐声就会悠然响起，那是一种需要用心去听的优美的声音。

海兰泡的落日

每一个对中国历史稍有了解的人，对于"海兰泡"三个字以及那段沉痛的历史都不会陌生。当我走出中国海关的大门，那条历经沧桑的大河就呈现在我的面前，它宽阔而平静。这就是我们常说的黑河，也称黑龙江，对岸的俄罗斯人称之为阿穆尔河。这条静静地流淌了几千年的大河，曾经目睹了人类历史上极其惨烈、极其野蛮、极其悲壮的一幕。站在她的身边，任何一个有感情、有血性的中国人，心情都会难以平静。正午的太阳照在河面上，闪动着粼粼的波光。我仿佛看到七千余名同胞被刀枪镇压着，黑压压地奔涌过来。河水像一头吃不饱的巨兽，一会儿就将他们吞没了。无数的尸首漂在河面上，河水真的成了一条黑河。时隔一百多年，河两岸已经是一片和平、热闹的景象。每天都有成千上万的中国人从河上穿过，到对岸那片曾经属于我们的土地上观光、游览或者经商。两条现代化的渡轮穿过时空的阻隔，将历史之痛抛得很远，将好奇的人们带到有些神秘的对岸。

对岸的城市我们叫作海兰泡，而俄罗斯人称之为布拉戈维申斯克，意思是"报喜之城"。当我知道这个名字的真实含义时，心里禁不住一阵疼痛。这个名字将当时沙俄帝国的霸权野心和志得意满的狂傲嘴脸体现得淋漓尽致。这是一个只有二十几万人口的城市，却是俄国远东地区的第三大城市。它没有高楼大厦，没有像样的建筑，陈旧的二三层楼房散落在城市的几条不大的街道两侧。街上人很稀少，偶尔有老旧的伏尔加、拉达以及不知名的面包车、小货车驶过。商店都很小，购物的人也不多。与对岸我们的黑河市形成强烈的对比。站在河岸上，对岸看得十分清晰，高楼林立，一片蒸蒸日上的繁荣气象。

城市最好的去处要数博物馆了。这是一座不大的三层拜占庭式的建筑，临街。博物馆室内陈列与中国博物馆很相似，从一楼到三楼分别陈列着反映从远古到今天布拉戈维申斯克发展历史的实物。讲解员是一位刚毕业不久的年轻姑娘，说着一口不很流利的中国话，但是态度非常友好，讲解也十分细致。只是讲到城市来历时，讲得很快，也很简略，只介绍了一下建城时间和历任州长。至于那场战争，特别是那场惨案，则一掠而过，很快就过渡到经济物产部分。我知道姑娘的良苦用心。我自己回过头来，一件一件地细看那些饱经战乱、浸透着我们同胞鲜血与民族耻辱的实物遗存。我看不懂俄文解释，但从展台上的展品，特别是从那一门大清特制的大炮以及长枪等实物中，从那悬在半空的巨大的象征着沙皇统治的镏金双头鹰国徽中，可以清楚地看出，对于那段历史他们难以掩饰的自豪与骄傲。这是我的猜测。我很想知道普通俄罗斯人的看法。问那位年轻的讲解员，她盯着我看了好久，似乎听不懂我的话。我又重复了一遍，她耸耸肩膀，摇头一笑，用不太熟练的汉语十分吃力地说，那是历史，我没有经历过，不懂。

下午，朋友领我们去访问一个集体农庄。集体农庄是苏联的说法，现在他们也已经分田到户了。我们去的这家户主是一位六十多岁的老人，名字叫列拉。他自己种着五亩地，有一辆轿车，两个儿子都在城里工作。老人的房子紧靠着公路，是一幢别墅式的小楼，周围种满了各种水果和蔬菜。老人老早就在院子里等着，车一停下来，老人一边摇着我们的手臂，一边用不太熟练的中国话说着欢迎，脸上是只有农民才有的那种十分质朴而又真挚的微笑。通过翻译，老人告诉我们，他的老家在乌克兰，是俄国占领这里以后移民过来的。我问老人知不知道那场战争，老人说，当然知道了，是听老人们说的。老人说，这一带原来住着好多中国人，江东有六十四屯，后来俄国兵赶跑了他们，打死了很多。老人摇摇头，沉默了一会儿，十分诚恳地说，我们应该是好朋友，打仗不好。老人有很多中国朋友，每次中国朋友过来，都要到他家里做客。老人热情地领我们参观他的房子。房子外观挺漂亮，里边的陈设很简单，但收拾得利落、干净。老人又是倒水，又是到院里采摘柿子给我们吃，这一刻，我被老人感动了，心里暖融融的，生疏与隔膜一下子没有了，我甚至有一种回到农村老家的感觉。

回到宾馆已经是下午六点多了。我们下榻的宾馆，名字叫友谊饭店，大概是专为中国人建的。这是一座很普通的七层平顶楼房，除了服务人员是俄罗斯人以外，其他真的感觉不出是在国外。房间十分简陋，与国内乡镇招待所差不多。我走出宾馆，见门口有一位卖邮票的俄罗斯人，与他攀谈起来。他的名字叫萨沙，今年36岁，说着一口流利的中国话，他对中国的情况了如指掌。我与他谈起那场战争，他十分坦然地说，杀人是一种罪恶，但那是历史，已经过去了，重要的是现在，我们现在关系挺好嘛，友好往来，中国不是有句名言嘛，叫作向前看……

他那真诚的无所谓的样子让我无言以对。告别了萨沙，我信步来到黑河岸边。这时候太阳已经落到了水面，一轮金黄的火球，照得满河的水都像火一样红。枯水季节，一半的河床已经裸露出来。我顺着台阶走下河沿儿，脚下踩着被河水冲刷得晶亮的鹅卵石，心里又一次涌起感情的涟漪。这一带是黑河河面最窄的一段。我知道，一百年前那些无辜的同胞就是踩着这些鹅卵石走向死亡的，这一枚枚普通的鹅卵石曾经浸染过无数中国人滚烫的鲜血。

走到水边，掬一捧河水，冰凉彻骨。这曾经见证了那场灾难的河水，流过了一百多年，还是当年的样子。但是河两岸发生了巨大的变化，河水中的血腥气早已经消散了，人们的心境已经十分平和、冷静，两岸的人民已经成了伙伴与朋友。我想起萨沙的话，想起海关口岸那涌动的人群，想起贸易市场上中国人与俄罗斯人并肩做生意的火爆场面，想起列拉以及街头相遇的友好的笑脸。是的，历史已经过去了，中国已经强大起来，中国人受欺侮的日子已经一去不复返了。只是作为后来人，那些黑暗的日子，不论到了什么时候，我们都不应该忘记。

太阳落下去了，明天又是一轮崭新的太阳，一个崭新的日子，一河崭新的清亮亮的黑河水……

定林寺的高度

看到定林寺的山门，竟有一种回归乡里的感觉。

石砌台阶之上是一座石砌的门楼，那种山里人家宅院的门楼，只可容二三人并排进出。这样一座山门，刷新了我有关寺庙的认知与记忆，内心感叹这应该是名刹大寺中最小的山门了。门楣上题刻着"定林寺"三个蓝色大字的匾额和两边同样是蓝字的一副对联，提醒我并没有走错，这就是赫赫有名的千年古刹——定林寺。

在浮来仙山怀抱中的这座小小的院落，总面积只有四千多平方米。没有高大巍峨的山门，也没有金碧辉煌的宝顶大殿，一色的青石红墙灰瓦，像这山里的石头、路边的古树一样的质朴、低调。与它同时期的南京上、下定林寺，还有稍晚的安徽定林寺，都是几经坍废、重建，唯有这小小的院落，始终守正如始，以其独有的智慧与定力，与浮来仙山相伴相守，成为千百年来世世代代信众游客膜拜的精神宝地。

跨过山门走进小院，这才恍然明白，原来这小小的门楼，就是先人埋下的一个伏笔，暗含着从平常世界至兰若幽境相接相升的禅意。在犹疑之间跨入山门，身心便会感到一种电光石火的震撼，升起一种洗礼般的庄严。

一棵大树，一棵从未见识过的巨大的银杏古树，巍巍然大山一般矗在眼前，以无比强大的气场让每一个进入院落的人肃穆、讶然。初夏的正午，门外艳阳高照，门里却感到一种沁人心脾的荫凉。门外喧闹的世俗之声瞬间远去，人们都在围绕大树仰头观望，眼睛睁到最大，嘴也微张，不时发出啧啧的叹喟之声。对于大多数人来说，这是有生以来见过的最大的活态树种。据测算，树龄已达四千余年，树的围长 15.7 米，树高 26.3 米。民间传说七搂八扠一媳妇，眼见真是七八个大人合围才能勉强搂过来。

在这样的一棵大树之下，每一个人都会由衷地感叹生命的伟大和自身的渺小。让人惊叹的不仅是树体巨大、树龄超长，更是生命力的盎然旺盛。在这样一棵老树上，看不到中空或者枯朽的景象，映入眼帘的都是健硕生命的亮色，粗硬的树皮也泛着一种汁液充盈的鲜活之气。不同方向、不同层次伸展出来的一人多粗的巨大枝干，像巨人的手臂，虬曲着却是坚挺地向外伸展，向上撑起一层一层密实生长、青绿荟郁的枝叶，形成一个巨大的伞状树冠，全方位承接天光与雨露。

光与水是生命之源。据说这棵树每天需要三吨水，都依靠自身树叶和根系来供给。巨大的树冠覆盖面积达660余平方米，无数的扇形叶片像无数只灵手，承接着阳光和空气中的水分；地下庞大的根系更是织成一张大于树冠几倍的大网，分层深扎，广吸博取，据说最长的根系一直伸展到寺外的小溪边。密实的叶片之间，青绿如杏的果实是生命力最直接、最有力的呈现。不仅树枝上结满果子，粗大的树干上也不时会看到直接生出的几片翠叶和几颗圆圆的果子，让人心生感动。据介绍，老树每年都有一千余斤的银杏收成！一棵四千余年的老树，不仅活得怡然，还能结出这么多的果实。老树结出的果实与一般银杏的椭圆形状明显不同，圆润如珠，顽强地保存了古生代银杏的原始基因。银杏是雌雄伴生的物种，需要异株授粉才能结果。这棵老树配对的雄树远在三十公里之外，据说是一棵一千余年的老树。两棵老树的远程交配构成一种生命的奇迹。这惊人的生命力，让人参出大千世界、万事万物的深博与伟大，让人悟到生命密码神秘玄奥的禅意。在这千年古刹之内，这悠悠几千载的老树即是具有生命灵性的佛，覆盖众生，达接万物。大树的侧旁就是大雄宝殿，人们拜佛，更多的人是拜树。千百年来，当地百姓一直把老树当作神来供奉与膜拜。周围栅栏上挂满祈福许愿的红色丝带，寄托着人们对美好未来的希望与期冀。

这棵被誉为"活化石"的超级古树，更是一部活态的巨型史书，是华夏文明演进发展的见证者。四千多年，它经历多少风霜雨雪，阅尽多少世间沧桑之变，看过多少人间悲喜故事。曲阜孔庙内让人肃然起敬的两千多年的古柏，在它跟前只能是儿孙晚辈。位尊万世师表的孔子出生时它已是两千余岁的苍苍老者。见过大禹时代的滔滔洪水，经历过春秋之变与战国之乱。齐桓公小白避难时曾经来到树下参拜，成就霸业后发出勿忘在莒的感喟。秦皇汉武东巡传说途经莒地，只有老树记得他们在树下的盘桓豪叹。鲁隐公与莒子树下会盟，陈毅将军也曾在此与人博弈论战。在这棵古树之下，历史长河的强大气场，使多少王侯将相醍醐灌顶，和平祥瑞的气息萌庇了多少生民百姓。历代多少文人墨客来此寻根探脉，吸纳智慧与灵感。知密州的苏轼竹杖芒鞋山前留青印数点，擎苍牵黄树下应放歌寄怀；更有莒地游子刘勰，与古树相伴相守，皓首穷经，成就一部传世巨著。

古刹小小的院落前后三进，大雄宝殿之后，是一座逼仄的二层石屋。门楣上镌刻着郭沫若题写的"校经楼"三字，这就是刘勰晚年修炼、校对佛经、修删龙书的所在。门内是刘勰的坐姿塑像和不同版本的《文心雕龙》以及历代相关著述。校经楼的后边是三教堂，这也是定林寺有别于一般佛寺的独特之处。本是佛寺，供佛的同时，也供奉孔子、老子，儒释道三教同处一堂，和谐共生。这是魏晋遗风，更是定林寺一千五百年的坚守。佛本西来，与儒道相融相谐，共同成就扎根齐鲁沃土的文化风景。不知道是三教堂内相互浸润的思想、文化影响了刘勰，抑或刘勰推动了三教堂的创立及其内在的融合。刘勰毕其一生，参悟儒释道的融合汇通。自幼抄经习佛，晚年更是燃须出家为僧。虽然法号慧地，但其思想主脉还是宗儒弘道，佛家思想时隐时现地渗透其中。《文心雕龙》全书凡 50 篇，从《原道》到《序志》，没有一篇不以儒学为宗，释道思想则如影随形。他主张征圣宗经，所征之圣必是孔子等儒圣，所宗之经须是五经等儒道经典。他特别推崇儒家刚健中正的诗学精神，《养气》与《风骨》等篇专门做出阐述。道家思想中的意象理论更是作为文章之元始倍加推崇，"人文之元，肇自太极，幽赞神明，《易》象惟先"。其"神理"学说的论述既体现着佛性之意，亦可见道心之影，既有儒的胸怀天下，又有佛的自在自为，也有道的天人合一。儒释道三种思想文化的兼容并蓄，提升了刘勰思想的厚度、精神的高度，也充盈了《文心雕龙》的境界与气场，使其超越了文学，超越了时代，成为一部集人间智慧大成而不朽的经典。

历经千余载，浮来山下这个小小院落，已经成为刘勰思想和精神的驻锡地，刘勰的思想和精神已经成为深扎于这里，与古老的银杏树相伴相生、巍然屹立的又一棵大树，成为定林寺引以为傲、千载不移的灵魂符号。两棵大树相得益彰地屹立于这座不起眼的小院，异曲同工地诠释了齐鲁文化乃至华夏文明的不朽光芒！有了这样的两棵大树，定林古寺便有了独秀于世的高度，便会千年不朽地存在下去、辉煌下去。

离开定林寺，回首相望，那石砌的小门楼变得雄伟起来，而且脚步愈远，愈见其高大，以至高出浮来仙山，直通天际。

看望蒲先生

牛毛细雨被风织成了雾幔，将蒲家庄团团裹住。沿阡陌小路走进庄子便走进了那被雨水洇湿的沉沉厚书。

先生没有出来迎我们，这样的天气不适合——雨水会湿了马褂，会泡了那满腹的故事，况且先生也见不得那哼哼怪叫的汽车。先生差了他的后人，着西装革履，散乱地立在青砖黑瓦之下代他候客。从后人那憨憨的笑里，我们看到先生的淳朴与和善，看不到一点狐烟仙气。

小院的门始终是敞着的。只是人多了，妖狐都跑了。但是先生呢？先生在哪儿？满院里难见先生。才子美女，华服玉佩，异香袭袭，先生自然是要回避的，先生喜静。静静的默想中那妖狐才和他攀谈，那仙气才可以不绝地缭绕。门前的那穗棒子还在，日晒风蚀，并没有长毛。那架老藤还在，秋雨淋着，越发旺盛地顺老屋欢快攀长。屋内书案、床榻还在，铺盖也还放着呢，只是寻不见先生。有人说，先生上后山了，先生常去那里，教完了书，先生便倒背了手，任秋雨打湿马褂长衫，任秋风撕扯瘦黄的发辫，先生低首爬上庄后的土坡，在那条穿沟过林的小路边上搭了一架凉棚——那里有一眼井、一棵老柳树。先生在那里蘸着泉水润笔，润腹中积得久了的神气。天将黑了，风刮得小了，沟里暗得只剩下松树、柳树的影子，这时候先生便捋住那把白须，像是逮住了哪个调皮狐仙的尾巴。先生笑了，那狐仙也笑了，笑得放肆、开心，先生便醉了，醉倒在沟里。

风大雨也急了，有呜呜声传过来，是那青狐在哭吗？罡风鬼雨如剑如鞭抽得青狐翻滚跌扑，溜着沟沿儿逃到先生膝下，扫着尾巴嘤嘤哭泣。先生倚着石栏睡意正浓没有听见，便有一群赤狐白狐老老少少相牵相扶逃过来，跪伏仰首泪眼哭求，先生的泪便顺睫毛滚下来，如胭如脂，落进井里。先生从怀里摸出那管秀笔，蘸了那泪，便有朱红木剑倚天而立……

风刹雨住，一行人头发湿湿地站在沟口土坡，看沟里烟雾翻卷阴风惨惨，娇声狐气便灌满了沟沟垴垴，灌得一行人身上发冷心里打战。先生这时候已经揩干了脸上的雨水，顺小路倒背双手悄然折回书斋，把那本装订缜密的厚书轻轻合上，只留一路痴人，在那沟垴崖坡上发呆发怔。

晚霞的余晖将沟垴照得透亮。有人下去了，看那沟中杂草丛生的小路，便发现了狐狸的足印，秃了的老树上一只黑白杂毛鸟嘎的一声飞出去，有人大叫狐狸，狐狸早循着风声远去了。有人问庄里人，多一霎儿？庄里人抿住嘴笑，二百年。那狐狸是随先生去了，去追先生，追上先生便有自己的命。

循狐仙的足印一点点找到了先生苦守的那座大山。与身前身后的几座无异，只是山前坑坑点点，有人说是狐狸下跪的痕迹。很远的地方有一座小房，一块青石记着先生不愿看的文字。石碑尽管用铁栏护住了，还是有泥巴抹了几下，可能是哪位调皮的小狐为讨好先生干的。先生把这些看得很淡，一生都在风里雨里，这些便如纸扎花鸟一般轻薄。后辈人出门必坐汽车，先生总是倒背着手，低头顺阡陌小路踩杂草枯枝独步行走，先生见不得那些热闹。

雾气又漫上来，天将黑下去。先生的那座大山被秋田连绵包住，夜岚在极宽极广的空间里弥漫，有人听见一声叹息，便有青狐出来清场说，先生该休息了，明日还要教书。戴眼镜的才子说，先生活得太累。听见狐仙呸的一声，极尖酸地喊，你懂什么——

那进口的汽车逃得极快，一会儿便被雾霭吞没了。先生的后人仍旧站在青瓦檐下，憨憨地笑着，代先生送客，直送到看不见颜色。

济南的春天

济南的春天很短，就像大戏开演之前跑出来报幕的小姑娘，懵懵懂懂跑到台上转一圈儿，人们还没看清她的模样便不见了。

为了这短暂的亮相，春姑娘也是铆足了功夫。春节刚过，南山的雪还没有化净，她在幕后已经抑制不住涌动的春情，风儿刚一转向，她便蹑手蹑脚地跑下山来，脚步轻柔，但还是十分清晰地叩击着人们的心扉。趵突泉灯会的余晖还在闪烁，千佛山上的蜡梅已经绽开了娇艳的嘴唇，阵阵幽香随风浮动，搅得半城人心神难宁。过了二月二，护城河边的柳丝便开始变得柔软，颜色也由红变青。泉城公园的白玉兰，毛茸茸的骨朵儿，如喜鹊的喙，仿佛正在攒着劲地绽放，待春风一劲便绽喉放歌。

过了三月，济南的春天便开始有了颜色。各种花儿次第开放，像芳心初萌的少女，一笔一笔地在嫩白的脸蛋上涂脂抹粉。当然没有江南梅花那般妩媚，没有婺源油菜花那般铺排热烈，没有武汉、南京樱花那般娇艳。旧时济南的花都有些羞答答的，隐在湖畔泉边，藏在高墙大院。珍珠泉的海棠，趵突泉的木香，黑虎泉的蔷薇，五龙潭的丁香，都幽幽地躲在水边或者假山的背后静静地绽放，有些孤芳自赏，但都是用足了心劲儿，一片一片地着色，装扮得济南的春天多情而又生动。

这几年城里城外种树种花，清明过后，几场小雨，一夜南风，济南气温俨然入夏，泉城一下变作了花城。马路边、庭院前、楼宇间，到处是红的桃花、粉的樱花、白的杏花，迎春、连翘满眼满坡地绽放，还有双泉的小婺源、九如山的小江南……花开得也是纷纷扬扬，赏花的人群就像赶集一样，热烈喧闹虽然不是济南春天的主调，但也恰如步入青春期的少女，一头撞开成人的帐幕，脸上泛起一片潮红。

如果说花是济南春天的头饰与腮红，那么水对于济南的春天来说，则堪比少女美丽的眼睛，纯净、幽深而又灵动摄魂。春水初开，趵突泉仿佛按压不住春情萌动，玉液琼花，汩汩喷涌，有如三朵硕大的莲花，撒着欢儿地绽放。护城河水越发清澈，随着船儿的划动，水波轻漾，可以清晰地看到水下青绿的水草欢快地摇曳。五龙潭水更加幽深难测，清黑如墨。大明湖水面平滑如镜，微风轻拂，清亮亮的水面细波如鳞，仿佛无数的生命都在眨着眼睛从睡梦中苏醒。这时候柳树的毛絮已经绽开，垂至水面的枝条也已吸饱了水分，由青转绿，细细的柳叶刚刚吐出雀舌般的芽儿，远看如绿烟翠雾，恰好洇湿明湖烟柳的诗情画意。

若是天晴无风，你又足够幸运，远在城南的千佛山，这时会比深秋时节更加清晰地倒映湖面，佛山倒映，线条轮廓清晰可见，山色浓淡层次分明，远胜东海的蜃楼幻境，一幅大自然肆意泼洒的水墨，叠映出济南之春穿越古今的诗情神韵。这时的济南，已如告别青涩的少女，成熟火热，风情万种。

古村访记

上九古村

邹城之南，上九古村。背倚九山，面向鲁南平野。始建宋初，至今仍人丁繁盛，郑、商两姓，凡三百户，计千余人。世说齐鲁古村：北有井塘，南有上九。更有方家考曰：上九古村，乃邹鲁文化之活化石尔。一曰重理。村落布局，取易之上九吉卦，依山顺势，一街一巷，一宅一井，看似随意，却尽在数理。二曰有智。村街、屋墙俱就地取材，花岗石砌，却机巧精致。柴门石户，外观粗简，却别有洞天。郑家胡同、山里胡同依山就势，蜿蜒幽深。财主家宅深院阔，却也厚朴磊落。六合院一门六院，父母居上，五子分五院顺坡依势次第而排，错落有致，各守一隅又互联互通，实乃乡建之杰作。三曰钟文。昔有村塾，后有乡学，不分贫富，咸重诗书。四曰崇礼。村风淳朴，崇贤尚德。郑商各有家训，传衍百世，诵之行之。婚丧嫁娶，礼规千代，繁简有矩。想夕阳西下，炊烟袅袅，耕夫牵牛荷锄而归，村妇引童相迎，石板村路，欢声笑语。至夜，天蓝星烁，山夜静寂，萤飞虫鸣，石墙灯影，如诗如画……

井塘故事

井塘古村，青州之南。山如纱冠，水清若镜。明末清初，浙江钱塘张氏、河北吴氏、河南杨氏三族陆续迁居于此。截水成塘，垒石造屋，生儿育女，历十几代，凡几百年，虽种姓有异，来有先后，三姓始终和睦共处。传张氏有女，其貌动城。州官倾醉，入赘东床。架楼筑台，栽榴植杨。更有杨氏善财，居深山而汇天下之财，垒石屋而营齐地第一银庄。废墟之下，演绎多少悲喜故事，世代传承，续写一部艰辛却也温暖的移民传奇。

以石头写历史，以石头刻沧桑，残垣断壁述说岁月艰辛，石径古树见证苍生悲喜……

博山窑村

博山窑村，陶业古镇。兴于宋元，明清已名扬四海。清末民初家家窑工，半城窑炉，炉火如霞映城堞，窑烟似雾笼四野。一时博陶声名冠天下，古镇喧哗胜名都。后陶市式微，产业更迭，古窑老炉多停火废坍，世传窑匠纷更业转行。今漫步古镇，宛入陶海，街巷两侧百炼陶模铺路垒墙，举目所及古陶旧器架棚盖屋，更有百年古窑因街傍屋而矗，断壁残垣间时光倒流，彼时陶事之盛栩栩在目……

千年古窑兴废倏忽之间，百代传艺更需窑变之力。古陶之盛不再，新瓷之兴日隆。国瓷琉璃如蝶蛹百变，根脉在兹，风骨在兹。

古　角

　　越来越多的游客慕名来到成山古角，循着当年始皇东巡的辇道，领略沧桑古角的神韵。

　　自威海卫向东南驱车一小时，即可抵达荣成成山卫，再往东十公里左右，便是当年始皇东巡的辇道了。《史记》上说："二十八年，始皇东行郡县……过黄、腄，穷成山，登之罘，立石颂秦德焉而去。"《史记·秦始皇本纪》又记："三十七年，十月癸丑，始皇出游。……自琅邪北至荣成山，弗见。"相隔不到十年，始皇竟两次君临成山，足见成山头魅力之大。我们不能不佩服始皇的勇气和魄力。两千多年前这里还是不毛之地，两千多年前这几千里路途该有多少艰辛和险阻。我们也不能不为这位帝王的眼力所折服，万里迢遥，他竟寻着了这么一处好风水。

　　刚出成山卫，眼前一亮，天蓝海阔，山清水秀，一抹青山自成山林场向东绵延，愈往前走，山势愈高愈陡。紧傍着大海，一排排红瓦白墙的别墅小楼依山傍海点缀在山水之间，鲜亮如画。一望无边、苍茫邈远的海水撕扯着大山的裤脚，海水的尽头是天，天似乎刚让海水洗过，湛蓝湛蓝的，几朵白云棉絮一般白亮耀眼。偶有风过，便有一丝一丝的云絮在黝黑如铁的山尖上缭绕、飘游，丝丝缕缕似在眼前一般清晰。

车过落凤岗，便能看见天门了。天门雪白，全由汉白玉砌成。高达二十余米的巨大弧形门框，像两只巨大的手臂，尽力向上，力图触摸天上的云彩。进天门，先要去看始皇庙。从外面看，始皇庙比一般的庙还要小，南北两进总共不过十几间青砖黑瓦房。始皇庙最早是始皇的行宫，当年始皇就是在此止辇歇息的。秦灭以后，公元前九十四年，汉武帝刘彻又步始皇后尘，东巡成山，礼拜太阳神，在此大兴土木，建造了冠盖一时的日主祠。

始皇庙（日主祠）内没有始皇的牌位，也不见汉武的影子，残留的秦砖汉瓦让你自己去想象和体会当时的情景。庙里立着民族英雄邓世昌的木刻雕像，雕像已被日月风蚀得布满了裂纹，脸上、身上被香火熏得发黑发灰，但坚硬的红木仍旧透着一股刚硬的民族豪气。当年甲午海战黄海主战场就在成山头以东海面，参战水兵不少是成山头人。至今山下仍有渔民家里保存着祖先身着北洋水师水兵号服的相片。甲午海战战败后，成山百姓含泪请工匠造邓将军木像一尊，将本乡阵亡水兵牌位立于将军左右，供奉于内。如今每逢年节和清明，仍有老渔民手提包袱自备酒菜，来始皇庙拜邓将军。

从始皇庙出来，跨进天门便是天街了。迎面便是那块刻有"心潮澎湃"四个大字的石碑。极目远望，天高海阔，满眼无边无际碧蓝如镜的海水。天街不宽，刚能过一辆汽车，傍山根凿出的黄土路面，平整、坚实、洁净。有雾裹着浓浓的海气扑面而来。愈往前走，风愈大，雾气也愈加浓重，还不时传来震人心魄的轰响。那是成山头的涛声，成山头的海涛是一大胜景。

转过一片松林，眼前豁然开朗。山和树都隐去了，只看到海和天连成一片，分不清哪是海哪是天。雾气倒是淡了，但海的气息更浓了。从无边的大海中无遮无拦吹来的海风有如过水的丝绸，将你围裹起来，让你感到透彻肺腑的凉润与爽快。三面都是海，脚下突进海中的尖角只有几米宽。大海这时已不再是蓝瓦瓦的锦缎，而是灰乎乎、黄泛泛的一片。海和天似乎都立起来了，有难以捉摸的力量自天边向下挤压，水下似有无数被挤住尾巴的蛟龙，呼啸着，翻搅着；又似无边无际的红眼狮群，撕咬着，嗥叫着，自天边铺天盖地、排山倒海迎面冲来。海上生风，风卷狂涛，一排又一排巨浪滚滚而来，嘭地冲到礁石上，又轰地抽下去。那声音似乎要把你的心腹掏干净，那气魄似乎要把脚下的礁石一口吞没。无数水珠刚刚哗啦啦落下，第二排巨浪又呼啸着、嗥叫着冲上来……

勒有"天尽头"石碑的观海亭连着曲曲折折十八盘梯阶探进海里十余米。从后边看去，像一条蛟龙，昂首扭身，和气吞万里的巨浪搏击缠绞，又像一顶不慎落水的轿子，被无数冲天的水柱和雪白的浪花簇拥着、围裹着，随时都有沉没的危险，让人眼晕心跳。那十八盘梯阶尽管不断辗转腾挪，也还是躲不过海浪的撕扯，低凹处不时被吞没。这样，登上观海亭便是一次艰险的考验，胆小的便不敢过去，走到半路便被浪花追着嗷嗷叫着逃回来。

只要你登上去，你就会对大海有一种更深的认知，你的心里就会感到一种从未有过的震撼。站在几十米高却只有几平方米的一块礁石上，面对着大海四面狂涛的合围之势，你会感到恐惧，也会感到一种透彻肺腑的旷达和开阔，你会有一种融于大海的感觉。大海将你的心胸洗透了，让你体会一种行尽天涯路的绝望与自豪，让你体会一种"视通万里，思接千载"的境界。面对无际无涯、混沌渺茫的大海，你会感受到一种沟通的愿望，此岸与彼岸沟通的愿望。从这里出发，只需几个小时便可抵达另一个国度。这是现代人的境界，当年的始皇站在这里一定是满目的迷茫与恐慌。观海亭所在的这块礁石又叫射鲛台。始皇面对狂涛巨浪，断定水中有大鲛作祟，怒发冲冠，挽弓引箭，直至弓断矢尽，大海仍旧狂涛不止。始皇也曾试图修桥过海，与海神相会，海神无信，将快要修通的海桥拆翻，始皇差点落海丧命。留下四个桥墩，向后人诉说他的千古遗恨。这四个桥墩就是观海亭西南海面上的四块巨型礁石。今天，人们称它"秦桥遗址"。

类似的传说有很多。始皇是带着神秘的向往来的，却带着遗憾和恐惧愤愤而去。

从观海亭下来，抖抖身上的水珠，若是天气合适，你便可以看到一群一群的大天鹅嘎嘎叫着从东北飞来。成群结队的洁白如雪的大天鹅紧贴着水面从眼前盘旋而过，将你的思绪从远古中扯回来。自观海亭西行十余里，便是举世闻名的天鹅湖。每年有上万只大天鹅来这里越冬栖息。每个到成山头观光的人都不能不感叹，这么多的大天鹅聚集在一起真是一大奇观。成山头的好风水引来了大天鹅，大天鹅渲染了成山头的宁静与平和，大天鹅使苍凉、古朴的成山古角增添了高雅、灵动的气韵。

太阳西沉，离开海角驱车西行，那些传说、那些遗迹、那狂烈的涛声、那壮阔的海景，还有那青山、那白云、那洁白如雪的大天鹅便聚到一起，合成一幅色彩斑斓的画面，令人回味无穷。

空　谷

　　下了电车，两个人好像约好了似的，一齐向南走。拐进那个僻静的小胡同，不约而同地停住，这是去哪儿？相视一笑，又一齐向里走去。十年前的那种默契，实在令人激动。从宾馆门口出来，两个人都没有说话，却都不自觉地选择了这趟电车，没有商量，便又在这一站下车。

　　这条小路，勾起了两个人多少回忆。十年过去了，小路似乎没有什么改变。这里的每块石头、每簇灌木花草似乎都能使两人触景生情，想起当年的故事。小路人极少，两边是一片缀满了紫色小花的丁香，再往南是一片山楂树，花儿都开了，一簇一簇的小白花引得蜜蜂嗡嗡地围着旋转飞舞。小路直通到山下，到山根后便拐进大山背后的山谷。夏季山洪就是从这里奔涌而下的，山谷的谷底布满了被激流冲击下来的碎石和雪白的砂粒。这时候经过一个冬春的风吹日晒，土地已经板结得十分结实。走在上边咚咚直响，像叩击着自己的心房。山谷极少有人来，十年前他们两个下了课便带着干粮吃食跑到这里。逢上星期天、节假日则整天不归，这里似乎是他们的旅舍、他们共同的家。在平整的砂砾谷底，有着他们多少激动人心的回忆，他的心咚咚跳个不停，她的脸也红扑扑的。他有一种窒息感，不知是过于激动还是沟底空气憋闷。山谷的尽头是一排石阶，可以通到山的半腰。他向那里走过去，她却把他拉住了，她说，不要上去了，我们就在这里坐一会儿。他的脸又一阵发热，他知道她的心思，她是不愿意再去触碰那块令她心痛也令他尴尬的伤疤。

山半腰是一座辛亥革命烈士陵园，有一座不高的塔。十年前他们第一次来时，那塔正在加修护栏和基座。那是一个初夏的中午，他们上去时水泥还没有干，不少游人在上面留下了歪歪斜斜的字迹。他也心血来潮，捡起一块尖尖的石子作笔，在塔的基座背后画了一颗心，她也接过石子画了一颗心，与他的那颗交叉叠印在一起，然后他们各自在对方的那颗心上写下了自己的名字。写完以后，他们将石笔一扔，紧紧拥抱在一起。他说，我们的名字，不，我们的爱也同烈士一样不朽了。她却不说话，伏在他肩上，只任泪水哗哗地流淌。

下山的时候，从陵园的墓群中走过，她说，我们将来死了也埋在这里，我们俩占一块地方，合在一起。那时候，死是非常遥远的。因为爱的辉煌，死也显得十分悲壮、十分美丽。

他垂下头，坐在砂砾上，他感到自己的脸有些发烧。她的眼睛平静地看着他，但那平静却让他无地自容。当年他们是何等的亲密，相隔十年，物是人非，虽在咫尺，中间却横了冷冷的墙将他们隔开。她再也不是他的，她是别人名下的老婆，别人孩子的妈妈；他也不是她的，而是另一个女人的丈夫。他真想像从前那样将你紧紧地抱在怀里，但是，他却不能，她的平静让他感到尴尬，她平静的目光让他想起他的妻子和孩子。时间是个魔鬼！但是，是时间吗？她仍旧平静地问他，脸上并无嘲弄与讽刺，但他感到如芒刺在背。他红着脸真诚地向她道歉，她却笑着说，你不用这么难过，实际上我不怪你，我理解你的选择，如果是我，当初可能也会像你这样，你想想，你当初若不留下来，不和我分手，你的今天会是一种什么样子？她的成熟和冷静让他分不清这话是真是假。她比以前丰满、漂亮，更具魅力，也显得更加成熟和自信了。她说他的选择实际对她的成长也有好处，若不是他一下子把她推到了谷底，她也不会有今天这样的成熟和练达，她可能还是当年那个依赖性很强的娇小姐。她说这些的时候，眼睛里的泪水直打转。他知道，她冷静的背后感情仍旧那么汹涌，毕竟他们的过去是轰轰烈烈的。也许是烙痕太深，她不愿意再去触动。也许那打击太大，那些艰难的日子想起便让她心碎。泪水落在他的心里，让他感到如盐水浸渍，如烈火焚烧。他背叛了他们的感情，他的泪水不能换来她的泪水，他知道这二者的价值相差有多么悬殊。

她的失态只是一会儿，还没等泪水溢出来她就让它流回去了。他真佩服她的成熟和冷静。她问他的家庭、他的妻子，她向他说她的丈夫和孩子，她的眼里露出慈祥的母爱与安逸的幸福，他知道这是真的，她已经不再属于他，她的幸福里面已经不再有他的因素和成分。她说这次时间太紧，下一次再来她要到他家里，她要见他的妻子，她问他，我和她能成为好朋友吗？他说，能，你们会成为好朋友的。她问他他妻子知不知道她是谁，与他是怎样的关系。他说不知道，她说你要当面告诉她，她说女人与女人是能够相互沟通、相互理解的。她说她要与她成为和他一样的好朋友。他苦笑了，好朋友，这词让他感到这么生疏和冷酷，但又让他感到一丝慰藉。过去是回不来的，已经失去的东西永远也不会再找到。但是，她毕竟还是原谅了他，还愿意与他这个曾经背叛过她的人做朋友，这就让她感动不已了。他说，谢谢你对我的原谅。她又笑了，像嘲笑一个小孩子，原谅？谈不上原谅，你也没有什么不可饶恕的罪孽，你的选择没有错误，我说过多少遍了，如果当初我对你有过刻骨的怨恨的话，那么，现在，也许真的是时间让我理解了你当年的选择，如果你觉得我现在是成熟了的话，那么说明你当初就已经十分成熟了，起码比我成熟。

她的话让他难辨真假，他拿不准她内心对他的真实情感。相隔十年，她找他来就为了谈这些？她说是解一个扣，解开，双方的心便释然了。但是听了她的那些话，他却无法释然，她又勾起他十几年前的情感之流。因为她还要赶火车，两个人急匆匆地离开山谷，送她到宾馆门口时，离发车时间只有一个钟头了。她有好几位同伴，他不便到车站送她。临分手时，她说，回家好好待人家，好好过日子，不要想那么多，生活原本是很简单的。说完，她便转身走了。她穿过马路走到宾馆门口，又回身向他挥手作别，他没有理她，任泪水轻轻地漫过眼眶，在脸颊上流淌，一动不动地盯着她走进宾馆大门，从他眼前消失。她把过去又带到他的眼前，她把他的心抛到了咸咸的海水里。

回家已经很晚了，妻子还没有回来。他感到屋里那么空荡。这时候她已经登上了东去的列车，他想起一位诗人的诗句：目送你／离我而去／心也走了／随你／东行东行……

她似乎很轻松，他不知道这是不是真的，他不知道自己能否从里面解脱出来。十几年前的轻率，在今天，让他感到从未有过的沉重。

远　行

他知道，这一次，她是真的要走了。

上个月，她来电话，说美国又来信催，那边手续都办妥了，她问他去还是不去。他知道她跟上次一样，内心里是不想去的，只等他一句话。所以，他一点都没有犹豫便劝她，你应该去，分开这么久了，应该聚到一起了，大李在那边也不容易，去年你就该去的。她问他，你说的是真心话？他语气尽力地冷静和沉着，他说，是真心话，大李爱你很深，再说，到那边对你事业发展有好处……她没有听完便把电话挂断了。

去年夏天，他到海城，她把大李的信都拿出来，一封一封地拆给他看。信很多，几乎是每隔十几天便有一封。从信上来看，大李是一个非常内向又非常钟情于她的书生，但是她始终对他爱不起来，她总感到他身上少了一种什么，少了一种做丈夫应该有的东西。他问她，那你当初怎么和他结婚了呢？她瞪了他一眼，脸憋得通红，低下头，好久不说话。他后悔自己问错了，他知道她沉默的潜台词是什么。他告诉她，他确实不知道当初她对他的那份感情，他说，我至今仍感到非常懊悔和遗憾。她抬起头，眼睛看着他，直愣愣的，豆粒大的泪珠从里面滚出来，吧嗒吧嗒地落到地板上。

那天下午，她带他去海边看海。海滩石栏旁、树丛边一对对旁若无人的情侣使他感到很不自在。她回头看他，笑着问他，感觉怎么样？他说，感觉自己老了。她的笑立刻便消失了，带着他拐过马路边，伸手拦住一辆白色出租车。

车到一个十字路口，她便让司机停车。下车后，她说，我们看电影吧，前边就是中国电影院，你等着，我买票去。他连忙拦住她，哪有小姐买票请先生看戏的，我去。她妩媚一笑，好，先生请。他买回票，她看了一眼，脸却变了，你买的这种啊?！他一时糊涂了，还有什么？她脸转过去，红红的，说，没什么。这时，开场的铃声已经响了，她赶忙说，走吧，到点了。电影散场的时候，走过楼梯口，她的手向上指了指，说，楼上还有一个小放映厅，小包厢，放映通宵电影。他这才恍然大悟，想起买票回来她的失态，心里禁不住一阵籁籁地发热。

电影院离她住的地方很近，他看看表，已经十点半了。他说，我回招待所了，一会儿该关门了。她坚持要他送她回家。到她家后，她便又是烧水又是泡茶。他说，我该走了。她说，早过点了，招待所你进不去了，你干脆就安下心别走了。他脸红，心里怦怦直跳，他说，那怎么行，人家邻居要说闲话的。刚才进楼时，楼下有许多乘凉的邻居。她说，不要紧，我昨天就告诉他们，我弟弟今天要来，你是我弟弟！说着，冲他调皮地挤眼一笑。

但是他却怎么也坐不踏实，不知道是紧张还是激动。她倒是十分平静，又是拿影集又拿信给他看。她见他魂不守舍的样子，便笑他，你这是怎么了，一点儿都不像男子汉。他说，我总感到你书柜上那个大观音在盯着我看。真的，对面书橱上摆着一尊足有二尺高的唐三彩观音菩萨，一双秀美的眼睛一眨不眨地看着他，使他想起他的妻子，想起她远在美国的丈夫，使他想到自己这是不是在干一种违背道德的事。她说，你又犯文人的酸气了。

海关的钟声这时候非常洪亮、非常清晰，当当地敲了十二下。夜已经深了，她站起来，打了一个哈欠，说，我困了，你困不困？他说，我不困。她说，我们玩牌吧。说着，她便从抽屉中抽出一副牌来，崭新的。两个人你一张我一张地扔，一副牌没有扔完，她便一撒手，将牌从茶几上全部拨到了地上，一下子扑到他怀里，呜呜地哭起来。他搂紧她，使劲搂紧她一抽一抽的身子。他抱起她向卧室走去，她挣扎着要他不要动，她说，不要动，我们这样就够了。他放下她，她还在抽咽，却没有了泪水。就是在这时候，她问他，大李要我去美国，我去不去？这时他已冷静了许多，抬起头，又看到了那尊菩萨的美目。他说，你还是去吧。她便挣脱他，坐起来，理理头发，突然问他，你妻子怎么样？他不知道该如何回答，但他还是说，她很好。实际这话自见面她已问过不知多少遍了，他也说过不知多少妻子的好话，都是由衷的。她站起来，说，太晚了，我们休息吧，你去北屋，我睡沙发。他也冷静了，他说，还是我睡沙发吧。她说，好吧。走到门口，她又回头盯着看他，眼睛里含满了泪。没等他说什么她便又转过身去，从北屋为他抱来了被子和枕头。

他不知道自己是什么时候睡着的。当晨光穿过窗帘透进屋来，她已经在厨房做饭了。吃过早饭，她送他去车站。他说，赶快下决心去美国吧，不要辜负了人家的一片深情。她用手推他，说，你快走吧，这轮不到你管。他这时不知怎的，眼里却已有了泪。他握住她的手，说，再见。她推开，笑着说，再见。他转身欲走时，见她满脸是泪，却仍在努力地笑着。

但是，她没有听他的话。她给远在美国的丈夫回信说，她这边的课程还没有完，她不想走。

这一次，他知道她是真的要走了。一个月前，打过电话以后，她便来到他住的这座城市。她说她是来看一个亲戚的，可他知道她在撒谎，在这个城市里她根本没有什么亲戚。她打电话给他，他说，我一会儿去接你。她问，接我去哪儿？他说，我家呀。她问，家里就你自己？他说，还有妻子、女儿。她便把电话放下了。

他赶紧坐出租车赶到宾馆，他以为她生气要走了，他知道她是为他而来的。进宾馆大门，便见她提着皮箱在大厅门口站着，脸上似乎很轻松。见他进来，笑着走下台阶说，走吧，带我见见嫂子去。

那一晚，她和他的妻子谈到很晚。他从来没有想到外表那么新潮现代的她竟也能那么婆婆妈妈地拉家常。两个人俨然姐妹一般。该休息了，她坚持要和女儿睡一张床。晚上很晚，他听见她还在北屋与女儿嬉笑。女儿已快上小学了，很亲地喊她姑姑，第二天分手时，女儿竟拉着她的手号啕大哭。她却十分冷静，笑着刮女儿的鼻子。

他去车站送她。走到广场她便一步也不让他向前走了，她说，到此为止了。她转过身，便消失在茫茫人海里。

三天以后的晚上，一阵电话铃声把他吵醒。他披衣起身，妻子也醒了。他拿起话筒，却没有人说话，只听见闹哄哄的噪音和一个轻轻的喘息声。他喊，喂，喂。那边仍旧没有回声，一会儿那边电话放下了，传来一阵嘟嘟的忙音，挂断了。他放下电话，重新躺下。妻子问他，谁这么晚来电话？他努力抑制自己的感情，努力平静地说，打错电话了。妻子又睡了，他的泪水像开了闸一样哗哗地涌流出来。他知道，她真的走了。上海至洛杉矶的航班再有几分钟就要起飞了。

出岛记

　　我从长岛本岛搭便船去北隍城岛采访，途经庙岛时，她被当地一位镇长送上船来。那位镇长与我见过面，临下船时把她交给我，要我路上多照顾她。我那时晕船晕得很厉害，只是嗯嗯应着，对她也没有细细打量，只感到是一个刚毕业不久的女学生，个子挺小，倒是十分清秀、白净，说一口南方普通话，轻软、动听。

　　船继续向北航行，风大浪也大了，我躺在舱里一动都不敢动，稍微翻翻身子便哇哇地呕吐，根本无心也无力照看她，她倒是不停地为我忙活，又是帮我擦衣服，又是为我找水漱口，使我感到十分尴尬。船到北隍城岛已是下午五点多了，双脚踏上陆地以后，我才稍感清醒一些，这时才顾得上回头向她道谢，与她寒暄，这才知道她在杭州一家海洋研究所工作，是到更北边的一个小岛搞海水淡化处理试验的。

吃过晚饭，我们被送到镇招待所住下。招待所是一排平房，有五六间房，大概只有我们两个人住。我住东屋，她住西屋，其余房间都黑着，只有南边几间办公室还亮着灯，有人在吆三喝四地打扑克。乡里人把我们安顿好便走了。我洗了洗脸，感到十分疲累，刚想插门上床休息，听见有人敲门，开门一看，是她。她一进门便嚷着，快把你捡的宝贝石头拿出来给我看看。我说，你怎么知道我捡了石头？她笑了，你忘了我给你提包了？你得赏我几块。我也笑了，真是聪明。我打开行李箱，将自己在长岛半月湾捡来的两大包鹅卵石尽数铺散到床上，她欢喜得嗷嗷直叫漂亮。她说她在长岛只待了一个上午，没能到半月湾去，她说无论如何要我送她几块。我说我正后悔捡多了，太沉，没法往回带，便将那一大包送给她了。她高兴地抱起来就往门外走，嘴里不停地喊着"谢谢"，脸颊通红。

她在这里等船去更里边的海岛，船要三四天后才能来。闲得没事，白天便随我出去采访。她也很认真，也带一个本子，边听边记，还不时地提一些让人难以回答的问题。当地的老百姓把她也当成记者了，她也不客气，俨然一副大记者的派头，回来还要与我讨论稿子。我说将来稿子发表要署她的名字，她笑了，说那倒不必，给她稿费就行。她告诉我，她是清华大学化学系毕业的，很讨厌化学，从小就想当作家、当记者，却阴差阳错地搞起了化学。她确实有搞文字工作的天分，提出的问题很有见地。我说，你若做记者，肯定是个不赖的记者。她高兴得直问是不是实话，若是真的，回去她就改行。

我们所在的小岛不足几平方公里，说是一个乡，实际也就两个村，一二百口人。岛上一个熟人也没有，所以我们两人除了晚上休息的几个小时外，几乎是形影不离。吃过了晚饭，她便来到我的房间，不是胡侃，就是下军棋。她的知识面很宽，而且很有思想。那时候社会上正流行萨特、弗洛伊德等人的著作。她的一些见解和观点很是深刻。由于我们两人的过分"亲密"，小岛上知道我们底细的干部便有些看法，看我们的眼神便怪怪的，总是上上下下地打量，总想找出什么似的。乡党委书记是个秃顶的瘦老头，很委婉地跟我提起，说有些村干部打听那个小姑娘是不是记者，咋整天跟在我屁股后头。我知道其中的意思，便有意冷淡与疏远她。

再一次出去采访时，我没有等她，瞅她不注意悄悄溜出了招待所大院。下午回来，一见面她便大发脾气，质问我为什么不守信用，说好了等她却偷偷地溜了。她认为我是嫌她累赘，她感到我瞧不起她。晚饭时，她板着脸埋头吃饭，一句话也没有跟我说。

这天晚上岛上放电影，是《咱们的牛百岁》，我与她都看过了，她便约我到海边散步，我推说头疼，想回招待所休息。她说，你是不是怕他们说闲话，因此而瞧不起我，他们怎么看和我有什么关系？她说，你们山东人说老实实际是不老实，男人和女人在一起首先想到的是性，你把我也想成男的好了，你不出事我永远不会有事，放心好啦！我没有想到她会如此的直率和泼辣，我被她说得脸上火辣辣的，却无话可说。

我们顺着海边平坦洁净的水泥路向海边走。村子离我们越来越远，路越来越黑，前边就是海边沙滩了，我说往回走吧，她说急什么，脱了鞋提在手上赤脚向沙滩走。我说危险，忙跟上去。海边风很大，虽然是春末夏初，吹到身上也禁不住直打寒噤。海潮轰轰地拍打着沙滩，不时有水珠溅到脚上。她说坐一会儿，一屁股坐在沙滩上。

眼前的大海什么也看不见，黑茫茫的，一片混沌，显得阴森而又强大，让人感到说不定什么时候便会有一种可怕的巨大力量将人摄吸进去。她大概是害怕了，只坐了一会儿便站起来，紧紧地拽住我的胳膊向回走。直走到来时的小路，大海已距我们几十米远了，才吐出一口气说，大海真可怕。我把胳膊从她的手中抽出来，她便笑了，你又怕人了？你放心，我不会爱上你的，你有老婆，我家里也有男朋友，而且比你帅，我只是感到跟你还能谈得来。你知道，我已经在长岛大大小小的岛上待了一个多月，能说话的人太少了，我都快憋死了……

我重新扶住她的胳膊，说我理解。可能是海边风太凉，她的胳膊直抖。我把外套脱下来，披到她的肩膀上，扶着她往回走，走过露天电影场，走回招待所。到了她宿舍门口，她长舒了一口气，脱下外套塞到我手上，一步跳到门口台阶上，冲我挥挥手说，你的任务完成了，再见，晚安！我有些发愣，也挥挥手，回到宿舍，关上门，心里半天难以平静。

这时我的采访任务已经完成，只是因为有风，船无法出岛，在这里空等。那晚快一点了，老书记来敲门，告诉我第二天有拉沙的船出岛，要我做好准备，早上四点钟有车来接我到码头。

第二天早上四点，我提着箱子出来，心想应该跟她告个别，可一抬头，她正站在门口，笑吟吟地看着我。我一惊，你也走？她一笑，我哪有这福分？我送送你！说着便来提我的箱子，我说，天亮还早呢，别送了，你睡吧。她说睡不着了，非要坚持到海边送我。

到海边的吉普车上坐了五个人，满满的，除她之外都是搭船出岛的。她被老书记安排在前排，车上另外几个人都是当地的，叽里呱啦议论什么，我与她都听不清楚。一路上我与她谁也没有说话。分手时，我只和她轻轻握了握手，听她说了一句"一路顺风"便转头上船了。船发动起来，要起锚了，听见她在岸上喊"到杭州……"，我回头朝岸上看，黑黑的，什么也看不见。由于机器响，船又掉过头来，后边再也没有听到她喊了什么。

以后真的到过杭州，可是让我到哪里去找她？

六

开镰有益

开镰有益

最初的印象源于《柳泉》杂志介绍他的一幅照片——

张开镰自负地站在古旧零乱的河岸上，身后衬一座年深月久的拱桥，身旁是无头的树抑或无根的木桩，他眉头紧锁，自信而忧郁地凝视对岸。我想，这是一条孤独但是咬劲儿十足，难以对付、难以击败的汉子，他给我一种感觉，似乎他是在丈量距离，积聚底气，说不准哪一刻便会腾地一下跳过河去。

《柳泉》是将其作为"齐鲁文坛新秀"来介绍他的，同期还发表了他的中篇小说《陌生的夏天》。看了小说更加深了我的那种感觉，小说里流动着一种刚硬的阳气和一种隐隐约约、难以捕捉的忧郁。那条河，古旧而又神秘，我不知道它的历史和现在，也不知它的彼岸到底有什么，竟那样吸引着张开镰。

后来知道，那几年正是张开镰在小说世界里扑腾得热火朝天的时候。他起步比较早，1982年他的小说就被《小说选刊》选载过。但是这几年，他似乎和文艺界疏远了，文坛上呼呼隆隆，这潮那潮一拨儿一拨儿总也寻不见他的影子。一打听，原来他一个猛子扎下去，读书去了，骑着他那"老头儿乐"嘣腾嘣腾地爬玉函路那大长坡，风雨不误。

张开镰的脸上越来越露出自负的气色。他说这两年他读了二百多本名著。他十分认真地告诉老朋友，他感到自己一天天地在长力气。有了这么厚的底子，对自己的过去他便看得低了，他自负地说，你看着，我会变个样子的。老朋友撇撇嘴，拿不准他是不是在吹牛。他便说，你等着，耐心点儿。果然，一开春他便连着推出两个头题，而且都引起了一番热议。张开镰仍旧说不值一提，一派大将风度，言外之意是小试笔墨，真来劲儿的还没有搬出来。

从两岁那年的灾难开始，张开镰就注定了一辈子都要被"残疾"这个阴影笼罩着。对此，他自己比谁都清醒，比任何人都更理性。他新构思的小说无一不与"残疾"相关，但都不是简单地表现残疾人的奋斗、抗争，他说那就太浅了，残疾人拼命去寻找和正常人的那种平衡，那是走入了误区，怎么可能平衡呢？

谈起世事，谈起人生，让人感到他有一种透彻与练达。同时，细心的朋友还可以从他眼角捕捉到最初印象中的那种忧郁和无奈，我知道这不是因为身体的残疾，但我不知是因为什么。是因为孤独？尽管有那么多的朋友听他谈天，他还是感到孤独，这从他"吹"的那些十分现代、十分鼓舞人心的小说世界里可以感悟到。但他自己说，孤独也是一种力量，这是他偶尔说的，让我捉住了。

我越来越感到，最初的感觉与印象是多么准确。那幅画面越来越清晰、精细和完满了。当然，现在的他已远非几年前可比了，他的足下已运足了气，手里攥紧了镰刀，睡觉都在瞪眼凝视对岸。对岸已经看得十分清晰，一片一片金光灿灿的麦田，无边无际，一浪一浪地在招引他。那是属于他自己的，说不准哪一天早上醒来，他就一个纵身跳过去，只要他一挥镰，那金黄金黄的麦子就会大片大片地扑倒在他的怀里……

张开镰应该感谢他父亲，开镰这名字给他带来多么大的福气。开镰就会有所收获，这太令人羡慕了。

冷峻与激情

在这个喧闹、燥热的季节里，面对铺天盖地、滚滚而来的种种诱惑，能够痴情如初、执着如初地沉醉于艺术或其他某一项事业的人已经越来越少了。我们的头脑总是容易随着季候的变化而发热。不管从社会还是艺术的角度来说，我们都太缺乏冷峻的思考和审视的态度了。不论是在社会还是艺术的流变中，每一次潮流过后，受益的往往是那些能够方寸不乱、始终如一地保持一种冷静态度的极少数人。毫无疑问，李学明属于这极少数中的一个。

李学明的画室名"听蝉阁"，高居五楼之上，紧靠着一条大马路。那条贯通泉城南北的大马路整日车来人往，熙熙攘攘。就是在这样的环境中，学明竟能够静心坐下来，面对南窗，静听蝉的歌唱。现代都市里已经极难见到蝉了，蝉是在他心中的世界放歌。他心中自有一方天地，他是在用心听蝉，用心倾听自然的声音。艺术追求的执着，使他无暇他顾。名利与权位、声色与钱财，对他都构不成诱惑。这是李学明几十年修炼的"正果"，这是真功夫。

李学明自小在鲁西农村长大，引他走进艺术殿堂的是一位失意返乡的老军人，一位造诣颇深的老画家。老人本是不收徒的，少年老成的学明深得老人的厚爱，从他身上，老人看到一种潜在的素质和精神，老人破例收他为徒。老人的教法很特别，一开始并不管他，只给他一幅图让他去临摹。临过一幅，送去，老人眼都不抬，只让他放那儿，回去再临。一连数日，都是如此，一幅图不知画了多少遍。这种简单而特殊的训练，对李学明来说，无论是技艺的长进，还是意志的磨炼，都极有好处。现在李学明回忆起来，仍旧对这位老人感激涕零。没有那几年的强化训练，就不会有他今天扎实的基础，更重要的是，几年的苦磨苦练还为他灌注了一种精神。这种精神支撑、鼓舞着他，使他历经几十年的风风雨雨而始终如初地爱着他的绘画事业，一步一个脚印地跋涉攀登，终于登堂入室，成为今天卓有成就、风格独特的青年国画家。

这几年，画界流派挺多，李学明似乎很难被划到哪一流哪一派，他始终低首沿自己的路默默前行。但是，只要你一打开他的画卷，你就会为一种强烈而独特的气韵所震慑和吸引，优雅的书卷气和强烈的诗情画意就会扑面而来。每一幅作品都洋溢着画家本人丰富的情感和智慧，浸透着敏锐的感受力和多层面的想象力。李学明的画有着典型的文人画特点，写意手法在他的画作中达到了娴熟自如、炉火纯青的境界。没有浓墨重彩，简单、稚拙的线条，融进丰富、深透的主体感受和想象，勾勒出传神的人、物造型，在似与不似之间，将画家自己的内在性格、主观意蕴，表达得淋漓尽致。丰富的人生感受和强烈的主观情感相融合，构成一种冷峻而又充满激情的独特气韵。这种气韵与格调，使他的作品在浩如烟海的国画作品中超凡脱俗，卓然而立。《寒禽图》的大面积皴擦造成的那种荒寒气氛，《秋塘栖鸭》里天寒水冷落叶枯的凄惨情景，还有他作品中的每一个人物，尤其是那些古装人物和民初人物，身上都透出一种荒寒之气，那惨白的肌肤让人感到一种雪上加霜的冷意。即使像《听蝉阁消夏图》这样一幅小品，其中尽管突出了血红的瓜瓤，但是仍旧不忘在桌旁放置一把寒光闪闪的水果刀。他似乎总是在提醒你认识和注意生活的冷峻和沉重。独特的视觉和形式语言的运用，使李学明作品的文人画特征愈加明显。画面上那种境界与现实形成一种极强的距离感，一种文人化了的审美距离让人感到神似得无可挑剔，又让人感到怦然心动。冷峻尽管是画面的主体情调，但并不让人感到灰色和黯淡，而是呈现一种对世界、对人生的客观、冷静的洞达和观照，一种成熟的认知。正因如此，静观李学明的作品，我们会感受到一种强烈的激情，冰下涌流一般的激情。同样一幅作品，我们既可以感受到荒寒的气氛，又可以感受到画家在寒禽身上所隐含的强烈的批判精神（《寒禽图》）。同样一幅小品，我们既可以感受到那种沁人心脾的凉意，又可以看到那种手砍锤砸、剖腹挖心一般的火一样的激情（《听蝉阁消夏图》）。这种效果在那些人物画中更加明显。那些裸着的女人，雪一般冰冷惨白的肌肤，下面覆盖着的是波涛汹涌的情感激流。樱唇红艳如燃烧的火头，那幽远深邃的眼神让人感到一会儿就要喷出火来。最突出的还是那幅《访友图》，森森的大山，弯弯的栈道，背向画面向深山走去的男人，一袭红衣裹着他的满腔激情。他去寻找什么？到深山中访探的是怎样的朋友？暮色沉沉，但是画中人却是那样的义无反顾。一身红衣，在整幅作品中所占比例极小，却将作者满腔的激情挥洒得淋漓尽致。李学明曾经说过，他喜欢孤独，常常幻想着有一天独自到一座大山里，搭一座茅屋，自己在那里看书、作画、默想、听蝉。这自然是一种十分古典的理想情调，但是这种幻想一经化入作品表现出来，则成为一种艺术效果极其强烈、内蕴十分丰富的宣言，亦即成为一种风格。真的是去寻找孤独吗？并不情愿。现实的喧闹背后，实际是心灵孤独的悲怆。这是一种强烈的现代意识。不仅文人，每个人实际上都在心灵深处呼唤着友情、理解与沟通。但是由于现实中的种种枝蔓，人与人之间往往形成大山般的阻隔。画家倾洒一腔热血化作画中人的红衣，引发人们深思。

在李学明众多的绘画作品中，不时可以看到一个熟悉而独特的形象：一个着一身白色对襟粗布裤褂的老头，看似平民百姓，却有着硕大夸张的额头和飘逸洒脱的长须；一双眼睛极小，却充满洞悉世间万事万物的睿智；满脸的沧桑感，既生活化又散发着一种仙风道骨的气质。冷峻、淡泊的外表，内藏有丰富的人生阅历和强烈的生活激情。李学明说这是清末的一位大画家，我却感到这是李学明心中的一个意象，是他艺术追求的一种境界的象征。

淡泊、冷峻的线条和丰富、博大且充满激情的内蕴，使李学明的画作向文人画的最佳境界步步逼近。中国画历来讲究诗画合一，李学明的画中尽管极少题诗，但是每一幅画都是一首绝妙的好诗，每一幅画中都蕴含着极其丰富的人间故事。强烈而浓厚的内在诗情与清冷幽远的田园意境，使他的画作诗意盎然，醇厚醉人，由此我们可以看出画家的文化素养和美学品位。李学明实际是一个典型的文人。平时除了作画，总是手不释卷，看书，各种门类的书都看，尤其喜欢唐诗宋词。他说，中国画的精髓在"神"，没有丰富的内蕴，仅是玩弄形式与技巧，一钱不值。谈到技巧，李学明说，我们学习古典、学习传统还很不够，古人的神韵我们还远远没有领会和把握。他说，每当看到一幅古典名作，总是激动不已，那里边有学不尽的东西。当然，今人学古人不得成古人，要与现实、时代相融合，在今人的基础上学古人。当然，并不是说要排斥西洋画。事实上，中国画可以从西洋画中吸收很多东西。当然，学要真学，而不能以西洋画作捷径。搞投机不行，更不能在主体上背离传统。他说，这是很多人，包括近代一些大师所走过的弯路证明了的。他自己对此也深有体会。

今年李学明已经步入不惑之年了。他说自己的路才刚刚开始。中国画已经完全融进了他的生命，一日没有中国画，一日不去抹一抹那神奇的油墨与宣纸，他的生活就毫无意义。李学明的沉稳与扎实，确实令人钦佩，从他那里听不到豪言壮语，更听不到自夸自吹，他极少谈未来，他认为要紧的是坚实地走好眼前的每一步。从他那双闪着执着光芒的眼睛和透着一股咬钉嚼铁劲头的阔大下巴中，我们可以清晰地感到一种坚定的信心。那些独特的古装人物特别是民初人物，已经悄悄地走出听蝉阁，跨山过海，走出齐鲁，走向海外，形成一种强烈而独特的魅力与光彩。几十年的辛苦磨炼，使他的绘画技巧日臻成熟；几十年的文化积累形成的美学品位，使他的绘画艺术融金化银，日上中天。

浪漫的远行

　　我总以为，宝旗是生长在水乡的。一想起他，我的眼前便泛起一片烟波浩渺的大水。十几年前在校园第一次相见的时候，我就感到他是乘船来的，站在船头，清凉的湖风吹掠他的衣襟和头发，潇洒儒雅而又充满了诗情画意。这种印象给人一种轻松、飘逸的错觉，掩盖了他内里的坚忍与沉重。实际山与水都与他有着难解之缘，在十几年的事业追求中，他不断透出一种顽强而又坚毅的内在力量，使我越来越感到初始印象的片面与肤浅。宝旗既是山的儿子也是水的骄子。山与水都赋予了他极其珍贵的品格和质地，他既有山的顽强、沉稳和坚韧，又有水的灵秀、纯真和柔情。

　　翻看逝去的青春岁月，总让人难以自持地激动。宝旗的《远行的感觉》让我不止一次地想起母校，想起鲁西平原上那座古老的小城——尽管书中一篇都不曾提及。那里有我们共同的梦想，是我们这一生精神远行的起点。20世纪80年代初期，文学梦使多少青年学子如痴如狂。一千七百多名学生的母校竟有六百多人报名加入文学创作协会。作为协会的第三任理事长，宝旗的名字自然也就十分的耀眼和响亮。但是天生的内秀品质抑制了本来十分自然的狂傲与浮躁，宝旗那种不温不火的沉稳与老练似乎已经成熟定型。协会的工作前所未有地红火，出版刊物、举办笔会、开展征文比赛……而他自己，更多的时候则像一个心中有数的刺绣艺人，我行我素地做着手中的活计——写他的小说。对于文学，宝旗的热爱比我们都要执着，对于文学和自己的将来，他也已经有了十分实际和成熟的认知。十几年后，当年的文友们都已云散四方，那种如痴如狂的文学追求大都已经成为泡影，唯有宝旗，在文学远行的小道上渐行渐远，文学已经成为他生命存在的一部分。"除了文学我还能干什么呢？"这种定位与选择依旧是那么成熟、冷静。不温不火，心无旁骛，这是一个长跑运动员的心理素质。他跑得不错，他以自己的实力一步一步地接近着那个神圣的殿堂。

但是，文学没有终点。文学创作实在是一种美丽的苦行，一旦踏上跑道，不管成功与否，你都无法真正抽身。哪怕一个字不写了，心里仍旧存着一种心有不甘的悬念。而要做出成就，就必须付出代价、汗水甚至血泪，必须做出必要的割舍。宝旗的成就令人鼓舞,《中国作家》《青年文学》《北京文学》都曾重点推出他的作品。省内外的数次大奖,三十几万字的小说和十几万字的散文随笔的发表,其中不知浸透了宝旗多少心血和汗水,是对文学、故土和亲人深挚的爱恋,给了他坚定的信心和不折不挠的毅力。看似不温不火、文质彬彬的宝旗,内心里奔涌着如水的柔情,这柔情给了他力量,给了他灵感,使他的作品充满了灵性和神韵。无数浪漫、灵透的想象透过宝旗的作品在艺术的空间里翩翩起舞。但是,现实中的宝旗却是十分拘谨甚至保守的,作品中的大胆想象与他生活中的节制守旧形成强烈的反差,这种反差凸显出他的个性和品格。渴望飞翔、渴望远行只是一种精神世界的向往,我们很少走出城门,极少做真正意义上的远行。宝旗曾经有过两次远调他乡的机会,但最终他还是选择了他的靠水的小城。一次是为了看守他的文学,一次是为了照顾妻子和未出世的女儿。有了这两个理由,即使上天堂他也会拒绝。他笑谈自己总在家门口打转转。他的选择是对的,假如他真的迁往了大城市,他就不会有今天的创作成就,他引以为豪的"精神远行"就会失去支撑。经过两次选择的考验,对文学坚守的信念,对妻女的深爱,如两只坚硬的翅膀,使他的精神之舟更坚定、更有力地在故乡的山水之间飞翔。故乡,那是一片非同一般的山水,曾经长出过博大精深的孔孟文化,在那里的山山水水站一站就会增加不少底气和滋养。默默吸收了几十年滋养的宝旗,根底实在难以限量，他在文学小道上的"远行"一定会更快、更远，也更浪漫、更多彩。

我仿佛又见到一艘大船，帆鼓得满满的，宝旗站在船头，双手操舵，在平展的一望无际的水面上劈浪远航。对岸已经看到曙光，一片璀璨斑斓。

淡庐摭忆

地处纬一路的淡庐，门扉常开，案头清供一盆墨兰、半卷书帖，却引得南来北往的文士驻足流连。这是自牧（邓基平）先生早年的书斋，亦是当年齐地文朋诗友的"驿站"。我与自牧相邻数载，多次往访淡庐，见惯了他执笔如椽的沉稳，也领略过他待人接物的温润。在这座被车水马龙环绕的老城中，自牧于淡庐，以古墨为舟，在时光长河中溯流而上，勾勒出默守古风的儒雅剪影。

墨香盈室

推开淡庐的门扉，数架顶天的藏书如叠嶂般迎面而来。线装古籍的檀香与新印书刊的墨香在空气里交融，书架上方挂着孙犁手书的"读书养气"横幅，纸色泛黄处可见岁月沉淀的褶皱。自牧常说："藏书如藏兵，须得列阵森严。"他将晚清藏版《聊斋》与当代民间诗刊并置，让一百三十余部县志与现当代名家名著比邻，这般编排里藏着通古今之变的慧心。

书房深处另有一方天地。两千余封文人信札被分门别类地收在橱柜中，泛黄信笺上既有孙犁、峻青等大家或清秀或遒劲的行草，也有不知名文友工整的蝇头小楷。那年深冬，自牧取出1985年与贾平凹的通信示我，信尾附诗"寒夜客来茶当酒"，墨迹氤氲处依稀可见当年呵气成霜的痕迹。这些书信不是简单的文人唱和，而是用狼毫写就的文化基因图谱。

书案右侧堆着尚未付梓的《日记报》手稿，纸页间夹着银杏书签。自牧编书时总爱在扉页题"但开风气"四字，这话倒像是他的注脚——三四十年间或主编或亲撰近百种图书，每部皆如投石击水，在各类场域激起水花涟漪。

古风雅韵

桌上纸笺被窗口吹来的微风掀动，纸声与窗外市声形成奇妙的和鸣。身处信息化时代，自牧仍坚持用八行笺写信，他与多位文坛大家多年保持信函往还，与老友新朋交流也善用书笺。前些年信末必钤"淡庐"，近年改刊"澈堂"朱文印。某次见其给青年文友回信，竟连手机号码也写成汉文大写数字，这般固执倒让信息时代的年轻人莞尔之余生出满腹敬意。

不断更新的日记本是自牧最忠实的伴侣。自 1973 年始，每日戌时必沐手理纸记梳"流水"，五十余年未尝间断。某册日记里夹着半片枫叶，旁注"丁丑秋与止庵游千佛山拾得"。这般风雅，让人想起《世说新语》里的雪夜访戴。更难得他积极推动日记作为自由文体与文学和出版的衔接，出版系列日记图书、创办《日记报》杂志，让寻常百姓的私属笔墨也能赫赫然登上大雅之堂。

仁者濡风

淡庐的门扉不时有人敲响。某日清晨，鲁北诗友叩门索字，自牧推开校至半截的《淡庐书简》，当即展纸研墨。午后又有某县教师携习作请教，他竟能从书堆里准确抽出对方三年前的来信对照批阅。这般记性，概因心里装着别人的冷暖。

"及时雨"的雅号传得实在。自牧人脉广博，在济和来济的文友有事都愿找他帮忙。求医问药找他，发稿出书找他，只要自己办不了的事都会找他。无论是谁自牧都会赤诚以待，尽力尽心，令人感佩。某年酷暑，胶东某县文化馆藏书遭遇白蚁蛀噬，自牧连夜联络省图专家，第二天顶着四十度高温押车送古籍前去修复。

走过省图大厅时，汗湿的青衫贴在背上，有如一幅水墨淋漓的写意画，感动了事主，也感动了省图专家。

那年深秋，一位病重卧床的文学前辈，不时念叨不知能否看到自己即将出版的文集样书。自牧闻讯后当即联络出版社的朋友督促赶印，拿到样书连夜和朋友乘绿皮火车赶往老人所在的城市，满足了老人最后的心愿。

暮色中的淡庐又亮起灯火。自牧仍保持着戌时书写日记的习惯，狼毫在宣纸上沙沙作响，仿佛在与时光对谈。书架间的信札泛着微光，那些或清雅或拙朴的墨迹，都是丈量传统文脉的标尺。在这座被数据洪流冲刷的城池里，自牧始终是那个提笔自耕的守夜人，以书香为砖，用古风作瓦，在时代的缝隙间修筑着自属也是大众的精神花圃、文化庭园。

黎青漫记

在中国漫画界，黎青（本名陈黎青）的名字如同一面旗帜，既象征着漫画艺术的高度，也承载着文化精神的深度。自1978年以笔名"雷鸣"发表首幅漫画《检查团的检查"项目"》开始，他的艺术生涯便与时代脉搏紧密相连。这位集思想深度、创新勇气与社会责任于一身的漫画家，用笔墨与热血勾勒出智者的哲思、勇者的锋芒与义者的温情，为漫画艺术注入了鲜活的生命力，也成就了他自身艺术创作与人生境界的大格局。

智者黎青：以思想为笔，直抵时代本质

黎青的漫画创作始终根植于对社会、生活与人生的深刻思考。他认为，"思想是漫画的生命"，优秀的漫画家，应该是成熟的哲

学家、思想家，必须兼具哲学家的敏锐和思想家的深邃，以"一图胜千言"的穿透力直抵本质。漫画创作几十年，黎青获得国际、国内大奖与各种奖项无数，纵观这些优秀的漫画作品，无一不是以独特而深刻的哲思取胜，这一特点在其代表作《无题》中体现得淋漓尽致。1991年，这幅作品斩获第十三届读卖国际漫画大奖赛最高奖，黎青成为中国首位获此殊荣的漫画家。画面是一台大型联合收割机，细看机身竟是由密密麻麻、层层站立、手执镰刀的农人组成，构思奇崛，内涵丰博，耐人寻味。工业文明对农耕文明的无情收割令人沮丧，而另一种更深层面的意涵更让人揪心。人人煞有介事而又相互配合默契、整齐划一，这种集体无意识所蕴含的社会的、人性的弊病与弱点，我们何其熟悉而又习以为常、视而不见，甚至人人心知肚明，却又难以抑止、欲罢不能。作品以一种喜剧的形式，给出的是一针见血的揭示和批判，激发人们对其形成机理的深刻反思与警醒。

黎青的智慧不仅体现在选题的敏锐，更在于他对漫画本质的洞察。他提出，漫画"源于生活，高于生活"，需以幽默与夸张为武器，通过"意料之外、情理之中"的构思与表达，传递哲理、揭示本质。近年来的水墨漫画创作中，他常以传统文化中的"福禄寿喜""布袋和尚"为题材，以夸张而新颖的漫画笔墨，将民间传说转化为现代寓言，既保留文化根脉，又赋予时代新意；既洋溢着文人画的儒雅之气，又突显出现代漫画艺术的辛辣与深刻。

这种对文化精神的坚守与创新，让他的作品超越了单纯的讽刺，升华为对人性与社会的哲学叩问。

勇者黎青：以创新为刃，开漫艺新境

黎青的艺术勇气贯穿于创作实践与行业推动的双重维度。

在题材选择上，他敢于直面社会痼疾。1978 年发表的《检查团的检查"项目"》直击工厂弄虚作假之风，开启了他"以笔为枪"的批判之路。在漫画艺术表现上，他突破传统漫画边界，开创水墨漫画新境。他将中国画的笔墨技法与漫画的夸张造型相融合，创造一种崭新的漫画艺术效果。如《秋趣》以写意线条勾勒人物诙谐神态，既保留水墨的雅致，又凸显漫画的讽刺张力。他坦言，水墨漫画需"以形达意，千姿百态"，反对千人一面的程式化创作，主张根据主题灵活运用工笔、写意等手法，不拘不泥，自然开合。

在行业推动上，黎青以开拓者姿态搭建漫画发展平台。2014年，他率先主导成立以个人名字命名的"漫画艺术中心"，搭建漫画艺术创作、研究与人才培养的融合平台，并举办全国性研讨会，倡导和推动漫画创作"贴近生活、服务人民"。作为山东工艺美院客座教授，他率先将漫画引入高校课堂，培养新生代创作者，破解"水墨漫画家半路出家、技法生疏"的困境。作为中国美协漫画艺委会副主任和山东省漫画家协会主席，他多次倡导漫画家要为公益而战，带动数千幅优秀作品涌现。黎青担任漫画家协会主席以来，漫画鲁军不断壮大，不论作者阵容还是作品影响力，都取得长足进步，山东成为名副其实的漫画艺术大省。

义者黎青：以责任为墨，书深情大义

黎青身上的"义"字，是情与义的融合体现，既是对职业的坚守，亦是对家国的深情。对职业，他几十年如一日深耕漫画沃土。自 2002 年起，他为《济南日报》"画里有话"专栏每日创作新闻漫画，以针砭时弊的笔触累计发表作品三万余幅，成为读者心中的"正义符号"。即便出差在外，他也是坚持每日创作两幅漫画，每到一地，放下行李第一件事便是找网线、连无线，向报社回传"作业"。对故乡，黎青充满深爱，虽然没有在故乡生活过，却是一往情深，获悉家乡建艺术馆，他倾囊相授，将珍藏多年的 813 件手稿、信函、证书悉数捐赠，并积极推动故乡漫画小镇建设，用漫画艺术助力故乡乡村文化建设。对朋友、同行，他侠肝义胆，不论谁工作上、生活中有什么困难和纠结，他都会以兄长的热度和真诚慨然相助。对于年轻的漫画创作者，他更是充满温情和怜爱，不仅及时在创作艺术上指导传授，更是倾情提供各种自有资源助其发展。几十年如一日，他始终以炽热的激情与有为的担当为漫画事业、为故里乡亲、为朋友同行奋斗、奉献。

　　黎青的艺术人生，是智者、勇者与义者三重境界的有机融合。他以思想者的深度剖析时代，以开拓者的勇气拓展和创新漫画艺术，以奉献者的热忱回馈社会。无论是《无题》的反思与警示，还是水墨实验的文化拓展，抑或是艺术发展与人才培育的平台搭建，他始终践行着服务与奉献的初心，正如他在研讨会上的感言："漫画家的笔尖流淌着责任，少一点铜臭，多一点担当。"正是这种责任与担当，使黎青的漫画艺术超越了纸质空间，成为记录时代、启迪人心的精神载体、文化碑林。

通灵之境

在艺术的浩瀚星河中，总有一些璀璨之星，以其独特光芒照亮我们的审美视野，张德娜，这位来自齐鲁大地的女画家，无疑是其中熠熠生辉的一颗。她与丹青结伴，将艺术与生命深度交融，于工笔与写意之间，绘就了一个充满韵味与哲思的艺术天地。

幽兰之品

初识张德娜画作，便觉其自带不凡气质。齐鲁大地，钟灵毓秀，滋养出无数艺术俊才，张德娜宛如绽放在艺术百花园中的一朵清幽兰花。早期，她偏居海隅，却不为外界喧嚣所动，一心静守深耕，默默雕琢自身技艺。这份在浮躁时代中甘于寂寞、专注创作的精神，显得尤为可贵。

她的画作，无一不是精心打磨的上品。每一幅作品，都是其内心世界的映照，散发着宁静高雅的气质，恰似幽谷兰花，悄然绽放，香远益清。画品如人品，从她的作品中，能深切感受到她对艺术的虔诚敬畏，以及对生活的热爱与思索。她不逐一时名利，而是以时间为墨，以心血为笔，雕琢每一幅画作，使其在艺术长河中散发独特光芒。因此，虽然偏居海隅，张德娜的画作却得到画界同仁乃至大家名师的关注与肯定。孙其峰、刘曦林、陈传席等著名书画家、评论家都对张德娜的画作给予高度评价，张德娜画作多次参加全国美展，在美术界引起广泛关注和热烈反响。她的多幅作品荣膺国礼之选，这是对她艺术造诣的认可和奖掖，这不仅是她个人的荣耀，更是中国艺术走向世界的有力见证。她多次应邀在泰国、韩国、美国等国家举办展览，将中国传统绘画艺术传播至世界各地，让不同文化背景的人们领略到中国丹青的独特魅力。

松鼠寄情

艺术创作如日中天之时，张德娜移居历山。这座承载着古老神秘气息的山脉，仿佛为她注入了全新的创作灵感和源泉。她的画风日益精进，她开始独辟蹊径，将才华与深情寄托于松鼠这一可爱生灵，全身心投入松鼠题材的创作之中。

为深入了解松鼠的生活习性与神态特征，她不辞辛劳，多次远赴西双版纳的莽莽野林。那里是松鼠的天然家园，茂密丛林为松鼠提供了丰富的食物与栖息之所。在这片原始森林中，张德娜宛如一位自然的观察者，静静凝视着松鼠的一举一动。它们如何在树枝间灵动跳跃，如何小心翼翼地觅食，如何与同伴亲密互动，都被张德娜一一捕捉。她仿佛融入了松鼠的世界，用心感悟它们的喜怒哀乐，用敏锐的艺术触角感知和记录每一个生动瞬间。

为拓展审美境界和笔墨空间，张德娜又西行太行王屋诸山，这些雄伟壮丽的山脉，不仅拥有奇特的自然风光，更蕴含着深厚的文化底蕴。在山间，她与大自然亲密相拥，感受四季更迭与生命律动。松鼠在山林间的活跃身影，与山川的壮美景色相互映衬，为她松鼠题材的创作增添了更为广阔的背景与丰富的内涵。

灵动之妙

当我们凝视张德娜笔下的松鼠时，无不为其精妙绝伦的画技所深深折服。她笔下的松鼠，兼具工笔的细腻精致与写意的空灵达化。每一根毛发都纤毫毕现，仿佛能让人触摸到其柔软与光泽；松鼠的神态更是栩栩如生，灵动传神，似要从画中一跃而出。

灵动之趣，源于真与精。张德娜对松鼠的描绘，绝非表面的形似，而是深入其内在精神世界的刻画。她不仅精准勾勒出松鼠的外形特征，更能敏锐捕捉它们在不同情境下的微妙神情。无论是松鼠专注觅食时的机警，还是在树枝间嬉戏时的欢快，皆被她刻画得入木三分。在她的笔下，松鼠不再是简单的动物形象，而是一个个充满生命力的鲜活个体，有着属于自己的情感与故事。这种对细节的极致追求，源自她对生活细致入微的观察以及对艺术精益求精的态度。她深知，唯有真正走进松鼠的世界，方能画出它们的灵魂，引发观众的强烈共鸣。

传神之妙，在于意与情。张德娜以心造物，将自己的情感倾注于每一只松鼠的描绘中。她用画笔赋予松鼠性格与情感，使其成为自己内心世界的代言者。当我们凝视这些画作时，仿佛能穿越画面，触摸到张德娜创作时的心境。她对自然的热爱，对生命的敬畏，皆通过这些松鼠传递给我们。每一只松鼠都似她的至爱，她以深情笔触描绘它们的生活，让它们在画纸上演绎精彩。这种以心传情的创作方式，使她的画作拥有超越画面的感染力，能触动观众内心最柔软的角落。

在张德娜的尺幅之间，这些小小的松鼠不仅仅是艺术的表现对象，更是她道德与艺术追求的象征。它们尽显德之高洁，让我们看到一位艺术家对生活的热爱、对自然的敬畏，以及对真善美的执着追寻；它们亦展现艺之精粹，张德娜以独特的绘画语言，完美融合了工笔与写意，营造出一个充满生机与活力的松鼠世界。

灵性与禅意

近年来，张德娜在写意花鸟领域再谱新章，同样取得了令人瞩目的成就，尤其是她笔下的写意花草，如玫瑰、莲花等，她以特殊的视角、极具创新力的笔墨，使这些惯常的花草呈现出一种特殊的美感。特别是写意莲花，堪称一绝。

莲花，在中国文化中一直象征着纯洁、高雅与吉祥，而张德娜以独特视角与精湛技艺，赋予了莲花全新的艺术生命与直达人心的内涵表达。她的写意莲花，大胆运用光与墨的夸张组合，在生动呈现自然之美的同时，更赋予一种直达人心的灵性。在她的画笔下，莲花或娇艳盛开，花瓣舒展，观者仿佛能嗅到那淡雅的芬芳；或含苞待放，羞涩中透着坚韧，蕴含着无限生机。荷叶则以浓墨重彩表现，叶片或卷曲、或舒展，错落有致，与莲花相互映衬，构建出极具层次感与立体感的画面。她巧妙运用笔墨的干湿、浓淡、疏密变化，大胆强化光的作用，将莲花在不同光影、不同状态下的内涵、神韵表现得淋漓尽致。阳光照耀下的莲花，墨色明亮，尽显清新亮丽；雨中的莲花，则在朦胧墨韵中，透着一种哲思的深邃与诗意的唯美。

张德娜笔下的莲花充满天地人相通的灵性。张德娜不仅仅是在描绘莲花的外在形态，更是通过莲花这一载体，传达一种天地人和谐共生的深刻哲理。她笔下的莲花品类多样，形态新异，有滴水莲之柔美，也有地涌金莲之庄严神圣，她将自己对自然、对人生的感悟融入其中，使每一朵莲花都仿佛拥有了灵魂，升华出禅意。那盛开的莲花，恰似人生的节拍，绚烂而不张扬，寓意着人在顺境中应保持的谦逊与优雅；而那历经风雨仍挺立的枝叶，虽叶片斑驳，却不失风骨，象征着人生在逆境中的坚韧与不屈。

一幅一幅的写意莲花，让我们感受到一种宏大的宇宙观。莲花与周围环境融为一体，它们与天空、大地、流水相互呼应，展现出一种天地间万物相互依存的高度。人作为自然的一部分，总能在这画面中找到自己的位置。张德娜以莲花为媒介，引领观者思考人与自然、人与天地的关系，让我们在欣赏画作的同时，内心也能得到一种宁静与启迪，领悟到生命的真谛与宇宙的奥秘。

真善美之境

张德娜以松鼠等小动物与莲花、玫瑰等花草枝叶为载体，展现生活与生命之大命题。在她的艺术世界里，真，是对生活和自然的真实描绘，不虚假，不做作，让观众看到最本真的生命形态；善，是她对生命的尊重与关爱，通过描绘松鼠的灵动、莲花的高洁，传递出一种对世间万物的善意；美，则体现在她精湛的画技和独特的艺术风格上，无论是松鼠的生动刻画，还是莲花的写意表达，都给人以美的享受。

她的作品不仅仅是一幅幅画作，更是一种对生活、对生命的哲学思考。在这个纷繁复杂的世界里，她通过描绘松鼠的简单快乐、莲花的高洁品格，提醒我们要回归自然，回归内心的宁静，去发现生活中那些被我们忽略的美好。她用艺术的方式告诉我们，即使是最微小的生命，也有着自己的价值和意义，我们应该以一颗敬畏之心去对待每一个生命。

与张德娜的艺术相遇，是一场心灵的洗礼。她用画笔为我们打开了一扇通往美好世界的大门，让我们在欣赏松鼠灵动身影与莲花高洁姿态的同时，也能感受到艺术的无穷魅力和人生的深刻哲理。在未来的艺术道路上，相信张德娜会继续以她的热情和才华，创作出更多优秀的作品，为我们带来更多的惊喜和感动，在艺术的天空中绽放出更加绚烂的光彩。而她笔下的那些可爱的松鼠与高洁的莲花，也将继续在画纸上跳跃、绽放，向人们诉说真、善、美的故事，引领我们走进一个充满爱与希望的大境界。

一刻钟的林雨

    数年前曾听过林雨主持的《新闻与综合》节目，很佩服她能够在短短十五分钟之内包容那么多的信息和知识，能够将错综纷杂的各类信息组织得那么错落有致、引人入胜。后来《新闻与综合》节目停播，林雨的名字便渐渐听得少了。前年冬天，偶然翻看《中国记者》，看到她一篇题为《广播热中的一点冷思考》的文章，文中观点竟与自己不谋而合。那时直播节目方兴未艾，能够看到冷处者极少，尤其是作为主持人本身。能够在众人皆热时保持一份冷静的思考着实不易。自此，对林雨便有些刮目相看，感到她是一个难得的有思想、有头脑、有独立思考的主持人。及至真正认识林雨，尤其是听过她新主持的《林雨一刻钟》，这种印象便有了新的补充和发展。

情倾"一刻钟"

林雨算得上老广播。她从事广播工作已有二十五个年头。二十五年，广播经历过的好几个时期，她都有很深的体验。十五年的播音生涯，使她形成了细腻丰富的播音风格。省电台保留下来的不少诗歌、散文节目都是她播读的，省电视台的一些获奖作品也是她配音解说的。她说很喜欢用声音这种独特的方式创造美，因为这种创造中有个人的理解和体验。但是，1986 年，当省电台准备创办全省第一个新闻性主持人节目的时候，林雨却毅然离开了她所喜爱的播音岗位，全身心地投入到这个集采、编、播为一身的《新闻与综合》节目的创办中去。

1987 年元旦，《新闻与综合》节目正式开播直到 1992 年 12 月 31 日告别听众，林雨做了六年的主持人。每天短短的一刻钟，转瞬即逝，节目与主持人也从来没有大红大紫过，但林雨从不敷衍，总是力争在有限的时间内给听众尽可能多的新闻信息和生活知识，甚至每次节目开头都很少重复。而在这一刻钟的背后，却是常人所不了解的另一种付出，且不说为节目的高质量而苦思冥想，不说这个节目很长一段时间只有她一个人连踢带打地办着，仅仅就她把几个月的孩子托给年过花甲的父母，自己每天披星戴月奔波四十多公里上下班办节目这一点，便让人佩服她的非凡毅力。聊城一位离休干部专程写了一个条幅送来：行热遇林，酷旱逢雨，热诚服务，听众知己。大年初一，听众知道林雨肯定上班，便把拜年的信送到了办公室。她编辑主持的节目多次在全国获奖，有的还被广播学院选为教材。

1992 年年底，省电台抽调林雨参与经济电台的创办。经济电台于 1993 年 5 月开播。6 月底，林雨便开办了保留着她自己特色的新的一刻钟，开始叫《每周一刻钟》，后来电台领导提议，干脆用主持人的名字命名，就叫《林雨一刻钟》。对于这个山东电台首次以主持人名字命名的一刻钟，林雨同样一往情深。

她把节目定位为封闭式谈话节目，将"寻常百姓家，话说身边事"作为节目主旨。通过生活现象来捕捉生活哲理，再通过寓情于理、以理服人、以情感人的内容，通过主持人真实可信的声音形象和风格独特的语言表达来达到较深层次、较长时间、较广范围的渗透和影响。

为了达到预期效果，林雨进入了一种新的创作状态，她把这种状态概括为"寂寞主持人"。她认为，寂寞是一种必需——没有寂寞便没有冷静的空间，没有寂寞中的思考，没有寂寞中的观察，没有寂寞中的沁人心脾，没有寂寞中的精雕细刻；这种寂寞也是必然——主持人话筒前的风采就像煤燃着的一瞬光艳照人，而能量的积蓄却是人所不知的，没有寂寞便没有积蓄。

这种状态使得《林雨一刻钟》获得了成功。尽管节目每周只在星期天上午播出一次，又不开热线，但仍然吸引了一大批省内外固定听众。在听众的要求下，1995年年底，《林雨一刻钟》广播稿选结为《小雨集》出版。第一次印刷五千册，两周内售完，第二次加印又很快售光，现在应听众与读者的要求进行第三次印刷。齐鲁音像出版社今年也推出了《小雨集》节目录音带。

"一刻钟"之外

在济南英雄山脚下，有一个不大的专卖艺术品的小店叫"藏汉屋"，今年春天，这个小店的顾客突然间多起来，有来买东西的，也有来看望店主人刘爵和崔静的。来的人有六七十岁的老夫老妻，也有手挽手的青年恋人，也有带着孩子的中年夫妇。他们是收听了林雨的节目《关于浪漫——一个真实的故事告诉我们的》之后，不请自来的。他们想看看，林雨讲的那动人浪漫故事的主人公的模样，也想从他们身上感受些什么。

林雨讲述的是青丝与胡子的浪漫故事。那故事情节并不复杂：山东工艺美术学院毕业生刘爵带着恋人崔静的一缕青丝独闯青藏高原，寻求艺术发展之路。历尽千辛万苦之后，他蓄了一把长长的胡子，并带着他跋涉高原搜集到的野生动植物标本返回济南。回来之后，他剪掉自己的一把胡子送给崔静。两个人从此共走艺术之路，取得了成功。

这故事也曾被别人用别的方式多次介绍过，但从来没有引起过这样的效果。主人公夫妇听了节目录音，相对而泣，感到了一种情感的升华和净化。林雨深沉的女中音配着低沉的弦乐长长地响在他们耳畔："浪漫在人生旅途中是干渴中的一泓清泉，攀缘中的一根绳索，坎坷中的一段坦途，风浪中的一个港湾。崔静这个柔弱的女孩，曾是政府机关的工作人员。当他与刘爵一起为追求理想而摆地摊的时候，心里也曾有过委屈，身体也曾十分疲惫。但当她一路踏着刘爵写的名字回家的时候，当她看见家里窗户上飘扬的许许多多红手帕的时候，当她注视着家里楼梯口刘爵挂上的红灯笼的时候，她禁不住与刘爵抱头痛哭。忘记了委屈和劳累，只清楚地意识到：这些浪漫是一座金山也换不来的。这浪漫支撑着他们艰难的昨天、成功的今天和美好的明天。这浪漫中所包含的忠诚、给予、唇齿相依是有别于无病呻吟、矫揉造作、行为轻佻的所谓浪漫的。"

林雨是用心在讲这个故事，也是用心去评价这个故事的。刘爵的老师把这个节目当作教材放给现在的学生听。刘爵夫妇客气地告诉来访的广播、电视记者，我们的事，林雨大姐已经写过了、讲过了。

林雨用心写过、讲过的又何止这一个话题？写《体魄篇》，她冬天早上六点起来沿着大街步行采访晨练的人。在黑虎泉与一群冬泳的老人交上了朋友，又从我们该带着怎样的体魄进入 21

世纪来谈论身体的重要；写《抢饭》，她不但记述了饭店里食客的无礼、浪费，更加忧思我们才吃饱了没有几天的张狂会带来什么后果；《弹起我心爱的土琵琶》是为纪念抗战五十周年而写的，播出时在《弹起我心爱的土琵琶》的音乐衬托中，林雨沉静地设问：在我们不再饥寒交迫的今天，又该怎样挺直我们中华民族的脊梁呢？

在已播出的一百多个话题中，有涉及人生观的内容——《圆梦》《从学雷锋所想到的》；有体味人生的感觉——《女人与爱》《男人与爱》《孩子与爱》《关于浪漫》；有对伟人与重大事件的评说——《到韶山》《伟大与平凡》；还有综合性的系列——"感觉"系列、"迎接新世纪"系列、"新工时制带来的新感受"系列、"走进生活说困惑"系列、"烟酒糖茶"系列、"花鸟虫鱼"系列、"道德"系列、"谁在伤害孩子"系列等。这些既独立成篇又系列成文的内容，不是突发奇想或临时抱佛脚凑出来的，而是林雨对生活经过思考和概括以后，字斟句酌一行行变成文字，又一句句变成声音传播出去的。

林雨绝不是一个除了工作什么都不顾的人。她也和普通人一样过着平凡的家常日子，买菜、做饭、打扫卫生；也和其他女人一样喜欢逛街购物。但职业的特点渗透到她的生活中：早起的经历使她写了《主妇的早晨》，为辛苦的职业妇女鸣不平；逛街的感想引发她陆续写了《在济南购物》《在上海购物》《在威海购物》，对一些商业现象进行评价。她的节目播出之后，不少省内外的报刊索要稿件刊登、转发。

今年2月开始，林雨又为山东电视台新辟的夜间节目《午夜相伴》客座"咱们聊"专栏谈了《女人与爱》等十个话题。这些节目播出后，她收到不少电话信件，观众向她倾诉内心苦闷，请教生活问题的答案，这令林雨很为难。她曾笑着对人说自己最怕做"知心姐姐"，因为生活中的事情千奇百怪，她不相信一把钥匙能开万把锁。

但林雨又是用自己的方式启迪着听众。她以自己丰厚的生活阅历和文化底蕴来观察、总结、反映生活。她的节目和她的为人，都让人感觉到一种智慧与平实。

林雨喜欢一种恬淡的生活氛围。双休日做完家务，她会把自己关在家里读上一天书，她觉得那是最奢侈的享受了。在很多人呼喊活得真累的现在，她从不说累，只说很忙。她认为，能有一个供自己写作和说话的"一刻钟"，是一种幸运。有些主持人感觉节目离了自己不行，其实正相反。没有一个载体，个人有天大的本事也没处施展。况且一个人总是知识有限、能力有限，静下来的充实和提高是永远需要的。

无怪乎林雨在"烟酒糖茶"系列谈了茶之后，一位开过茶行的朋友打电话给她说，你什么时候开始研究的茶？林雨答道，现买现卖，刚刚读了几本关于茶的书。

"一刻钟"与林雨互为塑造。三年不重复的一百多个话题，五十多万字的写作，使得林雨对于生活有了一份特殊的透悟。她不但剖析生活也剖析自己，在这种剖析中，节目的整体质量和人的素质都在提高。她的"做个快乐的胖子"一类的生活话题和"迎接新世纪"系列话题，深深浅浅中都给人一种启迪。这启迪不是说教，只蕴含在她朴素平和的话语中，使人很喜欢听她说的不平常的家常话。

"一刻钟"的魅力

年届不惑的林雨节目越做越好，《林雨一刻钟》以一种成熟的魅力，吸引着广大听众。这种成熟体现在几个方面：一是话题选择的多向与平实。《林雨一刻钟》的定位是"寻常百姓家，话说身边事"，从吃饭穿衣到娱乐休闲，从读书过日子到感情生活、理想追求，从小到大，从具体到抽象，广泛、平实而又具体、多向。"家常菜"难做，这类看似平常琐碎的话题，林雨却能够以自己独到的思考和语言做出新意，说到听众心里去，足见其人生经验的丰富和文化素养的不俗。二是艺术技巧的纯熟老练。每一个话题从选题到展开都体现着独运的匠心。她的语言很家常化、口语化，但内里都透着一股积极向上的力量。从身边琐事开始，潜移默化地引导着听众的思维向着正确的方向升华。一篇《圆梦》，从梦想开始，大学梦、出国梦、发财梦、盖房梦、汽车梦，一直说到强国梦，抽丝剥茧，层层推进，让听众不知不觉间受到一次精神洗礼。这种成功，很大程度上也得益于主持人自己的主体参与。林雨在每一期节目中都是毫不保留地以自己的感觉与体验去说理明事，让听众感到一种难得的亲切与信任。三是品位、风格把握上的恰到好处。林雨给自己设计的主持人形象是端庄而不死板、亲切而不亲昵、朴实而不土气、幽默而不油滑。她的每一个节目都有一定的思想高度，但从不板起面孔说教；都具有较深的文化底蕴，文化品位不低，但从不故作高深；说的是生活琐事，但不琐碎、不庸俗、不市侩；讲道理冷静、深刻、透彻，但不偏激、不唬人。思想美、意境美、语言美、声音美，构成林雨节目的突出特色和风格。

常听《林雨一刻钟》的听众在读到《小雨集》之后，感觉看文字不如听声音好；而读过《小雨集》没有听过节目的读者感觉《小雨集》作为一本散文集，在谋篇布局、遣词造句、节奏音韵等方面都与其他散文有区别。这正是林雨所要追求的。

目前，林雨正在暑热中自选《林雨一刻钟》的第二本广播散文集——《清泉集》。之所以为广播散文，是因为林雨在写作中注意继承了广播文稿多年来形成的优美的语言规律和朗朗上口的音韵美，这种广播所独有的特点现在已不为很多人所重视，因为轻视和急功近利，广播节目的欣赏性已保留不多。林雨注意到了这一点，注意到了怎样让转瞬即逝的广播节目保持更长久的魅力。

广播节目很多，主持人也很多。在目前的情形下，从形式上再有突破已经不容易，而从内容上深究，可以探讨的问题、可以涉及的层面还有很多。想要不落俗套，在于外在的技巧，更在于把人们都司空见惯的问题讲出与时代相符合又为人们所接受的道理来，这对于主持人的素质要求便不再只是学识、表达水平等方面，更要求主持人有一种感染力量——这力量来自奋发向上的人生理念，来自对于人生不同境遇的理解，来自以爱为基础的美好情感，来自冷静周密的逻辑思考，来自踏踏实实的敬业精神，来自耐得住寂寞的创作态度。这些方面正是林雨的优势所在，其备不忒，堪称典范。

在传统与现代之间

在刘喜欣的眼里，世界就是一幅画。山水、花鸟、人物，都是她的艺术世界中的有机部分。笔墨、色彩如血液一样，融注于她的整个生命世界。她出生于艺术世家，从小受艺术熏陶，家教极佳，加上自己的勤奋刻苦，她很小便具备了同龄人不及的中国绘画传统功力和美学素养。大学美术系油画专业四年，为她在学识与技能两方面打下了坚实的基础。她之所以选择油画专业，是因为她梦想着能把西方绘画艺术与中国传统绘画艺术有机地结合起来，变成两只强劲的翅膀，让她能够在艺术的殿堂之上自由飞翔。

大学毕业头两年，她选择了工笔人物画创作，后又走进大自然的怀抱。日月、星辰、风霜、雨雪，还有草木、花鸟、虫鱼充实了她的生活，也触发了她的灵感，她选定了工笔花鸟画作为心灵倾诉的形式。然而，在中国花鸟画史上，经过历代画家的努力，中国笔墨已经发展到了极高的艺术境地，留给后人创造的艺术空间不多，要立足必须创新。这是何等的艰难！但是，内心深处一种要与自然对话的愿望和天生不服输的倔强性格使她坚韧地在传统与现代之间苦苦探求和摸索，终于找到了二者的契合点，找到了一种适合自己的艺术表现空间。

作为一个女性画家，刘喜欣向往宁静、平和、美好。自然界中的真、善、美，浑然天成地融于她的内心。传统的花鸟画往往追求一种超凡脱俗的境，缺乏人情味。刘喜欣突破这种传统局限，大胆选择那些人们在自己屋内窗外所能看到的寻常景致，给人一种亲近感。在构图上，刘喜欣打破了以往传统工笔花鸟画的构图法则，一切都要适合自己创作的题材、意境、造型和审美情趣。她大胆采用正方形的画幅，从而适应了人们的视觉习惯，一打眼便能将整幅画的内容收入眼底，给人一种沉稳而又厚重的感觉。在色彩和色调上，传统工笔花鸟画的特点是把环境色抛开，以固有色和平光来表现物体的色彩和体积，底色多为空白，而她则是在继承传统设色特点的同时，又借鉴吸收油画的优点和长处，强调画面大的色调、整体的效果、虚与实的关系。色随光而变化，用色彩的明暗来造型。由于采用整幅画填色的形式，每幅画看上去都好像是直接从大自然中截取景物的某一局部，但又不同于大自然中的局部，而是给人们一个完整的、充满诗情画意的世界。以现代意识去表现传统题材，不求完全写实，但求得其神韵，又在传统画法中融入现代派和西洋画的用墨用色方法，这就使得刘喜欣的作品具有了一种传统与现代相融相包的别具一格的魅力。

刘喜欣还年轻，艺术追求的道路还很漫长，她要扎扎实实地走好脚下的每一步，去描绘绚丽灿烂的明天。

高原在上

渴 望

陈峰今年刚满二十八岁，在同龄人中，他的家庭条件算是比较差的。两岁那年父亲便去世了，他是母亲和姥姥一手带大的。但是，他自己还是感到生活太顺，他梦想着走出城市，渴望体验一下"苦"的滋味，他感到不经受一下"苦"的磨炼，自己这辈子就太平淡了。

机会总是留给有所准备的人。1993年夏天，根据上级的安排，山东广播电视系统要选派一名编辑、记者或技术干部援藏。陈峰听说后，第一个跑到厅里报名，并找到台领导要求帮他争取这个机会。不少人劝他慎重考虑，家里人也不同意他去。尤其是姥姥，平时陈峰出差几天她就想他想得吃不下饭，母亲则担心他的身体。他的心脏不好，眼睛也因小时候踢球受伤，经常发炎。还有，他至今没有女朋友，西藏一去三年，回来终身大事会不会耽误？台领导考虑到他的条件也劝他放弃，但是他决心已定，任何人也阻止不了。他到医院对身体进行了全面检查，确认没有大问题便回头做别人的工作。先是母亲、姥姥，然后是台里和厅里的领导。他是要去吃苦的。这种精神让厅领导感动，也让厅领导放心。1993 年 7 月 1 日，厅党组正式做出决定，同意他的请求，批准他代表山东广播电视系统援助西藏，接到通知的那一刻，他的心才咚地一沉。西藏工作生活条件的艰苦状况他已经听得很多了，他不知道自己的身体能不能承受得了，但不管怎样，他的意志都不会有问题，他有足够的自信。

进 藏

1993 年 8 月 10 日，陈峰抵达拉萨。西藏自治区广播电视厅根据他的情况将他分配到厅技术处。陈峰感到有些失望。拉萨不像他想象的那样荒凉，技术处的工作又与他在济南时大同小异。恰好在这时一位分配到那曲地区的老同志提出自己身体不好，要求留在拉萨。陈峰听说后，便主动找到他，要求与他调换。这时，不少好心的同志都劝他，不要去那个地方，那里条件很差，孔繁森所在的阿里地区还有树，那里连树都不长，大半年的时间是零下几十度的严冬，平均海拔也比拉萨高出近一千米。听到这些话，陈峰心里开始有些犹豫，他担心自己的眼睛能不能撑得下来。到了拉萨以后的几天，眼睛已开始隐隐作痛。但转而一想，自己到西藏是干什么来了？那里苦能苦成什么样子？总还是有人居住，眼病可以自己注意，也许过几天适应了就会好的。就这样，他又重新扛起了行李北上那曲，去接受六百天的艰苦考验。

那　曲

那曲位于西藏的北部，平均海拔四千五百米，全地区约四十三万平方公里，那时人口却只有三十余万，每年8月底一直到来年的5月都要在寒冷的冬季度过。拉萨到那曲只有三百多公里路程，气温却相差二十度。树越来越少，从绿树成荫到一棵树的影子也见不到；氧气越来越少，比正常条件下少百分之四十；气压越来越低，随身带的真空包装的奶粉、牛肉干、方便面都气球似的膨胀起来。无论自然条件还是经济状况，那曲都堪称西藏较差的一个地区。

虽然在拉萨休整适应了十几天，但当汽车爬上念青唐古拉山之后，陈峰还是感到氧气不足，头昏脑涨，心跳加速，眼睛一跳一跳地剧痛。到达那曲广播电视台后，他几乎要瘫倒在地，再看眼前的一切，若不是接待的那曲同行介绍，他怎么也不会相信眼前就是那曲广播电视台。除了三角铁架起的发射天线，只有两排土坯房。用水要自己提着水桶到房后的水井中提，取暖、做饭都要到外边拣风干的牛粪烧。刚到的两天由于高原反应和眼睛疼痛，陈峰茶不思饭不想，晚上觉也睡不着，所有的衣服铺盖都搭在身上还是冻得直打哆嗦。因为没有经验，怎么也点不着牛粪炉子，每天只好到街上吃两碗面条，然后上床休息。这样度过了一周的适应期，高原反应渐渐减轻了，眼病也有所好转。电视台的藏族老书记次登十分诚恳、十分歉疚地拉着他的手说，真对不起，现在我们这里就是这样的条件，很可怜是吧？委屈你们了，有什么要求尽管讲。

握着老书记的手，陈峰心里感到十分沉重。还提什么要求呢？他暗下决心，一定要尽自己最大的努力，帮助那曲改变这种落后的情况。

然而，正当陈峰踌躇满志准备大干一场的时候，台里分配给他的第一份工作却是做饭，用牛粪炉子为山西一个安装铁塔的工程队的四名技术人员做饭。这让他哭笑不得。在家的时候陈峰偶尔也做过饭，但那是用煤气灶，而现在做饭竟成了他的工作，而且又是用风干的牛粪。烧牛粪技术性很强，掌握不好火候，饭不但做得夹生，还会憋得满屋子臭烟，呛得眼泪直流。没出两天，刚刚有些好转的眼睛便又红肿发炎，疼痛难忍。一位藏族同事看他实在难受，便把他领回自己家，为他的眼睛敷上藏药，并劝他跟台里说说，换换工作。陈峰对他的关心表示感谢，但回过头又重新蹲到灶前烧他的牛粪。这样持续了二十九天，直到天线安装竣工，他也完成了进藏后的第一份工作任务。陈峰是个爱动脑筋、责任感极强的人。在那曲电视台工作了一段时间后，他发现台里管理十分混乱。一个几十人的电视台竟没有完整的技术部门和相应的规章制度。广播电视发射台出了故障，几天甚至几个星期都找不到人维修。看到这些情况，陈峰心里很着急，便建议领导成立技术部，他把山东电视台的规章制度和管理经验传授给他们，使那曲电视台的技术管理工作走上了正轨。与此同时，陈峰还利用业余时间，分两期对全地区四十多名藏族广播电视工作者进行了技术培训，使他们的知识水平和技术技能都有了很大提高，他们后来也成为那曲广播电视技术工作的骨干力量。

陈峰对那曲、对工作的全身心投入让每一个那曲人感动。有一次，刚刚安装完毕的一座电视发射塔需要验收，七十八米高的铁塔没有人敢上。这里平均海拔四千五百米，平地上尚且感到氧气不足，每升高一米都意味着对生命增加一分危险。爬高七十八米，无异于去经历一次生与死的考验。陈峰听说后跑过来，说，我在家里爬过铁塔，我上。那时，发射塔梯子还没有装完，陈峰就背着沉重的检测设备沿着发射塔身爬到顶端。时值初冬，那天风又大，他冻得浑身直打哆嗦。由于缺氧，他张大嘴拼命喘气，胸口还是感到憋闷难耐。验收完毕，从塔身上下来，他瘫在地上好长时间话都说不出来，事后有人劝他，谁也不知道你会爬塔，何必跑出来冒那份险。陈峰笑着说，总得有人爬，装好的塔不验收就不能用，心里发急。人们都感叹陈峰对那曲、对工作比那曲人还投入。陈峰已经把自己当成了那曲人，就像在燕山发射台一样，把自己的全部心思都倾注在工作上。

在那曲，陈峰可谓吃尽了苦头。两年只洗过一次澡，还是出差回拉萨洗的，两年几乎没吃过新鲜蔬菜和水果。由于饮食条件差，落下了严重的胃病，体重下降二十几斤。眼病越来越重，经常疼得吃不下饭睡不着觉。就是在这种情况下，两年时间里，除了一次出差拉萨，他一步都没有离开那曲。规定的探亲假、换休假他都用在了工作上。他说，两年时间对自己来说挺长，但对那曲来说很短，既然来了，每一天就都应该属于那曲，就要扑下身子为那曲干点实事、好事。

继续北上

有"万里羌塘"之称的藏北草原，绝大部分是农牧区，与野生动物保护区的无人区相邻。与那曲相比，经济更为落后，生活更加艰苦，交通也极为不便，没有固定的公路，每年冬季大雪封路，与外界的联系也就断了。1994年9月初，为迎接明年西藏自治区成立三十周年大庆，国家援助那曲三十多套太阳能卫星地面接收设备，需要及时安装调试。从9月底开始，气温将迅速变冷，所以必须赶在天冷之前安装，否则大雪封路，任务就无法完成。台里开会分工，陈峰主动要求希望由一名藏族同志做翻译，到最偏远、条件最艰苦、距那曲镇几百公里的西部尼玛县去安装。台里的藏族同志过意不去，平时他们出差也很少到那里去，不少人要替换他，都被他拒绝了。临行前，陈峰准备了一色的藏族牧民食物。陈峰在家时不吃羊肉，而这里的羊肉膻味比在家时又要重很多，有时就是风干的生羊肉，用藏刀割下一块一块地填在嘴里。一开始陈峰一闻到膻味就想吐，但饿过一段时间，没有别的东西可吃，只得硬着头皮屏住气往下咽。没有蔬菜，水也苦涩浑重，为了生存和工作，只能慢慢适应。他和翻译在藏北草原苦战二十三天，驱车五千公里，保质保量地完成了安装任务，使从未看过电视，从未走出过草原的牧民，第一次看到了外面的世界，看到了布达拉宫，看到了天安门广场。而陈峰却瘦了十几斤，但是，看到牧民围坐在电视机前的喜悦样子，陈峰心里还是感到从未有过的幸福。

陈峰进藏，从拉萨到那曲，又到尼玛，不断北上，海拔越来越高，气温与气压越来越低，生活、工作条件越来越艰苦，但无论多么艰苦，多么困难，陈峰始终都能全身心地扑在工作上，出色地完成援藏任务。在艰苦的工作中，陈峰与西藏、与藏汉同胞都结下了深厚的感情。离开那曲时，望着曾经爬过的发射塔、修过的发射机、亲手架设的线杆、破过冰的水井、住过的土坯房、门前低矮的牛粪棚，他真有些不舍得。一起工作的藏汉同胞与他抱头痛哭。他们都不愿与陈峰分手，陈峰也离不开他们。他们至今仍旧保持着十分密切的联系，经常打电话和书信往来。陈峰说，去西藏前他从未离开过济南，那曲是他的第二故乡。在他的情感世界中，那曲占有十分重要的位置。

回　家

1995 年春天，陈峰回到了阔别两年的泉城。像当年初进西藏一样，陈峰又感到头晕目眩。气温和气压的变化还是次要的，泉城两年的巨大变化与高寒荒凉、人烟稀少的那曲形成了巨大的反差。面对熙熙攘攘、五颜六色的人流车流，他感到无所适从。这时候他真正感到自己是一个西藏人、一个那曲人。刚回来的一段时间，他不愿上街，不愿意见人。夜深人静的时候，他常常思念起那曲那种单调却纯净的生活，他甚至动过重新回到那曲的念头。由于气温和气压的变化，陈峰的眼病回家后更加严重了。眼球肿胀疼痛，泪流不止。陈峰回来后，厅、台领导都多次到家里慰问、看望他，多次问他有什么困难，陈峰总是回答没有什么困难。走出西藏，陈峰眼里一切都是一马平川，他相信经历过那曲两年的磨炼，什么困难都不在话下。实在撑不住了，他自己跑到医院。

医生十分吃惊，问他眼的情况这么严重，为什么还要去西藏，西藏的低气压和高寒气温使他的视神经受到了致命的损害。他的左眼功能已经完全丧失，并且由于长期感染发炎，已经开始影响到右眼，如不及早摘除，右眼也将失明。拿到诊断结果，母亲难过得哭了。母亲开始后悔当初不该答应他进藏，但陈峰自己却无怨无悔。他说，即使不进藏眼睛也很难说不再发病，只是快了一点而已。再说，有所失也有所得，他感到经过两年的西藏锻炼，自己变得坚强、成熟了，这种经历是任何东西也无法换回的。

援藏两年，陈峰付出了惨重的代价，丢了一只眼睛，落下了严重的胃病。但是陈峰并没有因为自己的损失而抱怨，更没有因此而向组织、领导提半点要求，相反，他更加严格地要求自己，约束家人，生怕给组织和领导添一点麻烦。做手术需要到上海去，人生地不熟，资金也有困难，母亲想找台里、厅里领导帮忙，被陈峰坚决制止，他说领导都很忙，这是个人的事，就不要再去打扰他们了。但是，最终还是没有瞒过细心的领导。厅里、台里都派出专人帮他们联系，并在医疗费用上给予特殊政策。1995 年 5 月，陈峰带着组织的关怀赶赴上海闸北眼科医院。

在闸北眼科医院，陈峰结识了西安姑娘刘伟。同是患眼病的病友，刘伟被陈峰的经历和精神深深打动，在两个多月的互相照顾与体贴中，两个人相知相爱了。1995 年 10 月，两个人喜结连理，但是接下来调动的问题又摆在两个人面前。刘伟是学财会专业的，婚前在银行工作，希望调到济南后仍从事她的金融专业。但是外地调入济南尚且困难重重，更不用说到金融部门了。这时候，家里人和朋友都劝他找领导帮帮忙，但都被陈峰拒绝了。其间厅里、台里领导也多次问他对象调动的情况，问他需不需要帮忙，陈峰总是说没问题，进展还顺利。他谢绝了领导们的关心，自己四处求人。几次碰壁以后，总算在开发区为妻子找到了接收单位。尽管不甚理想，但能调到一起两人就十分满足了。刘伟十分理解陈峰的为人，毫无怨言。

陈峰回来后，不少朋友提出帮他调到工作条件、经济收入都好得多的部门工作，都被陈峰婉言谢绝了。正式上班前，台领导也征求他的意见，问他对工作安排有什么想法，他痛快地回答，没什么想法，回发射台好好干。他又回到了燕山发射台。走前他是团支部书记、包机组长，回来后他仍干以前的工作，做一名普普通通的工程师。他说在西藏两年，在意志的磨炼上收获巨大，但在技术进步和知识更新、积累上与台里的同事相比则拉开了距离。他说他要在干好工作的同时，努力学习，将距离缩小。他会像走前一样，会像在那曲一样，干好眼前的每一项工作。

1995年10月，在电视台台庆期间，陈峰受到省广播电视厅党组记功表彰，并被请上主席台做了报告。他的发言赢得了台下阵阵热烈的掌声。陈峰说，掌声说明过去，未来刚刚开始，他又回到了燕山脚下这一既旧又新的起点。他要像每天登山作业一样，踏踏实实地走好脚下的每一步路。

从燕山到那曲，又从那曲到燕山，看似是简单的往复，却凸显出他内心的境界和高度。那种看似简单、朴素，却是高洁、清纯的精神高原，总在吸引、召唤着他，使他攀登不止，无法停歇。

永远不倒的战士

　　知道赛老驾鹤西去的消息是在几个月后。那是个星期天的下午，我正在书房看书。妻子突然闯进来，告诉我赛老去世了。我一惊，怎么会呢！妻子递给我一本杂志，那上边写得很清楚。赛老是去年十月底走的，去世前立下遗嘱，不开追悼会，不通知亲友。我心里一阵怆然，泪水不由自主地流下来。赛老那有点短舌（曾被子弹打断舌头）却十分爽朗、底气十足的乡音，他那慈祥的面容，他那虽然残疾却显得十分魁梧的身材，一一在我耳畔、眼前闪过。后来听曙光大姐介绍，赛老临去世前特别交代，你们要是我的好女儿，就按我说的办，不要麻烦别人。他就这样悄悄地走了，一个曾经名满全国的老作家，一个曾经威震敌胆的英雄，就这样没有烦扰任何人，无声无息地走了！这就是赛老，一个达观坚强，生死坦然，总是为别人着想，永远以超凡脱俗的精神力量岿然挺立，永远也打不倒的钢铁战士。

我与赛老的相识十分偶然，那是 1988 年，在省第五届文代会上。一天中午，我在楼道里碰到一位腿有残疾的老人，他左手拄着拐杖，整个右半边身子似乎都压在那根细细的深色拐杖上，右腿在地上一拖一拖地向前吃力地挪动着。他的身后跟着一个小战士，手里拿着一个公文包，慢慢地跟着走。我赶忙上前，一边扶他，一边责怪那位小战士怎么不扶扶老人。小战士委屈地说，首长他从来不要别人扶。老人也气喘吁吁地说，不用，不用扶，我自己行，就是慢点，不要紧。满口地道的家乡口音，听来那样亲切，我坚持扶他走进他的房间。进了房间，老人非常热情地要我坐下，让小战士给我倒水。这时我心里已隐约感到，眼前这位和蔼可亲的老人可能就是我慕名已久的赛老。我试探地问，您是不是赛老？老人爽快地答道，是，我叫赛时礼。我一听，激动得一时说不出话来。老人则伸手拉住我，坐下，咱俩聊聊……那手温热而又十分有力，出乎我的想象。我告诉老人，我与他是老乡，当听我说起家乡的村名时，老人的情绪也激动起来。他说，你老家那个地方，穷啊，能出你这么一个大学生不容易，你要好好地为家乡父老争气呀……

对于赛老，在这之前我虽未见过面，却是早就熟悉了。赛老是我心目中的传奇英雄，是我少时最熟悉的一位作家。抗战时，赛老在我的家乡打过游击，在我们老家有很多关于他的传奇故事。

我们村西和村北两个炮楼都是他带人端掉的，当年文城附近的日伪军一听到他的名字就要打战。可以说，我是听着关于他的传奇故事、读着他的小说、看着他的电影长大的。小时候，我曾经因为争看《陆军海战队》与同学打架，曾经为看《三进山城》跟着电影队连跑几个村子，曾经与小伙伴们为《三进山城》中的山城是不是文城而打赌……我们为家乡出过这么一位英雄、出过这么一位作家而骄傲和自豪。

那天，我们聊了一个中午。老人的记忆力让我震惊。时隔几十年，老人对我的老家竟还是那样熟悉，连哪条街上住着几户人家，姓甚名谁都说得一清二楚。他曾经在我们村养过伤，说起当年的战事，老人的眼里闪过一种年轻人才有的炽热的光亮，他说他有生之年一定要再到那里看一看。

1989年秋天，老人突然打电话来，说刚从我们老家回来，要我到他那里去一趟。原来，老人刚刚完成了电视剧《血醒》的创作，他坚持与剧组一起选择外景地，最后选在了我们村。《血醒》是以发生在我们家乡的"营南惨案"为素材创作的。老人还特意调来了毛片让我看，看着电视中熟悉的场景，我的眼前已是一片模糊。我为剧情，更为老人的感情深深地打动了。老人告诉我，他见到了我的父亲，然后老人一向开朗乐观的脸上一下子忧郁起来，说，你们那个地方还是挺穷，但是老百姓是真好，还是像当年一样……从那之后，我与赛老的联系就多起来。每到过年过节，没等我到老人那里去，老人先打过电话来，向我问好，每次都要问我家里怎么样，老父亲身体好不好。每次接触，他的精神都是那么饱满，声音总是那么洪亮、爽朗；每次看他，不论在家里还是在医院里，他都要拖着身子、拄着拐杖出门迎送。他的精神，似乎永远那么年轻、健康，完全不像一个七八十岁的老人，完全不像一个身有重残的病人。他的思维十分活跃，观念也不落后，不论是文事还是政事，他都十分关心，总要与我讨论一番，总要谈出自己的见解。事实上，他的身体非常不好，他所忍受的痛苦非常人能够想象。残酷的战争，在他身上留下了几十处伤疤，罪恶的子弹曾经多次从他的头部、背部等多个要害部位穿过。听巴枫阿姨讲，曾经几次眼看没救了，已经准备后事了，但他总是又顽强地活了过来。他有着一个钢铁战士永远也打不倒的精神和意志，就是靠着这种精神和意志，老人一次次地闯过鬼门关，一次又一次地克服了常人难以想象的困难与痛苦，达观而快乐地面对人生，坚韧地创造着人生的奇迹。

坐下来的时候，老人完全是一个正常人的样子，爽朗、乐观。但实际上，他的整个右半边身子都不能活动，完全失去了正常功能。他的大半边身子皮肤都处于麻痹状态，夏天再热，汗水也无法分泌出来，憋得他头晕眼花。他的右手无法握笔，只能靠左手。他戏说自己是在"捅"字。即使这样，每次去看他，他总在伏案写作或是读书。有时真不忍心，劝他休息一下，不要再写了。他总是说，不写东西，他睡不着觉，那么多战友、那么多小伙子都牺牲了，他要为他们留下点什么。晚年他的身体状况越来越差，除了战争留下的伤痛，还有十分严重的心脏病，一年要住几次院。但他仍坚持创作了《智闯威海卫》《血醒》《敌腹掏心》等影视作品和一大批回忆录。不论就作品的数量还是质量来说，即便是一个正常人，也是十分可观的。字里行间，不知凝结了老人多少心血、多少淌不出来的汗水，融入了老人多少真挚的感情。

老人对家乡充满爱恋，只要有空闲，总要千方百计地回到他曾战斗过的胶东地区走一走。对于正常人来说，这是一种难得的休息和旅游，可对于赛老来说，无异于一次生与死的考验和折磨。每次回去回来，老人都要大病一场。但只要有机会，他仍坚持回去。那是一片他洒过热血的土地，那是他用青春和生命书写战斗诗篇的故土。那里几乎每一座山岗都是他熟悉的，每一棵青松树下都可能埋着他战友的尸骨。所以，对于生死，赛老看得很淡。1997年冬天，老人在济南军区总院住院，我去看他，他说，我是活一天赚一天，那么多战友早就死了，我几十年前就差点死了，活到现在不是赚了？但是，活着不能白活着。他说那些死去的战友常在他眼前晃，他得为他们做点什么，他要把他们的英雄事迹告诉后人。

原来一直以为，赛老是出身于书香门第，年轻时受过良好的教育。事实上，赛老只上过四年初小。20世纪60年代初期，他从领导岗位上过早地退下来。放下枪，刚刚四十多岁的赛老，没有消沉，没有从此倒下，半生戎马生涯锻造的战士品格，使他又以饱满的精神拿起了笔，重新在文坛上开辟了新的战场。在与伤病的折磨与抗争中，老人开始从最初级的写作练习。可以毫不夸张地说，字字珠玑，字字血汗。其中的艰难与苦痛，只有他自己，只有与他相濡以沫大半个世纪，为他做出巨大牺牲的战友、爱侣巴枫阿姨心中清楚。

赛老的后半生与他的前半生一样辉煌和成功，在两个战场上他都是让人敬仰的英雄。

赛老走得一定很安心，他的后半生几乎都在为他的战友们写作。他的作品已经让那些年轻的生命永远活在后人的记忆中。赛老自己也将随着这些永远年轻的生命，活在家乡人民的心中，活在他的亿万读者和观众心中。经历无数次的大劫大难，几十次从生死关头闯过，但始终没有倒下去的赛老，乘鹤西去，他的形象依然是高大魁梧的，依然如青松一样地挺立在天地之间。

不论是生还是死，赛老都是永远也打不倒的钢铁战士！

苦楝树

　　第一次见到苦楝树是在鲁西平原徒骇河岸堤上。我们学校地处城郊，离徒骇河几里路，早上跑步不经意便跑到了河边。

　　初春的早上天还有些冷，太阳刚刚跃出地平面，河里冰已经化了，太阳温暖的红光映在水面上。很远便能看到那棵树，春风料峭中，它孤单而又倔强地挺立在河岸上。徒骇河岸堤上没有种树，刚刚经历了严冬，杂草和灌木都是枯黄的，一棵树便特别惹眼。

　　树长在河堤的里沿儿，大概是河水带来的种子，自己悄悄地长起来。树干从河堤斜坡上向上长，有点外倾，似乎在努力地向河岸、向上挣扎。那时我还不认识苦楝树，感觉有点像槐树，又明显不是槐树。粗糙的树皮有点像，但树枝没有刺，也不像槐树枝那么虬曲扭折。树枝多，越往上越多，一根枝杈又分出几根枝丫。树顶的枝丫上挂着一串串金黄的果实，晨光照在上面，如金豆一般熠熠闪光，风一吹动仿若风铃不停地摇曳。我用力踹了一脚树干，落下几粒果子，捡起来，外壳绵软，撕开，果肉是海绵状的，尝一口有点苦。这是一株陌生而又有点特别的树。

回到学校，碰上打饭回来的刘老师。我摊开手里的果实向他请教，刘老师告诉我这是苦楝树。他转头指向右前方八排房方向，告诉我那边就有好几棵。我这才知道，这种树在鲁西平原有很多，耐盐碱，对土质要求不高，但木质好，成材快，而且浑身是宝，果子、树根、树皮都是有名的中药，老百姓都喜欢种。刘老师特别强调，这树名字不好听，却是树中的劳模！

过了四月，苦楝树长出了绿绿的叶子，开出了紫色的花。走近八排房便闻到一股浓郁的甜香。苦楝树花朵很小，形状有点像丁香，花心是紫的，花瓣是五片粉白的条状。据说这花也是中药，可以舒肝明目。这时的苦楝树，在我心里已经由陌生、特别变成树中的美丈夫，高大帅气，而且芳香四溢。

不久之后，刘老师上课专门讲到苦楝树，讲了苦楝树的品质，又讲了抗战时一位女英雄的故事。故事的主人公叫陈若克，是朱瑞将军的夫人。在反扫荡战役中不幸受伤被捕。敌人威逼利诱、严刑拷打，甚至以她刚出世的女儿相要挟，但她始终坚贞不屈。女儿饿得哇哇大哭，陈若克扔掉了敌人送来的牛奶，含泪咬开自己的伤口，让女儿吸吮自己的鲜血。以血作乳，这位伟大的母亲为了信仰、为了正义的事业，怀抱刚出生的女儿，英勇就义。她死后的第二年春天，在她的坟前长出一大一小两棵苦楝树！

刘老师讲得动情，我和同学们听得满眼盈泪。实际刘老师那时比我们大不了几岁，正上大四，还差几个月毕业，因为师资紧缺，他是提前上岗，义务担任我们班的辅导员。他说自己和我们一样，在成长的过程中，苦楝树也同样感动着他。

再见到苦楝树，我便自然想到陈若克，想到刘老师。后来才知道，身材不高但帅气、精干的刘老师，出身原来十分贫苦。他说自己小时候比苦楝还苦，经常吃不上饭。父亲常年有病，上大学时是和母亲卖了半地排车棉花才凑足路费。许是这样的出身，使得他的内心极其善良、柔软。他说最看不得老人受苦，大街上碰到摆摊卖东西的大娘，他恨不能把东西全买下；看到乞讨的老人，他会停下车，把身上能找到的钱都掏给他。后来做到大学校长，一位老教工因为个人困难上访，按制度规定不能破例，他把老人请到办公室，恭敬地递上热茶，耐心地听老人诉说，细心地向老人解释政策，老人走后，他掏出自己刚发的工资让工作人员以组织的名义送到老人家里。

刘老师做我们班辅导员不足两年，但对我和同学们的影响却是深刻而长久的。我第一篇在省报发表的稿子、在校学生会组织的第一次活动、第一次走出校门开展社会调查等，无数个第一次都是在他手把手指导下完成的。和他在一起，你会感到每天都有收获、有进步、有意义，包括工作学习，也包括为人处世。那年他带我和几位同学去一个县里搞社会调查，因为是团省委委托的调查任务，到县里便与团县委联系。当地团委似乎并不重视，只派了个临时帮忙的小伙子和我们接洽，而且只见了一面以后几天便不见踪影，临走又是他一个人来送行。小伙子很不好意思地解释，书记出差，副书记开会，办公室主任也没在家，等等。我和同学都感到这个单位级别不高、架子不小，便没好气地打断他。刘老师瞪了我一眼，亲热地拉住小伙子的手真诚地向他道谢，和他交流这次调查的内容。回来的路上，刘老师狠批了我一顿。他说，你们不知道基层有多忙啊，我们来是搞调查干工作的，不是来讲排场争面子的，你们一定要记住，包括今后走上工作岗位，要学会体谅别人，老实做人，踏实做事，任何时候都不要摆谱、拉架子！这几句话对我和在场的同学影响很大，至今难忘。

对于工作、对于人生，刘老师总有高出常人的见解和思路。直到他离世前，同学们在工作上、生活中遇到难题或困惑，总是依赖性地找他倾吐请教，他三言两语便能点到痛处，让人豁然开朗，思路洞开。他那澄澈、睿智的眼神，总会把一种爱的力量传递给学生。

不论在哪个岗位，无论走到哪里，刘老师都是有名的拼命三郎。他经常发自肺腑地感叹，有工作干多好啊，只要有战争年代不怕死的劲头，干什么干不好？！他从一名普通的辅导员干起，历经多少门槛，一直干到主管高教的副厅长和两所大学的校长、书记，这中间他付出了多少常人无法体会的心血和苦累，为了他挚爱的教育事业，头拱地地拼搏，一直拼到生命终止。

本来在一所大学干得风生水起的刘老师，被一纸调令调到外地一所大学任职。开拓新局，历来是刘老师的强项，他到新单位很快便打开了局面，解决了多年沉积的问题。他对自己要求极严，为了节省开支，提前搬出了学校为他租赁的宾馆，搬进了刚刚结束装修的公寓。那个房间有同学去过，异味呛得喉头发痒。别人提醒他污染严重，他总是笑笑说不碍事，能住就行。超负荷的工作使他身心疲惫，污染的无情侵蚀犹如雪上加霜，刘老师患上了致命的大病。最后一次见他，是在医院的无菌病室。身上插满各种管子的刘老师，挣扎着坐起来，隔着玻璃哑着嗓子向学生交代的，除了好好工作，后边又加上一句：要注意身体啊。临分别，他有气无力地挥动手臂，明亮、澄澈的眼睛透出的仍是温暖、慈爱的笑意，却让我感到一种心痛不忍的酸楚。

刘老师走了。英年早逝的他内心该有多么不甘！按照他的遗愿，他被送回了鲁北老家，火化后葬在了自家麦田里。那些青青的麦苗该是担负了多少人赋予的使命，一茬又一茬，与他日夜相伴、晨昏相守。他嘱咐不通知任何人，但几百上千的学生、同学、同事还有同行，还是从四面八方涌到他的老家为他送别。爱人者人恒爱之，他那澄澈、慈爱的眼神温暖了多少人的心。鲁北土地碱性也很重，田间地头那一棵棵倔强生长的苦楝树，让每一位同学泪流满面。

刘老师去世的第三天，按当地风俗，同学们相约去墓地为他圆坟。我因出差外地，没能参加。那天正逢大雨，夜里外边风大雨骤，屋内我辗转难眠。第二天天刚放亮，我走出酒店，酒店门口一株七八米的大树折断，走至跟前，正是一棵我熟悉的苦楝树，巨大的树冠倒伏在湿漉漉的地面上，金色的果子散落一地。

追光记（代后记）

宇宙混沌未开之时，一束光照射过来，有如一枚楔子将世界撬开一道缝隙，世界即刻有了生气，生命苏醒，万物始生。人和宇宙一样，一束光照进灵魂，人便开窍了，追着那束光往上生长。文学就是这样的一束光，照彻了多少灵魂，帮助多少人通透、浪漫地认知生活、感知人生。

大概是小学四年级的冬季，天冷得出奇，我的双脚因冻伤肿胀无法穿鞋，只能休学在家。白天大人上山干活，我一个人躺在家里，百无聊赖间发现一束光从窗户缝隙穿进来，像一条透明而又立体的长廊。无数大大小小的尘埃粒子，像无数的飞虫在里边跳跃、奔跑，沉沉浮浮，熙熙攘攘，光束之外却十分平静，看不见一粒尘埃的影子。我不知道这些尘埃粒子是从哪里来，又是要去往哪里。我想那光是天上来的，这无以计数的颗粒大概像雪花一样从天上飞落到尘世间，又或者是从凡间哪个角落飞过来，要追着这光飞到天上去。我挥动手臂试图驱赶它们，那些尘埃不仅不见少，反而越赶越多，越发舞动得厉害。而且盯得久了，那些尘埃颗粒似乎在渐次放大，似乎都有了生命，我自己仿佛也变为其中的一分子，在里边飞跃、奔跑。我多么想真的成为它们中的一员，追着那光飞出去，飞到天上的云朵中，翻几个斤斗再回来。

现在想来，这束光隐喻和象征的意味多么明显，所谓尘世间就是这样的景象吧。在浩大的宇宙空间里，我们每一个人都如这些尘埃粒子般渺小，我们都被裹挟在一束光柱里，我们自己也不知道来处和归处，只是循着光的指引，无休无止地奔波和跳跃。

那束光掠过我的头顶，最终落在炕前桌上一本破旧的书上。那本书没有封皮，边角都卷起来，不知多少人翻过看过。长大后才知道这本书的名字和分量，是神奇的天光赐予我与它偶遇的机缘。我不知道那些熙熙攘攘的尘埃粒子是不是与这本书有关，我把它拿开，那光柱和光柱里的尘埃依然如故，毫无变化。我似乎身陷在那光束里，仿佛在光的波浪中游泳，身边就是拨也拨不开的尘埃的细浪，我游得精疲力竭，抱着书昏昏睡去。

醒来时天光已暗，那束光还有光里的那些尘埃已经消逝不见。我有些沮丧，拿起那本书翻看。以我当时有限的识字能力，无法顺畅完整地阅读，是插图吸引着我，从看图开始，再读图下的文字，慢慢地跳着生字看内文，竟半半拉拉地读进去，而且越陷越深，很快便进入一种迷狂状态。一扇神秘的大门向我敞开，一束崭新的光芒照射进来，这是文字带来的诗意的光芒，一种比自然光更强烈、更摄魂的光亮，一排一排的字符如无数尘埃粒子一样，构成一个更加丰富、更加浪漫、更加迷人的世界，抓住我幼小的灵魂，引着我亦步亦趋地去追逐和捕捉。随着阅读量不断增大，阅读与认知的能力不断提升，我似乎已经灵窍顿开，文学赋予我一双看透世事、看透人心甚至透视一切的灵眼。眼前的光束已然成为一种接近天际的云梯，我循梯而上，坐拥云端，超然地注视着自己、家人以至整个村子和村里的人、事，我可以轻松读懂每一位家人、邻里以至动物的眼神、心事，可以洞穿村子的过去与现在，未来也仿佛清晰可见。

痴迷地追逐、享受这种文学之光的照彻与滋养，一种梦想也如影随形，特别是成年之后，我越来越渴望把我所看到、听到、想到的物事演绎和表现出来，成就一种也可以照彻别人的光亮。真的实施起来，却面临捉襟见肘的困窘与艰难，也时常会有灵光一闪或者脑洞大开的美妙时刻，这是天赐的福利，除了兴奋与激动，更有转化和升华的局促与惶惑。如何抓住那束稍纵即逝的光亮，将其折叠、放大成为新的发光体，是每一位写作者都要面对的考题，每一位写作者都会努力破解甚至穷其一生去谱写与众不同的追光故事。

《云端的光亮》是我数十年追光求解的集成，也是光亮之下灵魂跃动的刻痕。其中寄托着对故乡故土的深挚眷恋，也镌刻着对亲情友情的深切牵念与感怀，记录着游走世界的收获与感悟，更坦陈与乡野精灵心相通、情相系的情怀与心结。刻痕有深有浅，但都浸透着一个追光人深挚的情感与坚韧的执念，都是光芒之下尘埃跃动腾挪的记录、放大与呈现，且存且寄，留待时光检验，也权作追光之旅的收获与纪念。

真诚感谢著名诗人、中国作家协会原副主席吉狄马加先生于百忙之中题写书名，感谢著名散文理论家王兆胜先生作序鼓励，感谢山东文艺出版社的大力支持和责任编辑、美术编辑的辛苦付出，感谢著名装帧设计家周伟伟先生的友情加持！

刘致福

2024 年 12 月 31 日